不能恋爱的秘密

云仔 草木青 / 著

时代出版传媒股份有限公司
安徽文艺出版社

图书在版编目（CIP）数据

不能恋爱的秘密/云仔,草木青著.—合肥：安徽文艺出版社,2021.2
ISBN 978-7-5396-7158-1

Ⅰ.①不… Ⅱ.①云… ②草… Ⅲ.①言情小说—中国—当代 Ⅳ.①I247.5

中国版本图书馆CIP数据核字(2021)第023214号

不能恋爱的秘密
BUNENG LIAN'AI DE MIMI

出　版　人：	段晓静		
责任编辑	王婧婧　曾柱柱	装帧设计	小　乔

出版发行	时代出版传媒股份有限公司　www.press-mart.com
	安徽文艺出版社　　　　　www.awpub.com
地　　址	合肥市翡翠路1118号　邮政编码：230071
营　销　部	(0551)63533889
印　　制	杭州日报报业集团盛元印务有限公司　(0571)86909347

开本：880×1230　1/32　印张：10.75　字数：370千字
版次：2021年2月第1版　2021年2月第1次印刷
定价：48.00元

（如发现印装质量问题，影响阅读，请与出版社联系调换）
版权所有，侵权必究

目录

1. 你的名字　　001
今日老板的心情：阴

2. 双面 　　019
可爱，老板就会爱吗？

3. 蜜糖少年 　　036
他在占据每个注视者的时间和生命

4. 乘风破浪 　　050
苏伊在还是一根独木的时候，就已经看到了整片森林

5. 内心的选择 　　075
长大后，在不只是需要拳头的世界，他也想保护她

6. 没有如果 　　113
我在想，如果我是你在找的朋友就好了

7. 情侣还是朋友 　　140
夏小姐，我们是不是见过？

8. 飞来横祸 　　166
真正丢人的，是没有实力、没有本事

9. 找到了　　194
我早该发现的，她就是小雨点，她们站在一样的光里

10. 你愿意嫁给我吗？　　209
此时此刻，她只是单纯的一个人，在简单地活着

11. 新的征程　　234
主持人我会当，模特我也会当

12. 我和你的热气球　　255
情之所至，天时、地利、人和

13.《白蛇传》是喜剧还是悲剧？　　280
雨再大也会停的！加油啊！

14. 是武器，也是铠甲　　304
她从来没想过要骗人，只是想让自己更加自信和漂亮

15. 我爱你　　320
苏伊戴着订婚戒指出入 LS 和 LEE，轰动了两个公司的人

番外一　　327
后来

番外二　　335
冤家

1 你的名字

今日老板的心情：阴

逼仄的空间里，四处都是火，浓烟遮挡住了视线，李嘉尚在这火光中艰难地走着。

突然，一个哭声吸引了他的注意力，那声音撕心裂肺，好不哀恸。

心脏猛烈地跳动，在赤红的火光里，李嘉尚循着哭声找去。

终于，李嘉尚找到了她。

一个小女孩抱紧膝盖躲在角落，满眼都是恐惧之色。

没关系的，我来救你了，别怕。

他一点点地靠近，把手伸了出去，冲女孩喊道："把手给我，快！"

女孩停止了哭泣，茫然地朝他看过来，而后，她一张小脸上满是惊喜之色，也伸出了手！

只差一点了，就差一点点了，李嘉尚将手朝那只小手费力地伸去。

突然间，轰的一声，一个燃烧着的东西从空中掉下。他眼睁睁地看着那个东西向小女孩稚嫩的脸上砸去！

"啊！"

一个惨叫声突然响起，李嘉尚猛然睁开了眼睛。

此时夜深人静，他从床上坐起来，大口地喘着气，一副惊魂未定的样子，头发已被汗水濡湿。卧室中没有大火，在恒温空调的控制下周围的温度是正常的。

- 001

那不过是一个梦。

但这个梦纠缠了他二十年。二十年的时间,什么都能改变,唯独改变不了他夜夜都会做的这个梦。随着时间的流逝,梦境逐渐变得清晰。他却被梦困在过去,心中的愧疚感与日俱增。

过了一会儿,轻轻的敲门声响起。李嘉尚从床上站起身,把五指插入发中,用细长的眼睛朝卧室门口看了一眼,冷淡地道:"进。"

卧室门被推开,全职秘书李秘书端着一杯手冲咖啡站在门口。

李嘉尚没有说话,对着李秘书微微颔首,然后进入更衣室换衣服。

李秘书早就习以为常了。他在老板换衣服时偷偷地把空调温度调高了一些,而后躬身等待李嘉尚。

李嘉尚换衣服换得很快。当再次出现在李秘书的面前时,他便是一个高傲的商业巨子。

在他出来后,房间里的气压好像变低了。李秘书没有说话,他猜测老板现在的心情不好。

待李嘉尚端着咖啡杯在书桌前坐定,李秘书便递来一份资料。这份资料既不是商业计划书也不是秘密情报,而是一份人事档案。

档案中的照片上是一个普通的女孩,女孩似乎有些拘谨。这女孩无论是学历还是工作履历都毫无亮点,但是小名那一栏上的"小雨点"这几个字被加粗标注了出来。看到这里,李嘉尚原本平静的内心起了波澜。

早上八点,LEE 大楼。

李秘书领着他工作以来接待的第一百三十个"小雨点",进入 LEE 集团位于顶层的特殊会客厅。总裁李嘉尚早已经等在那里。

一个小时后,李秘书领着收了一个巨额红包的女孩走出 LEE 大楼——这次的女孩也不是老板要找的人。

李秘书把人送走,回头望着公司大厦。三十二层高的建筑像一个落在城市里的水晶盒,从底层到顶层的蓝色玻璃倒映出蔚蓝的天空,反射出明媚的日光。无论从哪个角度望去,公司大厦都是那么光彩夺目,但今日里头注定乌云密布。

此刻还没到上班的时间,LEE 集团的员工微信群里就有人发了消息。众人掏出手机一看,脸上不禁布满了阴云。在没有老板的员工群里,有人发送了一条消息——

"今日老板的心情：阴。"

这是 LEE 集团员工的工作常态。每日上班前，员工群里就会有人发这种消息，老板的心情就是大家今天上班的晴雨表。一旦群里播报"阴"或"雨"，他们当日就会缩起脖子做人。

他们冷漠的老板，每个月总有那么几天情绪不受控制。这一天除了李秘书，其他人的求生方式就是缩在座位上。除非是十万火急的事，否则他们坚决不跟老板见面。

十分钟后，李秘书和李嘉尚走出了办公大楼。一群人伸着脖子，看着李嘉尚的豪车离开，而后如劫后余生一般地松了一口气。

片刻后，LEE 员工群里又有动静了，是前台工作人员发出的一条消息："今日老板外勤。"原本沉寂的 LEE 大厦，爆发出过节般的欢声笑语，今天又是美好的一天！

等红灯时，李秘书李觅通过后视镜偷偷地观察老板。

"怎么了？"李嘉尚头都没抬，把李觅抓了个正着。

"没什么。"李觅讪笑，在心中为此行的目的地 LS 杂志社默哀了三秒钟。

按照惯例，在李嘉尚寻人失败的当天，与他合作的难度系数就会变大。如果没有板上钉钉的项目，合作多半要黄。LS 的方案还在前期准备中，怕是没有和 LEE 合作的可能性了。

LS 杂志社位于 Y 城第一文创产业园，里面标志性建筑的第十二层至第十五层就是杂志社的具体位置。铂金色的大厦顶端，悬挂着 LS 超大的人造水晶标志"LOVE'SECRET"，从天空俯瞰，其犹如立于地表的巨型钻戒。

在纸媒没落的时代，LS 作为国内首屈一指的时尚杂志，不仅凭借自己的专业度以及为女性发声的观念，拥有了庞大的粉丝群体，而且站在了时尚潮流的最前端。

杂志社的装潢是时下流行的冷淡风格，每一层楼对应不同的四个主题，入门处张贴着一张白发模特的巨幅封面照片。

九点，主编 Amanda 准时进入公司。她虽然四十岁了，但脸上的皮肤紧致，丝毫看不到时间留下的痕迹。她身高一米七二，脚踩一双十厘米高的高跟鞋，穿着黑色皮裙，披着一件黑白相间的格子披肩。她一进来，员工们就感受到了一股压力。

"主编早。"

"主编早。"

在 Amanda 的面前，年轻靓丽的白领们自动化身乖巧女孩。

"用完的衣服收回衣库。为什么过道上会有一只鞋？"Amanda 扫了一眼办公室。她的声音很低，却相当有力。员工们听了，不禁慌乱起来。

编辑小薇捧着一堆衣服朝衣库跑去，被 Amanda 一把拽住。Amanda 整理了一下小薇的衬衫，道："你天天围着模特转，就不能对自己的穿搭走心一点？午休时，你重新去配一副眼镜。"小薇戴着的圆框眼镜被 Amanda 嫌弃地拽了下来，放到了衣服堆的顶端。

"是！"小薇眯着双眼，捧着衣服摇摇晃晃地跑了。

"Amy，今天新编辑苏伊会来入职。如果我在开会，你先接待。"Amanda 叩了叩前台的桌面。前台工作人员听后赶紧应答。

A 组编辑组长陈瑾，捧着文件站在 Amanda 的面前，道："下期的主题选题需要您过目，这是秋冬 TK 时装周的邀请函。"

B 组编辑组长赵茹，在 Amanda 接过文件后不着痕迹地挤开陈瑾。赵茹穿着一身干练的黑色服装，其风格与 Amanda 的风格有七八分相似。

对赵茹的讨好行为，陈瑾心中满是不屑。赵茹却自顾自地说道："开会用的资料已经准备好了，LEE 的李总快到了。"

"嗯。"Amanda 脸上终于有了一丁点满意的神色，抬手看了看腕表，点了人名，"人快到了，赵茹、陈瑾，跟我一起下楼迎接。"

Amanda 话音刚落，赵茹已大步走到了电梯门口，并按了下行键。

当她们到楼下时，李嘉尚已经穿着高级定制的西装从车上下来了。他扫了一眼四周，神色冷峻，给人一种生人勿近的感觉。

Amanda 见了不禁心中一紧，觉得今天的李嘉尚似乎特别冷漠。

李嘉尚和李秘书被 Amanda 客气地接入会客室。他们所经之地，LS 的职员们看似在一本正经地工作，实际都在偷看。

"看到了吗？看到了吗？"待人走远了，两个前台的小姑娘互相拍着对方的肩膀，压着嗓子低声尖叫。

"看到了，他好帅！我一直以为他是因为长得丑才不愿意面对媒体的！"

就在此时，一位打扮得简约干练、踩着细跟凉鞋的女郎从电梯里出来，走近 LS 前台。

"你好。"一个清亮的女声响起。

闻言，其中一个前台女孩抬头，看到了苏伊姣好的面容。

苏伊个子高挑，身材凹凸有致，身上的服装得体且合身，柔顺的过肩长发披在肩上。在乌黑的头发的映衬下，她的脸庞白皙得发亮，那双大眼睛炯炯有神。她含着笑意望着两个前台小姑娘，从包里掏出一份入职邀请函递给其中一个前台女孩，道："我是苏伊，今天来入职。"

"啊！你好，你好！主编交代过，请跟我来！"Amy 忙起身迎接，心中那根松弛的弦再次绷紧。

如果说李嘉尚是"外宾"，那苏伊就是"内宾"。

"苏伊"这个名字，两个前台女孩早就有所耳闻，因为主编多次交代过苏伊入职一事。据说，苏伊在实习的时候就被 Amanda 看中了。苏伊大学毕业时，Amanda 亲自跑去苏伊的学校，可惜苏伊当时被保送读研。当时，因为学校的位置靠近邻省，苏伊进了邻省的一家杂志社。等苏伊研究生毕业，Amanda 多番邀请，终于把苏伊挖来了。

到底是什么样的人能受到 Amanda 的青睐？ LS 的员工都很好奇。

"主编本来要迎接你的，不巧今天突然有大客户过来……"Amy 解释着，热情地把苏伊带到了一旁的休息室，然后端来了茶水点心。

"没关系。"苏伊笑了笑，指了指休息室里的书架，"我能看看吗？"

"当然可以。工位已经给你安排好了，我稍后领你过去。"Amy 把一张入职表交给苏伊，"这个麻烦你填写一下。"

"李嘉尚长得不比明星差啊。"玻璃墙外，路过的员工们讨论着。

"李嘉尚？"苏伊听到这个名字，诧异地道，"LEE 的李嘉尚？"

"是呀，就是 LEE 的总裁李嘉尚！主编因为去招待他了，所以才没能来接你。"Amy 骄傲地说道。

闻言，苏伊一脸了然。LEE 是著名的大型跨国企业，以珠宝行业起家，在金融、地产等行业颇有建树。李嘉尚作为 LEE 董事长唯一的孙子，成年后便进入 LEE 董事会。毕业后，他本该继承家业，却不知为何一意孤行，成立了美妆公司。

起初，无人看好李嘉尚。有的人认为李氏少爷年少轻狂，为了证明自己，非要在未知领域瞎试探；有的人认为他大概有不足为外人道的癖好。在他们看来，不出三年，这位太子爷就会把美妆公司甩给其他人，接受他爷爷的安排，继承家业。

五年过去了，这位传说中含着金钥匙长大、从不在媒体面前露脸的大少爷，已经在美妆行业中不声不响地打下了不小的江山。圈子里对他的称呼，从"李少爷""小李总"变成了"李总"。最终，他靠实力接管了 LEE 集团。

不过，他为何沉迷于美妆？这依旧是商界和时尚界的未解之谜。

他是圈内人都想拿下的采访对象，而 LS 已经不动声色地接触到了他。

苏伊想着，要是早来一会儿，说不定就遇上李嘉尚了。不过，她对自己的跳槽多了几分肯定。她默默地喝着 Amy 端来的茶水，对李嘉尚十分好奇。

然而苏伊不知道，今天的李嘉尚犹如一颗核弹。

同一时刻，第十五层楼内的会客室内一片沉寂。

李秘书心里默念"与我无关"，十分同情站在屏幕前的赵茹。他就知道今天不会顺利，只能在心底对 LS 说抱歉。

"这个方案我们之前和 LEE 对过……"赵茹不死心地说道。

李嘉尚合上眼，不说话，他刚刚已经说了结果。

李秘书轻咳一声，委婉地说道："上次对过的框架草案是没有问题。"

"那为什么不行？"赵茹急迫地道，"我完全是按照上次的草案……"

Amanda 抬手打断了她，李嘉尚开口道："我以为我们没有对大秀达成共识。"

闻言，李秘书心中涌起不好的预感。要是平时方案有问题，李嘉尚会具体提出哪里不妥，但今天……

赵茹听了，脑中嗡的一声，完全蒙了。没有达成共识是什么意思？如果因为她而导致 LS 和 LEE 合作失败，她所有的努力都会付诸东流。而且，Amanda 以后还会再把优质的项目交给她吗？

"我……"

"我们当然达成了共识。"Amanda 淡然一笑，把话接了过去，"我们还有其他的备选方案。你这次来得突然，我们还没来得及整理，估计得给她们一些时间整理。"

李嘉尚点点头，道："半个小时。"

Amanda 望了一眼陈瑾，陈瑾马上拉着不甘心的赵茹退出会客室。一到楼梯口，陈瑾就快步奔跑起来，打电话通知相关人员："快，把'一顾倾城'的所有方案，通过的和没有通过的，全都拿到第一会议室！"

刚刚被安排好工位的苏伊，也被喊着"开会"的人带进了会议室。上班的第一天，她被迫参与了公司与LEE合作的大项目。

LS第一会议室内，白色长桌两侧坐着以陈瑾、赵茹为首的A、B两组所有的编辑和策划。苏伊跟了进来，坐到末位。

陈瑾快速地说明情况，同时把之前做过的所有的方案汇集到一台电脑上，然后开始分析起来。

只有半个小时，LS要拿出让李嘉尚认可的方案。要在这么短的时间内再次拿出一个方案，大家都感到压力很大。

"到底是哪里不行呢？"他们把赵茹的方案投放到屏幕上，反复看了三遍，依旧没有找到问题。

赵茹脸色阴郁地坐在屏幕旁，看着会议室里的人对着她的心血"找碴"。这个方案是每个人都看过、都认可了的，现在被挑错，难道是她一个人的问题？她倒是要看看，谁能提出比这个方案更好的方案。

十分钟后，会议室内一片沉寂。赵茹反复修改了十多次的方案都没有得到认可，其他人也没有信心能在这么短的时间内提出一个更好的方案，更重要的是，如果这个方案再被否决，就会导致LS和LEE合作失败。

陈瑾一眼扫过去，大家不是扭过头就是默默地低下头。反倒是赵茹，笑得阴阳怪气，成了看戏者。

没有人愿意，也没有人有能力在这个时候承担责任。

陈瑾不禁想着，如果Amanda在这里就好了……不过，Amanda在应付李嘉尚，她抱怨也没有用，现在能依靠的只有自己。

陈瑾移动鼠标，翻出了她曾提出却被否决了的旧方案，也是废稿中完成度最高的一版方案。

赵茹瞥见了，马上发出了嗤笑声。

这个方案就是在内部选用时被Amanda否决了的。现在拿出来，是不是说明陈组长没有能力，只好自暴自弃了？

"我说啊，你把LEE当什么了？李嘉尚能认可这个吗？"赵茹讥讽道。

闻言，陈瑾恼了。她当然知道赵茹有讥讽她的底气，但事已至此，现在拼个强弱又有什么意义？LEE的这个合作项目本来就是赵茹硬抢过去的。作为负责人，赵茹将事情搞砸了不但不自省,还在这看她的笑话!

"那你说怎么办?你有备选方案吗?"

赵茹被噎住,随即指着自己的方案气愤地道:"这本来就是大家都认可的,主编也说过让你辅助我。之前你不参与,现在出了问题,要把责任都推给我吗?"

"你!"陈瑾十分生气。什么叫她不参与?明明是赵茹想独占功劳,根本不让她参与!

"没有达成共识,他是这么说的吗?"

突然,会议室内响起一声提问声。这声音不卑不亢,没有多余的情绪,反而引起了其他人的注意。

人们抬头望去,只见新来的苏伊正坐在末位翻看项目的纸质资料。

"你是谁?"陈瑾问。

"新入职的苏伊。"A组的一个编辑回答。

陈瑾眼睛一亮,赵茹却下意识地皱起了眉。

"你有什么想法?"陈瑾急切地问。

"之前和LEE接洽时,他们对方案提过意见吗?"苏伊忽略同事们打量她的好奇目光,沉稳地问道。

"要是以前有问题,现在还轮得到你来指手画脚吗?"赵茹愤愤不平地道。之前,她和LEE的商务人员对接了多次。每次发现问题,她都在和对方协商后修改了,为什么到了李嘉尚这里就突然翻脸了?而且他才看了个开头……

赵茹一怔。

"李嘉尚说没达成共识,是看到了哪里说的?"苏伊问。

陈瑾移动鼠标,屏幕上的鼠标箭头停在PPT(幻灯片)中间靠前的位置:"这里。"

赵茹眉头紧蹙,惊疑地望向苏伊,打量起苏伊来。

"LEE这次的新品大秀,主打产品是'心雨'系列?"苏伊问。

"没错,这次的主打产品是'心雨'。"陈瑾点头回答。

"那我大致懂了,这个方案的视觉概念错了。"苏伊指着屏幕说道。

陈瑾下意识地看向赵茹,赵茹竟然没有马上反驳苏伊。

注意到陈瑾的视线,赵茹警告道:"饭可以乱吃,话可不要乱说!"

苏伊站起来,绕过半个会议室,走到陈瑾的身旁,翻看那些旧方案的视觉概念部分。她忽略赵茹的敌意,只是就事论事地陈述:"LS大秀的策划经验成熟,既然已经和LEE的商务人员对接过,那么在商务模式、执行细则上,双方肯定是达成了共识的。"

赵茹冷哼一声,算是认可苏伊的话。

苏伊说道:"既然如此,那么问题可能就出在视觉概念上。"

陈瑾盯着电脑屏幕沉思,开始回忆李嘉尚听方案介绍时的每个反应。李嘉尚似乎一开始就不满意,在看到产品展示时,他的不满神色越发明显。当时,他正在看的……是"心雨"。

苏伊翻到了"心雨"的产品展示页。产品主色为青色,风格素雅,"心雨"的套装被排成一个圆形,有序地布置在页面上,看上去美观简洁。但几样深色包装的彩妆产品显得很突兀。

苏伊继续说:"'心雨'系列的目标人群的年龄在十五岁到二十岁,产品的特点是自然、清爽。去年,LEE把'心雨'面霜当作赠品,那应该是'心雨'系列产品的第一次亮相。当时,产品的设计、宣传与发行都是LEE集团操刀的。那套产品体现的是东方的写意风格,设计的主要元素是……"

"植物。"一个编辑下意识地说道。

"对,不过准确地说,应该是露珠。"苏伊笑了笑。

那名小编辑得到了认可,放松下来,在脑海中回忆"心雨"面霜的包装,自言自语地道:"可这次'心雨'系列的色彩很多呀,根本就不统一。"

赵茹哼了一声,这点她早就想过了。多色彩的设计会显得杂乱,单色彩的设计又无法概括全部,而且在这次大秀中,有针对成熟女性的高端产品,用少女元素根本不合适。

"你想怎么做?"陈瑾问。

"东方,多色彩。"苏伊答。

"别开玩笑了,你知不知道现在流行极简设计? Less is more(简单就是美)。多色彩看上去乱糟糟的,会掉档次!"赵茹怒道。

"浮世绘的色彩很多,你觉得乱吗?"苏伊笑着问。

"那是日式风,'心雨'走的是国风!"

"所以我想用飞天做主元素。"苏伊说道。

闻言,大伙一脸惊愕。

LEE的产品，主要是简洁风格，可是和飞天搭吗？

她真是初生牛犊不怕虎，什么都敢想！

赵茹往椅背上一靠，还有十五分钟，就看看苏伊能玩出什么花样。

说到国风，大家第一想到的就是水墨画。水墨画尽显文人风骨，且清雅写意。受其影响，东方风格的设计用色多以蓝色、白色、墨色为主，或是鲜艳的红色。但之前，国风也有重彩色的阶段，飞天壁画就是这方面的集大成者。

苏伊大步走回座位，从包中掏出一个小U盘，接上电脑，调出一张手绘的飞天图。飞天图被打开的瞬间，原本眉头紧蹙的众人霍然觉得眼前一亮。

那张图不仅保持了壁画上的线条和色彩，还融合了现代的绘画风格。整张图构图简洁，既有飞天壁画的意境，又有现代艺术的前卫感。

苏伊把图片拖进绘图软件中，调整好图片的尺寸，然后拖进"心雨"系列单品的图中，用一小块对比鲜明的颜色做产品的背景色，再嵌入飞天图的大背景中。几次调试后，简约的产品在多种色彩和线条的衬托下不仅显得和谐，还成了画面的视觉中心。

"你早就准备好了？"赵茹惊讶地问。

苏伊摇头，道："我去年去D市旅游，看到壁画后产生了一些灵感，便画了下来。没想到，今天恰巧能用到。"

陈瑾在一旁喜不自胜，赵茹却不忘泼冷水，道："时间不到十五分钟了，有了方向又能怎样？"

闻言，众人觉得被淋了一盆冷水，兴奋劲没了。

"LEE不是说之前的框架是可以的吗？我们按照原本的框架修改好就行。我认为方案的后半部分没有问题，只要对应调一些细节。十五分钟之内，可以赶出一份概念图。"苏伊说完，立即在陈瑾的电脑上拷贝了所有文档，然后回到座位上，从包中掏出了笔记本电脑，直接在会议室内工作起来。

陈瑾从旧方案中翻出三个方案。若是在质量方面方案依旧无法通过，那么在数量方面，就要体现出他们认真的态度。

"我来帮忙。"

"我来弄大秀的展示墙。"

"这个我快！"

"数据在这里……"

没一会儿,会议室内 A 组的成员率先动起来,紧接着,B 组也有人过来帮忙。

赵茹难以置信地望着眼前的场景,再次把目光投向苏伊,心中升起了警惕之心。Amanda 这次挖来了一个厉害的角色!

时间一分一秒地过去,三十分钟就快到了。Amy 再次端着一杯茶进入会客室,看见那名笑眯眯的秘书又在看手表。

"上次送你姐姐的花茶,难得她喜欢。今年我又得了些,让人装好了。"Amanda 说着,抬头看了一眼李秘书,"Amy,你带李秘书去取一下。"

李秘书讪笑,心想就算把他支出去,老板也不会无视时间的。

"半个小时到了吗?"果然,李嘉尚很给面子地品了一口茶,却不肯宽限半分钟。

"还有……"李秘书硬着头皮,在老板和 Amanda 双重眼神的威胁下,低头盯着手表道,"十秒、九秒、八秒、七秒、六秒……"

Amy 捏紧了托盘,屏住呼吸。

忽然,她耳朵一动,似乎听到了奔跑声,那是高跟鞋用力踩在木板上发出的清脆声响。可在隔音的会客室里怎么可能听到外面的声音?难道是她产生了幻听?

"两秒、一秒……"

"时间到了。"

突然,那扇未能关紧的门被猛地拉开。

已然起身的李嘉尚、Amanda 齐齐望向门口。陈瑾气喘吁吁地说道:"久等了,方案已经准备好了,马上就到。"

方案在最后关头已经改完,不过把图片从软件中导出来要一定的时间,因此,陈瑾才会先跑过来,想拖延时间。可李秘书公事公办地道:"时间已到,很遗憾……"

见状,Amanda 道:"茶还是烫的,李总喝盏茶的时间还是有的吧?"

李嘉尚摇头,径直走向门口。陈瑾不好阻拦,只好作罢。Amy 本想冲上去拦住,远远地看见 Amanda 向她摇头,只好站在原地。李秘书回过头,向 Amanda 轻轻地点头致歉。

李嘉尚走在前面,刚走到门口,门外急匆匆地跑来一个抱着电脑的女孩。他们都被突然出现的对方吓了一跳。

- 011

"呀！"女孩惊叫一声，然后马上调整好姿态，带着歉意说道，"抱歉。"

那双圆圆的眼睛，让李嘉尚不由自主地产生了好感。女孩温柔的道歉声似一阵春风拂过他的心尖，让他冰封的心有了一丝裂缝，让他感受到了一丝久违的温暖。

"你叫什么名字？"李嘉尚突然问道。

闻言，苏伊微微一怔，不过很快就回过神来。她快速地扫了一眼会客室内的人，根据已知的信息，推断出了她面前的这个男人是谁。

这个男人就是李嘉尚。因为李嘉尚不在媒体前露面，所以关于他的传说有很多个版本，但不管是哪个版本，都会提到李嘉尚孤僻、怪异、难相处。此刻见到李嘉尚，苏伊觉得眼前的人似乎和传说中的不一样。

李嘉尚的外貌，让人看了绝对会心跳加速。苏伊一时不明白，为什么他会有那么多令人望而却步的传闻。

在苏伊看来，李嘉尚只是稍微冷漠了些，没有传说中的那么恐怖。

于是，苏伊落落大方地伸出手，道："李总，你好。我是LS的苏伊，很荣幸见到你。"

李秘书看到苏伊伸出手，觉得有些尴尬，但还是上前解释道："我们李总是不握……"

他的话才说了个开头，就被他憋回了嗓子里。因为不和陌生人握手，尤其是不和陌生女性握手的李总，已经礼貌地伸出手，握住了苏伊的手。

什么情况？这是什么情况？李秘书在心中大声呐喊，老板今天是着魔了吗？这让那些被他拒绝的女明星情何以堪啊！

"着魔"的李嘉尚用温柔的语气问人家："你好，你……有其他的名字吗？比如幼年的乳名。"

李秘书听到这句话，顿时把提起来的心放回了肚子里。老板没疯，只是把人家当成小雨点了，可这个女孩身上没有那两大特征——小名"小雨点"、脸上有烧伤疤痕。老板为什么会有此一问？

"啊？"苏伊听后却蒙了，见对方还在等她的答案，只好道，"我没有其他的名字。"

她有些纳闷，难不成这个李嘉尚经常用这样的手段来跟女孩子搭讪吗？

还没等她腹诽完，李嘉尚刚刚热切的眼神瞬间变得淡漠。他轻轻地"嗯"了一声,极快地抽回自己的手。他盯着苏伊看了会儿,眼中有疑虑,也有探究之意。最终他移开了视线,只淡淡地道:"你与我的一位故友……有些神似。"

神似?

苏伊压下心中疑虑,笑道:"那是我的荣幸。"

那双笑得弯弯的眼睛,让李嘉尚再次心生好感,更让他的心绪难以平静。

Amanda不知道李嘉尚怎么会突然停下来,但她不会错过这个把李嘉尚重新带回会客室的机会。

Amanda继续和李嘉尚说着方案的事,心里却逐渐感到诧异。LS和LEE合作一事是保密的,苏伊不可能知道,可苏伊竟提前做好了准备,而且从陈瑾的举动来看,苏伊像是修改方案的主导者,跟过来的赵茹虽然脸色不好,但是言行间也是对苏伊认可的。

Amanda不禁对苏伊的新方案感到好奇,就算这次方案失败了,苏伊在LS也已取得了初步成功。

苏伊不急不缓地从舞台视觉开始解说:"本次大秀名为'一顾倾城',主打新浪潮风格,主要受众是年轻人。我们的想法是,把我国古风元素和国外流行元素相结合,然后用这种新的元素作为背景。在布景和灯光的效果下,这个背景会呈现不一样的视觉感受,暂时叫作'东风袭人'……"

李秘书听着,不自觉地点点头。"心雨"虽是主打产品,但在市场上份额不大,若想在激烈的竞争中凸显出来,从包装开始就要花心思。"一顾倾城""东风袭人"这两个名字,体现了"心雨"系列的特点。

李秘书一边想着一边转过头,看到老板一直盯着发言的苏伊。以他多年的经验判断,此刻老板的心情是他从未见过的新情况,既不是阴雨转晴,也不是晴空万里。也许,苏伊会打破老板因寻人失败而阴郁一天的魔咒。

总之,这个名叫苏伊的女孩引起了老板的兴趣。

李嘉尚的目光如此明显,苏伊不可能感受不到。不过,她觉得对方只是有些好奇罢了。当他们四目相对时,苏伊却忍不住心跳加速。

苏伊讲完,在Amanda的身旁坐下,看到了Amanda带着赞许和鼓励的目光。见状,坐在另一端的赵茹紧紧地捏住了裙子。陈瑾见苏伊坐下了,走上前,准备接着讲述方案。然而,李嘉尚开口道:"不用看了。"

他话音刚落,在座的LS杂志社的人心中再次打起鼓来。

李嘉尚盯着苏伊，问道："这个方案为什么不在一开始就拿出来？"

闻言，苏伊心虚地把视线移向一旁，很快又移了回来，直视李嘉尚。她一本正经地说："这个方案在准备时，有很多不完善的地方。"至于今天是她第一天入职，这种事她肯定不能说。

李嘉尚知道苏伊没说实话，但看到那双眼睛，就不想为难她。不管什么原因，她的方案确实打动了他。

那是他心中的"心雨"。

Amanda 自然也看出了两个方案的优劣。若是连这点眼光都没有，她这个主编也不用做了。于是，Amanda 淡定地转移话题，问道："其他的备选方案，李总不看了吗？"

"就用这个，她负责。"李嘉尚言简意赅，指了指苏伊便起身离开，留下目瞪口呆的一群人。

Amanda 亲自送李嘉尚他们离开，待电梯门关上后，LS 上下一片雀跃。最终，他们拿下了这场大秀，他们和 LEE 签署战略合作的可能性也将大大提高！LEE 的美妆、LEE 的珠宝、LEE 的演艺资源……还有数不尽的各类活动，将向他们敞开大门！

LEE 是一座待挖掘的金山，美好的未来在向 LS 招手！

忐忑不安地等候消息的编辑组的组员们，把苏伊围在中间欢呼雀跃。苏伊是他们的功臣和福星！

赵茹被挤到了一旁，阴郁地瞪着人群中的苏伊，小声地道："不过是一个仗着有些姿色的黄毛丫头罢了。"

这李嘉尚见面就问人家乳名，看来也不过如此。赵茹不禁在心中吐槽。

赵茹以为李嘉尚像传闻中那般不近女色，没想到他见了有些姿色的苏伊就问人家的乳名。

过了一会儿，Amanda 回来了。她心情好，没有责备围在这里的小员工们，直接走到苏伊的面前，道："苏伊，你跟我来。"

大伙立马作鸟兽散，陈瑾递给苏伊一个自求多福的眼神。

苏伊应了一声，跟着 Amanda 进入主编办公室。

Amanda 非常不喜欢混乱的环境。她的办公室内物品极少，但是都摆得整整齐齐的。品牌方的赠品和当季用来出席活动的服装首饰，都被秘书收在另外一间衣帽间。

Amanda 转过身对苏伊道："坐。"

于是，苏伊坐在了一张扶手椅上，Amanda 顺势坐在了另外一张椅子上。

Amanda 夸赞苏伊："你很有胆识，不过你想过失败的后果吗？"

苏伊坦诚地回答："我想过，但我觉得就算失败了，您也有办法挽回这个局面，因此我想试试。"

闻言，Amanda 笑了，想起了第一次见到苏伊的场景。那是在四年前，苏伊尚在念大学。当时，Amanda 去拜访一位在美妆品牌方任职的朋友，恰巧碰上他们招实习生，朋友便邀请她一起去看看。面试中，有一个问题是"你如何理解化妆"。那时，还有些青涩的苏伊说化妆是一种魔法。

二十岁出头的女孩，青涩却优雅，落落大方地站在面试现场的中央。面对一众面试官，她带着温和又自信的笑容，平静而肯定地说："化妆不是为了掩饰自卑，不是为了欺诈，不是为了取悦异性，更不是为了虚张声势。化妆能让女性变得更加自信，犹如女性穿了一件盔甲在身上，然后向世界宣告——我准备好了！我是苏伊，我准备好了。"

Amanda 知道，想获得机会的女孩们都会提前准备好各种各样的场面话。在社会中摸爬滚打了多年的她早就练就了火眼金睛，谁的肚子里有真货，谁在虚张声势，她一眼就可以看出来。

Amanda 在苏伊的眼中看到的是一种信念，是经历过一些事后的一种坚定信念。苏伊说的话，都是发自内心的。

虽然 Amanda 不关心苏伊经历过什么，但苏伊对美妆时尚发自真心的认可和热爱，让 Amanda 记住了"苏伊"这个名字。

今天的事让 Amanda 见识到了苏伊的能力。果然，苏伊值得被期待。

Amanda 缓缓地道："现在 LS 有两个编辑组，陈瑾负责 A 组，赵茹负责 B 组，你都见到了。"

苏伊点点头。

"我们打开天窗说亮话，我想让你成立 C 组。"Amanda 突然目光锐利地盯着苏伊。

闻言，苏伊变得严肃起来。她年纪尚轻，不但没有丰富的工作经验，也没有任何品牌资源。然而，Amanda 似乎很认可她。一时之间，她内心既雀跃又不安。

- 015

两种情绪在她的身体里搅动，不知不觉，她的体温上升了。苏伊下意识地握紧了纤细的手指，道："我会努力的。"

"很好！"Amanda十分欣赏苏伊的冲劲。

在Amanda看来，陈瑾心思细腻，做事周到，但性格保守；赵茹很有攻击性，做事喜欢冲在前头，却不够理智。Amanda现在需要一个进可攻、退可守的年轻开拓者。而苏伊今天的表现让Amanda眼前一亮，即使苏伊经验不足。

Amanda起身走到巨大的落地玻璃窗前，看着窗外犹如一条条溪流的城市街道，说道："只有努力是不够的。在新媒体的冲击下，LS勉强保住了市场地位，但这远远不够。在我的任期内，LS绝对不能裹足不前，我需要新的力量帮我，我希望你是。"

Amanda笑着说道："李嘉尚指名让你负责'一顾倾城'的项目，你正好可以通过这个项目熟悉公司。我会把你暂时安排到陈瑾的组内，现场该如何做，你得跟赵茹的B组配合。借着这个机会，你可以找找你想要的组员。这个项目结束后，你提交一份人员名单给我。不过他们愿不愿意跟你，就看你的本事了。"

另一边，赵茹知道苏伊早晚会成为自己的竞争对手，觉得苏伊在A组帮陈瑾还不如在自己手下做事。赵茹心里的小算盘打得响，却不知道Amanda已经决定成立一个C组。

回程中，李嘉尚在车上闭目养神。刚才遇到的人让他心绪难以平静，现在他脑海里还回想着苏伊那双好看的眼睛。

"这位苏伊小姐是今天入职LS的。"经过一番询问，李秘书恭敬地向李嘉尚报告。

闻言，李嘉尚莞尔一笑，脑海中清晰地浮现出女孩侃侃而谈的形象。没想到，苏伊竟然如此大胆。他了解Amanda，LS不会对外透露合作的信息。那苏伊是如何做到有备而来的？还是说有缘？

想到这里，李嘉尚叮嘱李秘书："和LS的合作，你钉着些。"

"是。"李秘书应下。

李秘书话音刚落，工作邮箱中就收到了一封新邮件。李秘书检查完内容，高兴地道："老板，熊猫馆周末开始营业。"

听到这话，李嘉尚的心情才算真正好转了。

"嗯。"

李嘉尚回了一声，嘴角逐渐上弯。李秘书侧目看去，心里下了判定：今日老板心情，多云转晴。

按照LS的惯例，新人所在的那一组组员会组织一次迎新聚餐。今天情况特殊，A、B两组的组员和苏伊都参与了方案修改，于是在欢迎苏伊这个新人的聚餐中，A、B两组的组员都来了。

聚餐结束，苏伊回到家时已经九点了。她推开房门，闻到了从室内传来的一股淡淡的薰衣草香味。她知道，她的弟弟在家。

苏翔太听到动静，从厨房里探出头来。他身高接近一米九，体形并不过分壮实，是时下"穿衣显瘦，脱衣有肉"的那种类型。他穿着一身淡色的家居服，深褐色的头发蓬松柔软，长长睫毛下的眼睛忽闪忽闪的。他已经读研究生了，却依旧一副邻家大男孩的模样，从骨子里散发出青春的朝气，像在阳光照耀下长大的王子。

"王子"苏翔太踩着卡通风格的亚麻拖鞋走向门口。在暖色的灯光下，他的头发被照得发亮。他埋怨道："姐姐说好八点到家的，现在都九点了，怎么这么晚？"

"同事们太热情啦！"苏伊吐了吐舌头。

看到弟弟，她一下子放松下来。她放下包，踢掉高跟鞋，从鞋架上取下和苏翔太脚下那双拖鞋图案一样的亚麻拖鞋，张开双臂向弟弟撒娇："姐姐累死了。姐姐这么受欢迎，你不高兴吗？"

"当然高兴啦，可一个女孩太晚回家不安全。"苏翔太叹气道。

他买了一堆新鲜的食材，准备做大餐庆祝苏伊有了新工作。然而，他在炖排骨时接到了苏伊的消息，才知道苏伊要去聚餐。他本来是有些埋怨的，可看到苏伊疲倦的样子哪还顾得上埋怨？他认命似的向苏伊走过去，然后弯下腰。

苏伊见了，熟练地蹿到他的背上，讨好似的说道："嗯！下次我会准确报备的！"

苏伊和苏翔太的父母因为做考古挖掘工作，常年在野外。这些年，古遗址抢救式的挖掘工作激增，他们父母在家的次数更少了。家中通常只有他们姐弟俩，因此姐弟俩的感情很深。

从玄关到客厅只有几步远。小时候，苏伊背着为她打架却打输了的苏翔太艰难地往里走。后来，不知不觉变成了苏翔太背她。起初，苏翔太背她还有些费力，后来随着年龄的增长，苏翔太越长越高，腿也越来越长，于是，背她也就越来越轻松了。如今，这段路成了苏伊专属的撒娇通道。

她把苏翔太蓬松柔软的头发揉乱，这种行为让她生出一种奇妙的治愈感。

苏翔太把她"卸"到客厅的沙发上，然后走去厨房，端来切好的水果。

厨房是苏翔太的领地，怕火又刀工拙劣的苏伊，只能在获得批准的时候进去帮忙择个菜。

苏伊窝在沙发上，抱着她的熊猫玩偶，翻看私人手机里的信息和邮件。冰镇好的西瓜已经去了子，被切成了好入口的小块。苏翔太用牙签叉着一小块西瓜送到她的嘴边。苏伊一口咬下西瓜，嘴中感受到的凉爽清甜让她不禁眯了眯眼睛。她指着一封邮件，像个小朋友一样开心地说道："翔太，熊猫馆周末开始营业啦！"

苏翔太接过手机看了看，而苏伊则把她的熊猫玩偶放到嘴边亲了亲。苏翔太见了，不禁莞尔一笑。苏伊从小就喜欢熊猫，她手中的熊猫玩偶更是从小抱到大。这下，她终于可以去熊猫馆做志愿者，摸到真的熊猫了。

这一天，无数的大朋友、小朋友都在等待着周末的到来。

2. 双面

可爱，老板就会爱吗？

李嘉尚的童年是灰色的。

他出生在 LEE 集团的黄金年代。然而，李父志不在商界。在他出生后，李父马上宣布 LEE 集团的继承者是他，然后就消失不见了。

含着金钥匙长大的李嘉尚在明白自己是谁之前，身份就被定好了。

李爷爷在经历了儿子消失的事情后，内心变得敏感多疑。他可以给李嘉尚想要的一切，除了自由。

李嘉尚是大名鼎鼎的 LEE 集团的继承人，他身边孩子们的父母都不敢得罪他。于是，这些父母便告诫自己的孩子，不要轻易和李嘉尚搭话。因此，他的朋友很少。

身为继承人，他的时间被安排得很满，他需要学习很多的东西。他没有时间玩，也不懂玩是什么。

上幼儿园时，其他的小朋友都离他远远的，谈论着他听不懂的动画和游戏，绘声绘色地讲着那些他没听过的童话。即使管家带着他坐上价值千万的轿车出去兜风，他也体会不到其他男孩子手拿巴掌大的塑料赛车在走廊上奔跑的快乐。那是属于童年的快乐。

管家偷偷地给他买了最贵的变形金刚，他拿着变形金刚跑去找其他的小朋友，那是他第一次兴冲冲地去找其他的小朋友。然而，那些小朋友却对他说："我妈妈不让我和你一起玩。"李嘉尚在知道爱以前，先知道了孤独。

童年的他，空虚得只有一个躯壳了，里面被各种知识填满。他眼睛里的世界永远是灰蒙蒙的。

直到一个小女孩出现，他灰暗的世界里才有了一丝亮光。那丝亮光，至今还会出现在他的梦中。

从幼儿园回家的途中，他会路过一个大型游乐园，那是当年城市里的潮流风景线。过山车上传来的欢呼声、看不尽的互动表演、入口处卖不尽的各式气球……那里从早到晚都充斥着欢声笑语。无论男女老少，他们都对那里有着浓厚的兴趣，似乎只要人到了那里，就能知道什么是快乐。

车停在路边等红灯，李嘉尚坐在车中望向车窗外。突然，一个泡泡顺着风飘过来，贴到了车窗的玻璃上。没一会儿，那闪着日光的泡泡在窗外炸裂，成了水雾。他鬼使神差地降下车窗，那些在空中飘浮的泡泡被风送进了车里，像一道银河在夜空中撕开了一道彩色的裂缝。

"停车。"李嘉尚说道，那是他第一次渴望欢声笑语。

管家提着他的小书包跟在他的后面。他迈着小短腿，跑到游乐园的门边，敬畏地望着检票的闸门。每个入园的人脸上的笑意，都有莫大的感染力。管家买好门票递给他，他觉得像得到了通往"快乐星球"的通行证。

在大脑开始思考前，他已经在游乐园里奔跑了。等反应过来时，他已经跑到了游乐园的广场中央。他喘着气望着四周，心脏在胸膛里怦怦作响。他觉得自己像一粒沙落入了海中，和其他的小朋友没什么不同。

很快，他发现他和他们是不同的。那些自由奔跑的小朋友是有人陪伴的，他们牵着父母或是伙伴的手。

李嘉尚望着那些快乐的小朋友，发现即使进了"快乐星球"，即使被欢声笑语包围，自己依旧是孤零零的。

为什么？为什么只有他和大家不一样呢？

即便他掌握了几门语言，学会了各种理论和概念，幼年的他依旧无法理解这种情况。

人希望自己有个性，也希望自己不被排斥。

又有一堆泡泡从不远处的小摊向李嘉尚飘来，他抬起小手接住。在阳光照射下变得色彩斑斓的泡泡，还没在他的手中落稳就碎掉了，像破碎后的梦境。

李嘉尚猛地缩回手，顿时忘记了礼仪老师的教导，把手上的水雾抹到了裤子上。心突然被孤独和胆怯占据，他有些踌躇。

一个小女孩从他面前路过，仰着头向家长喊道："爸爸，我要坐旋转木马！"

同行的哥哥嘟着嘴嫌弃道："幼稚死了，我要去鬼屋！"

"旋转木马！""鬼屋！"一大一小两个小孩争拗不休。妹妹要浪漫，哥哥要刺激，谁也不肯服输。

他们的爸爸夹在中间，手里举着棉花糖和热狗，哄他们："好好好，都去。你们石头剪刀布，妹妹赢了就先去坐旋转木马，哥哥赢了就先去鬼屋。你们要是再闹，那就哪里都不去。"

李嘉尚默默地望着他们走远。他不知道什么是鬼屋。家中的用人说过，晚上不按时睡觉就会有鬼；老师说世界上根本没有鬼，那是人类自己想象出来的。

那鬼屋里的鬼是什么呢？

为什么他的世界里，没有陪他坐旋转木马、探索鬼屋的父母呢？

"回家吧。"他喃喃自语。他早就知道，沉闷的家才是他的归处。

"不玩了吗？"管家在一旁小声问。

他摇摇头，内心打开的门被重新关闭，原本灰暗的世界变得更加灰暗。

他之前来这里的勇气像被抽干了似的，他已经没力气继续待下去，心里涌上一股委屈，堵在喉咙里，吐不出来也咽不下去。管家伯伯对他很好，他不能冲管家伯伯发脾气。

幼小的李嘉尚垂着头、撇着嘴，脸皱成一团，拼命地忍住怒气和委屈。双眼模糊间，他的眼前突然出现了一张充满疑惑的小脸。那张小脸停在他的面前，担心地问道："小哥哥，你怎么哭了？"

李嘉尚霍然抬起头，退开一步，盛满泪水的眼睛眨了眨，才看清了眼前的小孩。

小女孩穿着一件熊猫样式的小裙子，戴着的帽子上还有两只毛茸茸的耳朵。她对突然出现在这里的漂亮哥哥感到好奇，指着他的脸夸张地说道："小哥哥，你的睫毛好长呀！你为什么哭呀，不高兴吗？你来游乐园还不高兴吗？是因为没人和你玩吗？是因为找不到妈妈吗？你吃不吃糖呀？"

小女孩叽叽喳喳地问了一大堆，李嘉尚被问得茫然地站在原地，不知道怎么回答她一连串的问题。他正发愣时，嘴巴里被塞进了一块橘子味的硬糖，和小女孩嘴里含着的糖一样。小女孩用自己软软的小手拉住他的手，安慰他："别哭啦，我们去找警察叔叔吧？"

- 021

"我没走丢。"李嘉尚生硬地说道。

或许是嘴里的糖太甜，或许是小女孩的笑容太灿烂，让人想要亲近，他突然问她："鬼屋里有鬼吗？"

小女孩似乎被这个问题难住了，眨着大大的眼睛冥思苦想："我不知道。"

"小雨点，不可以一个人乱跑！"一个举着爆米花的女人跑到他们的面前，在看到李嘉尚后，问，"小朋友，你是谁呀？"

李嘉尚还不知道怎么开口，小雨点却已经开口问道："妈妈，你去过鬼屋吗？鬼屋里有鬼吗？"

"嗯……妈妈没去过。你们要去看看吗？"小雨点的妈妈蹲下来，温柔地问她。

"要！"她大着胆子说道，随即牵住李嘉尚的手，向他发出邀请，"小哥哥，我们一起去吧？你保护我好不好？"

小雨点的妈妈听了哈哈大笑。她以为管家是李嘉尚的爸爸，把两个孩子送进儿童鬼屋后，还对管家说："你家孩子真可爱。"

李嘉尚第一次被人恳求保护，自尊心突然膨胀起来。他明明怕得发抖，却还是坚定地握着小雨点的手和她一起进入鬼屋。

其实那个鬼屋并不可怕，为了不让小朋友过于害怕，鬼屋内还开着昏暗的灯。一些工作人员穿着卡通服在一旁守着，以防他们摔跤。房间里的毛绒玩具被机器推着动来动去，如果光线充足，这里就是小朋友的玩具乐园。

李嘉尚和小雨点第一次进去，还是被闪来闪去的灯光唬得不轻。李嘉尚绷着一张小脸，紧紧地握住小雨点的手。一个扮鬼的工作人员在他们面前晃过，李嘉尚被吓到了，愣在原地。他要保护的小雨点却挡在了他的面前，色厉内茬地说："我不怕鬼！"

过了一会儿，惊慌的李嘉尚镇定下来，注意到了"鬼"的影子。于是，他大胆地走过去，摸了摸"鬼"，发现"鬼"的手是热的，高兴道："你是假扮的！"

知晓真相的李嘉尚不怕了，而一直大着胆子的小雨点走出鬼屋后却哭了。看到她那落个不停的豆大泪珠，李嘉尚感到手足无措。在管家伯伯的建议下，李嘉尚打算在游乐园买一个玩偶安慰她。

当李嘉尚带着小女孩走到一家专门卖熊猫玩偶的商店前面时，小雨点停下了脚步。

"熊猫！"小雨点泪眼汪汪地说道。

"你要哪个？"李嘉尚问道。

"那个！"小雨点指着其中一个玩偶说道。

于是，工作人员从货架上拿出熊猫玩偶递给小雨点，小雨点抱住熊猫玩偶后马上破涕为笑。

"你喜欢熊猫呀？"

"嗯！我最喜欢熊猫啦，我以后要当熊猫饲养员！"

"那我也要一个熊猫玩偶吧。"

"下次一起玩吧？"

"嗯。"

"约好啦！"

"嗯。"

两只小手就这样钩到了一起。

之后，管家说服了李爷爷，让李嘉尚每周五下午都有一次和小雨点玩耍的机会。直到最后一次，他们在惊恐中分别。小雨点像流星一样照亮了他的世界，短暂却绚烂，而他带给她的却是不幸。

"老板，我们到了。"

李秘书的话让李嘉尚回过神来，记忆瞬间如潮水般退去，只有心口还在泛痛。

李嘉尚低着头，看着手机相册中那只熊猫玩偶，轻轻地"嗯"了一声。

Y城动物园里原本就有一个熊猫馆，但熊猫馆年代已久，设备老旧。为改善熊猫的生活环境，动物园的管理者在去年就决定重新翻修熊猫馆。得到这个消息后，LEE便成了此事的赞助方。不过，最大的私人赞助者就是李嘉尚本人。

看到赞助款额后，动物园的管理者大吃一惊，连LEE集团的公关部负责人听说后都不禁咋舌。公关部负责人怀疑老板是不是对熊猫有什么特殊情结。

李秘书打听过，他的"冰山老板"说"因为熊猫可爱"。

可爱？

可爱，老板就会爱吗？

李秘书当时思考了好一会儿，以为老板要建立一个新形象。后来事实证明，除了过分执着于熊猫，老板还是那个标准的事业型总裁。

周六一早，李秘书开车送老板去Y城动物园。

过了一会儿，他们的车就到了动物园附近。此刻，动物园的外墙上是一幅巨大的熊猫宣传画。画上圆滚滚的熊猫捧着竹子，一副憨态可掬的模样。

见此，车内的李嘉尚不禁想到了二十年前他和小雨点一起买的那个熊猫玩偶。

如今，那个熊猫玩偶被他放在家中的玻璃橱窗内，崭新依旧。在家时，他每次看那只玩偶，都会用手机把它拍下来，存在相册里、印在脑海里，提醒自己那一段美好的经历是真实的。

小雨点的玩偶还在吗？除了他留下的痛苦，小雨点还记得他们曾经有过的快乐吗？

车在动物园的停车场停下，李嘉尚和李秘书从车上下来，然后低调地混入人群中，拿着嘉宾通行证进入熊猫馆。

此刻，熊猫正趴在攀爬架的平台上啃胡萝卜，饲养员和志愿者们在园内来来回回地忙碌着。一只半大的熊猫大约是看到了熟人，正抱着一个女孩的腿不撒手，向她撒娇，引得游客们一阵欢呼。

见此情景，李嘉尚却走神了，耳边似乎响起了奶声奶气的"我以后要当熊猫饲养员"的声音。

小雨点长大后就是这样的吧？李嘉尚觉得有些伤感，不禁看向哄熊猫的女孩，突然怔在原地。

那个女孩穿着熊猫馆的志愿者服装，梳着简单的马尾辫，戴着一顶印有熊猫卡通图案的棒球帽。她脸上不施粉黛，右脸近乎完美，可左脸上却有一道长长的疤。这道疤撕裂了她的皮肤，她的整张脸也因那道疤痕而显得狰狞。

李嘉尚疾步走向那个女孩，快到几乎要跑起来。

火光、哭喊、伤疤……梦中的场景在他的脑海中浮现。

此时，李嘉尚感受到了衣袖下小臂处传来的疼痛感。二十年前，在火灾中被灼伤的皮肉，像再次翻滚起来的岩浆，一股灼热感从手臂传至身躯，烧灼他全身的神经。

一个念头呼之欲出！

是她！

"先生，嘉宾不能进去。"两个志愿者拦下不顾一切往里冲的李嘉尚。

女孩注意到这边的动静，下意识地回过头，看到他的瞬间眼睛骤然瞪大，愣在原地。他怎么会在这里？回过神后，她赶紧跟上其他的志愿者。

李嘉尚看着那个离开的身影,更加着急了。他甩开两名志愿者,继续往前冲,却被从后面赶来的李秘书拦住了。

李秘书以超乎寻常的力气抓住了李嘉尚的胳膊,大声道:"老板!"

李嘉尚被他这一声吼得回了神,有些茫然地转过头来。

李秘书一看李嘉尚这样,心道大事不好,老板这是受了什么刺激?幸亏他当机立断阻止老板乱跑,老板要是冲进去被伤了,他的事业可就彻底完了。虽然他们是匿名嘉宾,但是现场说不定有人认识他们,要是任由老板闹下去,今晚的头条新闻就将是"LEE集团总裁大闹动物园",公司市值也说不定会面临新挑战。

于是,李秘书道:"老板,我们去休息区吧!"

熊猫馆的负责人听到李秘书叫"老板"后,认出了李嘉尚,忙跟过来道:"李先生,没有经过专业训练的人,绝对不能接近熊猫活动区!您若想近距离看熊猫,有互动活动时,我们会邀请您。"

此刻,李嘉尚已经回过神了。他转过头,指着远处,问熊猫馆的负责人:"那……是谁?"

熊猫馆的负责人顺着他指的方向望去,只见熊猫馆中一只圆滚滚的熊猫正在爬栏杆,遂答道:"那是圆圆。"

李嘉尚点点头,想着圆圆会不会是小雨点。

熊猫馆的负责人又说道:"李总,您真有眼光。圆圆是同龄熊猫中最可爱的一只。"

李嘉尚:"……"

"我们圆圆啊……"

"我问的不是熊猫,"李嘉尚打断他的话,指着熊猫圆圆身边一个穿着志愿者服装的人,"我问的是人。"

负责人:"……"

敢情李总是冲人来的?早说不就得了?

"哦,那是我们的志愿者小苏,苏沐晓。"

此刻,苏沐晓已经换好志愿者服装站在圆圆的身边了。她头上戴着帽子,脸上那道恐怖的疤痕在阳光下却极为清晰。

顺着李嘉尚的目光看去,李秘书不禁感到震惊,结巴道:"老……老板!小雨点!"

闻言，熊猫馆的负责人感到不解，自己不是说了那人叫苏沐晓，怎么就成了小雨点？但他看他们的表现……难不成他们真认识小苏？

熊猫馆的负责人斟酌片刻，问道："要不要我叫小苏过来？"

远处，那个叫苏沐晓的女孩已经抱起圆圆急匆匆地走了。

李嘉尚闭上眼睛，梦中多次出现的小小身影和女孩的身影重叠在一起。他已经寻找小雨点很久了，也已经习惯了失望。看到那个女孩的瞬间，他像回到了二十年前，心中不禁涌起一股喜悦之情，除此之外，还感到内疚。

他知道是自己太执着了，却骗自己是命运让他不如愿。每一次寻找失败，他就把这当作惩戒用的刀刃，将其扎向自己的心。他的心，早已千疮百孔。

然而，他在看到希望的瞬间，便不愿意再被困在黑暗的囚笼里。他的心脏猛烈地跳动着，一遍遍地暗示他，她就是小雨点。

李嘉尚的脸颊因为激动而开始发烫发红。此刻，他害怕否定的结果。

"不……不必。"李嘉尚压下激动的情绪，盯着负责人，道，"何馆长，我如何才能成为你们的志愿者？"

"啊？"何馆长震惊了。

另一边，苏沐晓，也就是苏伊，躲开了李嘉尚，但是她的心脏依旧在怦怦狂跳。她下意识地捂住脸上的疤痕，觉得李嘉尚应该没有认出她。今天是熊猫馆的开馆日，LEE 也许是赞助方，李嘉尚是为了出席仪式而来？

可他堂堂一个集团总裁，怎么会亲自跑到动物园来？

难不成，他是一个"熊猫控"？

苏沐晓拍了拍脸，让自己镇定下来。就算他有所怀疑，只要她咬定自己不是苏伊，他又能有什么办法？

"干活，干活！"

十一点多，熊猫馆馆内会举行一个简单的发布会，主要是面向嘉宾和观众。为了不让现场冷场，工作人员特意做了一个互动抽奖的小活动。苏沐晓被安排在礼品区，给参加完互动的孩子们发小礼品。礼品是小钥匙扣、鼠标垫、水杯、纪念册之类的。最大的礼品是一个熊猫玩偶，摆在礼品架的顶端，吸引了很多路过的小朋友的目光。

苏沐晓从小就喜爱熊猫，虽然她最后选的职业与熊猫无关，但在业余时间，她会去熊猫馆当志愿者。

一个得了奖的小朋友拿着奖品券兴冲冲地跑来礼品区,开心地道:"姐姐,我要……"在看到苏沐晓脸上的疤痕时,他突然收了声,变得怯生生的。他不敢上前,又不想放弃好不容易得到的礼物,一脸纠结。

见状,苏沐晓弯下腰,温和地笑道:"你要换礼物吗?"

她一靠近,小朋友反而退得更远了。小朋友用手捏住奖品券的一边,把奖品券递给苏沐晓。

苏沐晓捏住奖品券的另一边,然后把奖品券放在一个纸盒子里。按照三等奖的礼品内容,她分别拿出一个鼠标垫和一个小小的毛绒挂件,说道:"三等奖有两种礼品,你想要哪个?"

鼠标垫是企鹅形状的,毛绒挂件上的图案是一个可爱的熊猫。小朋友盯着小挂件,却把手伸向了离苏伊最远的那个鼠标垫。他抓住鼠标垫后,说了句"谢谢"便急匆匆地跑了。

"那边的那个姐姐好恐怖啊!"

"哪里?"

"就是那个!"

来领奖的小朋友们凑在一起指指点点。

会场内,一个小男孩答对了十道题,拿着一等奖的奖品券兴冲冲地从李嘉尚面前跑远。过了一会儿,小男孩竟然一脸沮丧地回来了。

"你不是想要熊猫玩偶吗,怎么没领就回来了?"小朋友的家长诧异地问,"熊猫玩偶没有了吗?"

"他们说领奖台那里有一个可怕的姐姐。"小朋友一边夸张地说着,一边比画着,"她的脸上有那么大的一个疤。妈妈,那是巫婆的诅咒吗?"

闻言,李嘉尚从座位上站起来,向外走去。

此刻,领奖台已经被小朋友们围住。

李嘉尚走过去,发现站在领奖台上发奖品的是一个他没见过的女孩。那女孩笑容甜美,被小朋友们一声一声地喊着"姐姐"。

"一个一个来啊,不要着急。"女孩蹲在地上找礼品。当她捧着纪念T恤站起来时,面前却站着一个高大英俊的男人。女孩感到不解,他们的活动虽然没有限

- 027

制年龄，但到目前为止来领奖的都是小孩，这人也不像有孩子的家长呀。

"请问，刚刚在这里的志愿者去哪了？"李嘉尚问。

李嘉尚寻到人时，苏沐晓正蹲在一个角落里用草编星星。她已经忙完了熊猫馆内的工作，还没有完成活动区内的工作。不过若她去活动区，只会越帮越乱。她刚刚给一对夫妻指路，竟然把一个两三岁的小孩吓哭了。她的自信心再次被打击到了。

组长安排了几次后，只好建议她暂时去逛逛动物园，等需要时就会打电话找她。

可她就算是逛动物园，也会吓到其他的游客，这样说不定被吓到的人会更多。

她不想走，也不想回家，便缩在一个角落里，隔着玻璃远远地看着熊猫。那些从观景台处传来的笑声让她觉得开心。

"你介意我站在这里吗？"

一个低沉的声音响起。苏沐晓仰起头，看到了李嘉尚冷峻的面庞，看到了李嘉尚眼中闪过的一丝怜悯之色。

他在同情我吗？苏沐晓想。

苏沐晓说不清是什么感受，只觉得心里酸酸的。按道理来说，就算是吓到了路人或是小朋友，她应该都无所谓的。可是现在被这男人这么一看，她竟然感到了一丝委屈。

苏沐晓觉得可能是今天的工作量太大，才让她产生了这种感觉。她迅速别过头，往角落里一缩，道："请便。"

李嘉尚嘴上说站在她的边上，却长腿一迈，不知道跑哪里去了。等他再回来的时候，他的手里已经多了两瓶饮料。

他手里拿着一瓶饮料，将另一瓶饮料递给苏沐晓。

苏沐晓看着他，不知道他是什么意思。她习惯了旁人见到她后受惊吓、躲避，习惯了旁人怜悯她，从没想过会遇到一个向她搭讪的"陌生人"。

苏沐晓接过饮料，感受到了从冰凉的饮料瓶中传递过来的一丝温度。她把衣领向上扯了扯，脖子往里缩，尽量把疤痕遮住，道："谢谢。"

"不用客气。"李嘉尚突然觉得有些不好意思。他就站在她的身边，没有说话，也没有其他动作。

苏沐晓浑身僵硬,瞥了一眼李嘉尚,确定对方不打算说话,便再次低头编星星。

李嘉尚尴尬地站在一旁,偷偷地看向苏沐晓。他想开口问她脸上的疤痕是怎么来的,却不知道怎么开口,脸都已经涨红了。

苏沐晓又编完了一个星星,感觉腿有些麻了,而李嘉尚,还是那个姿势站在她的身边。苏沐晓觉得无语,这人到底要干什么？难不成他在怀疑她的身份？可她又不在 LEE 上班,哪怕是出来做份兼职,他也不至于做到这种地步吧？

她正烦恼时,李嘉尚终于开口了。他缓缓地说:"我很喜欢熊猫。你能不能告诉我,怎么申请当志愿者？"

闻言,苏沐晓双脚一软,摔了个屁股蹲。

"你……"

见状,李嘉尚想过来扶她,却觉得这样不合礼数,生生地止住了自己的动作,往后退了一步,淡淡地问道:"你还好吧？"

"还……还好。"苏沐晓一边扶着墙站起来,一边在心里疯狂吐槽。敢情他想问的是这个？

他之前用那么吓人的眼神盯着她,是在羡慕被熊猫抱大腿的她吗？

真是总裁心,海底针。

"你去官方网站下载报名表,然后申请就可以了。如果培训通过,你就可以过来当志愿者。"苏沐晓见他问的是熊猫,马上把他当成了需要敬而远之的同好。她发现这个同好在努力地不盯着自己有疤痕的脸,便在心里给他发了一张"好人卡"。

原来 LEE 集团冷冰冰的总裁,有一颗温暖的心。

她感觉自己的心被一股暖意包围了,一瞬间觉得自己和别人是一样的。

"沐沐,能帮我搬下水吗？"远处,一个志愿者推着装有桶装水的小车喊苏沐晓。苏沐晓回应一声,起身向李嘉尚微微弯腰,准备跑过去。

"等等！"李嘉尚喊住她。

苏沐晓停下来,别过头看他。

"你叫苏沐晓？"

苏沐晓点头。

"你还有其他的名字吗？"李嘉郑重地问道。

苏沐晓瞪大眼睛,内心却慌乱起来。果然,她最初的判断是对的,他起疑了……

"没有哦。"她露出最自然的笑容,淡定地回答道。

得到回答的李嘉尚没有再跟上去,苏沐晓总算是有惊无险地完成了今天的工作。

苏沐晓下班回到家中,满心疑惑。

一个总裁,怎么疑心病这么重?她一边想着,一边走入自己的卧室。

她的卧室内放着一个将近两米长的巨大化妆台,上面摆放着各式各样的化妆品,这些化妆品被分门别类地摆放好了。化妆台旁是像抽屉一样的一格一格的储物柜。每一格储物柜的外壁上贴着不同的品牌名称,里面装着对应的饰品。化妆台的另一边,是贴墙的一个单面书柜,书柜上放着许多国内外的时尚杂志。

书柜的黄金位置,目前被 LS 的杂志占据。上面除了近五年的每一期杂志,还有最近刚刚补充的一些早年的赠品册和期刊。

不过,一些珍贵的样本是她借来的。

她从衣柜里取出一套纯棉的卡通睡衣。睡衣上可爱的熊猫图案和悬挂在一旁的时装对比鲜明,两者看似不搭,却又相映成趣。

为了装下她那数不胜数的衣服,苏父苏母把家里最大的房间给她做了卧室,还特意找人为她定做了公主风格的大衣柜。

"姐姐,冰激凌做好了哦!"

卧室外,一个柔和的男声响起。

苏沐晓用发箍系好头发,换好睡衣,推开房门,走向客厅。客厅里,茶几上放着一个超大号的高脚杯,里面是白色鲜奶和黑色巧克力做成的熊猫形状的冰激凌,还是一个笑眯眯的熊猫。苏翔太在厨房里取了勺子,大步过来,道:"姐姐,快来吃!"

苏沐晓举着手机跑过来,用私人手机拍了照,发到仅亲友可见的朋友圈,道:"你做成这样,我都不舍得吃了。而且,晚上吃巧克力会长胖的!"

大厨下手毫不吝惜,他在熊猫的耳朵上利索地挖了一勺,然后递给苏沐晓,道:"姐姐太瘦啦,吃一点没关系的。"

"将来嫁给你那人太有口福了。"苏沐晓吃着苏翔太递来的冰激凌,感慨道。苏翔太做的巧克力比外面卖的要好吃得多。香浓的巧克力入口即化,加上细碎的坚果,一点都不让人觉得腻。

苏沐晓吃得沉醉，再次感慨道："要是我没有做时尚编辑，那我就会去做美食编辑！然后重点挖掘你！"

苏翔太笑了笑，没说话。对那些纯粹爱好烹饪的人来说，最幸福的事也许是找到了极好的食材，也许是开发出了新菜品，也许是享受做菜的过程。然而，他和他们不一样。他对烹饪的热爱，来源于他的姐姐在吃到好吃的食物时露出的笑容。为了见到她更多的笑容，他才渐渐地对烹饪有了兴趣。

"好吃吗？"

"超好吃的——"苏沐晓拖长音调，夸张地说道。

闻言，苏翔太十分满足。

"就是……吃了还想吃。"苏沐晓叹气，不吃还好，一吃她的馋虫就出来了，理智告诉她应该停下来，视线却一直停留在冰激凌上，"我想再尝尝鲜奶的……"

苏翔太舀了一小勺鲜奶递给苏沐晓，道："太冰了对身体不好，今天只许再吃这么多。"说完，他还比画了一下。

闻言，苏伊赶紧又吃了几口。鲜奶入口，混有一点点杏仁的香味，美味得让人难以抗拒。她叹息道："剩下的怎么办？放久了就不新鲜了。"

"我明天把剩下的冰激凌拿去学校，分给实验室的同学。"苏翔太安排得妥妥当当。他们实验室里可有一群饿狼等着投喂。

苏沐晓尝完，便盯着熊猫冰激凌。熊猫的脸颊两侧被舀掉了一部分，原本笑眯眯的熊猫显得没那么高兴了。不知为什么，苏沐晓想起了李嘉尚。

苏沐晓笑着道："你猜，我今天在熊猫馆遇到了谁？LEE 的总裁李嘉尚！那个李嘉尚竟然喜欢熊猫。我差点以为他认出我是苏伊了，吓死我了！"

"他认出来了？"

"没有，他好像有些疑惑，我还是离他远些吧。我可不想让合作方发现时尚编辑苏伊的真实模样。"苏沐晓自嘲道。

苏沐晓可以躲避李嘉尚，但苏伊不得不硬着头皮去主动接触李嘉尚。因为她手头上现在最重要的工作，是 LEE 的"一顾倾城"大秀。从某个方面讲，做得好不好就是看能不能取悦李嘉尚。

补充策划细节、修改落实方案、联系艺人、寻找场馆、搭建舞台、流程彩排……

作为项目负责人，苏伊最大的感悟就是工作时间不够。

- 031

一个产品发布会从无到有，从产生一个概念到落地实现，时间是很紧迫的。

因此，苏伊不得不在公司、LEE 集团和会场这三个地方来回跑动。她每天面对的是开不完的会议和处理不完的突发事件。她每天凌晨下班、一大早上班，天天顶着一双"熊猫眼"。然而，有过这种经历的好处很明显。她因为主导公司的大项目，所以快速地熟悉了整个公司。

当苏伊遇到问题去请教 Amanda 时，Amanda 故意冷着脸，让苏伊自己想办法解决。看到这种培养方式，就连最近开始给苏伊当助理的编辑小薇都忍不住私下抱怨。听说 Amanda 很欣赏苏伊，但小薇没见过比苏伊更惨的人。

苏伊毫无怨言，但是在巨大的压力下，她做事变得雷厉风行，连往日的客套话都急剧缩减，一句话能搞定的事她绝不说两句话……

然而她到底是乙方，也会有身不由己的时候……

在 LEE 的会议室内，苏伊笑眯眯地说道："关于模特的人选，我们上上周已经敲定了。每一个模特，我们都一一确定过。"殊不知，此刻她握紧了拳头，咬紧了牙齿。

闻言，李嘉尚面无表情，不置可否。他的面前像有一面看不到的盾牌，挡住了对面的话。

LEE 集团的相关负责人坐在李嘉尚的两旁，一副眼观鼻、鼻观心的模样。李秘书悄悄地摸出空调遥控器，把空调的温度又调低了一些。

"一顾倾城，东风袭人。"李嘉尚缓缓地开口，直勾勾地盯着苏伊，"你觉得用外国模特合适吗？"

闻言，LEE 市场部的负责人默默地垂下了头。

"LEE 给我们的要求是模特至少要有国际大秀的舞台经验！"苏伊把"至少"两个字说得很重。为了达到这个要求，她在挑选模特时，特意避开了长相上欧美特征太明显的模特。

听到这话，LEE 市场部的负责人把头垂得更低了。

李嘉尚瞥了一眼市场部的负责人，继续对苏伊说道："你不会变通吗？"

听到这话，苏伊顿时就生气地把手中笔记本上的一页纸蹭掉了，刺啦一声，在安静的会议室中显得极为刺耳。

李嘉尚好整以暇地看着苏伊，并不为她的怒气所动。

胸膛剧烈地起伏着，苏伊把这股怒气压了下去，露出笑容，道："今天，我会把新模特的备选名单发过来。"

会议室内的沉重气氛瞬间烟消云散。李嘉尚看了苏伊一会儿,微微颔首。

一旁的李秘书凭多年的经验,确定老板并不是百分之百地满意。这就像被期待的学生交了卷子,卷面虽然是满分,但是答案没有超越标准答案,让阅卷的老师感到一丝失落。李秘书忍不住感叹,老板真难搞定!

过了一会儿,苏伊清朗的声音再次响起。

"我可以变通,不过 LEE 的标准是否可以改变?"

闻言,李秘书猝然瞪大眼睛,没想到有人敢当众挑衅老板!他不禁佩服起苏伊来!

李嘉尚没料到苏伊会这么问,愣了片刻,很快调整过来,微微弯起唇角,道:"不可以。"

"为……"

苏伊的话还没问出口,李嘉尚就皱着眉头打断了她的话:"苏编应该不会这么天真吧? LEE 既然付了钱,就请 LS 按照我们的标准和要求办好这次大秀。如果你因为某个人说的某些话,"李嘉尚看了一眼市场部的负责人,"就认为这是 LEE 的标准,那么苏编的职业素养,还有待提高。"

苏伊再次被气到了,脸色来回变化。最终,她咬着牙,挤出一个笑容,对李嘉尚礼貌地道:"我会尽快送来名单。"然后,她带着助理小薇走出了 LEE 的会议室。

一直关注苏伊的李秘书,分明看见她那白皙的手在发抖……

李秘书摸了摸鼻子,虽然只有一瞬间,但是他看到老板的嘴角翘起来了,像一只战斗胜利得到了小鱼干的猫。老板明明欣赏苏伊,却非得刁难对方。

现在,老板把人气走了,估计过会儿又会心情不好了。于是,李秘书把空调的温度又调高了一些。

过了一会儿,老板果然开始释放"冷气"了,哪里还有刚才戏弄人时的样子?之前,老板的脸冷得像一座冰山;此刻,老板的脸冷得像南极大陆。刚刚还看戏的 LEE 集团的相关负责人被吓得全挺直了腰杆。

"你们每天在公司里,会弄不清公司项目的需求和方向?你们是不是巴不得看到合作方爆出 LEE 是仗势欺人的甲方的消息?"李嘉尚厉声问道。

闻言,在座的高层们瞬间脸色惨白。

会议室里发生的一切,苏伊自然不知道。走出 LEE 大楼,苏伊身边的小薇忍

- 033

不住抱怨："LEE太过分了！给钱就了不起吗？"

"嗯。"苏伊一本正经地点点头，脸上没有一丝怒气，却把手中的空饮料瓶子捏扁了，还把它捏成了一个皱巴巴的球。她把"球"扔到地上踩平，再捡起来扔进一旁的垃圾桶。

一旁的小薇看得目瞪口呆。那可是一个饮料瓶啊，没有大力气是不能把它捏成球的！

不知道为什么，小薇在那个已经不成形的瓶子上看到了李嘉尚的脸。若是那饮料瓶是李嘉尚的脸……想到这里，小薇看向苏伊的眼神中多了一份敬畏。

苏伊在旁边自言自语："要求高、时间紧，好在LEE给钱很大方。"她别过头对小薇道，"还有时间，麻烦你重新整理一份模特名单。"

小薇哀叹一声，点点头。小薇从包里掏出平板电脑，翻找合作过的模特名单，道："符合LEE标准的模特人选恐怕不够，要不要问问B组的赵组长？"

问，当然要问。

赵茹常年跑现场，每年参加近百场秀。她的手上有LS最全的模特名单，只是她把苏伊当敌人。

赵茹若能拿出模特名单，那就是看在公司的面子上。而且，LEE突然要求更换模特，苏伊可以预料到这位没有团队合作精神的同事会说些什么。

果然，赵茹得知换人的消息后就发脾气了："开什么玩笑，这是说换就换的事？你知不知道这要牵涉几家工作室，要跟多少人道歉？"

"需要的话，我跟你一起去。"苏伊平静地道。

赵茹被气笑了。她凭什么带着苏伊一起去道歉？难不成要她看着苏伊和其他人交换名片吗？思及此，她看了一眼苏伊，嘲讽道："没看出来，你还挺有心机的。"

苏伊装没听懂。

"你和LEE说明情况了吗？如果全换成国内的模特，效果肯定没有用现在这批模特好。不要甲方说什么就是什么，这方面你才是专业的。"赵茹继续说道。

"国内的模特确实没有之前那批模特有经验，但最终呈现的效果不一定不好。"苏伊说。

赵茹冷哼一声。现场的情况不难想象，东方古韵风格下，外国面孔自然会显得格格不入。若是要用国内的模特，还要达到LEE的标准，那她就得拿出她手上最好的资源。

她不愿意。凭什么苏伊抢了她的项目，她还要为人作嫁？

但是她又不能让苏伊自生自灭，如果搞砸了和 LEE 的合作，Amanda 是不会听她的任何推脱之词的。

"你什么时候要名单？"

"今天。"

"不可能。"赵茹冷哼一声。

"能让不可能变成可能的只有你呀，大家都知道的。"苏伊诚恳地道。

"别拍这种马屁，没用。"赵茹端起马克杯离开座位，径直走到茶水间，慢悠悠地冲起咖啡来。

赵茹在茶水间权衡利弊，苏伊就站在赵茹的座位旁没动。周围不少人都觉得苏伊会碰钉子，苏伊却不这么想。她想赵茹不会放过可以邀功的机会。

果然，过了一会儿，赵茹端着咖啡杯走过来，道："我可以给你名单，不过我要自己管模特。"

苏伊点头道："没问题。"

下午，赵茹特意趁 Amanda 在公司的时候，在办公室内绕了一大圈，把隐去了联系方式和工作室信息的模特名单交给了苏伊："这是第一次也是最后一次，希望你能尊重别人的劳动成果。你就不用去道歉了，我自己去搞定。"

苏伊微笑，道："谢谢。"

赵茹那副趾高气扬的样子，活像一只开了屏的孔雀，到处招摇。陈瑾看不惯，向苏伊埋怨道："我手上也有模特资源，你为什么去找她？"

苏伊眨了眨眼，道："因为这样最快、最有效。"还有售后保障——赵茹已经开始联系先前确定的模特工作室，准备一家一家地去道歉了。

在大大小小的问题和麻烦中，"一顾倾城"大秀如期而至。

蜜糖少年 ③

他在占据每个注视者的时间和生命

一早,苏伊用过苏翔太精心准备的早餐,换上轻便的商务风格的服装,背上装有礼服的大包,走出家门。

万里征程只差一步,今天过后她就可以休息一下了。

"我走啦。"

"等等。"苏翔太把一个小巧的饭盒塞进苏伊的包里。

这些天苏伊忙得晕头转向,原本有规律的作息也因工作被打破。前些天苏伊半夜胃痛,可把苏翔太急坏了。工作起来就成拼命三郎的苏伊,中午一定不会乖乖地吃饭,于是,苏翔太特意做了饭团让苏伊带上,道:"中午找时间吃,十分钟就能吃完,一定要吃饭!"

苏伊吐了吐舌头,拍了拍苏翔太的头,道:"遵命!啊,这个。"她从包中翻出一张普通观众的邀请函,"你晚上有时间的话,可以过来玩。"

苏翔太低头接过邀请函,道:"晚上七点半。好的,我下了课就过去。"

"我出门了!"

东城区边缘的国际展馆,是这次"一顾倾城"大秀的举办地点。从高耸的玻璃大门进去,就会被巨幅的彩云画轴吸引。沿着精心布置的云道进入,在签到处登记后再向前,就到达了产品展示区。由充满现代感的立柱搭成的似丛林的展墙上嵌着小巧的展柜，新品的样品就在展柜中。展墙一旁是花园风格的产品试用区，在这里可以免费试用展区内的所有产品。

今晚吸引观众和媒体的大秀舞台，还在"丛林"深处。巨大的"飞天"从林中飞出，飞到现代科技感极强的舞台上面，俯视众生。大秀舞台在"飞天"的裙带下若隐若现。

整个展馆犹如一个巨大的博物馆，让人没有了时间和空间的概念。进入的人仿佛被拉入一场时空交错的梦。与千年前不同，此刻"女为悦己者容"有了新的含义——悦己者是自己，妆容是仪式更是自由。

晚上七点左右，夜晚驱散了白天的余温，观众从城市各处赶来。

展馆内热闹非凡，观众和嘉宾们对现场的布置连连称赞，各方媒体扛着长枪短炮在各处移动，而 LS 后台内，此刻却是一片沉寂。

最后出场的男模特 Sam 原定的服装被剪坏，连 Sam 本人都因过敏被紧急送去了医院。负责模特管理的赵茹震怒不已："离开场不到二十分钟了，谁能告诉我这到底是怎么回事？"

绣球一样的花朵被赵茹粗暴地扔到了桌上，红色的花瓣落了一地。Sam 对天竺葵过敏一事清清楚楚地写在表演注意事项里，赵茹曾亲自嘱咐过，后台不要摆放鲜花，可这盆天竺葵却混在绿植中出现在了后台。

不仅如此，连为 Sam 定做的衣服都被剪坏了！负责后台调度的几个女孩站在那里瑟瑟发抖。

陈瑾和苏伊闻讯匆匆赶来。看到破碎的服装，苏伊脑中一阵嗡嗡乱响。

在秀场的同行们若是得知这个状况，LS 怕是会马上成为业内的笑柄。

"备用服装有吗？"陈瑾问。

"当然有！"赵茹怒道。

LS 通常会为模特准备两到三套服装，应对突发情况。这次"一顾倾城"大秀的重点在女模特身上，男模特的服装没有特殊指定。除了被剪坏的定制服装，赵茹还为 Sam 准备了另外一套服装。

"快，把备用的服装拿出来熨烫！"陈瑾指挥被骂蒙的女孩。

那女孩应了一声，赶紧在箱子中翻出礼服。小薇也去帮忙，把衣服挂起来熨烫。

这套服装是品牌方为男性补水喷雾系列产品定制的。服装是浅色系的，显得明亮、有朝气，和被剪坏的深色系服装互补，挂出来就夺人眼球。

但现在根本不是衣服的问题。

"有衣服有什么用?"赵茹生气道。

在 LEE 的此次大秀中,补水产品面向的是年龄层较低的人,因此赵茹才会选择年轻又有活力的 Sam。

且不说这两套服装都是根据 Sam 的体形量身定做的,如今距离登台不到三十分钟,要上哪去找一个与对应新品气质相符的人?

"总会有办法的。"苏伊说,"我们一起联系模特。"

"能有什么办法?我已经联系过了,就算从最近的工作室随便找一个人来,时间也来不及!"赵茹怒吼道。

苏伊皱眉凝视赵茹,道:"那我们要放弃吗?这么久的努力就因为一点问题要放弃?"

闻言,赵茹面色发白。僵持中,苏伊的手机铃声突然响起,打破了沉寂的局面。

展馆入口处,检票员见到了各种类型的俊男美女,其中不乏充满艺术气息的留着长发、长胡子的男士,也有留着超酷短发的女性。即使是普通观众,也多数穿着西装、礼服,衣着考究,彬彬有礼。

通过来宾的言行举止,检票员可以基本判断哪些人是来工作的,哪些人是来尝试新品的,哪些人是受邀来看秀的,哪些人是来满足好奇心的,哪些人是来学习参观的……

此刻,一个正朝入口处走来的人,怎么看都不像和这场秀有关。

来者穿着一身剪裁得体的西装,领口处没有系领带,而是系着一个蝴蝶结。他梳着一个大背头,脸上带着玩世不恭的笑意,脚上是一双花色皮鞋。不管怎么看,他都像那种自恋的"富二代",而且是那种喜欢招蜂引蝶的人。

来看秀的人中不乏"富二代",也不乏穿着比他显眼的时尚人士。他被人怀疑走错会场是因为他的眼睛。从他出现到走向入口处的这段时间里,他的视线不在这场大秀中的产品上,而是停留在来宾的身上,尤其是女宾们的身上。

检票的两个小姑娘对视一眼,在彼此的眼中看到了疑惑。这个人其实是想去两百米外的酒吧街吧?这人却说道:"不好意思,我忘记带邀请函了。你们是 LEE 的工作人员吗?我和你们李总是朋友。"

他的这番话让她们更加怀疑他了。众所周知,他们李总是没有朋友的。然而,这个男人确实是他们李总的朋友,还是和他们李总从小一起长大的朋友。

"先生,请出示您的邀请函。"其中一个检票的小姑娘露出职业微笑,温柔地说道。

"我真是你们李总的朋友,我叫郑和,不信你问问他。"男人委屈地说道。

检票的小姑娘感到为难,道:"先生,没有邀请函,我真的没办法让您进去。"

男人叹气,在口袋里翻找东西。

翻了半天,男人也没翻出邀请函。突然,男人从口袋中掏出了一朵娇艳欲滴的红玫瑰!

他嗅了嗅红玫瑰,递到和他说话的检票的小姑娘面前,深情地道:"送给你,我可以进去吗?"

小姑娘涨红了脸,下意识地接过花,过了一会儿反应过来她还在工作,于是把花推回去,结巴道:"不……不行的,先生!"

"你不要这么不近人情嘛!"郑和像撒娇一般,声音都转了几个弯,惹得周围的人向这边看来。

小姑娘只好建议道:"要不,您给我们李总打个电话?"

闻言,郑和一本正经地点头夸她:"有道理!"

于是,他向小姑娘眨了眨眼,掏出手机打电话:"喂,阿尚,我没带邀请函怎么办呀?"

电话那端的人却无情地挂断了电话。

郑和继续抱怨道:"唉,你们老板啊,特别无趣,你们可别跟他学。"

小姑娘:"……"

"不好意思,先生……"另一个检票员已经把这个举止异常的人当作精神病人了,打算把他拦在此处。然而她还没把话说完,摩托的轰鸣声突然响起。

郑和循声望去,只见一辆拉风的红色摩托向展馆驶来。车上的女司机在一个漂移后把车稳稳地停在展馆的门口。她一身朋克风格的装扮,脚上是一双黑色的马丁靴,穿着紧身的皮裤,身上的铆钉和金属拉链在展馆门口的霓虹灯下闪闪发亮。

她摘下五彩斑斓的头盔,齐耳的短发露出来,在夜风中飘动。她虽是中性装束,但身材凹凸有致。在红色口红的映衬下,她的皮肤如白瓷一样又白又光滑;她的眉眼之间,既英气又灵动。

她把头盔挂在车把上,望着展馆的大门,道:"到啦!"

这一刻,郑和感到自己心跳加快、体温上升,他对这个女孩一见钟情了!

一个阳光大男孩从摩托上下来,因刚刚过快的车速,还有些头晕。他已经决定了,下次就算夏熙阳再热情,也要拒绝坐她的车。他缓了一会儿道:"我先联系姐姐。"

"嗯,你快联系,让偶像出来接我,或者给我带张票。"夏熙阳爽朗地说道。她也忘记带票了。

苏翔太只好给苏伊打电话。

在后台众人的注视中,苏伊接听了电话。

"翔太?"

"姐姐,阳阳姐忘了带邀请函,你有时间接我们吗?"

一小时前,城北大学城内。

苏翔太结束了一天的实验,换上苏伊为他准备好的礼服,在同实验室师姐师兄的尖叫声中走向校门,遇到了在校门口徘徊的夏熙阳。

"翔太,你要去看秀吗?我也去,正好送你过去!"夏熙阳潇洒地一挥手,带走了理工大学的"校草"。

途中,夏熙阳笑哈哈地道:"你有几张票?我的票忘带了。"

苏翔太的到来让一筹莫展的苏伊看到了一丝曙光。她急切地道:"你把你的邀请函给阳阳,然后来展馆后面的入口处。我过来接你,快快快!"

苏翔太感到莫名其妙,但还是把邀请函给了夏熙阳,然后飞奔着离去。

夏熙阳歪着头拿着票,思索半秒,决定先去停车。

郑和远远地望着她,嘴角不自觉地弯起。他看得太专注,连李秘书到了他的身边都没察觉到。

李秘书重重地咳嗽两声,郑和才注意到李秘书。郑和把胳膊搭到李秘书的肩膀上,好奇地问:"你认识那姑娘吗?"

李秘书一本正经地道:"不认识。"

"她不是来看秀的吗?"

李秘书继续一本正经地道:"我不可能认识所有的嘉宾。"

郑和转头看向李秘书，脸上似乎写着"你真没用啊"。李秘书平静地回望，脸上似乎写着"我就是很没用，你说也没用"。

郑和不禁感慨，是不是平时欺负这个小秘书的人太多了，以致小秘书有了应激性反应？

李秘书继续道："提醒一下郑医生，骚扰女性等行为，可是会受到相关惩罚的。"

郑和："……"

李秘书继续补充道："我觉得警告对你已经没用了。警察来之前，也许会有正义之士把你打一顿，毕竟今天来的人挺多的。若真的出现了这种情况，老板是不会管你的。"

郑和嘴角抽搐，他是流氓吗？

他一边扯着李秘书往展馆内走，一边道："走走走，你怎么越来越没劲了？"

路过检票处，他停下来，把之前的玫瑰花和一张名片递给检票员，道："敬业的女士，我可不是坏人哦，收下吧。"

李秘书猛地拉回郑和，回头对检票员说道："名片扔了吧。"

检票员一脸茫然地点点头，举起名片看了看。名片上面写着"聆海心理工作室郑和"及其联系方式，左上角还有 LEE 集团的标志。她感到无语，这个人为什么不早点拿出这个？

入场后，郑和马上推开李秘书，道："你忙你的。"他可是要在这等人呢！

苏伊接到苏翔太后，两人匆匆地跑回后台。她一推开门，赵茹就劈头盖脸地抱怨起她来。

"都什么时候了你还跑出去接人！

"不知道现在情况很紧急吗？

"你简直就是在浪费……"

赵茹的抱怨声停止了，因为她看到了站在苏伊身后的苏翔太。

看到苏伊身后的苏翔太，赵茹马上闭上了嘴。

后台的其他工作人员也闭上了嘴，瞪大眼睛，难以置信地看着苏翔太。

男生有着一头柔软的黑发，忽闪的眼睛如天上闪着的北极星。他又高又瘦，却并不羸弱。他的五官仿佛被精心雕刻过一般，使他整个人流露出青春的气息。

尤其是他的身材，和有国内男模特台柱子之称的 Sam 太像了！

苏翔太被其他人的反应弄蒙了，迈出去的腿又收了回来。现在是什么情况？他不明白苏伊为什么要把他带到后台。他们似乎在忙事情，他是不是不该进去？

"这是……"

苏伊介绍的话还没说完，赵茹已经冲了过来。赵茹掀开苏翔太没扣扣子的外套，隔着他薄薄的衬衣拍了拍他腰部的肉。

苏翔太顿时浑身僵硬。

赵茹不管不顾地问道："你身高多少？"

"一米八六……"

苏翔太话音刚落，赵茹就把他拽了进来，扒下他身上的西装外套，道："小薇，那件礼服给他穿上！"

"啊？"苏翔太向苏伊投去求救的目光，苏伊却从小薇的手上拿过礼服，亲自给他穿上。

苏翔太穿着浅色系的礼服，显得更有学生气，也更有活力了。和 Sam 比起来，他穿上这套礼服更让人惊艳。

"太好了！"连少有好话的赵茹都连连称赞，问苏伊，"你从哪弄来的模特？"

"我不是模特。"苏翔太终于有了开口的机会。

"什么？你不是模特？"赵茹因为震惊而破了音。

于是，大家再次看向苏伊。

"他不是模特，我们现在也没有救场的模特。不过，我们还有时间。"苏伊镇定地拍了拍赵茹的肩膀，"教会他。"

闻言，赵茹瞪大双眼，难以置信地道："你开玩笑吧？"在二十多分钟的时间里，她要教会一个外行，然后让对方直接上台，这不是天方夜谭吗？

苏伊安慰赵茹："他不是完全没经验，以前也登过台、走过秀。"

苏翔太却补充道："那是小学时的儿童节表演……"

闻言，赵茹气得差点崴到脚。此刻，她恨不得把苏伊生吞活剥了。苏伊总是出乱子，然后甩给她收拾！更可气的是，她每次都不得不做！

赵茹一把揪住苏翔太的领子，恶狠狠地道："陈瑾，其他的模特交给你了。你，跟我来！"

她把苏翔太按到化妆椅上，道："五分钟学习，十五分钟练习！"

苏翔太转过头找苏伊，苏伊已经跑到远处去忙了。苏伊远远地感受到了苏翔太的视线,朝他挥挥手,做了一个"加油"的口型。

后台内,苏翔太被凶巴巴的赵茹拎着在空地上训练;展馆内,夏熙阳已经在享受空调带来的凉爽的风了。

在一群俊男美女中,夏熙阳找不到苏翔太,干脆看起展来。看了一会儿,她便走入嘉宾休息区。

周边的服务员端着各类酒水在休息区来回走动。一个服务员走到夏熙阳的身边,客气地问:"女士,请问需要什么吗?"

在各类酒水中,夏熙阳选了一杯为小朋友准备的冰镇柠檬可乐,道:"这个。啊,你等等。"

于是,服务员在一旁耐心地等着,看着这个一身朋克装扮的姑娘从口袋中掏出一个小小的玻璃瓶,看着她从玻璃瓶里倒出两粒枸杞,扔进可乐中。

在服务员震惊的目光中,夏熙阳捧着加了料的冰镇柠檬可乐喝了起来。见服务员目不转睛地望着她,她晃了晃装枸杞的玻璃瓶,问:"你要来点吗?"

服务员头摇得如拨浪鼓。

夏熙阳准备走开时,身后响起一个带着笑意的声音:"我要!"

她回过头,看到一个穿着花色皮鞋,满脸流气的男人向她走来。

男人站定在她面前,潇洒地说道:"我想要你手中的那个红果。"

夏熙阳嘴角一抽,忍住了打人的冲动,把小瓶抛给郑和,道:"送你了。"

郑和也在托盘中拿了一杯冰镇柠檬可乐,亦步亦趋地跟着夏熙阳。

夏熙阳回过头瞪他,郑和却举起杯子,吊儿郎当地道:"喝酒不开车,开车不喝酒,为了健康,咱们用可乐干杯。"

"谁跟你干杯啊!"夏熙阳一仰头,咕咚咕咚地喝了那半杯可乐。杯子里面的冰块和枸杞被她一起吞下并嚼碎了。她一边嚼着,一边看向郑和,眼中满是警告。

哪知道郑和是个缺心眼的,举起酒杯,豪放地说道:"我跟,我也喝了!"

然而,他手中的杯子比夏熙阳手中的杯子大,里面的可乐自然也比夏熙阳杯子里的可乐多。一口气喝下去,郑和喝得想打嗝。为了不出丑,他努力忍住,使劲地拍了拍胸口。当他喝完举着空杯时,眼前哪里还有夏熙阳的身影?

"人呢?"郑和转头,只看到两个"冷面"帅哥。

一个很冷,一个特别冷。

"阿尚!"郑和把杯子放到一旁的空桌上,向后者热情地张开双臂,"你看到我都不喊我！我那么爱你，你却对我如此冷漠！"

李秘书尽职尽责地站到李嘉尚的面前，把郑和隔开，道："郑医生，大庭广众之下，我们老板要注意形象的。"

"我能影响他的形象？"郑和没好气地反问。

李秘书一本正经地点头，一脸嫌弃地看向郑和。

郑和嘴角一抽，决定不和李秘书计较。他的视线越过李秘书，落在李嘉尚的身上。他兴奋地道："阿尚，我对别人一见钟情了！"

"哦。"李嘉尚回应。

郑和埋怨道："听到你的发小对别人一见钟情了，你就这点反应？"

"这是你第一百九十九次对别人一见钟情了！"李嘉尚道。要不是看在郑和是他发小且是唯一的朋友的分上，他都不想回复郑和。

"两百次！"郑和纠正道，"这次是真的！"

李嘉尚目视前方，将注意力放在大秀上，敷衍道："哦。"

"这次我真的遇到真爱了。你看我什么时候这么认真地跟你说过？"郑和抱怨。

李嘉尚抿了一口酒，淡然地道："是吗？"

李秘书掏出一沓账单，微笑道："郑医生，这是你今年来带着女性朋友在本集团消费的账单。上个月光是在 One Secret 餐厅消费的香槟就不止五万元，还有……"

李秘书吐字清晰，着重强调了"女性朋友"。

郑和一把夺过账单塞进口袋，伸出手揽住李秘书的肩膀，道："哎呀，李大秘书，别这么不近人情嘛！你看你们老板在我那里看病，我都不怎么收诊金的！"

李嘉尚插话道："是吗？那下次的诊金就免了吧。"

郑和马上拍了一下李秘书的肩膀，义正词严地对李嘉尚道："这怎么行？一码归一码，亲兄弟明算账。你那么大的一个公司，还计较那么点诊金？这样多掉身价！"

李秘书拿开郑和的胳膊，郑和却厚着脸皮道："看秀，看秀！"

前面正热闹着，后台却一片紧张。

"舞台全长三十六米，你在这个位置站定，停留五秒，然后根据现场情况调整步伐，绝对不能在展示区留下半步，尴尬地站在那里。"赵茹指着电脑上呈现出的 3D 舞台，快速地说道。

苏伊找来了方案效果图，和赵茹一起讲解，方便苏翔太在脑海中模拟彩排。

晚上七点三十分，音乐响起，嘉宾坐定，灯光熄灭。

黑暗中，"飞天"手持的灯盏中亮起荧荧灯火，一只落在"飞天"指尖的蝴蝶破屏而出，紧接着，十几只全息投影而成的蝴蝶从观众的头顶飞过。在观众们的惊叹声中，蝴蝶飞向舞台。不知何时，舞台上出现了一群舞者。她们模拟"飞天"的动作，一动不动地站着。蝴蝶落到她们的指尖、鼻尖，化成点点荧光散开。而后，她们舞动起来。

"一顾倾人城，再顾倾人国。请您欣赏 LEE 美妆产品发布会……"主持人趁机介绍起这次大秀。

过了一会儿，舞蹈结束，灯光像浪潮般从舞台后方袭来，第一名模特"踏浪而出"。在观众们惊诧的眼神中，模特迈着猫步，毫不迟疑地从舞者当中穿过！同时，她用手托起"心雨"彩妆，灯光从彩妆瓶上扩散开来。在大家的注意力被这名模特吸引时，舞者们不知何时变成了打扮时尚的现代女性。她们昂首挺胸，或妩媚妖娆或烂漫天真，向观众款款走去。倏然，她们跃下舞台！

"哇！"观众们惊叹道。

舞者们走近观众，调皮地对他们眨眨眼，有时还送上一个飞吻。此时，开场的模特已经走到了舞台的最前面。在她转身的瞬间，那些舞者在观众眼前化作了点点星光。

原来，舞者们也是全息投影的！

原来，这就是一顾倾城！

在场的人觉得被震撼到了！

"阿尚，你们这个秀可以呀！这个创意谁想的？有趣，有趣。"郑和跟着李嘉尚进入 VIP（贵宾）区，望着台上小声地吹起了口哨。

李嘉尚点了点头，却没回复他。身为李嘉尚的发小以及唯一的朋友，作为心理咨询师的郑和一眼就看懂了李嘉尚的表情——李嘉尚在骄傲。

郑和不禁纳闷，身为 LEE 集团的总裁，李嘉尚什么场面没见过？在比这次大秀规模更大、更高端的活动上，李嘉尚可从没有过这种反应！

郑和回头看向李秘书，用眼神询问"你们老板什么时候有情绪了？"，李秘书只回了他一个神秘的微笑。

陈瑾在舞台一侧看到人们的反应，不自觉地嘴角上扬。惊艳的开场赚足了眼球，只要后续表演无大错，这场新品秀就算成功了。

想到被剪坏的礼服，陈瑾激动的情绪就缓了下来，她心想，不知道苏伊和赵茹进行得如何了……

与此同时，在后台并不宽敞的空地上，苏伊举着同步直播的平板电脑，苏翔太听着直播的音乐，跟着节奏模拟走秀，一步，两步，三步……

这里没有三十六米的舞台，苏翔太走到墙的尽头就转来转去。女模特停下来时，他也停下来，但总是距离不对。

苏翔太很苦恼，看似容易的走秀，要控制得分毫不差，竟是如此困难。

苏伊安慰他："我们还能再练十几分钟，等你到了台上，我会在下面提醒你。"

"嗯。"苏翔太点头。

赵茹感到无比庆幸。苏伊找来的这个朋友还算聪明，而且他最后出场，也不会影响前面的人。

随着时间的流逝，观众们的情绪越发高涨。女模特们即将走完，苏伊把平板电脑交给小薇，跑出后台。

舞台旁，视野最好的VIP区内，别人都在拍模特，只有郑和背对舞台，在拍自己和模特们的合影。

李秘书腹诽，千万不要有人认为郑和是他们LEE集团的，不然太败坏公司形象了。

"苏小姐。"李秘书突然看到了从远处跑近舞台的苏伊。

李嘉尚闻声转头。苏伊通过工作人员通道进入嘉宾席，弓着腰挪到了离VIP区不远的地方，蹲在那里专注地望着舞台。

这时，郑和的注意力却在李嘉尚的身上了。

从小就冷漠的李嘉尚，在听到"苏小姐"这几个字时，竟然从座位上站了起来。郑和转头望去，看到了蹲着的苏伊。

郑和一笑，用手机偷偷地拍下了这个画面。这可是让李嘉尚失态的人，他必须得有兴趣。

李秘书本想再次喊苏伊，被李嘉尚制止了。

李嘉尚十分好奇，苏伊不过来跟他打招呼，不知道猫在那里搞什么。

此刻，台上的男模特已经走完一半。苏伊想着苏翔太还要多久登场，全然没发现李嘉尚就在一旁的看台上。

于是，郑和盯着李嘉尚，李嘉尚盯着苏伊，苏伊盯着舞台。

李秘书不知道郑和想干什么，转了转眼睛，干脆选择沉默，终于轮到他看戏了。

模特登台候场处，苏翔太在进行最后的等待。已经走完秀的模特们，不禁好奇地望向他。

他们不知道 Sam 临时出了意外，看到苏翔太不禁纳闷，这怎么和彩排时的人不一样？这是哪家公司新签的艺人？

"别紧张。"小薇安慰苏翔太。

赵茹则通过通往舞台的门的缝隙紧紧地盯着前面的情况。

"苏伊应该已经到前面了，不过观众区灯光很暗，人又多，你不一定看得到她。如果你没有看到她，就不用找了，直接盯着前面走。最后十步，控制步伐，一定要站准位置。"

"人上台通常都会紧张，这会导致你看不清人、听不清音乐。如果出现这种情况，你不要慌，只要盯着舞台，仔细听音乐，然后默默数拍子，昂首往前走。"小薇补充道。

小薇虽然是助理编辑，但是因为个子高挑，体形不错，曾经被安排走过一次秀。当时，台下全是认识的人，可她依旧紧张得同手同脚，连台下频频翻白眼的 Amanda 都没看到。

她平时看职业模特走秀，总是各种挑剔，轮到自己走秀时才知道那种压力有多大。

苏翔太却笑了笑，道："嗯，我不紧张，你们也别紧张。"

小薇撇着嘴笑不出来。常说皇帝不急太监急，那是因为出了事故皇帝不用承担责任啊，而太监则有可能被拖出去受罚！

换句话说，就算苏翔太没走好，他也是被硬拉来救场的，难道还要怪他吗？

到时候 LEE 秋后算账，被拖出去受罚的可是她们！

听说 LEE 的法务团队特别厉害，不知道 LS 能不能扛住……

"准备……"赵茹从小薇手中拿过走秀用的样品，塞到苏翔太的手中。

苏翔太按计划把它塞进上衣口袋。

"三……"

苏翔太见小薇惊慌得像只小兔子，突然就不紧张了。

"二……"

他竟还有心情和小薇击掌，道："加油。"

"一！"

苏翔太深吸了一口气，迈步上台。

小薇直愣愣地站在原地，耳边还回荡着苏翔太那声低沉的"加油"。这么紧张的时候，他怎么还可以撩拨别人？太过分了！她干脆忽悠他出道吧，她可以当他的第一个粉丝！

赵茹从小薇的胳膊下拽出平板电脑，看直播情况。镜头从远到近，不同机位来回切换，苏翔太的身影终于出现在了镜头中。

他在台上的状态比之前训练和模拟时的状态都要好！

赵茹感到诧异，又有些惊喜。这个充满活力的大男孩，在灯光下闪闪发光！她没想到，他会在登场的时候表现出最好的一面！

观众席上的夏熙阳已经愣住了，她难以置信地从座位上站起来，台上的模特怎么是苏翔太？

"什么情况？什么情况？这是什么情况？"夏熙阳在只有她和苏伊姐弟俩的"天长地久"小群里疯狂刷屏，可惜此刻没人理会她。

苏翔太踏上舞台，感觉音乐清晰、视野宽阔。他听得清每一个鼓点，看得清台下的每一个观众。

他感觉就像在实验室进行一个实验，根据学到的理论去实践摸索，等待一个答案。

然而在这里，他不用等待，答案就在台下观众的脸上！

他们仰头望着他，全神贯注地望着他。他表现得如何，从他们的神色中就可以看出来。

如果他在舞台上的时间只有十秒，而台下有一千个观众，那相当于他在台上的时间是两个小时四十六分四十秒。

他在占据每个注视者的时间和生命。

想到这里，苏翔太心头不禁涌起一丝兴奋感。

原来，站在舞台上是这样的感觉！

看到舞台上的苏翔太，苏伊不由得眼前发亮，此刻的他和平时的他完全不一样。他像为舞台而生，从容不迫地从远处款款而来。他似乎自带光环，牢牢地吸引住了观众的视线。

"咦，这个男模特是哪家工作室的？好帅啊。"

"没见过。"

看到苏翔太的表现,苏伊缓缓地露出笑容。苏翔太的舞台表现完全出人意料。

苏伊预测今天大秀结束后,苏翔太在一段时间内会成为业内的话题中心。

"可惜翔太是救场的临时替补人员,不是模特哦。"苏伊自言自语。为了弟弟的平静生活,她注定要对不起同行们了。

苏伊压抑住心中的自豪感,微微起身向台上挥了挥手。

台上,苏翔太认真地听着音乐,回忆之前赵茹的嘱咐……接着,他看到了苏伊。

一瞬间,他几乎要露出笑容,但很快又控制住了面部表情。

苏翔太眨了眨眼,意思是他看到她了。

苏伊收到信号,在苏翔太要站定的前一刻,举起早就准备好的补水喷雾器,往自己的脸上喷去。这是他们之前在后台约定好的,苏伊在台下做动作,苏翔太在舞台上跟着做。

舞台上的苏翔太从口袋中抽出右手,高高扬起补水喷雾器,做了一个和苏伊一样的动作。

接着,台下的苏伊一撩头发,摆出一个自信又妩媚的姿势。

台上的苏翔太便揉了揉自己蓬松的头发,缓缓地把补水喷雾器装进口袋。

苏伊瞬间被身后观众们的欢呼声包围了。

苏伊不禁兴奋起来,朝苏翔太竖起了拇指。

苏翔太见了,疑虑片刻,向观众们竖起了拇指。

台下突然静了一会儿,随即响起一阵更大的欢呼声,还有一些笑声。

无奈,苏伊只好在台下叹气。

看到苏伊的反应,苏翔太马上就知道自己弄错了,干脆把动作多停了一秒。接着,他的视线突然变得犀利,扫过前排的观众,转身的瞬间,嘴角上扬。

前排再次响起了一片尖叫声。

李秘书用食指推了推眼镜框,开始在心中打算盘了。这个不在名单内的小艺人是谁?LS为什么没提前报备?他是不是可以让演艺部的星探接洽一下,把这个小艺人挖到LEE来?

苏翔太下场后,苏伊提着的心终于返回胸腔。她一放松,腿上的麻意席卷全身,还未站稳,身体已经向后倒去。

- 049

乘风破浪 ④

苏伊在还是一根独木的时候，
就已经看到了整片森林

    苏伊没有摔倒，反而被一只温热的大手稳稳地托住。
    她转过头，看到了此刻绝对不想看到的人——李嘉尚。
    见到这一幕，跟过来的郑和猛地掐住了李秘书的手臂。他只有把力气释放出去，才能缓解此刻想尖叫的心情。李嘉尚竟然主动去扶一个姑娘！
    这一掐，李秘书疼得险些流出眼泪。李秘书奋力地甩开郑和，用眼神警告郑和要淡定点。
    老板要是看到了郑和这副模样，说不定会恼羞成怒，然后辞了这个心理医生！
    "还好吗？"李嘉尚问。
    苏伊惶恐地点头。李嘉尚扶着她，和赶来的李秘书一起带她走向 VIP 区。
    苏伊走路一瘸一拐的，又麻又痛的感觉比刚才还强烈。然而，她现在顾不上这些了，只想着过会儿如何向李嘉尚解释模特换人一事。
    她觉得 LEE 迟早会发现模特人员有异，与其让他们来质问还不如她直接向他们坦白。但是，她还没来得及跟 Amanda 报备！
    "苏小姐，你怎么了？"李秘书拧开一瓶水，把水递给她，"低血糖吗？还是哪里不舒服？"
    "没有，没有，就是脚……脚麻了。"苏伊的声音越来越小。
    扑哧一声，前面传来笑声。苏伊望过去，一个她没见过的青年隔着李嘉尚饶有兴味地打量她。对方笑得很灿烂,苏伊却想打他。

"苏小姐,"郑和吊儿郎当地开口,"你好可爱,是工作人员吗?你介意和我交个朋友吗?"

他话音刚落,就收到了来自发小的眼神警告。

郑和吐了吐舌头,故意从口袋中抽出一张名片塞给苏伊。

苏伊低头看名片上的信息。来参展的嘉宾,尤其是重要嘉宾,每个名字她都有印象,但其中没有一个叫郑和的。

她抬头看去,郑和正笑眯眯地伸出大拇指和小拇指,向她做了一个打电话的姿势。下一秒,他的笑脸就变得狰狞了。苏伊和李秘书看到李嘉尚的脚踩到了郑和的脚上。

李秘书轻咳一声,心道活该。

苏伊收起名片,在心里判断,那人原来是李嘉尚的朋友。

不过,一本正经的李嘉尚怎么会有这么奇怪的朋友?

这个组合……

"没头脑"和"不高兴"?

被郑和这么一打岔,苏伊差点忘了正事。她调整好情绪,整理好思路,向李嘉尚汇报了临时换模特的事。

面对这位最近屡次挑刺的"不高兴"先生,苏伊已经做了最坏的准备。对方若是实在不满意,她就厚着脸皮去求 Amanda,和 Amanda 一起去 LEE 负荆请罪。

苏伊语气沉重地说完,李嘉尚却只是轻描淡写地"嗯"了一声。

苏伊瞪大双眼望向他,一脸的难以置信,他就这反应?

李嘉尚看到她吃惊的眼神,觉得很有趣。和她之前开会时一副有条不紊的模样相比,他更喜欢看她现在这副模样。

不过,在弄清楚为什么会有这些想法之前,他是不会展露自己的情绪的。

于是,他又补充道:"你把事情调查清楚,然后向我报告。"

这才是李嘉尚,苏伊放下心来。

李秘书也在一旁暗中点头,这才是他们的老板,赏罚分明。LS 既然出现了不该有的失误,就应该承担相应的损失。不过,他还是会跟商务人员和法务人员打声招呼,让他们注意一点。

郑和却一脸纳闷,不清楚自己的这个发小对人家到底有没有意思。若说李嘉尚对苏伊没意思,他踩了自己一脚;若说李嘉尚对苏伊有意思,他还一板一眼地说"报告"。

"你能不能放下你那老板的架子?"郑和凑到李嘉尚的耳边小声说。

闻言,李嘉尚一脸茫然。

郑和看到李嘉尚的神情,觉得李嘉尚离开窍还有十万八千里远。

大秀结束,李嘉尚要登台代表LEE讲话,苏伊作为大秀的主要负责人,不好赖在VIP区内偷懒。等脚没事了,苏伊就起身告辞。

李秘书要跟着李嘉尚,郑和便自作主张地送苏伊。

"小心,小心脚下,这有台阶。"郑和绅士地说。

"谢谢。"苏伊道谢。

郑和本想趁着展示区人少,问苏伊她和李嘉尚的关系,却突然听到身后传来一个喊声。

"偶像,你的脚怎么了?"

不待他回头看清人,他就被人撞到了地上。

郑和摔得眼冒金星。庆幸LEE舍得花钱,铺的地毯够厚,他高挺的鼻子才没有当场摔断。

接着,那个女声再次响起。

"这个色狼是不是欺负你?"

郑和因为疼痛,眼角已有了泪水。在模糊的视线中,他看到了撞他的好汉……不,是女侠。

女侠不就是之前那个一身朋克风格的酷女生吗?

还不到三秒,夏熙阳已经单膝压住了郑和的肩膀,单手握住了他的双手。苏伊还没从震惊中回过神来,夏熙阳就向她伸手要绳子,想把这"流氓"绑了。

苏伊赶忙把夏熙阳拉开,场内的保安已经闻声赶来。在一阵鸡飞狗跳后,误会终于解开了。

夏熙阳感到不好意思,但看到郑和那张脸,实在表达不出诚恳的歉意。于是,她敷衍地说了一声"对不起"。

郑和却顺杆往上爬,道:"小姐,我是一个好人,你对我有误会。你今天是在这里工作吗？俗话说不打不相识，今天你摔了我，这也是我们的缘分。我叫郑和，你叫什么名字？咱们交个朋友吧！"

他话音刚落，一旁的保安都觉得他活该被摔。

郑和死皮赖脸地把名片塞给夏熙阳。夏熙阳看完他的名片，竟是一副难以置信的样子。

夏熙阳冷哼一声，把郑和的名片揉烂了，然后丢到他的身上，嘴里嘀咕着"沽名钓誉""败类"。

她气呼呼地拽着苏伊走了，剩下郑和和保安在原地大眼瞪小眼。

郑和不明白，他怎么就"沽名钓誉"了？

难道她知道他？

难不成，她是他的病人？

郑和赶紧从口袋里翻出手机，给秘书打电话，让秘书留意最近三个月内预约挂号的病人的信息，并嘱咐道："如果最近有要取消预约的，一概不答应！"

此时，郑和的秘书正在和她的男朋友一起吃饭。她挂了电话后，忍不住向男朋友抱怨："我们那个过分自信的老板，竟然不清楚预约他的号有多难。你说得对，自负的另一面就是自卑！"

另一边，一向不爱生气的夏熙阳一副气炸了的模样，似乎由内到外地冒着火气。苏伊不解，问："怎么了，阳阳？"

"那个郑和！"夏熙阳咬牙切齿地道，"你注意到他的名字了吗？"

苏伊眨了眨眼，道："郑和……郑和下西洋？"

这名字怎么了？

"这名字是有点微妙。"苏伊尴尬地道。

"不是名字！我难道会因为一个破名字生气吗？"夏熙阳气得胃疼。

郑和这个名字，她一点都不陌生，几乎每隔几天就要听一遍。他是她的导师的得意门生，年纪轻轻却很有名气。

夏熙阳曾经研究过郑和所有的论文和他参与过的课题。在她的脑海中，郑和温柔、大度、有内涵，天生一副慈悲心。他是心理学界的白求恩，是她职业发展道路上的灯塔……

然而，夏熙阳在看到那张名片时，脑海中郑和的形象如镜子一样碎了。

聆海心理咨询室，她之前申请通过的实习单位就是聆海啊！

- 053

她的导师到底是怎么昧着良心说出她一定能和郑和合得来这番话的?不仅如此,导师还让她珍惜机会,多向郑和学习!

夏熙阳咬牙,都怀疑起导师的专业水准来。比狐狸还精明的导师,难道没看出来郑和的本性?

一肚子的话到了嘴边反而无从说起,夏熙阳叹了口气,道:"算了,我回头再跟你解释。"

她前几天还向苏伊、苏翔太嘚瑟,现在可真不好说了……

她见苏伊安慰她时频频注意手机,便知道苏伊有急事,只好道:"你去忙吧,我先回去。"

"我们一会儿有庆功宴,你不等了?"苏伊问。

夏熙阳摇头。她本身对看秀没有多大兴趣,今天来主要是为了蹭吃的。可是遇到郑和后,她就彻底不感兴趣了。她哪里还吃得下?于是,她挥了挥手告别。

苏伊叹了一口气,急匆匆地跑向后台,后面还有一堆烂摊子等着她处理。此刻她还不知道,其他工作人员对她和苏翔太的关系产生了误会……

见苏翔太下场,赵茹便气冲冲地去找监控了。小薇则在一旁等待苏翔太,准备安排他卸妆、换衣服。

小薇对苏翔太十分感兴趣,见苏翔太走过来,双眼立即发亮,道:"小哥哥,你叫什么名字呀?"

"我叫苏翔太。"

"你也姓苏呀!"

苏翔太有些不好意思地点头。

"你们真有缘!"小薇夸张地说。

苏翔太一脸茫然,有缘?什么有缘?

然而,思维跳跃的小薇又说到另一个话题了:"小哥哥,你想不想当明星呀?模特也行!"

"啊?"即使苏翔太是学霸,也跟不上她的思路。

"你信我!以我的专业眼光,你绝对可以当明星的!而且,我觉得你很享受舞台!享受舞台是成为明星的一个先决条件!你唱歌怎么样?要不你唱两句?"

"……"

苏伊匆匆赶回后台,就看到了小薇说个不停,苏翔太却一头雾水的场景。

"不行！"苏伊强行打断小薇的话。

她从小薇的手上取走卸妆水，把卸妆水倒在化妆棉上，然后把化妆棉贴到苏翔太的脸上，道："他还是学生，不考虑这些。"

小薇讪讪地努了努嘴，朝苏翔太做了个鬼脸，到一旁去收拾东西了。

苏伊刚刚已经听到同行们在打听苏翔太了，在他被发现之前，她还是趁早让他离开比较好。于是，她快速地帮苏翔太卸完妆，道："一会儿你先回家。"

"你呢？"苏翔太问。

"我忙完就走。"

"我等你。"

"不行，外面有记者在等着拍你，你不能留在这里。"苏伊解释道。

苏翔太有些不高兴了。

"我忙完工作就回家，不参加庆功宴，回家吃你做的夜宵好不好？"苏伊用指尖点了点苏翔太的脸颊，语气里有她自己都没察觉到的撒娇之意。

果然，苏翔太脸色好了些，道："那我回家给你做好吃的，红枣牛奶粥好不好？"

苏伊点点头。

苏翔太收拾完，嘱咐苏伊不要喝酒。

"我知道！"苏伊把人往外推。

苏伊不知道，早在她说"回家"的时候，不远处收拾东西的小薇就竖起了耳朵。

小薇完全没有想过苏伊和苏翔太是姐弟，在听到他们的对话时，以为他们是情侣，还被震惊到了。

天啊！苏伊竟然有一个同居的"小鲜肉"男朋友！

"小鲜肉"还没毕业！

"小鲜肉"还会做饭！

庆功宴上，小薇分享八卦新闻的劲头达到了顶峰。看到苏伊在庆功宴上露了个面就离场的行为，小薇有些忍不住了。她咕咚咕咚地灌下半杯冰啤酒，想让自己冷静冷静。

陈瑾见小薇的状态不对，便上前询问小薇。小薇见有人和自己说话，突然就忍不住了，不管不顾地道："你知道吗……"

在苏伊离开后不久，庆功宴上的所有人都知道了，救场的男生不是职业模特，而是 LS 负责人苏伊女士的同居男朋友。

"好羡慕啊……"很多人艳羡地感慨。

陈瑾感到不可思议，正要问小薇细节，背后突然传来一个低沉的声音。

"苏伊呢？"

庆功宴上找苏伊的人太多了，小薇脱口而出："苏编有事先离开了，您可以留下名片或联系方式……"

待看清询问的人后，小薇吓得脸色发白，慌张地道："李……李总好！"

李嘉尚什么时候站到了她的后面？

"苏伊走了？"李嘉尚皱眉。

"是……是的，她刚走。苏编家里有急事……"小薇嗫嚅地道，"她刚走，应该还没出展馆，要不要叫她回来？"

急事？她的急事就是回家哄同居的小男朋友？

李嘉尚突然觉得心里闷，道："不必。"说罢，他转头就走。

小薇和陈瑾面面相觑，今天应该没什么工作了吧……

李秘书准备向老板汇报苏翔太的事时，突然感受到了老板糟糕的心情。只不过十几分钟，老板去了一趟 LS 那边就成这样了？LS 里谁敢招惹老板，难不成是苏伊？

他敢猜不敢问，默默地闭上嘴，招艺人这种小事，还是私下找演艺部总监聊吧。

"有事？"李嘉尚问。

李秘书慌忙地摇头。他看着老板越来越难看的脸色，突然道："熊猫馆志愿者培训的时间表我发到您的邮箱了。"

李嘉尚点点头，想到了在熊猫馆中遇到的苏沐晓，她和苏伊一样，也总躲着他。难道姓苏的人和他就合不来吗？李嘉尚把酒杯递给李秘书，道："我先走了，你留下应付。"

李秘书恭恭敬敬地目送李嘉尚离开，在 LEE 的员工群里撤回了刚刚偷偷发的"危！暴雨来袭！"，换成了"台风已撤离，可放心地玩耍了"。

展馆另一头，蹲守的媒体记者们堵住了想开溜的苏伊，纷纷向她提问。

"苏编，最后那位模特是谁呀？"

"传闻说那人是你的男朋友，是真的吗？"

"彩排时候的模特 Sam 去哪了？"

"我可以采访你吗？"
……

苏伊被追着躲进了卫生间。

那些没有被邀请的小报的记者，比进入会场的记者更麻烦。他们没有独家内容可写，一旦抓住了机会，一定会死咬不放。

苏伊想着该找谁救援，当视线停在自己的包上时，突然有了主意。

几分钟后，苏伊推开隔间的小门走出来。时尚女郎赫然换上了一身运动风格的休闲装！高跟鞋被包好塞进包里，她脚上是一双舒适的平底运动鞋。这是之前搭建布景时，苏伊为了方便干活特意准备的一套行头，没想到今天正好派上用场。

苏伊站在镜子前，凝视着镜中的自己，叹了口气，道："祸兮福所倚，福兮祸所伏。秘密换装时间到了。"

她扎起头发，从包中掏出卸妆水和卸妆棉，开始卸妆。片刻后，她脸上精致的妆容没了，出现了一道恐怖的疤痕。这道疤痕占据了她三分之一的左脸，直到下巴位置才消失不见。

她又从包中翻出一副黑色宽边框的眼镜戴上。此刻，她显得笨拙，和之前精明能干的形象完全不一样。即使是长期与她相处的同事，怕也认不出来她。

她从卫生间里出来，走向门口。那些在展馆门口的记者果然没有认出她。

有人上前问话，苏伊就说自己是展馆的清洁工，没人怀疑她。有的人甚至在看到她脸上的疤痕时，赶紧躲开了。

附近的记者们聚在一起，"没想到是个'背影杀手'""大半夜的，那张脸跟鬼脸一样，吓了我一跳"之类的话从他们口中传出。

片刻，李嘉尚驱车驶过展馆门口，错过了在马路另一边等出租车的苏伊。

当晚，LEE 的新品发布会大秀上了热搜榜。

惊艳的"飞天"、高科技的全息投影、有点失误的超帅男模特……

因为苏翔太长得好，人们几乎忘记了他的失误。人们都在谈论他到底是谁家的艺人。

LS 大获全胜，而模特负责人赵茹却在公司暴怒了。

通过调查录像，赵茹找到了剪坏礼服、让 Sam 无法登台的凶手。没想到，那人竟然是 Sam 的女朋友。

Sam 的经纪人得知消息的时候，把 Sam 从医院接了过来，让 Sam 向赵茹道歉。Sam 戴着口罩，脸上的红斑还没完全消退，一副非常疲惫的样子。

"她不想分手，最近情绪很不稳定……" Sam 解释道，他从没想过他的女朋友会这样做，"但她不是有意的！只是……"

Sam 吞了吞口水，对赵茹道："对不起，因为我和她的私人状况……"

赵茹气得发抖，打断了 Sam 的话："私人状况？你知不知道我最讨厌这种私人状况？别人为什么要为你们的私人状况买单？你们有没有考虑过别人也有私人状况？要是因为你们的私人状况毁了工作、毁了我们公司与 LEE 的合作，到时候会有多少人因为你们的私人状况出状况？这个责任，你能负吗？"

"不是的，她不是有意的……" Sam 小声地辩解道。

"她剪烂了我们要用的高级定制礼服，让你不能登台！她不是故意的？她还想怎么故意？难不成她想炸了会场，让我们所有人给她的爱情陪葬吗？"赵茹拍着桌子再次打断他，"Sam，你第一次登上国际舞台是我介绍的，你就是这么报答我的吗？"

Sam 低头，不敢吭声了。

经纪人赶紧插话："他怎么会忘呢？正因为他记得，你之前要换模特的时候，他马上就推了国外的一个秀来挺你呀！这次真的只是一个意外，而且这次也没出什么大状况。他知道错了，Sam，道歉。"

"没出状况？你还想出什么状况？"赵茹看向 Sam，"我问你，那个女疯子是怎么进入会场后台的？通行证是不是你给的？"

Sam 把头低得更低了。赵茹见了，气得骂都骂不动。她看向 Sam 的经纪人，疲惫地道："红姐，我和你说过吗？Sam 什么都好，就是喜欢乱交朋友。他有多少个女朋友，身为他经纪人的你不管吗？"

闻言，经纪人皱起了眉头，道："什么乱交朋友？你说得太过分了。模特也是人，也有私人生活！"

"但是，他的私人生活严重影响了我的工作！"

苏伊路过会议室，隔着玻璃看到 Sam 脸色惨白地站在那里，眼神里隐约有怒气。

陈瑾从她的身后走过来，拍了拍她的肩膀。

"如果是我，我会借这次机会让成红欠我一个大人情，而不是把关系彻底搞糟。"陈瑾瞥了一眼苏伊，"不过，我也不是不能理解赵茹。Sam 是她最先发现的，她这是怒其不争吧。"

苏伊笑了笑，收回目光。她还得整理一份说明报告给 LEE 和李嘉尚。那套礼服，可是 LEE 买的……

最后，Sam 和他的经纪人脸色不好地离开了 LS。赵茹找来苏伊和陈瑾，确定了 Sam 的工作室要对这次失误造成的损失进行赔偿。具体赔偿多少，她们还要和 LEE 商量。

"幸亏我们买了保险。"陈瑾看赵茹的脸色还是很难看，试图调节气氛。

然而，赵茹并不买账。她就像从冰窟窿里出来的一样，寒气逼人。

"我会向 LEE 争取最低赔偿的。"苏伊笑了笑。

"不用。"赵茹沉着脸，冷冰冰地看着苏伊，"让他们赔，不管多少都是他们的责任。我们没必要因为他们去得罪 LEE 这样的甲方。"

"可是，和模特工作室闹僵也不好。"苏伊不认同赵茹的做法，"这次结果并非无法挽回。做人留一线，在这个圈子里，我们也许以后还要他们配合。"

"只要 LS 地位不倒，他们再不甘也得忍着。"赵茹瞥了一眼苏伊，劝告道，"小妹妹，不要总想着做个好人。"

苏伊本想开口，但终究还是不再多言。

人和人的处事风格是不同的，苏伊不能随意否认别人的经验和善意，哪怕这当中带着刺。

苏伊知道，那些刺一定扎痛过劝告者，劝告者受过这种疼痛，才会把它变成自己的武器。

赵茹望着咬着嘴唇的苏伊，心中竟泛起一丝欣赏之情。

苏伊又天真又有能力，如果苏伊是她组里的人，她不介意稍稍保护苏伊的天真。

她想，等 Amanda 回来，就把苏伊要到 B 组来！

殊不知，待 Amanda 从 F 国出差回来，有一个"惊喜"在等着她！

"事情我听说了，虽然出了意外，不过瑕不掩瑜，你们做得很好。"

在 LS 的全员会议中，从 F 国出差归来的 Amanda 毫不吝惜地夸赞了他们。

赵茹轻轻地弯起嘴角，别过头看向苏伊，率先鼓起掌来。Amanda 莞尔一笑，也跟着鼓起掌来，其他人随之放松下来，为苏伊喝彩。

Amanda 把从 F 国带回来的礼物逐一发给大家。

在大伙以为今天的会议就要这样轻松结束时，Amanda 却抛出了一个重磅炸弹。

"今年，我们发展得很顺利，项目进展远超预期，杂志销量和市场占有率都达到了去年定的要求，这都是大家努力得来的。但是我们还不能停下来，更不能沾沾自喜，竞争还在继续，未来的发展会更艰难，所以……"

Amanda 突然停下来，其他人都望向她。单纯的小员工们心里想着是不是又要发什么福利了，赵茹却是眉头一跳。直觉告诉她，事情没有那么简单。她悄悄地看向陈瑾，发现陈瑾也在看她。

苏伊把手中的叉子放到碟边，下午茶的蛋糕大概没有吃下肚的机会了。

"我打算成立 C 组。"Amanda 平静地宣布。

会议室内瞬间变得鸦雀无声。短暂的安静后，全场哗然。

除了 Amanda 和苏伊，没有人能突然消化这么大的一个消息。

赵茹和陈瑾不再关注苏伊这个优秀的新人，她们的目光在和自己资历差不多的同事中穿梭。谁会成为她们的对手，成为 C 组的领头羊？

在她们的目光中，有的人跃跃欲试，大胆地望向 Amanda；有的人慌忙躲闪，表示退让。在这紧张的气氛下，技术部的男员工们不慌不忙地吃着昂贵的糕点。他们只管技术不管业务，反正怎么轮也轮不到他们。与其像行政部和人事部的同事那样四处看热闹，他们还不如抓紧机会吃点好的，犒劳一下自己的五脏六腑。

Amanda 把所有人的反应都看在眼里，悠然地喝了一口咖啡，缓缓地公布道："C 组组长……由苏伊担任。"

她话音刚落，会议室内再次变得鸦雀无声。

连技术部的男员工们都惊得不动了。

大家都瞪大眼睛望着苏伊。

苏伊？

苏伊！

竟然是苏伊！

原来 Amanda 不是挖来了一个最强员工，而是挖来了一个可以和赵茹、陈瑾竞争的人？

A组和B组的组员们，都瞪大眼睛看向自己的组长。

不出所料，赵茹瞬间脸色一沉，而陈瑾直接愣在原地。

"C组的班底，首先从公司调配，然后从外面补充。你们自己想一下，想去C组的把调岗申请邮件发给人事经理、原领导和苏伊，然后把邮件抄送给我。另外，苏伊，你也挑选一下你想要的组员，再提交一个名单给我。"

说完，Amanda安排行政人员收拾会议室，然后走了。她晚上还有其他的事情。

Amanda一走，会议室的员工们便带着探究的眼神看向苏伊。

特别是A组和B组的组员们，各怀心思。有的人早就对工作有所不满，想找一个突破的机会；有的人担心被苏伊选去，会失去现有的待遇和资源；然而，更多的人是犹豫不决。

苏伊有没有资源？她值不值得信任？Amanda成立C组到底是什么目的？公司今后会有什么调整？

他们有太多想知道的，但此刻全都选择了沉默。

在不得罪陈瑾和赵茹的前提下，他们还得知道更多的信息。

大家陆续从会议室里出来，今天的主角收到了大伙带点距离感的祝贺，然后被晾在了一边。心思活络的员工们，纷纷和亲近的伙伴们相约吃饭。

苏伊在茶水间里冲咖啡，B组的阿可看到她马上停住了脚步。她往一旁让了让。阿可洗完手经过她身边时，小声地说道："微信联系。"

苏伊了然地点了点头。

"一顾倾城"大秀时，她几乎加了公司所有人的微信。下班前，她已经收到了不少私信。

而另外两个编辑组长已经等不到下班，早就去小会议室开小会了。

赵茹啪的一下门关上，在陈瑾的对面坐下，愠怒道："真是小看了她！"

她愤愤地望向外面，通过玻璃墙看到B组有人凑在一起嘀咕。

"Amanda到底怎么想的？我们要不要问问她？"陈瑾问。

"Amanda就是不想让我们知道才走的，她就是要让我们自己去猜、自己去想。"赵茹急躁地用手点着桌子，愤愤地道，"之前大秀的时候，我全心全意地帮苏伊，还想把她要来我B组，到头来全是人家的计谋，哼！"

陈瑾抬头默默地看了看赵茹。这赵茹倒是什么都敢说，苏伊之前可是在A

组呢。

"你瞪我干什么呀？她和你们组的人走得更近，肯定会从你们组挖人。后生可畏啊，这事她肯定事先知道，我竟然没察觉到。你发现什么了吗？"

陈瑾叹气道："发现了有用吗？我猜这是 Amanda 的主意。"

赵茹就是知道这是 Amanda 的想法才更加生气，道："我们拼搏了这么多年，到头来却是为人作嫁，凭什么？"

"凭我们不够年轻。"陈瑾无奈地笑道。

陈瑾比赵茹来得早，已经经历过一次这种事了。B 组怎么来的？就是因为业务扩大，把原来的团队拆成两个组。陈瑾想了一会儿，道："LS 已经不同往昔，我们做出了成绩，没人会夸你。在上面的人看来，那些都是应该的。我们已经到了想不被抛弃，就得拼命努力的年纪。"

说着，陈瑾看了一眼赵茹，继续道："没错，你现在还是我们行业的领头羊，但是未来呢？你能永远引领市场，让人们一直记得你？在时尚行业，人不能一直倚老卖老，不能总是回顾过往。想在这个圈子里活下去，你就要不停地向前跑，否则就会被超越，被别人踩在脚下。你应该感到庆幸，这位可畏的后生被 Amanda 挖来了我们公司。如果她去了别的公司，你更不能怎么样。我们同在一棵树下，她能长就让她去长，长成参天大树为我们遮风挡雨。"

赵茹嗤笑道："你说得好听。她挖了你的人、抢了你的资源，你愿意？"

"当然不愿意，但是我们的薪酬至少是她的三倍。她还只是一棵小嫩芽。说白了，我的资源、你的资源，还不都是公司的资源？你不愿意，你可以不给她，Amanda 就不会给她吗？"

赵茹摇了摇头，觉得和陈瑾说不到一块去。她和陈瑾不是一类人，不管结果如何，她不会委曲求全："总之，我不会给的，一个人都不给！"

赵茹甩门离开，陈瑾还在会议室里叹气。赵茹高估了自己的魅力，B 组想走的人，不会比 A 组少。

尽管早有准备，苏伊还是感觉到了很大的压力。

Amanda 没有给她缓冲的时间，大秀的收尾工作还没结束就公布了分组的消息。她知道 Amanda 想让她以 C 组编辑组长的名义直接和 LEE 对接，这样才会有人愿意跟她一起努力。

可这样却让她陷入了公司内部的斗争中。

"难啊,好难啊。"苏伊喟然长叹。

带一个组就这么难,那个人只比她大一两岁,却扛起了一个公司。他到底承担了多大的压力?

苏伊盯着电脑发呆,脑海中不禁浮现出李嘉尚冷漠的样子。她想采访他,想知道真实的李嘉尚。

苏翔太擦着湿漉漉的头发,在苏伊的旁边坐下。他才洗完澡,身上还散发着湿气和热气,显得皮肤愈加白皙。看到苏伊在纸上写写画画,他歪着头,好奇地问:"什么好难?"

"没有资源、没有人脉、没有项目、没有人。"苏伊笑了笑,掰着指头数眼下的难处,"姐姐我现在一穷二白,要什么没什么,全要靠自己。"

"我能帮上忙吗?"苏翔太体贴地帮苏伊捏肩膀。

苏伊舒服地眯起眼睛,向后靠到苏翔太的身上。

"你要是模特就好了。"苏伊不禁呢喃道。

苏翔太笑了笑,注意到她昏昏欲睡的样子,开口道:"姐姐?"

"嗯。"苏伊揉了揉快闭上的眼睛,强打起精神,启动待机的电脑。电脑屏幕上面是一份她做了一半的策划案。

"你困了就去睡觉。"

"嗯。"苏伊点头,却端起一杯咖啡,猛地喝了一口,"等我拿下李嘉尚的专访再说吧。"

苏伊一旦工作起来就会很投入。无奈,苏翔太只好从抽屉里取出助眠的熏香和精油,把它们放到博山炉里,然后点燃博山炉,将其放到苏伊的案头。接着,他把她桌上的闹钟定好时间,叮嘱道:"你再工作半个小时,然后就去睡觉。"

苏伊没有反应。

于是,苏翔太重重地咳了一声。

苏伊听到了,连连点头,却把咖啡杯递了过去。

苏翔太拿走咖啡杯,换了一杯热牛奶过来。

夜已深,只有零星的灯光在午夜亮着。没有人在深夜里不感到困,只是总有东西让人必须清醒。

— 063

LEE 的一个前台女孩能拿到比同岗位同事更高的薪资，除了长相甜美迷人、身材堪比模特、掌握多门外语，她还有一个特殊的技能——对见过的人过目不忘。

此刻在前台登记的女士是 LS 的编辑苏伊，她明明早上才来登记过，怎么下午又来登记了？她上午的事情没谈完吗？

前台女孩接过登记单一看，原来苏伊是预约和李嘉尚见面。

她的目的是采访？

他们老板连商业杂志的采访都不接受，会接受 LS 这种时尚杂志的采访吗？

但前台女孩还是尽职尽责地往总裁办秘书处打了一个电话。

前台女孩原以为李秘书会拒绝，没想到李秘书竟然答应了。

李秘书道："你让她等一会儿，我下去接她。"

前台女孩怀疑自己听错了，李秘书竟然要亲自下来接人？

于是，苏伊被前台女孩客气地请到了休息室里。

其实，上午苏伊来 LEE 是和商务人员谈大秀的后续事宜的。按照合同，LS 将继续跟进后续的媒体报道和产品宣传，而现场模特出现纰漏产生的损失，依据合同条款，得甲乙双方协商后再确定如何赔偿。

从结果上讲，LEE 没有产生损失，合作效果超过预期。商谈赔偿不过是走个形式，LEE 无意追究，LS 态度诚恳，很快，他们就敲定了赔偿方案。苏伊答应，下次合作，在某些业务上可以给 LEE 打个八折。

和苏伊相熟的 LEE 的商务总监调侃道："你根本不是来赔偿我们的，分明是来拉业务的。"

然而他不知道，苏伊还准备拉个更厉害的业务。

她笑了笑，道："其实我今天还有一个目的，我想采访李总。"

闻言，商务部的人都愣住了。片刻，商务总监不确定地问："你想采访哪个李总？"

苏伊很自然地答："就是李嘉尚李总呀。"

"我们李总他……不接受采访的。"

"你们没出过这样的公告，我试试看嘛。"

按照合同规定，她可以向 LEE 提出采访请求，但是这个采访对象……

商务总监硬着头皮帮她联系了李嘉尚。不出所料，李总直接拒绝了。

电话里，他们李总就回了两个字——"不见。"

隔着电话，一旁的苏伊都感受到了李嘉尚的不高兴。不知是不是她的错觉，好像大秀结束后，李嘉尚又变得不好相处了。

不过，采访李嘉尚本就是一个挑战。苏伊不泄气，笑眯眯地问商务总监："按照LEE的流程，想专访某位高管，我该怎么做呢？"

"嗯……你可以去前台预约。"

"哪位高管都可以约吧？"

"理论上是这样的。"商务总监的声音逐渐变小。他连订好的午饭都没拿，先把苏伊送了出去。

苏伊想采访李总，没问题，他在精神上绝对支持她。但是，他还是得先把她从他们办公室送出去，不能让人觉得这是他的主意！

于是，苏伊在LEE集团附近悠然地吃了一顿午饭，然后赶在下午上班的第一时间，跑来前台预约。

李秘书在休息室里见到苏伊后，笑着道："苏小姐锲而不舍，勇气可嘉。"

"没采访到李总，我是不会走的。"苏伊笑着回答。

上午，商务部总监打电话请示李嘉尚的时候，李嘉尚就已经拒绝了。

李秘书原以为老板不会再管这件事，但没过几秒，李嘉尚却主动询问要来采访他的人是谁。

李秘书觉得无语，商务部总监之前不是在电话里说得清清楚楚吗？但是，他也只能一边腹诽一边耐心地给李嘉尚解答。

所幸下午苏伊又过来了，这一次他先斩后奏，直接把苏伊带到了李嘉尚面前。

电梯里，苏伊向李秘书道谢，李秘书忙道"不谢"。

沉思片刻，李秘书对苏伊道："我可以带你上去，能不能说服老板，就要看你自己了。"

苏伊点头，她早就做好了被拒绝多次的准备。她会充分发挥屡战屡败、屡败屡战的纠缠精神。

她原以为李秘书是过来拒绝她的，没想到会被他带上电梯……

看李秘书的行为，他似乎是擅自做的决定。可没李嘉尚的同意，他真敢带人上去吗？

苏伊的不解，全都展现在她的脸上了。

— 065

李秘书只是笑了笑,不打算解释。

上午,李嘉尚拒绝了采访,可过了一会儿,他竟然问要采访他的人是谁。

以李秘书对老板的了解,老板拒绝了就不会再多问。老板既然问了,那就是在意。

老板在意,不就是后悔之前的行为?

老板后悔拒绝了苏伊的采访,或者说后悔拒绝了苏伊。

无论是哪种情况,作为一个心系老板的好秘书,李秘书当然要想老板所想、忧老板所忧,苏伊既然又来了,他就绝对不能放她走!

过了一会儿,他们到了李嘉尚的办公室门前。

李秘书敲了敲门,然后进去汇报:"老板,苏小姐来了。"

闻言,李嘉尚皱了眉皱。

李秘书不待李嘉尚开口,抢先一步道:"苏小姐说无论如何都要见您一面,不然不会走。"

李嘉尚:"……"

"我们才合作完,就这样把人拒之门外不太好。"李秘书低下头,一副为老板分忧的样子,但在李嘉尚没注意的时候,他弯起了嘴角。

"所以?"

"所以我把人带上来了,就在外面。"李秘书抬头瞄了一眼李嘉尚。

李嘉尚意味不明地哼了一声。

"要不,我把她请下去?"李秘书道。

"请下去吧。"李嘉尚冷漠地道。

"啊?"李秘书蒙了,"真请下去啊?"

"人是你请上来的,难道要我请下去?"李嘉尚好整以暇地问道。

李秘书不确定李嘉尚的真实想法,只好皱着眉头站在原地发愁:"那我怎么跟她说呢?难道说'虽然我们李总下午有时间,但是请回吧,我们李总不见'吗?"

见李嘉尚眼神逐渐变冷,李秘书只好可怜巴巴地闭上嘴。

"把人叫进来吧。"李嘉尚不再逗他。

李秘书高兴地道:"我这就去!"

他就知道他猜准了老板的心思,可老板不承认,还非要吓他,他实在太难了。

片刻后,苏伊被请进了李嘉尚的办公室。

"你想采访我？"李嘉尚冷漠地道。

"我不能采访您吗？"苏伊明知故问。

李嘉尚望着她不说话。

苏伊迎着他的视线，镇定地道："LEE 的官方网站上说，LEE 对外接受公众及媒体的监督。LEE 有 LS 的合作备案，LS 无社会不良记录，合格守法。我身为 LS 的编辑，代表 LS 向贵公司提出采访请求，保证采访不夸大、不抹黑，坚决不做无良记者。采访稿会按照流程送到 LEE 的外宣部审核。您觉得我的采访申请过分吗？您为什么不愿意接受采访呢？"

李嘉尚不说话，偌大的总裁办公室内突然一片安静。

因为苏伊的到来，空气中多了一丝清甜的香味。

李嘉尚闻着那丝香味，静静地打量起苏伊来。

因为他之前没有接受过采访，所以便有了他难采访、不能采访的传闻。可这些传闻，仿佛对她没有任何影响。

苏伊认定了，就会试试，不管难不难。

苏伊也在打量李嘉尚，那张英俊的脸上一如既往地没什么表情。她判断不出他的喜怒，只好继续道："我可以理解成，是李嘉尚由于个人意愿……"

她的话还没说完，李嘉尚就皱起了眉头。他没遇到过直接喊他名字来求合作的人。

苏伊没有被他吓到，继续道："我并不想采访李嘉尚这个人，只想采访 LEE 的当家人，只是李嘉尚是 LEE 的当家人的名字。"

李嘉尚望向苏伊，道："哦，那真是遗憾。"

苏伊弯起嘴角，不自觉地露出一个笑容，李嘉尚比传言中的有趣多了。她挑衅了他，他不但没把她赶出去，还有些孩子气地噎她。

苏伊本就不打算咄咄逼人，遂温和地道："现在是您的工作时间，配合外宣、接受采访，也是您工作的一部分。"

李嘉尚嗤笑一声，道："你是指责我公私不分？"

"怎么会呢？您想多了。"苏伊忙道，"我的意思是，您这么好的形象，藏着太可惜了。"

"我还要为了工作出卖色相？"李嘉尚问。

苏伊讪讪地道："我不是这个意思！总之，您若接受采访，我保证尊重您的意愿，绝不乱写，更不会抹黑您高大光辉的形象，对 LEE 有百利而无一害！"

李嘉尚不置可否。他承认，他欣赏苏伊。因为这份欣赏，所以他信任她，即使他们认识的时间还很短。

这份信任感让他无法像拒绝其他人那样拒绝她，而且，他并不讨厌她的说辞。

苏伊趁势抓紧机会，迅速地掏出笔记本，和李嘉尚商量采访事项。

随着时间的推移，他们两人的距离越来越近。苏伊把笔记本推向他，向他确认他说的是不是她笔下写的那个品牌名。

李嘉尚看了一眼，视线从她清秀的笔迹上移开，注视着那双让他觉得熟悉的眼睛。

这双眼睛就在他的面前眨动，眼睛上的睫毛一根一根的，无比清晰。

苏伊一边说着一边写着，完全没注意到李嘉尚已经出神了。

苏伊又问了一个问题，见他半天没回应，便抬起头来，险些撞上李嘉尚的脑袋。

两人都被吓得一个激灵，听到了自己心脏怦怦跳动的声音。

李秘书坐在自己的位子上，向总裁办公室张望。苏伊已经进去近半个小时了，看样子采访这事有戏。他看了看时间和下午的安排，准备提醒李嘉尚下午会议。敲门进入总裁办公室后，他立刻察觉到了里面的诡异气氛。

这是什么情况？他是不是来得不是时候？难道他们聊了不能让第三方听到的话题？

见到李秘书，苏伊赶紧轻咳一声，起身告辞：“我会整理一份采访的问题，然后发到秘书处。如果有不妥之处，我会进行调整修改。多有打扰，期待下次再见。”

李嘉尚也像无事发生一般，安静地点了点头。

李秘书送苏伊下楼时，怀疑自己刚才的感觉是错的。一定是因为郑医生老向他打听苏小姐和李总的关系，他才会瞎想。

当返回总裁办公室时，李秘书发现老板把刚刚端来的一整杯咖啡都喝光了。老板这是说了多少话才会渴成这样？

李秘书装作什么都没发觉，汇报起会议的相关内容。

听完李秘书的汇报，李嘉尚揉了揉额角，把那些乱七八糟的想法从脑海中赶出去，起身前往楼下的会场。

他见识过苏伊统筹规划方面的能力，却还是小看了她的职业水平。她的问题很有深度，并不拘泥在时尚圈内。她懂得用不讨厌的方式，问她关心的问题。如果话题不小心被她带偏，他还会被问到他想都没想过的新问题。

对比之下，LEE集团分公司这些汇报工作的精英，就显得有些畏首畏尾了。

李秘书发现，老板今天尤其不耐烦和高管们打"太极拳"。老板屡屡打断他们的发言，问题直指核心，咄咄逼人。

李秘书站在一旁，一边提醒分公司的高管们注意时间，一边思考老板为什么在会议上会有这样的行为。想来想去，他只想到了苏伊。这个苏小姐，不但能让老板的心情变好，也能让老板的心情变得不好……

走出LEE的大门，苏伊打车回公司。一路上，她都在脑海中思考采访的内容。

十字路口碰上红灯，车子停了下来。苏伊合上笔记本，视线移向车窗外。恍惚中，玻璃窗上似乎出现了李嘉尚的眉眼和深邃的目光。

苏伊猛地摇了摇头，用笔敲了敲脑袋，默念"冷静"。

天气阴沉，空气中的水分很多。从车窗望出去，街道的景色都像沾了水汽。

"今天有雨，记得带伞。"苏伊打开手机，看到了苏翔太早上在群里发的消息。

除此之外，便是夏熙阳刷屏后留下的一堆牢骚——

"实习遇到神经病""认输绝对不行""敢骚扰我，就把他打到生活不能自理"……

这都是些什么？

夏熙阳不是去了心心念念的单位实习吗，怎么脾气这么暴躁？

她的小姐妹连生气都这么有活力，让她的疲惫感一扫而空。她忍不住想给"暴躁女侠"煽风点火。

"是哪个吃了熊心豹子胆，敢惹我们的夏大侠？你不是去你崇拜的师兄那里实习了吗？见到人了吗？"苏伊问。

夏熙阳正在自己的办公室里默念"不生气"，看到苏伊的消息，刚压下去的火气又噌噌升起。她回复道："见到了！我太崇拜他了，崇拜得想一刀捅死他！"

夏熙阳这周来聆海实习，和郑和不在一个工作组。得知这个消息后，她高兴得恨不得放鞭炮。

不管郑和怎么样，聆海确实是Y城数一数二的心理咨询室，是实习生能选择的最优实习单位。

如果因为郑和从聆海辞职,夏熙阳是不甘愿的。好在天无绝人之路,她和郑和不在一个工作组!

于是,夏熙阳高兴地入职了。

她不想和那个花花公子有纠葛,郑和却不愿意放过她……

她在单位第一次看到郑和时,他正抱着一大束花挨个分给办公室的女同事。

为了美化工作环境,郑和自掏腰包,订花装点办公室。入职时,她分到了一个造型优美的花瓶。当时,行政部的女孩说会有人分花,没想到是他!

夏熙阳当即就把花瓶还给了行政部的女孩。

"你不要吗?"行政部的女孩感到诧异。明明早上夏熙阳接到花瓶时,还挺开心的。

"我过敏。"

"啊?"行政部的女孩一脸茫然。她记得自己问过夏熙阳对花过不过敏才给夏熙阳花瓶的呀。

"郑和送的花,我过敏。"夏熙阳放下花瓶,潇洒地离开了。

行政部的女孩好奇地探头张望,这新来的"潇洒姑娘"怎么就和人见人爱的郑医生合不来?

夏熙阳刚走出行政办公室,郑和恰巧来行政部送花,两人就这么面对面地遇上了。

她一句"好狗不挡道"还没说出口,郑和就把怀中那一大束红玫瑰塞到了她的怀中。

饶是夏女侠,也被郑和这莫名其妙的举措搞蒙了。

趁她发愣,郑和赶紧捧住她抱花的双手,深情款款地说道:"我们又见面了,阳阳小姐!千万星辰,你是我寻找的那一颗星。上次分开,我以为我们就要在茫茫人海中错过,但命运显然眷顾了你我!我喜欢你,请和我交往吧!"

郑和还不知道夏熙阳的名字,只记得苏伊叫她"阳阳"。

郑和说得深情,却把夏熙阳生生地激出了一身的鸡皮疙瘩。

路过的同事们感到震惊,掏出手机想记录这浪漫的一刻,没想到录下了夏熙阳用玫瑰砸郑和的画面。

夏熙阳气愤地道:"'阳阳'是你叫的吗?"

这下,全聆海的人都知道了,他们的"团宠"郑医生喜欢新来的夏医生……

苏伊一头雾水,正准备继续问,微信却响了起来,是小薇发来的消息。

大秀的时候,小薇几乎天天跟着苏伊,见识过苏伊的实力。分组后,她是第一个写申请调到 C 组的人。陈瑾并不感到意外,痛快地同意她转组。

此刻,小薇应该在公司配合行政人员处理 C 组的工位分配,没想到,她发了一条有很多惊叹号的消息给苏伊:"老大,你和 LEE 谈完了!!!他们决定不追究我们了吗?"

苏伊回了一个"嗯"字。

小薇又发来了消息:"你快回来吧,赵茹去找主编告状了!"

苏伊叹气,好心情又没了。

"阳阳,我先去工作,周末我们再细聊。"苏伊在群内发了一个大哭的表情图片。

夏熙阳回了一个猫咪打拳的表情图片:"周末我要吃火锅!"

"好。"苏伊莞尔一笑,要是所有人都像夏熙阳一样简单可爱就好了。

苏伊回到 LS,很快就知道了事情的来龙去脉。

LEE 回复了苏伊之前所发的关于大秀临时调整男模特的相关事宜的邮件,双方已协商好,LS 本次临时替换模特虽违约,但 LEE 不会追究。

但这个结果打乱了赵茹原本的计划。看完邮件后,赵茹怒不可遏,认为苏伊无权干扰她的工作。加上 B 组有人提出要换组,赵茹更气了,直接冲进总编办公室,找 Amanda 告状。

"是你说模特部分由我负责,可你和 LEE 谈模特的事时根本没有和我沟通。我已经和 Sam 的工作室谈好了,他们会赔付赔偿金。你觉得现在的结果是为我们省钱吗?我们现在不仅要让利给 LEE,还要承他们的情。但是在其他的模特工作室看来,是 LS 出了纰漏。"赵茹抱胸,冷眼看向苏伊。

苏伊才到公司,就被叫来和赵茹沟通。赵茹不给她开口的机会,劈头盖脸地一通指责。

苏伊耐心地等赵茹说完,然后不急不躁地解释:"这件事,我的确有沟通不足的地方。可是昨天,我问你要不要和我一起去 LEE,你拒绝了。你说我是'一顾倾城'的负责人,让我自己去解决。当时现场有很多人,陈瑾组长也听到了。"

"我那是……"赵茹想抢话,被 Amanda 用眼神制止了。

陈瑾看了看两边,没有出声,继续心安理得地走神。她本来在向 Amanda 汇报期刊主题,赵茹却闯了进来。苏伊没来时,她已经听了一通牢骚。现在当事人都齐了,她也不急着出去,想看看苏伊会怎么应对赵茹。

"其次,现在的赔偿方案并不是我一个人的意思。LEE 的商务团队认为我们并没有造成实际损失,只是没有提前和他们报备。在他们看来,这次合作结果超出了他们的预期,因此,他们决定不追究。关于赔偿金一事,我和他们协商过。实际上,他们不在乎赔偿金,也不打算接受赔偿金。既然 LEE 不要赔偿金,按照你和 Sam 工作室的约定,我们也无须向 Sam 的工作室索要赔偿金。这并没有破坏你和他们的约定。"苏伊有条不紊地说着,目光看向 Amanda。

"那为什么会有下次合作八折一事?这不是你自作主张提的,而是 LEE 提的?"赵茹冷笑道。

"这的确是我提的。"苏伊大大方方地承认,"我认为如果能和 LEE 有后续合作,让利两成完全值得,而且只是某些项目打折,并不是所有的项目都打折。LEE 给合作方的报价非常优渥,即使我们再让一些也不会吃亏。"

闻言,Amanda 莞尔一笑。能与 LEE 合作,苏伊就算让利五成也是值得的。赵茹自然明白这个道理,不过是在故意找碴。

"你说得好听,有本事拿一个和 LEE 的新合作项目出来,让大家瞧瞧!"赵茹被苏伊气得不轻,语气有些冲。她从椅子上站起来,朝苏伊迈出一步,居高临下地瞪着苏伊。

苏伊笑了笑,并不理会赵茹,而是看向 Amanda,悠然地道:"我约到了李嘉尚的专访,想申请下下期杂志的封面位和中页版面位。"

她话音刚落,一直在看戏的陈瑾霍然抬头,Amanda 却望向陈瑾。

陈瑾负责杂志排期,对每一期杂志的具体情况都很熟悉。

陈瑾不禁流露出喜悦之情,不过还是有些不敢相信,道:"下下期的封面位已经给了最近正红的演员魏莱。不过你若确定能采访到李嘉尚,魏莱这边可以延后一期。"

"你真的拿到了李嘉尚的专访?"赵茹咬牙切齿地问,眼睛亮得惊人。

"是真的。"苏伊肯定地回答。

最终,苏伊被 Amanda 留了下来,赵茹和陈瑾则一同走了出去。

赵茹一把拉住要去协调杂志排期的陈瑾,把人拖进茶水间的角落,道:"你还真打算给她当下属被使唤呀?"

陈瑾叹气道："我怎么成她的下属了？这是 Amanda 安排的。再说，李嘉尚接任 LEE 以来，从来没接受过采访。这回，我们是独家采访。到时候杂志销量上去了，业绩是大家的，何乐而不为？"

"要是没戏了呢？"赵茹问。

陈瑾笑而不语。

赵茹愤愤地道："我是不会让一个小丫头爬到我的头上作威作福的。"

办公室内，只剩下苏伊和 Amanda 了。

Amanda 比之前看上去和蔼很多。她虽然看好苏伊，但是也没想到苏伊在只有一个组员的情况下就把刚接触的 LEE 握住了，连 LEE 总裁的专访都拿下了，以后 LS 与 LEE 的合作机会还会少吗？

"你说服了李嘉尚？"Amanda 问。

苏伊点头道："运气。"但她眼中流露出的自信让人无法忽视。

"LS 是时尚类杂志。我们这次采访，不能像那些商业周刊一样只深挖李嘉尚的人生经历。何况，他也比较抗拒这个。采访的内容可以分成几个板块，他执意成立彩妆公司的原因、LEE 彩妆的未来发展方向、他眼中的时尚……"

苏伊翻出笔记本，把路上想的采访内容说出来，征求 Amanda 的意见。

Amanda 一边听一边点头，听了一会儿补充道："你想得很细致，不过下下期的话……LEE 应该在进行艺人选拔。"

闻言，苏伊感到愕然。

Amanda 浅笑道："这是他们的内部消息，还没有对外公开。听说是在大学校园里选演员、歌手和模特。之后，他们应该会进行这方面的宣传。"

苏伊立即明白了 Amanda 的意思。对苏伊而言，这可以发展成新业务。

"主编，C 组的目标策划书，我有想法了，不过需要大家的支持。"苏伊从包中掏出一份纸质策划书，递到 Amanda 的手边。

Amanda 接过策划书，漫不经心地看完第一页，待翻到第三页的时候，神色变得认真起来。她飞快地看完，又看了第二遍，最后合上策划书，目光锐利地盯着苏伊，道："你的策划，需要一个有力的赞助商。"

苏伊重重地点头，征询道："你觉得 LEE 怎么样？"

闻言，Amanda 合上策划书，放声大笑，再次感受到了苏伊带给她的惊喜。

无论是业务层面还是发行地域，LS 已经到了发展的瓶颈期，Amanda 早就想寻求突破了。从去年开始,她就在筹划 LS 杂志的海外版。

苏伊给她的提案叫"异域风情",以世界不同地域的时尚女性的生活为切入点,向读者展现各种风俗文化下的女性生活姿态,推荐更多样的生活方式。其深层目的是考察其他地区的市场,寻找时机把 LS 的品牌、Z 国的时尚产业当作"异域风情"植入海外。

这已经不是一个小组的策划项目了,可以作为公司的一个大项目了。他们若是要实践这个项目,将要倾尽全社之力,还要有足够的资金支持。

Amanda 只是告诉苏伊,既然成了组长,就得做一下今年的目标规划。没想到,苏伊在还是一根独木的时候,就已经看到了整片森林。

如果没有 LEE 的合作,苏伊的方案就是天方夜谭,如果能拿到 LEE 的赞助……也许……

这就是 Amanda 在寻找的突破口!

Amanda 的笑声渐止,她把策划书捏在手上,盯着苏伊道:"既然你给自己选好了挑战项目,就别拖延,先把人手找齐。"

苏伊笑着应下。

5 内心的选择

长大后，在不只是需要拳头的世界，他也想保护她

Y城城北，是全市绿化率最高的区域，也是著名的大学城区。街头巷尾，充斥着一股年轻的活力，连街道旁的商社大厦也比别处的建筑显得更有活力。这里商铺的装修风格比商业区更具有文艺气息，用色也更大胆，精致小巧的饰品店、主题鲜明的潮店，还有有着浪漫情调的咖啡馆。不仅如此，这里的美食一条街还汇聚了天南地北的各类菜品。

这里从不缺少客源，店铺之间的竞争异常激烈。在这种环境下，一家紧邻理工大学大门口的小店铺，已经经营了几十年。

小店经营的业务很多，卖书、卖报、卖杂志、卖文具；打印、复印、做条幅。毕业季时，小店还承接各类手工纪念册的制作，从拍照、设计排版到印刷，一条龙服务。小店的店主是一个七十多岁的大爷，经常用一台年龄比今年新生年纪还大的台式电脑，给学生们快速地修证件照，让一旁的学生们看得自叹不如。

这时正是中午，学生们已经下课，纷纷拥到了街上。小店门前，站着一个高挑俊美的年轻小伙子。大爷扇着蒲扇坐在店门前看他。这个小伙子是这家店的常客，平时从图书馆借了孤本，就会来这里复印。

今天，这个小伙子却站在杂志架前，在看一本时尚杂志。

大爷别过头瞄了一眼，封面上是一个女明星。

小伙子长得帅、学习好，没想到也会追星。这看脸的世界！

- 075

小伙子的同学气喘吁吁地跑过来，看清他手中捧着的书后，怒从心头起，斥责道："苏翔太，你有没有义气？你不等我上完厕所，却心急火燎地跑出来买书，就是买这个？"

苏翔太从书架上抽走两本杂志，道："老板，两本。"然后用手机扫码付款。

这是苏伊在 LS 工作后，第一次在杂志上刊登稿子。虽然苏伊也会收集 LS 的每一期杂志，但姐弟俩的收集出发点是不同的。

苏伊是为了工作，苏翔太是为了苏伊。

苏伊房间的大书架上放着她收集到的各类参考杂志，而苏翔太房间的小书架上放着苏伊从实习期起写过的每一篇稿子。

"你最近怎么回事？又当模特，又买时尚杂志，你不是想进娱乐圈吧？"苏翔太的同学把手搭在他的肩上问。

"怎么可能？"苏翔太随口道。

此刻，他们已经站在一家麻辣火锅店的门前。苏翔太仰头看了一眼，纠结地问："你确定这么热的天大中午吃火锅吗？"

"对，就吃这个！"

在他的同学看来，苏翔太"重书轻友"，得罚他请吃饭！

不过，两个人吃火锅有什么意思？于是，他的同学给一群熟人打电话。

"苏翔太今天请客，快来！"

"苏翔太请客？庆祝他上了热搜话题榜吗？"

"是不是庆祝他走秀成功？"

"那个不是没工资吗？难道给钱了？"

他们虽然有疑问，但还是跑来蹭吃蹭喝了。酒足饭饱后，一群人在校园里遛弯。看到校内艺人选拔宣传海报的时候，他们把苏翔太推了出去。

苏翔太和来巡视的 LEE 演艺部总监都愣住了。

苏翔太盯着眼前海报上的文案，心想这不是前几天在姐姐的笔记本上看到的文案吗？

演艺部总监盯着站在面前的苏翔太心道，这不是李秘书向他推荐过的大秀后就销声匿迹的男模特吗？

LEE 的其他人也愣住了。他们向苏伊打听过这个人，但是被苏伊委婉地拒绝了。他们听说他是个学生，但是也没想过活动第一天就能遇到他！

女助理噌的一下把一张报名表递到苏翔太的眼前，和蔼地道："同学，你要报名吗？"

苏翔太盯着那张苏伊修改过的表，下意识地接了。

见状，一旁的校领导不乐意了。他们学校也是有艺术专业的，LEE 的工作人员怎么不看看艺术学院的艺术生，却看上了化学系的"系草"？她都把活动场地安排在艺术学院的门口了，距离化学系的实验室那么远，这几个学生怎么就跑到这里来了？

"喀，翔太，人家是选艺术生的。"校领导尴尬地道。

"不是，不是。我们选拔艺人，不限专业。"女助理笑得越发温柔甜美，"同学，你外形条件非常好，也很有天赋。我没认错的话，你参加过我们的大秀吧？人生多一种选择也不错，对吗？"

大秀……

闻言，苏翔太一顿。那天机缘巧合的舞台体验，像被一层保鲜膜裹着存入了他的脑海中。揭开保鲜膜，当时的一切在脑海中浮现。

"你们是？"苏翔太问。

"我们是 LEE 集团演艺部的。"女助理抽出一张名片递给苏翔太，这让其他同学艳羡不已。

苏翔太垂头接过名片，再次想到了那天的场景。那天那个在舞台下半蹲着却魅力四射的苏伊，只有在工作时才能看到吗？

苏翔太平时坚定的心，在这一刻开始动摇。

之后，他拿着名片和报名表回到了实验室。

因为每天都回家，身为研究生的他没有申请学校的宿舍。午休的时候，他就窝在实验室的折叠床上，小憩片刻。

今天，他知道自己睡不着了。

他把玩着那张薄薄的名片。名片上，LEE 烫金的图案烫进了他的心里。

苏翔太从小就是同龄人中的骄子。幼儿园时，他就常被老师们抓去参加各种活动，而后登上各种舞台。每次碰上这样的活动，他们四处漂泊的父母就会回来陪他。后来，他长大了，父母不再把他当小孩子，也不再回来陪他，只是在电话里夸赞他。而苏伊，不管什么时候，都会认认真真地举着相机替他拍照、录像。

然而站在真正的舞台上，他的感觉又是不同的。

在真正的舞台上，苏伊看向他的目光不是只作为家长的目光。

他感受得到，苏伊在那一刻被他吸引，眼中只有他一个人。

他不想被苏伊当作家人关注。

他们不是有血缘关系的家人，苏伊不是他的亲生姐姐，这是连苏伊都不知道的秘密。

小时候，他答应过父母，绝对不把这个秘密说出去，会把她当亲姐姐。可是不知从什么时候起，这个秘密变成了一把锋利的刀，经常刺痛他的心。她在他的心里，有着比姐姐更重要的地位。

如果只有在舞台上，她才会那样关注自己……

在那样陌生的舞台上，下面一片嘈杂，让人不禁把呼吸放慢，让人有一种被期待的感觉。

他不讨厌这种新鲜、刺激的感觉，甚至有点喜欢。

但是，他真的该接受吗？

他已经念到了研究生，身负父母和导师的期望。

他不讨厌自己的专业、不讨厌实验，只是最近在攻克课题时，少了一丝雀跃感。

他总觉得少了点什么。

这少了的部分，他那天在舞台上发现了。

苏翔太长长地呼出一口气，掏出手机，点开他每天都会点开的头像，然后发送消息："在忙吗？"

消息发送成功，一分钟，两分钟，三分钟……

半个小时过去了，他依然没有收到回复。

手机屏幕暗了又亮、亮了又暗，光亮明灭中，苏翔太的思路逐渐变得清晰。

LEE 集团大楼。

苏伊带着摄影师，和李嘉尚展开了一段"猫抓老鼠"的游戏。

为了让李嘉尚配合拍照，她使出了"洪荒之力"。

采访在上午就结束了，当苏伊提出要拍几张李嘉尚的照片作为当期的封面时，李嘉尚面色一沉。

"苏编，我记得我只答应过你做专访。"李嘉尚冷冰冰地说道，最近积攒出的那一点人情味很快就没有了。

"是的,但如果只有专访,画面有些过于单调。辛苦李总了,这边还有几套衣服,麻烦您换一下。"

也许是最近和李嘉尚的交流变多了,苏伊习惯了他这种忽冷忽热的态度,没有把对方的抱怨当回事,反而在面不改色地说了理由之后,还小声地提醒摄影师抓拍。

李嘉尚："……"

李嘉尚虽然心里不愿意,但还是像个木偶一样在苏伊的摆弄下换了一套衣服,拍了几张照片。拍完后,李嘉尚把李秘书叫来了。

在看到老板脸色的一瞬间,李秘书就知道该怎么做了。

"苏编,"趁着李嘉尚去换衣服的空当,李秘书把苏伊叫到一边,"现在的这个场地是不是有些逼仄了? LEE 有专门拍摄的地方,我建议咱们去那边。不然李总拍得不开心,照片也不好看,您说是不是?"

苏伊见李秘书为她着想,且摄影棚的拍摄效果确实会更好,于是点头同意了。

李秘书不由得笑道："那真是太感谢了,苏编。"

这番真挚的感谢让苏伊有些摸不着头脑。她没有多想,只是把团队的人都叫去了李秘书说的地方。

等苏伊一群人离开了,李秘书来到李嘉尚的更衣室前,敲了敲门："李总,我们可以走了。"

李嘉尚探出头,向四周看了看,确认了情况后,冲李秘书招了招手,然后两人经另外一条路去了总裁办公室。

苏伊带着团队到了摄影棚,看到了 LEE 的摄影团队。

苏伊等了十多分钟,然后接到了李秘书的电话。

"不好意思啊,苏编。李总说如果照片够用的话,就不要再找他拍了,可以去拍 LEE 的其他素材。我们集团的摄影团队是业内顶尖的,您可以随便用。"

苏伊立即明白李秘书之前跟她说的那声"感谢"是什么意思了!

"好的,李秘书,我明白了,我们这就去拍摄其他的素材。李总工作繁忙,我们就不打扰了。"

见苏伊如此识趣,李秘书高兴得连说三声"好"。

苏伊趁机道："不知李总要忙到什么时候? 等我们这边拍摄结束,我想亲自和他道个谢。"

- 079

李秘书马上道：“不必，不必，李总准点下班。苏编不必如此客气。”

"好的。"苏伊微笑着说完，将电话一挂，立刻变脸。LS好歹是时尚杂志，李嘉尚怎么能随随便便穿一身西装就应付了事呢？

她拎着准备好的高级定制的服装，再次走向总裁办公室。

李嘉尚正要打开总裁办公室的大门，忽然听到身后噔噔噔的脚步声。他眉头一皱，回过头，只见苏伊气势汹汹地绕开上前阻拦她的李秘书，拎着一件花哨的衬衣朝他冲过来。

"李总！"苏伊高声喊道。那一脸盛怒的表情，让李嘉尚没来由地感到心虚。

苏伊踩着高跟鞋，看上去十分强势。她把那件黑底金纹的衬衣往上一提，在李嘉尚的身前比画。

"工作既然已经进行了一半多，怎么能半途而废？李总，我们是时尚杂志呀！就算您不想上杂志封面，LEE 的众多股东也不会同意的！您接受了专访，到头来却只出现在内页里，外界会以为 LS 对 LEE 不满，这样不利于我们合作呀！"

李嘉尚保持沉默，后背靠在办公室的墙上。这是他第一次被人堵在墙角。

跟过来的李秘书默默地转过身，给了老板一个"我什么都没看见"的背影。秘书台边上的女秘书立即缩回头，似雕塑般直勾勾地盯着走廊尽头的电梯门。

此刻，苏伊和李嘉尚挨得很近。

她身上散发出来的若有若无的味道，让李嘉尚心跳加速，耳尖泛红。他别过脸道："请注意分寸，苏编。"

"李总若是信守承诺，我自然会注意分寸，但在您点头同意之前，我是不会动的。"

苏伊瞪大眼睛看着李嘉尚，一副不达目的誓不罢休的模样。

李嘉尚："……"

"行了，"男人叹了口气，"我去，我去。"

于是午休时间，李嘉尚出现在了摄影棚，让在场所有员工感到震惊。

李嘉尚被造型师折腾的时候，开始后悔接受了 LS 的专访。

如果只是换件衣服，他还能接受。可又要化妆又要拍照，还要把自己的形象印在杂志封面上，这让李嘉尚一时有些接受不了。

是谁说他不用出卖色相的？

"李总，你可是美妆公司的老板，怎么能害羞？"注意到李嘉尚别扭的姿势，苏伊道。

李嘉尚淡漠地瞥了一眼苏伊,不理她,决定以后再也不接受这种采访了。

这件黑底金纹的修身衬衣,完美地展现了李嘉尚健美的身材。黑色的领带被随意地系在领口处,加上略微凌乱的发型,让他看上去没有平时那么严肃。而他冷峻的神色,还是让人感受到了一种距离感。光影之下,他如一朵莲花静立水中,只可远观而不可亵玩。

镜头中,李嘉尚眉目清朗,似一汪清澈见底的湖水。

苏伊站在与摄影机同步的笔记本电脑前,盯着这双眼睛,心跳不禁漏了一拍。她抬起头,望向聚光灯下的男人。

他和模特不同。他不会去迎合摄影师、不会去刻意调整姿势。

他安安静静地坐在那里,就能吸引人。

在场的工作人员屏息凝神地看着他,生怕错过了他任何一个细微表情。

苏伊不得不承认,有些人天生就有王者之气,加上后天的个人经历,那些融入骨子里的东西是很多演员演不出来的。

这种人即便坐在一把普通的椅子上,也会把普通的椅子坐出王座的感觉。

李嘉尚就是这种人。

苏伊平复心情,望向摄影师。他们的王牌摄影师难掩兴奋之情,这让苏伊心里更加有底了。

她在LS的第一次正式出击,成功了!

当拍摄完最后一张照片,摄影师那声"辛苦李总了,辛苦大家了"响起时,李嘉尚和其他人一样,终于松了一口气。

当然,李嘉尚不会让人察觉到他的情绪。他是LEE的总裁,平日里雷厉风行、说一不二。当卸了妆、换好衣服,再次出现在摄影棚时,他仍旧是LEE集团那个冷漠的总裁。

可他出场后,没有人注意他,大家都被苏伊吸引过去了。

拍摄结束,苏伊热情地招呼大伙一起去聚餐。这女人工作时表现出来的强势全都不见了,此刻她笑眯眯的,很快就和现场人员打成一片。

李嘉尚站在原地,眯眼看去。印象中,她仿佛走到哪里,都能让一堆人跟着。可在这么多的人里,她是最生动的,让人不能忽视。

李嘉尚看到苏伊这么卖力地吃喝,下意识地认为自己也是聚餐中的一员。于是,他故意咳了咳,而后找了个角落坐下来,等待苏伊来邀请他。

苏伊跑去化妆师们那里,和他们说了一阵,跟他们把聚餐的地点定了下来;又转到摄影师中间,逐一加了他们的微信;而后又跑去助理中间,和他们嬉闹了一阵;最后,苏伊走到李秘书面前,冲他鞠了个躬,说了几句话,让李秘书开心得笑得像一朵盛开的菊花。

李秘书带着笑意走到了李嘉尚的面前,道:"李总,晚上跟您请个假。苏编请大家聚餐,就在公司附近的韩国烤肉店。那家店很出名,往常都排不上队,我们等会儿就去那……"

注意到老板越来越难看的表情,李秘书没有再说下去了。这是怎么回事?难不成是因为他说要请假?但老板平时也不这样啊。他平日里有个什么事想请假,只要不过分,老板都会批的。于是,李秘书仔细地回忆了一下近期的工作日程,事情都安排妥当了,没有差错。

"李秘书,你觉得工作时间出去用餐,符合我们公司的规定吗?"李嘉尚冷冰冰地说道。

李秘书:"啊?可是老板,现在是午休……"

"离午休结束还剩二十分钟。你作为总裁的首席秘书,在这么短的时间里还要跑出去聚餐,你的职业素养呢?"

吃个午饭、聚个餐,跟职业素养有什么关系?李秘书忍不住在心里吐槽。他只好苦着一张脸道:"抱歉,李总,我不去了。"

闻言,李嘉尚点了点头。他正要站起来时,看到苏伊满面春风地朝他走过来。李嘉尚以为苏伊要来邀请他了,顿时站了起来。他整理了一下衣襟,高傲地站在那里,仿佛一只美丽的花孔雀。

苏伊走到李嘉尚的面前,笑着开口道:"李总,您好。"

"嗯。"李嘉尚矜持地点了点头,应了一声。

苏伊笑道:"李总,我们中午去公司附近的烤肉店聚餐。大家辛苦了一上午,我自掏腰包请客,时间不会太久,不知道……"

"可以。"

苏伊的话还没说完,李嘉尚突然昂着头说道。

苏伊顿时笑了:"那可真是太谢谢李总了。大家还担心吃得太久,下午不能按时打卡上班。我向您保证,不会超过一个小时的。到时候,我一定把人都给您准时送回来。"

"你说什么?"李嘉尚倏然转头,一副难以置信的样子。

他抬头看了一眼远处,LEE 的员工都聚集在一起,他们的视线偶尔移向这边。李嘉尚总算明白苏伊为什么会来找他了。敢情他的员工们想翘班一个小时,便让苏伊来做说客,来跟他求情!他还以为苏伊是来邀请他的!

"李总,您怎么了?我……"

"行了,不用说了。"李嘉尚尴尬得无所适从,挥了挥手,生硬地道,"苏编,你们请便。只是这种事,希望你下一次可以提前汇报。你要做人情,LEE 没有义务配合。"

说完,李嘉尚便转身快步离开。没有获得请假准许的李秘书看了看苏伊,又看了看李嘉尚的背影,只得赶紧跟上自家老板。

苏伊站在原地,一时有些不知所措。很快,她又调整好情绪,转过头向等在另一边的工作人员做了一个胜利的手势,道:"可以啦!"

闻言,众人一阵欢呼!

聚完餐,苏伊就回到了 LS。听说苏伊已经顺利完成任务,Amanda 对她又是一顿夸奖。

苏伊十分高兴。李嘉尚的那组照片出来了,虽然照片还没有经过后期处理,但是她已经松了一口气。

在最艰难的起步期,她 C 组将会有一个不错的开场成绩!

下班后,苏伊带着 C 组的新成员去聚餐。

聚餐结束,苏伊把组员们一个个塞进出租车后,她才自己坐上出租车。

此刻,苏翔太已经在小区门口等着了。

出租车在小区门口停下,苏伊从车上下来。在暖和的夜风中,她之前在出租车里被冷气压下去的醉意又升了上来。

"翔太!"看到苏翔太,苏伊扑了过去,"我好开心!"

苏翔太赶紧上前一步,把手伸到她的两腋下方,把她托了起来。他手上动作小心翼翼的,语气里带着一丝责备:"我看出来了!你不但高兴,还醉得不轻!"

"我没醉,我就是高兴!"苏伊笑嘻嘻地说道,被苏翔太扶着站直。

苏翔太解下外套,将外套绑到她的腰上,随后在她的面前蹲下,回过头说道:"上来。"

苏伊别过头愣了一会儿,接着跟跄了一小步,扑到了苏翔太的背上。她的短裙被外套完美地挡住。

苏伊的手随意地搭在苏翔太的肩上,手里的包要掉不掉的,虚挂在手指上。苏翔太单手去拿包,她却不给。苏翔太无奈,任由她的包在胸口前一晃一晃的。

"怎么喝了这么多酒?"

"没多少,真的没多少!这叫酒不醉人人自醉。我清醒着呢!"苏伊骄傲地道,晃了晃手里的包,"钱包、手机、证件簿、录音笔,都在包里!一个都没丢!我的采访簿呢?"她忽然想起什么,不老实地挣扎起来。

无奈,苏翔太只好把她放下来,让她坐在小区花池边的台阶上。苏伊把包里的东西一件一件地拿出来,直到找到了一本巴掌大的采访笔记本才停下来。她匆匆地翻开笔记本看了看,里面记录了今天采访李嘉尚的笔记和信息。

苏伊松了一口气,提起的心回到了胸腔里。她又开心起来。

苏翔太把她丢出来的东西一件件地放回包里,然后背着她向家里走去。

到了家中,苏翔太把苏伊放到沙发上。感受到熟悉的环境,苏伊抱着靠枕,窝在沙发上昏昏欲睡。

苏翔太在一杯温水中加了点蜂蜜,然后喂苏伊喝下,又从厨房里端出熬了一晚上的红豆汤。

苏伊不舒服的时候,尤其爱喝红豆汤。

红豆汤甜甜的香气果然把苏伊唤醒了。她迷迷糊糊地爬起来,然后乖巧地喝汤。

"姐姐……"苏翔太托着下巴,蹲在她的身旁。苏伊看过来,苏翔太便把她脸颊边的碎发撩到耳后,以免头发落进碗里。

"嗯?"

"工作很辛苦吗?"

苏伊重重地点头,随即笑道:"不过很有趣。"

苏翔太眯起眼睛,露出大大的笑脸,道:"懂了。"

"翔太……"苏伊洗漱完毕,歪倒在沙发上,打着呵欠道,"你白天是不是有事找我?当时我在忙,忘了回复你。"

苏翔太摇头,最后的一丝犹豫已经消失。他坚定地道:"没有了。"

"哦。"苏伊伸手在他的头上胡乱地揉了一通,然后找了一部老电影,安心地躺在沙发上看了起来。

苏翔太取来毯子给她盖上,把灯熄了坐到地板上。苏伊看着看着又昏昏欲睡,于是苏翔太关掉了电影的声音。苏伊完美的半张脸在电影闪动的光线中时明时暗,而另外半张有疤痕的脸则一直在暗影下。

苏翔太收回目光,背靠沙发坐到地板上,确保苏伊翻身也不会掉下来。

电影已经过半,苏伊已经睡熟。苏翔太站起来,弯腰把她抱进卧室。

"我会守护你的,小公主。"

新成立的 C 组还来不及磨合,就要开始加班了。因为"一顾倾城"的成功,苏伊又接到了几个品牌方的发布会邀约。

苏伊没有赵茹强势,没有陈瑾有经验,年纪也不大,但她就是让人觉得靠谱。就连比她大十岁的组员,和她相处后都生出了一种奇妙的安全感,认为她是可以依靠的。

组员们对她的这份信任感,大概源自她的自信和她说到做到的行事风格。

尤其是在采访完李嘉尚之后,C 组的组员们心中仅剩的一点忐忑之意也彻底消失了。

第二天,苏伊在晨会上因自己的宿醉向组员道歉。她道歉的话还没说完,就被兴奋的组员们打断——

"组长,你真的拿着衣服堵在了 LEE 的总裁办公室大门口?"

"那组封面是你压着李嘉尚拍的?"

苏伊:"……"

是谁给在她造谣?

"造谣"的摄影师早已深藏功与名,去修图了。

但这半真半假的谣言,让 C 组的成员变得空前团结。

这大概就是八卦新闻的魅力,"聊过同一个八卦新闻,我们就是朋友了"的奇妙友谊。

苏伊很享受这种所有人为了同一个目标一起努力的氛围。

工作时,在一个团体中,人与人之间难免会有摩擦,也不是每个人都与你志同道合。但为了同一个目标,大家求同存异、共进退,那就是团队。

组员之间会互相竞争,但作为组长,苏伊只想让每个人都有做不完的项目。

有了目标，组里的这些小姐姐和大姐姐，就没有时间尔虞我诈了。

陈瑾有些羡慕被组员众星捧月似的簇拥着的苏伊。他们一群人进去，又一群人出来，每个人都活力满满的。从她组里出去的人，看着都年轻了几岁。

曾几何时，她也有过这种经历。

"年轻真好呀……"陈瑾感叹道。

小薇端着苏伊的笔记本电脑坐在前任领导陈瑾的旁边，听到她在感叹，马上接话："组长，你也还年轻啊，看上去绝对没有三十岁。"

陈瑾嘴角弯起，道："你的嘴真甜。"

说完，她再次盯着苏伊上午发来的文档，依旧在心中感慨，后生可畏，真的是后生可畏！

之前她就已经很欣赏苏伊写的软广告了，这次苏伊锋芒毕露，写的专访让她叹为观止。

就算让她来写，她也不见得能比苏伊写得更好。

她想，难怪赵茹会有那么大的危机感，如果她年轻几岁，也会寝食难安的。

陈瑾指着屏幕对小薇道："除了那个词语需要改一下，产品介绍的成分比例要再核一遍，在我这里，这篇稿子没问题了。"随后，她关闭了文档，问，"苏伊怎么让你核文稿了？"

"老大说我写东西马虎，所以要磨一磨。"小薇一边吐槽一边记下陈瑾指正的地方，当即在苏伊的电脑上修改用词。至于产品成分，她得从样品架子上找到稿中提到的产品，一个字一个字地核对。

闻言，陈瑾了然。她带了小薇半年，最清楚小薇的性格，听小薇喊人的称呼就能摸透小薇的心思。小薇换了组，依旧叫她"组长"，却叫苏伊"老大"，明显与苏伊更亲近。

小薇是一个心直口快、话不过心的人，工作全靠热情。她进入 LS 工作不是因为喜欢时尚，而是因为喜欢明星。看到漂亮的明星、模特，她的眼睛就会闪闪发光。无论多晚、多远、多辛苦，她都愿意去现场采稿，但劲头过了，写稿子时就会马马虎虎。

如果苏伊能把小薇磨出来，小薇也许能有大突破。

小薇在架子上翻了个遍，也没找到那款 LEE 的高端美妆样品。她鼓起腮帮子，怀疑被谁拿走了。小薇把电脑放在货架旁的办公桌上，拿了库房的钥匙，去库房翻找。

其实，从送来公司的样品的消耗量上即可看出产品的质量。

那些又好又贵的产品，很快就会被人抢着用完；而架子上没人动的产品，通常是不受人欢迎的。在这里，就可以预计出市场的销量。

小薇在库房里找到两瓶试用装，回到办公室。她把试用装上面的产品成分和文档上的内容一一核对，确认无误后保存好文档，把笔记本电脑放回苏伊的工位。

中午 Amanda 问起那篇稿子，与其一同吃饭的陈瑾顺势说道："苏伊的那篇稿子写得很好，不如我们组织一次内部观摩，发给大家一起学习一下。发文前，大家有什么意见也可以提出来。"

Amanda 想了片刻便同意了，赵茹竟然一副无所谓的样子，没有出声。陈瑾虽然觉得有些奇怪，但没有多想。

直到下午苏伊出外勤归来，在会议室打开那篇稿子，陈瑾才明白赵茹为什么中午没有吭声。

屏幕上呈现在人们面前的，赫然是另一个标题——《你所不知道的 LEE 帝国掌权者：冷漠霸道总裁的另一面》。

赵茹第一个笑出声来，指着稿件的题目大笑道："李嘉尚进军时尚界是要选美吗？苏伊，这就是你写得非常好的稿子？你是不是霸道总裁小说看多了？"

Amanda 原本含笑的脸当场一沉。

苏伊浑身一僵，呆站在屏幕前。

小薇瞪大眼睛，震惊地道："不可能！不是这个！"

陈瑾翻出苏伊之前发给她检查的稿子，题目分明是《睿智的商界新秀李嘉尚与他的 LEE 帝国》。

"到底怎么回事？" Amanda 怒道。

"就是呀，这稿子不是你们自己写的吗？赶紧改改呀，这要是发出去，合作怕是要完了。"赵茹幸灾乐祸地笑道。

闻言，苏伊马上点开浏览器，点开邮件，那里赫然有一个邮件发送成功的提示。

Amanda 瞬间站起，身后的椅子随之倒地，铁制的椅子撞在地面上，发出巨大的声响。

苏伊检查收件人，是 LEE。

苏伊的冷汗顺着额角淌下来。C 组全员面面相觑。

- 087

"到底是怎么回事？我上午看到的稿子标题不是这样的，邮件是你发的吗？"陈瑾压低声音问小薇。

"我不知道！我修改的时候，稿子不是这样的！没有老大同意，我不会发邮件的！为什么会变成这样？"小薇语无伦次地道。

"你有没有离开过？有没有其他人动过电脑？"陈瑾视线扫向赵茹，赵茹却瞪了回来。

"我……"小薇回想着，突然道，"我中途去库房找过样品，那时候电脑没有关机……"

这中间只有十多分钟！

小薇眼含泪珠，看向赵茹。

赵茹却坦然地坐在座位上玩手机。

其他来学习的编辑不禁嘀咕起来——

"完了，LEE 看到了会取消合作吧？"

"不告我们就不错了……"

"还好没有印刷。"

"这么重要的东西都不检查的吗？"

"谁知道这到底是怎么回事？"

"怎么能出这种乌龙事件啊？"

Amanda 锐利的视线扫过他们，他们才停止了议论。有人把倒下去的椅子扶了起来，Amanda 才坐下去。

苏伊听着小薇和陈瑾的对话，大脑飞速运转。有人趁着小薇去库房时动了电脑，那人改了标题后用她的邮箱发邮件给 LEE。马虎的小薇从库房回来时只对了稿件内容，却没再检查标题。

虽然她们怀疑赵茹，却没有确凿的证据。就算所有人都怀疑赵茹，赵茹也完全可以把责任推回给小薇。

邮件发过去近两个小时了，LEE 应该早就收到了。

他们现在在这里议论没有意义。

在一片议论声中，苏伊缓缓地抬起头，注视众人，道："这不是乌龙事件！LEE 总裁李嘉尚的采访稿，我想的标题就是《你所不知道的 LEE 帝国掌权者：冷漠霸道总裁的另一面》，大家没看错。"

此时，她已经不慌乱了，自信满满地望着更加震惊的大伙。

大家似乎更能接受她是被算计的这个真相。

有人讶异地道："不是乌龙事件？你不是开玩笑吗？"

赵茹嘲讽道："你不会是中了霸道总裁小说的毒吧？"

苏伊傲然地瞪向赵茹，道："请问大家，霸道总裁红吗？"

其他人面面相觑，赵茹看戏捧场似的搭腔道："红又怎么样？那都是小姑娘们乱写的！难道因为红你就要……"

苏伊打断赵茹的话，肯定地道："没错。"

赵茹咬牙道："荒唐！你不要脸，LS还要脸！"

苏伊瞪了一眼赵茹，举起手机，打开手机界面的小说网站排行榜，排行榜上有很多关于霸道总裁的标题。她道："众所周知，女性观众非常喜爱看与霸道总裁相关的内容，与之相关的标题本身就非常有话题度。"

赵茹冷哼一声："不可理喻！"

苏伊无视她，移动鼠标，从电脑中翻出李嘉尚的一组采访照，道："麻烦大家看一下这个。"

除了C组的人，初次看到这组照片的人都愣住了。

谁会相信照片上的人是一个商业巨子，而不是一个当红明星？

"网络上流行的霸道总裁，是对总裁感到好奇的女孩们随意编造的。但我们的采访对象李嘉尚，本身就是总裁。他神秘、年轻，而且长得好。在这个看脸的时代，长得好就是有价值的。而且现在网络发达，明星们都已经习惯在网络上'自黑'创造话题，我们为什么不可以呢？"苏伊缓缓地说道，目光转向Amanda，"霸道总裁的标题、李嘉尚的外貌和魅力、LEE的强势背景，我相信我们下期杂志的销量，能创下新纪录。"

"要是不能呢？"赵茹问。

"就是冲着这张封面照，我也会买的！"小薇大声说。

闻言，其他人连连点头。

"你们买有用吗？你的意思是只要杂志销量好就行了吗？你是不是忘了，这个标题得LEE认可！李嘉尚同意吗？LEE同意吗？我们好不容易才采访到李嘉尚，可别竹篮打水一场空，落个律师函警告！"赵茹又泼起了冷水。

看着Amanda担忧的目光，苏伊自信一笑，道："我会努力得到他们的认可，不，是一定会。"

　　Amanda 点头，宣布散会，然后道："陈瑾，你留下。"

　　望着急匆匆跑出去的苏伊，Amanda 暗自叹气，然后看向陈瑾，冷静地道："准备备用稿。"

　　陈瑾点头道："我知道。"

　　从会议室出来，苏伊收起了自信的神态，疾步冲向楼梯间。脚步未停，她已经用手机拨了李秘书的号码。嘟嘟的声音，像锤子一般重重地敲击着她的心脏。

　　终于，电话接通了。

　　"喂，苏小姐。"李秘书温和的声音从电话那头传来，稍微缓解了苏伊焦虑的情绪。

　　李秘书应该还没看那封邮件，否则语气不会这么平和。

　　"中午，我发了一封邮件过来，内容有误，请不要打开，麻烦直接删除！"苏伊快速地道。

　　李秘书一愣，点开工作邮箱看了一眼，道："我没有收到邮件。"

　　"没有收到？"苏伊难以置信地道，可邮件明明显示发送成功了，是邮件系统出了问题？

　　"你发到哪个邮箱了？"李秘书问。

　　这时，他背后走廊尽头的电梯门开了，李嘉尚迈着稳健的步子从里面走出来。

　　苏伊报了一个邮箱地址，声音都是抖的。

　　"啊，你发到我的私人邮箱啦，我看看……"李秘书快速切换账号，果然看到了一封邮件，"是什么内容，确定要删除吗？"

　　"你不要打开！直接删掉！"苏伊声音尖锐地叫道。

　　李秘书吓了一跳，鼠标一滑，不小心把邮件点开了。

　　看清标题的瞬间，李秘书明白苏伊为什么要急着让他删掉了。他看着标题愣了一会儿，吞了吞口水，道："好，我删掉。"

　　这是他自己的邮箱，删掉没关系。

　　"你要删什么？"一个冰冷而低沉的声音在李秘书的背后响起。

　　闻言，李秘书僵住了。

　　刚刚松了一口气的苏伊，听到话筒里传来的声音，手指也僵住了。

"没……没……没什么！"李秘书吓得挂了电话。

苏伊脚一软，撞到了墙上。

真是福无双至，祸不单行。

LEE 会议室内一片安静。

定制的会议桌被空调的冷风吹得冰凉。

苏伊坐在会议桌的一端，手心贴在桌侧，指尖有些颤抖。

李嘉尚坐在会议桌的另一端，与苏伊隔着一张桌子相望，四周的空气似乎凝固了。

"你把刚才说过的话再说一遍。"李嘉尚蹙眉道。

他怀疑他刚刚听错了。

这个女人隔了半个城赶过来，是为了挑衅他吗？

苏伊吞了吞口水，不怕死地道："我刚刚是说，那篇采访的标题没有错。"

李嘉尚面色冷峻，道："哦？没错？我给你机会采访我，你就想了这样一个标题？"

他看着那份打印出来的稿件，一字一句地道："'冷漠霸道总裁的另一面'，什么叫'冷漠霸道总裁'，你能给我解释一下吗？"

苏伊咬唇望向他。此刻，她觉得李嘉尚和封面照上的他重叠了。

今天他发型整齐、坐姿端正，穿了一身笔挺的黑色西装，领口处没系领带，里面的衬衣却系上了第一个扣子。他即使生气，神色也依旧平静。

那份标题令他不满的稿件，整整齐齐地摆在他的面前。无论从哪个角度看，现在的他都十分符合"冷漠霸道总裁"的形象。

苏伊不由得一本正经地道："李总，不知您是否关注过网友对您的评价，和每日的新鲜话题以及热搜榜？"

李嘉尚不说话，抬头瞥了她一眼，似乎在说"你觉得我有这个时间吗"。

苏伊无视李嘉尚的眼神，把自己的笔记本电脑连上了 LEE 的超大投影仪。

平日显示 LEE 的战略规划、绝密数据的屏幕上，此刻全是八卦新闻以及网友对李嘉尚的评价。

苏伊好像看到李嘉尚的脑袋上冒起了烟。

如果她今天不能说服李嘉尚，说不定会被请出 LEE 集团的大楼，从此被 LEE

拉入黑名单。

"这些都是您掌管 LEE 以来，网上对您的猜测。"苏伊快速移动鼠标，换到调研数据报告页面，"经过数据调查，您的八卦新闻和 LEE 的每一季新产品的销量成正相关，这表明用户对您有浓重的好奇心。在他们看来，您就是霸道总裁。"

苏伊继续道："在各大搜索引擎搜索您的名字，除了 LEE 的官方报告，其他内容几乎都是八卦新闻。"

闻言，李嘉尚愣住了。

此刻，苏伊相信他此前是真的不知道这些消息。如果他真的不知道，这个标题对他而言，的确很有冲击力……

但是，她不相信 LEE 的其他高层对此毫不知情。她亲自调研过，那些八卦新闻虽然夸张，但都无伤大雅，根本没有一条负面消息。如果不是有 LEE 的公关部在专门盯着，她这专攻娱乐圈消息的编辑就可以请辞了。

那些八卦新闻，根本就是 LEE 的公关部纵容网友传播的。他们甚至会有意引导话题，瞒着老板玩得开心。

LEE 的公关部，胆子很大呀……

苏伊仔细地观察，发现李嘉尚虽然表情不好看，但没有愤怒或抗拒的情绪。

她稳了稳情绪，继续道："有了互联网，大众更喜欢看热闹了。一方面，他们讨厌名不副实的人；另一方面，他们又十分崇拜偶像。在这种环境中，公众人物身上好的一面和不好的一面，都会被放大。但无论在哪个时代，大家对触碰不到的人都有好奇心，会花精力去了解。通过调研，可以得出大多数人对您十分好奇的结论。现在，他们缺少的是可以信赖的权威消息。"

李嘉尚依旧皱着眉，看着屏幕上的数据和报道内容。

苏伊轻咳一声，继续道："LS 正是可以提供权威消息的渠道。而'冷漠'这个词，是把您和其他总裁区分出来的标签，另外也能保持您一如既往的神秘感。所以，这个标题是最适合您的。"

她话音刚落，会议室内又安静下来。

李秘书在外面听不到一点动静，只得端着两杯咖啡战战兢兢地朝会议室里走去。他刚走到开了一条缝的门口，就想立刻掉头！会议室里的这个气氛，很危险！

这种沉寂的氛围比争吵时的氛围还要吓人，空气似乎凝固了，令人难以呼吸。这里需要通风、需要新鲜空气！

看清屏幕上的内容后，李秘书惊得手里的咖啡都差点洒了。

那都是些什么？

然而，李秘书心里却在狂笑。他一脸平静，脖子却憋红了，喉结还在滚动。

李秘书觉得此刻离开是最好的选择，准备开溜。

谁知他才后退一步，苏伊就听到了动静。于是，苏伊转过身看着门口，眼睛发亮，道："李秘书，你来了！"

不等李秘书反应过来，苏伊把人强行拉了进来。李秘书只能一脸幽怨地望着苏伊。

苏伊问道："LEE 的女员工们是怎么看李总的？"

李秘书毫不犹豫地道："英明神武，前无古人，后无来者，是商业精英……"

苏伊："……"

她都不知道李秘书原来是这样的人。

李嘉尚狠狠地瞪了一眼李秘书。

李秘书果断闭嘴，揉了揉鼻子，讪讪地道："我不知道啊。"

说完，李秘书又准备开溜。苏伊却道："LEE 有专门的女员工群吗？我们做个现场调查吧！"

无奈，李秘书只好叫来了一个女秘书。

女秘书听完苏伊的要求，表情变得有些不自然。她幽怨地看了一眼李秘书，打算说"不知道"，但还没开口就被李嘉尚震慑到了。

李嘉尚平静地道："有就有，不要撒谎。"

女秘书："……"

李秘书："……"

两个秘书都快哭了……

女员工群当然是有的，只是不好让老板知道……

女秘书幽怨地掏出手机，点开了"LEE 仙女群"，无视李秘书频频递出的眼神暗号，用每个人都能听到的声音嘀咕道："李秘书，公司的每个群里都有你呀。"

她话音刚落，不仅苏伊感到讶异，就连李嘉尚那万年不变的"冰山脸"也似乎裂开了。李嘉尚立马看向李秘书！

李秘书接收到了老板的视线，心虚地转移自己的视线，打哈哈道："我这不是深入民众了解民心吗？这样才能帮助老板做出更好的决策。哈哈，哈哈！"

李嘉尚没有理他，只是看向李秘书的眼神更有深意了。

李秘书识趣地闭上嘴。

苏伊将李秘书的手机拿过来，在微信群的输入框里输入一句话："大家觉得李总算霸道总裁吗？冷漠的那种。"然后把手机还给李秘书。

苏伊露出一副狡黠的神色，对李嘉尚道："李总，不如我们打个赌。如果LEE的女员工们觉得李总的形象符合标题，您就要考虑我们的提议。"

在李嘉尚的凝视中，李秘书硬着头皮把那句话发了出去，随后在心里暗道：我一定会被扣奖金的！

消息成功发出去后，李秘书的微信界面就被刷屏了——

"必须啊。"

"这有什么值得怀疑的吗？"

"不，李总才不是冷漠系，李总是诱惑系！"

"冷漠，不接受辩驳。"

"赞同楼上的！"

"李崽崽，你为什么问这个？"

"你们敢上班闲聊？"这句话的后面，是一张有李嘉尚严肃表情的图片，上面写着"死亡凝视"。

很快，这条稍微正经一点的留言就被其他的评论淹没了。

李嘉尚皱眉，他认得那个发他图片的微信头像。那是LEE的CFO（首席财务官），是个常年板着脸，开会时能用眼神震慑无数高管的女强人。

原来，她有时候开会拿出手机不是为了处理紧急工作，而是在偷拍……

苏伊憋住笑意，道："李总在公司也深受爱戴。"

李秘书脸庞僵硬了。

李嘉尚脸黑了。

一旁的女秘书低着头，想降低自己的存在感，觉得自己承受了一个普通员工不该承受的压力。

李秘书把女秘书送走后又返回了会议室，其实他也想走。

但是在李嘉尚冷冰冰的目光下，他哪敢走？他像一只鹌鹑一样立在原地，觉得他的职业生涯快走到尽头了……

会议室内再次变得安静。

李嘉尚看着微信群里源源不断的消息，隔着手机屏都感受到了平时低声细语的女员工们凑在一起的惊人力量。

李秘书频频向苏伊递眼神，用眼神告诉她"不在沉默中爆发，就在沉默中灭亡。你快用你的三寸不烂之舌说服他"。

苏伊轻咳一声，镇定地道："李总，这并不是坏事，您不要觉得受打击了。"

闻言，李嘉尚笑了。他放下李秘书的手机，转而盯着苏伊。她的脸上没有打赌赢了的得意神色，只有一副坦荡之色。她确实只是说了一个大家都认可的事实，只是这个事实不被李嘉尚接受。

"你觉得，LEE的产品需要这种营销吗？"李嘉尚平静地问。

苏伊一惊，感受到了他一丝不满的情绪。

李嘉尚讨厌恶意营销的传闻大概是真的。

苏伊大脑快速运转，没有正面回答李嘉尚的问题，反而问："在李总看来，营销是什么呢？"

李嘉尚眯着眼看她。

"营销是企业发现或发掘准消费者的需求，让消费者了解该产品进而购买该产品的过程。"苏伊从包中掏出一瓶试用装，柔声道，"广告也好，关于您的采访报道也好，或者是线下发布的其他活动也好，目的都是让用户来了解和接触产品。既然李总有不营销也可以占领市场的自信，为什么要抗拒宣传呢？"

接着，苏伊话锋一转，更加温和地道："当然，如果您对这个标题或者采访稿有异议，我们可以另行商讨。我并不是要说服您，而是希望和您达成共识，这也是我今天来的目的。"

李嘉尚没有正面回应，只是把手机推给李秘书，平静地道："叫宣传部的人来会议室，"顿了顿，他强调道，"李崽崽。"

闻言，捧着手机的李秘书差点被吓得跪下！待稳定好心神后，他才走出会议室去叫宣传部的人。

此刻，会议室里只剩下苏伊和李嘉尚了。

看着屏幕上乱七八糟的内容，苏伊打算关掉投影仪。她刚有动作，李嘉尚便道："苏编的口才不错。"

闻言，苏伊一怔，随即笑道："谢谢李总夸奖。"

李嘉尚轻轻地敲了敲桌面，淡然地道："邮件发到了李秘书的邮箱里，以我对苏编和 LS 的了解，稿件未经负责人和总编确认，是不能发出去的。我想，应该是苏编手下有人做错了事。"

"您……"苏伊没料到对方竟然猜到了。

"之前，我听到李秘书含糊地说了句'删除'，接着便见到了这篇……"李嘉尚沉默了一下，接着皱眉道，"令人不快的专访。而你又来得这么快，我想原稿应该是另一篇。只是现在木已成舟，LS 是不会承认自己的错误的，否则在 LEE 这里就没了信用。因此，苏编才会这么激动地要求验证专访的合理性。"

见他分析得如此透彻，苏伊心中对他的最后一丝不服也没了。她向李嘉尚深深地鞠了一躬，道："李总英明，事实确如您所说。我为给您带来不快的体验感到非常抱歉。"

李嘉尚没有接受她诚挚的歉意，只是冷淡地道："苏编，LEE 不是你能随意对待的对象。今天你确实说服了我，但我希望下不为例。"

苏伊认真地道："好的，李总。"

他们的对话结束，宣传部的人也都到齐了。大家一起开会，商讨如何修改这篇专访。最终，标题还是改了，删掉了直白露骨的"冷漠霸道总裁"，换成了"冷面总裁"。

稿件的具体内容也审核完毕。

会议结束，李嘉尚在李秘书和一众工作人员的陪同下离去。苏伊怔怔地望着那人的背影，总算明白李嘉尚为什么会如此受欢迎了，也第一次认同了那些说他年少有为的评价。之前，她是真的小看了这名传闻中的青年才俊。

从 LEE 集团大厦出来，苏伊打电话向 Amanda 汇报，得到了 Amanda 的赞许。直到此刻，苏伊紧绷的神经这才松下来，疲惫感随之而来。于是，苏伊走进 LEE 楼下的一家咖啡馆里，靠在柔软的沙发上，向小组群发消息："搞定了！"

"你是怎么做到的？"

"这个世界疯了吗？"

"老大威武！"

看着群内大伙发的消息，她脸上露出微笑，快速地回复消息。

"那是，有这么威武的老大，还不赶快去干活？"

接着，苏伊点了一杯咖啡和一份甜点。为了解决这事，她午饭都没吃就赶来了 LEE，还在这里折腾了一下午，早就饿得前胸贴后背了。此刻，她使用过度的大脑急需补充营养。

在大伙的夸赞声中，苏伊收到了小薇发来的私信。

"老大，对不起，都怪我。"

苏伊叹气，回了消息："当然怪你！所以你要写一份一千字的反思报告给我。不过这事也怨我，如果我把文档发送给你，而不是直接把电脑给你，就不会发生这些事了。为了罚我，明天我请大家吃好吃的。"

另一边，经历了形象颠覆事件的李嘉尚暂时不想看到任何秘书。于是他独自下楼，准备去常光顾的咖啡馆里喝杯咖啡、透口气。

走到咖啡馆的门口，隔着透明无尘的玻璃窗，他看到了之前一脸自信的女郎坐在一个单人卡座上。

在下午阳光的沐浴下，她一边看手机，一边大口地吃甜点。之前说个不停的嘴巴此刻鼓鼓的，她的头动来动去，十分灵动。

不知怎么了，李嘉尚的心情变得愉快起来。

他有些好奇地走上前，私下的她是什么样子的呢？她总是有备而来，一次次挑战他的底线，让他欣赏又不甘心。

他悄悄地进入店里，点了一杯常喝的咖啡，在苏伊背后的沙发上背对她坐了下来。

绿植肥大的树叶把两人完美地隔开，如果不特意去看，他们很难发现身后的对方。

此时，苏伊在聊着工作，至少有三个人在和她同时聊。

李嘉尚端着咖啡杯，听着她的聊天内容，心头涌起一股歉意。

她在工作，即使此刻她不是乙方，不在工作场地，也依旧在努力拼搏。大概是离开了LEE，她脱离了乙方的身份，说话的语气中多了几分活力。

看到她，他总是想起照亮他童年生活的那道光，想起那双又圆又亮的眼睛。她似乎有用不完的精力，似乎一直在照顾别人、解决问题。如果对方不认同她，她就会就不厌其烦地说服对方。她的强硬态度隐藏在温暖的皮囊里，让人在生气前先感受到温暖，而后便没了脾气。

她的世界，似乎阳光灿烂，连空气里的尘埃都闪着光辉。

从最开始的大秀，到上次的采访，再到这次的标题，因为LEE、因为他，她是不是总是这样绞尽脑汁地想主意？

— 097

李嘉尚没有继续听下去,放下杯子默默地离去。

这个时代的女性,不再拘泥于家庭,她们有了更多的选择权。像这样倾力去工作的女性越来越多,他不该因为私心而把她当故事人物一样去探听。那样对她太不公平了。

她们是空谷幽兰,不是满足别人好奇心的玩具。她们不需要被监控、不需要被约束,在无人处,默默地向阳而生。

李嘉尚走后不久,苏伊对小薇道:"李嘉尚没有难为我呀。这件事后,我更加欣赏他了……他明明可以把我打发走,但还是抽空见了我,听了我的所有解释。他虽然不认同,但还是让我和LEE的宣传人员去沟通,让我感受到了尊重。如果哪天你遇到尊重你的客户,即使合作不成,也会对对方心生好感的。"

苏伊喝完杯中的咖啡,心里对李嘉尚还有一丝愧疚。因为之前的大秀合作和采访,李嘉尚对她产生了信任感,所以在这次的标题事件中,给了她解释的机会。

然而,这阴错阳差下产生的题目虽然能吸引眼球,却不是她最初的想法。

她的工作需要计算、设计,但在这份专访中,她想传达的是真诚。

她希望读者们读完这篇专访,体会到她的用心。

苏伊突然想起那天采访时的场景。她好奇地追问李嘉尚:"您为什么非要做美妆呢?"

那时,李嘉尚专注地盯着她的眼睛,似乎通过她看到了另外一个人,道:"为了一个人。"

那个人是谁呢?带着疑问,苏伊结了账,离开了咖啡馆。

她拎着包站在马路边等车,在她斜后方不远处,一群俊男靓女依次从LEE的艺人专用巴士车上走下来。

他们是经过艺人选拔初选的学生,今天来LEE的演艺部参观,签选拔合同。

"这就是LEE呀。"一个身高至少一米八的穿着短裤的高挑女孩感叹道。她从小就想当模特,但直到念完高中考入大学,家里人也没同意。这次,她没告诉家人就报名了。LEE的选拔赛,她势在必得。

她带着憧憬地喊道:"学长……咦,人呢?"

她望向四周,只见刚刚在车上还一脸冷酷的"校草"突然蹲到了半人高的绿植后,做贼似的往路边张望。

她顺着苏翔太的目光望去，大街上车来车往……这有什么可看的？
"学长，你不舒服吗？"辛倩问道。
"没，鞋带散了。"苏翔太蹲在地上，头也没转，望着路边的苏伊坐上了出租车。
辛倩低头看着苏翔太根本没鞋带的皮鞋，思考着要不要帮室友要苏翔太的签名。
她的室友天天说苏翔太智商高、脑子好，说得天花乱坠，她怎么觉得他有些呆呢？
"走吧。"苏翔太站了起来，又是一副帅气的模样。
苏伊是因为工作才出现在这里的吗？
苏翔太仰头望着 LEE 高耸的现代化大楼。
进入这里，他就能转换身份，就能在工作上帮她，而不是默默地站在她的身后，离她越来越远。
"抱歉，暂时还不能让你知道。"苏翔太呢喃道。

周三，风和日丽，专访的杂志样刊出来了。
印厂的工作人员将样刊送来时，C 组全员跑去前台迎接。
外包装被拆开，李嘉尚那张他们在电脑上看了无数遍的封面照，以实体的形式出现在他们眼前。
不管怎样，电子版的照片和实体版的照片终究不一样。
彩色的图片和黑色的文字印在有光泽感的铜版纸上，图片和文字都更有质感了。在自然光下，样刊光滑柔和，翻阅页面时的触感很好，时不时飘来一股淡淡的油墨味，很有真实感。
苏伊把这几本深色封面的杂志样刊摆到杂志架上，在一堆花花绿绿的杂志中，它们显得尤为突出。李嘉尚不输明星的长相，在一众俊男美女中毫不失色，反而更突显了他的精英气质。
他的照片好像不该出现在这里，可在这里又并不突兀，犹如满山翠柏中突然出现的一棵枫树，在一堆绿色中，红得尤为明显。
"他的基因真好！脑子好！长得好！"小薇一脸痴迷，"世界上竟然有这种人，让我的心像被龙卷风袭过。老大，你不心动吗？"
苏伊一顿，把脑海中各式各样的李嘉尚挥去。她翻阅杂志，确认没有印刷纰

- 099

漏,把一本样刊塞给小薇:"拿去组里看。"她又抽了几本样刊出来,"我去一趟LEE。"

"老大,你要亲自去LEE送杂志?"小薇惊讶地道。

"嗯,我送过去。"苏伊道。

小薇望着苏伊的背影,心里再次生出对苏伊的敬佩之情。杂志样刊用快递寄过去,只要两个小时,苏伊竟然要亲自送去!这是怎样的职业精神?如果她是LEE的高层,一定会被苏伊的诚意打动!这才是境界,自己果然还得磨炼!

苏伊整理好杂志样刊,然后走向走廊,根本不知道小薇在瞎想什么。苏伊从名片夹中捏出LEE演艺部总监的名片,心想顺便去看看LEE的模特。

这是她第一次写这样的专访,LEE也是她正式工作以来遇到的最重要的客户。于情于理,苏伊都觉得她应该亲自去送杂志样刊。

上次和LEE的演艺部合作时,她特意留意了他们的选拔流程。如果进展顺利,他们今天应该已经签完第一批艺人了。

她打听到消息,LEE今年会成立模特工作室。

那正是她急缺的资源之一。

苏伊拎着包站在走廊上等电梯,隐约听到有人在说她的名字。苏伊蹙眉,此刻走廊上只有她一人,但是声音却越来越清晰。

难不成是电梯里传出的声音?

"也不知道她走了什么运,那个李嘉尚竟然同意了。"

"呵呵,我觉得李嘉尚也不过是虚有其表。以前那些传闻八成是从LEE发出来的。如果他真有他们夸的那个水准,会被一个黄毛丫头迷得团团转吗?"

电梯果然在苏伊所在的这一层楼停下了。叮咚一声响,金属门缓缓地向两侧打开,里面正讨论的三人在看清门外的人后,瞬间变了脸色,噤了声。

B组的两个组员有些尴尬,赵茹冷哼了一声,走了出来。

赵茹经过苏伊身旁时,低声道:"好狗不挡道。"

"赵组长,"苏伊叫住赵茹,"我有话要和你谈谈。"

赵茹停下,回过身来看向苏伊。

B组的两个组员对视一眼,捧着资料往公司里面跑去。

"有事?"赵茹挑眉道。

"赵组长,在背后议论别人,被当事人听到,你不觉得愧疚吗?"苏伊被气笑了。

"我为什么要愧疚？"赵茹觉得好笑，"你在我的背后拉拢我的人时都不愧疚，我愧疚什么？"

苏伊恍然大悟，原来赵茹这么恨她是因为 B 组有人投奔了她。

"我没有算计过你。"

赵茹哼了一声："你觉得我信吗？"

B 组有四个人转去了 C 组，有三个人是自愿的，还有一个人是苏伊私下问了对方的意愿，在对方同意后把她的名字填到了 C 组的名单上。这个人是赵茹非常欣赏的一个编辑，熟悉赵茹合作过的所有品牌方。

这个人到了 C 组，相当于苏伊有机会接触赵茹的资源，赵茹自然会恨上苏伊。无论苏伊怎么解释，赵茹只会记恨苏伊，并且会迁怒那四个人。

此时，赵茹看到了苏伊包中露出来的杂志封面，眼神再次变得锐利。她忍住心中泛起的怒火，半威胁似的对苏伊道："这次算你走运，小丫头，以后咱们走着瞧。"

"赵组长，这是第一次，也是最后一次。"苏伊盯着她，警告道，"这次，我当作不知道。如果有下次，我不会就这么轻易认了的。"

"我好害怕呀！青天白日，朗朗乾坤，你污蔑别人，张口就来吗？"

"除了你还会有谁？"

"那可多了，公司看你不顺眼的大有人在。"赵茹道。

"你真觉得没人看到吗？当时放电脑的位置上面就有摄像头，我们要一起去翻翻监控记录吗？"苏伊抱胸问道。

"你想诈我还嫩了点，公司内部的摄像头根本就没开。"赵茹掏出工卡，在公司门口的感应器上刷了一下，LS 的感应门缓缓地打开。

"我也劝你一句，公司有那么多双眼睛，看你不顺眼的也大有人在。"苏伊看了一眼赵茹，"而且，这个根本不需要证据，真相就在大家的心里。"

苏伊和赵茹隔着玻璃门对望。两个人都露出坦然而自信的笑容，像两个关系不错的熟人才打完招呼，正在礼貌地分别。

两人转过头，脸上的笑容瞬间消失。苏伊连按了好几次电梯的下行键，发泄憋在肚子里的气。

办公室内，赵茹把资料重重地摔到办公桌上，巨大的声音把其他人吓了一跳。他们不知道谁又招惹了这个"火药桶"。

员工小群里，前台 Amy 发出一张照片，送上了最新的八卦新闻："刚刚赵组长和苏组长在公司门外 PK（对决）啦。我没听清内容，不过从表现来看，赵组长好像更生气。"

照片上，苏伊和赵茹似和颜悦色地站在门口聊天，但仔细一看，两个人很明显是在压抑怒火。她们不知道有人在偷拍，也就没有控制自己的表情了。

美人即使发怒，也会让人觉得赏心悦目。苏伊气鼓鼓的样子像一只可爱的河豚，而赵茹生气时盛气凌人，让人觉得害怕。

一路上，苏伊告诉自己不要生气，应该用实力战胜赵茹。

不过，她还是很生气，最终在"天长地久"小群中发了一条信息——

"我要称霸江湖！"

苏翔太立即回复："嗯，我帮你。"

夏熙阳随之响应："偶像威武！"

苏伊见了，莞尔一笑。

她在群里给夏熙阳发了一个大大的亲吻图，然后回复苏翔太："翔太最好了，但是你帮不上姐姐的忙啦。"

苏伊觉得苏翔太是在开玩笑，并没有把他的话放在心上，直到她到了 LEE，在演艺部看到了苏翔太。

看到苏翔太的一瞬间，苏伊以为自己看错了，甚至以为是两个长相相同的人。

而对方一声带着讶异的"苏伊"，让她吃惊的同时也感到愤怒。

苏伊忍住怒气，向 LEE 的演艺部总监镇定地道："不好意思，我和他聊一下。"

演艺部总监点头道："好的，我都差点忘了你和苏翔太认识。"

苏伊拉着苏翔太走向一个没人的墙角。

"姐姐……"苏翔太小声地道。

苏伊努力地压了压心中的怒气，可压不住。

她踮起脚，抬手朝苏翔太的脑袋上一拍，揪着他的耳朵道："姐姐？现在想起我是你的姐姐啦？别，你才是我的姐姐！"

闻言，苏翔太耷拉着脑袋，任由苏伊发脾气。

"你怎么会在这里？说啊！"苏伊把苏翔太推到墙上，逼他罚站认错。

"我想当模特。"苏翔太脱口而出。

苏伊呆住了，盯着苏翔太那张熟悉的脸，突然感到陌生。

他的眼里有她不熟悉的认真之色。

"模特?"苏伊觉得难以置信,苏翔太要当模特?

"为什么?"

"因为我喜欢。"

"你喜欢?"苏伊的声音有些尖锐。

喜欢,他为什么会喜欢?他以前明明对时尚界的一切毫无兴趣,为什么会突然喜欢?

难道是因为她那次把他拉去帮忙,让他产生了兴趣?

"姐姐?"苏翔太轻轻地叫她。

"你是不是……"

"不是!"苏翔太打断她的话,"我是真的想试试看。"

苏翔太低下头,用手撑着苏伊的肩膀,柔声地解释:"我想尝试新的挑战,你不支持吗?"

苏伊咬唇道:"你不告诉我,是怕我反对?"

"嗯。"苏翔太笑了笑,笑容如迎光绽放的太阳花,温暖得让人心惊,"我想让你感到惊喜。"

惊喜?惊吓还差不多。

苏伊闷闷不乐,说不清自己的感受,好像即将搭建成的城堡在眼前坍塌。

一直听话的孩子突然有了自己的想法,让她一时无所适从。在她毫无察觉的时候,有些习惯了的东西在渐渐消失,无声无息。

"你生气了?"苏翔太问。

"当然生气!"苏伊愤愤地道,"你为什么不告诉我?就算你要当模特,为什么不和我商量?"

"我……想和你商量的。"苏翔太狡辩道,露出一副可怜巴巴的样子,轻轻地捏着苏伊的手,"不过,我想先看看自己能不能通过选拔。如果通过了,证明我有这个能力,再和你好好商量,而且……"

苏翔太嘟起嘴吧,大眼睛一眨一眨的,撒娇道:"我怕你生气……"

苏伊又气恼又无奈,只好揪他的头发,发泄心中的不满。

"疼,疼,疼!"苏翔太龇牙咧嘴地道。

苏伊还想教训苏翔太,手机突然响了。苏伊松开他,调整状态接通手机:"李秘书，我是苏伊。"

电话另一头的人说道："苏小姐，老板回来了，你在哪呢？"

"是吗？"苏伊双眼发亮，"我在 LEE，我马上过去。"然后，她挂了电话。

苏翔太问道："工作吗？"

"当然呀，要不是因为我来送样刊，还发现不了你……"苏伊叹气，"算了，回家再说！"

她这个弟弟，看似温顺乖巧，实则固执，一旦下定决心，就很难改变想法。

苏翔太见好就收，乖乖点头："对了，姐姐，我们的关系能不能保密？"

苏伊一怔，然后明白了苏翔太的顾虑。他不想让 LEE 的人因为他们是姐弟关系，而给他特殊待遇。

"好。"

苏伊把苏翔太送回去，和 LEE 的演艺部总监打完招呼，便疾步往主楼走去。

苏翔太回到队伍里，视线却盯着苏伊匆匆离去的背影。

苏伊从他的面前离开，中途没有回头看他一眼。

不知为何，苏翔太心头涌起一股妒意，即使是工作，他也妒忌。

辛倩往外看了一眼，指了指苏伊离去的方向，小声地道："那个漂亮的小姐姐是谁呀？你朋友？"

苏翔太点头道："嗯，朋友，很重要的朋友。"

辛倩了然地点头，心中为室友默哀。从今天起，室友的暗恋变成失恋，她的偶像已经有女朋友了……

一回生二回熟，苏伊顺利地到了 LEE 集团大厦的主楼。前台工作人员告诉她，李秘书已经提前打过招呼了，她可以直接去乘坐专用电梯。

苏伊谢过前台的工作人员。

"苏小姐，您是来送样刊的吗？"前台的工作人员看到了苏伊包中杂志的一角。

"是的。"

"有多余的吗？"前台的工作人员不好意思地问，"我想提前看看。"

苏伊从包中抽出一本杂志，故意封面向下地放到台面上，对着前台的工作人员眨了眨眼："上市前，不要外露哦。"

前台的工作人员重重地点头。拿起杂志的瞬间，她的嘴巴张成了"O"形。

天啊，这是他们的老板！帅到了一个新境界的老板！

苏伊把样刊交给李秘书和李嘉尚。李秘书果然给出了一个夸张的赞赏表情，而李嘉尚相当矜持，可谓毫无反应。

见状，苏伊心中替摄影师哀叹一声。

在他们的摄影师看来，能让被拍照的人发出惊叹的照片才是好照片。

李嘉尚随便翻看了一下，就把杂志放到了一边，道："谢谢你跑一趟。"

苏伊笑了笑，道："应该的。"但李嘉尚的反应，还是让她有些伤心。

好歹，他也该看看专访他的页面呀。

"虽然看过原稿，但在杂志上看，感觉还是不一样的。"李秘书拿着杂志样刊赞赏道。

他随手一翻，正好翻到印着李嘉尚专访的页面，继续道："十号开始卖吗？我要去多买几本收藏。"

苏伊知道他说的是场面话，但还是很高兴地道："你想要几本？我给你送来。"

"不行，不行！我要增加你们的销量。"李秘书笑着道。

一直没出声的李嘉尚突然重重地咳了一声，冷漠地道："你过来还有别的事情吗？"

闻言，苏伊愣住了，没想到过来送书还碰了一鼻子灰。她突然觉得有些尴尬。

见老板开口了，李秘书马上闭嘴，安静地站在一旁，心里却觉得无语。

老板明明就是介意苏小姐忽视他，想搭话，却说得像找碴一样。

过了一会儿，苏伊回过神道："我的确想了解一些事。"她理了理思绪，"LEE演艺部的未来规划是什么呢？"

苏伊的疑问在李嘉尚的预料之外。

最初，LEE演艺部只是李夏天的个人工作室。近两年，因为LEE扩大了业务，艺人的需求量增加，演艺部才正式发展起来。目前，演艺部主要培养演员、模特、歌手和综合艺人。

演艺部之前和LS有过合作，苏伊应该是在那个时候得到了这方面的消息。想到这里，李嘉尚问道："你想了解哪方面的事？"

"苏小姐是想问模特吧？"李秘书把话接过去，"苏小姐的朋友入选了。之前在大秀上，你的朋友就给我留下了很深的印象。不过，我听说他还在读书。"

李嘉尚疑惑，朋友？大秀？

过了一会儿，他脑海中浮现出一个年轻男孩在舞台上与台下的苏伊互动的画面。他不自觉地皱起眉头,是那个人!

在那次大秀的庆功宴上,他还听到 LS 的小编辑们在说那个男生是苏伊的同居男朋友。

想到这里,李嘉尚眉头紧皱。

苏伊听到李秘书这么说,不禁抱怨道:"是啊,他瞒着我参加选拔。我也是今天遇到他才知道的。"她语气中还露出一丝亲昵之感。

李秘书注意到了老板皱起的眉头,赶忙打岔道:"说来,他也姓苏吧?苏翔太和苏小姐是亲戚吗?"

想到苏翔太的叮嘱,苏伊摇了摇头,道:"不是,是朋友。"

李嘉尚捏笔的手瞬间收紧了。

李秘书好像听到了什么东西碎掉的声音,便偷偷地看了一眼李嘉尚。

"果然,好看的人身边都是好看的人。苏小姐的朋友都很好看!你看我们老板,也很好看!"

李秘书说完看向李嘉尚,发现李嘉尚之前的"扑克脸"成了"冰山脸",周身散发出冰冷的气息。李秘书暗道糟糕,拍马屁拍到了马腿上!

李秘书马上收住笑容,道:"苏小姐,要是没什么事,我先送你下去吧。"

"我还有个问题想问。"苏伊说,"不知道和 LEE 签约不久的艺人能不能提前解约?我的那个朋友,我想确认他的一些情况。说实话,我不想他走这条路。"

李嘉尚挑眉,问道:"为什么?"

苏伊不自觉地流露出焦虑的情绪,道:"他以前从来没有这方面的想法。我怕他受我的影响,一时兴起选了这条路。况且,他还是个学生……"

"他上次登台是苏小姐的意思吧?"李嘉尚冷冰冰地打断她。

苏伊下意识地点头。

李嘉尚冷漠地道:"这次不想让他当模特,也是你的意思。他自己没有想法吗?"

闻言,苏伊沉默了。

秀场上观众的欢呼声、苏翔太补救失误的反应,那一切苏伊还历历在目。苏翔太给人留下的印象太深了。她不是没注意到苏翔太的舞台天赋,只是因为私人关系干扰了她的职业判断。

苏伊想开口辩解,李嘉尚却再次打断了她:"有些人天生就适合舞台,苏翔太有这方面的天赋，否则你也不会把他推上台。你应该比我更清楚他的潜力。"

苏伊低头，明白李嘉尚说的是对的。

无论是外貌、身材、气质、年龄，还是观众缘，不管从哪个方面评估，苏翔太都很适合进入演艺圈。

如果这个人不是她的弟弟，她会努力说服他进入这个行业。

然而，这个人是苏翔太，是她的弟弟，她才会犹豫不决。她必须考虑更多的东西，方方面面都得考虑到。

苏翔太从小就听她的话。如果他们发生了分歧，不管他最初的意愿是什么，只要她态度强硬一些，他就会妥协。

因此，她才不敢跑去跟苏翔太说："听我的，这条路才是对的！"

他的未来，真的可以由她随意干预吗？

苏翔太不想一开始就被她拒绝，所以才瞒着她来参加选拔赛。

他不想让她参与他的选择，这是他自己的意愿？

"就算是学生，他也已经成年了。他该有他的道路和人生。"李嘉尚看出苏伊的犹豫不决，道，"作为合作伙伴，我奉劝苏小姐，生活中不要太强势，感情才能稳固。即使关系亲密，你也要给对方留适当的自由空间。"他不明白，这个做事果决的女孩怎么会在私事上这么感情用事。

闻言，苏伊却愣住了。

感情才能稳固？亲密关系？

李嘉尚把苏翔太想成她的什么人了？

李嘉尚又说了一句："没有哪个男人会喜欢女强人。"

咔嚓——

苏伊感觉自己脑中有什么东西裂了，一股怒气从心口腾腾升起。

一男一女，不是亲戚就是情侣吗？

他哪只眼睛看出她和苏翔太是情侣的？

"李总，你好像误会了。我和苏翔太不是情侣。"苏伊不明白自己为什么要解释。

李嘉尚抬头瞥了她一眼，嘴角闪过一丝笑意，转过头，有些生硬地道："哦？那你和他是什么关系？"

一旁的李秘书真想捂脸狂叫"老板，你这是吃醋然后被哄好了吧？你控制下自己的微表情啊"！

— 107

而这一边，苏伊道："朋友。"

"哦。"李嘉尚点点头，像对苏伊的私人关系不感兴趣。

突然，他想起了苏伊和苏翔太住在一起的事。什么朋友会住在一起？李嘉尚才好转的心情又不好了。

他不由得冷哼一声，道："艺人发展是 LEE 的重点规划之一。如果他真的有实力，公司会给他应得的机会。但是我不希望听到任何没有用的绯闻，LEE 的艺人必须洁身自好。"李嘉尚抽出一份规划书递给苏伊，"如果苏翔太要解约，那就履行合约，依法赔偿。"

苏伊被"洁身自好"这几个字刺激到了。她生气地接过规划书，咬牙切齿地道："谢谢李总，我们会认真看合约的。另外，我家翔太一向洁身自好，您多虑了！我的问题请教完了，谢谢李总的回答，不打扰了，再见！"

苏伊气呼呼地拿着资料离开了。

李秘书看着被关上的大门，不禁在心里吐槽，何必呢？

李嘉尚蹙眉看向李秘书，道："你想说什么？"

"没有！"李秘书果断地竖起拇指，"老板英明神武、大公无私，乃 LEE 全体员工之楷模！"

李嘉尚一口气被堵住，怀疑李秘书在讽刺他。

李嘉尚站在窗边，看着楼下苏伊渐渐离去的身影，不禁想到了小雨点。想到小雨点，李嘉尚糟糕的心情稍有好转。熊猫馆志愿者的资格证，他终于拿到了。

"这周末的时间帮我空出来，紧急的工作安排到晚上，我会回公司处理。"

李秘书赶紧在备忘录上记下来，然后走了出去。

偌大的办公室里只有李嘉尚了，他重新拿起桌上的那本杂志，翻到了有他的专访的那一页。

在她笔下，他很完美。李嘉尚不确定这是编辑的官方说辞，还是她的心里话。

以后，苏翔太会频繁地出现在她编辑的杂志上吧？

李嘉尚合起杂志望着那封面。不过，那人距离封面模特还有些距离。

这么一想，李嘉尚的心里才舒坦一些。

毕竟，他在她心里是不同的，不是吗？

苏伊坐上车，气愤地翻开李嘉尚给她的资料，发现竟然是 LEE 演艺部的发展规划。她感到诧异，快速地浏览起来。

资料中列出了几家 LEE 有合作意向的公司，其中包括 LS。难怪她和演艺部总监交流时那么顺畅，原来他们早就有和 LS 合作的打算。

虽然这份规划书中没有商业机密，但严格来说，这是一份未对外披露的内部资料。于公于私，李嘉尚还是很照顾她的。

但想起李嘉尚那莫名其妙的语气和乱七八糟的想法，她还是气不打一处来。她看上去像以权谋私、胡乱勾搭小男孩的人吗？

"有病！"

苏伊返回公司，一进门就被小薇拉去了会议室。

"怎么了？"

C 组的成员聚在一起，一个个神采奕奕，还准备了一个小蛋糕。小薇把笔记本电脑推到苏伊的面前，道："老大，刚刚确定有李嘉尚专访的这期杂志要加印啦！"

苏伊盯着屏幕上的数字，眉头一挑。

小薇兴奋地道："杂志还没正式发售，就有这么大的预订量了，这是这几年都没有过的战绩！老大，请客喝咖啡！"

苏伊莞尔一笑，愉快地打发小薇去买咖啡。

下午，苏伊快速地处理完紧急工作，没有加班，而是赶紧回了家。

她得和苏翔太认真地谈谈。

苏翔太在苏伊到家前把饭菜端上桌，按照苏伊的要求，把合同也带回来了。

到家后，苏伊仔仔细细地逐条看完了苏翔太和 LEE 的合同，才放下了对 LEE 的疑虑。

对新人而言，这是一份条件很优越的合同。

那么，只剩下一个问题了。

苏伊放下合同，深吸了一口气，用从未有过的语气认真地对苏翔太道："如果这是你的意愿，姐姐支持你，但你要问清自己，是不是真的喜欢。"

闻言，苏翔太一愣，隔着桌上饭菜腾起的热气，仿佛又看到了童年挡在他面前的苏伊。

小学一年级时，班上一些同学嘲笑脸上有疤的苏伊，说她是一个丑八怪。他气不过，与四个同学打了起来。

结果，他输得十分惨烈。

那时，他们动手不知道轻重，稍不注意就会让人头破血流。

当时，血从头上淌下来流进眼睛里，他的眼前变得一片赤红。同学的表情十分狰狞，他应该也是那样。

苏伊从围观的同学中冲出来挡到他的面前，张开纤细的双臂，把他护在她的身后。

已经捡起石头的一个同学被她的凶悍吓退了。

老师们闻讯匆匆赶来，制止了这场斗殴。

他一脸血的样子吓坏了老师，但他并不觉得痛。

虽然他一时失手被打得头破血流，但是那些同学也被他揍得鼻青脸肿。他为此感到骄傲，觉得他一个人和四个人打成了平手，只不过被暗算了。

苏伊平静又清晰地向老师说了事情的经过，大声斥责了那几个哭天喊地的同学。在苏父苏母赶来学校前，苏伊和老师一起带他去医务室包扎、去医院做检查，确定他只是破了头皮，没有伤到脑袋。

包好纱布后，他向苏伊走去，一副不知道怎么开口的表情。原本坐在椅子上的苏伊突然蹦下来，抱住他痛哭起来，哭得撕心裂肺。

他从来没有见苏伊这么哭过。

苏伊哭得惊动了医院的医生和其他的病人，很多人都跑过来看发生了什么事，以致苏父苏母赶来时都没顾上他这个伤员，全去安慰苏伊了。

他站在人群外面，小小的心比受伤的头还疼。

回家后，哭得眼睛肿成核桃的苏伊和他约定，他以后不再和别人打架。

苏翔太不记得自己当时有没有答应，只记得那时候他下定决心，要快快长大，然后保护她。

他们相互依赖、相互关怀。终于，他的个子超过她了，他可以张开结实的双臂站到她的面前了。他以为他足够强大了，可他现在才明白，他依旧在她柔软的羽翼之下。

"嗯，我喜欢。"苏翔太温柔地笑起来。

长大后，在不只是需要拳头的世界，他也想保护她。

苏伊肩膀一松，有些怅然若失，后悔自己从来没有去了解过翔太的喜好。她道："我感觉好失败。"

"为什么？"苏翔太把菜夹到她的碗里。

"我是不是一个不值得信任的姐姐？你有自己的爱好，却不在第一时间告诉我。我是不是太强势了？是不是让你觉得很难搞？是不是让你觉得不自由？"苏伊揪着头发回想起过去的事。

小时候他们买水果，苏翔太说要买菠萝，她觉得菠萝既难削皮又很难吃完，坚持要买苹果；苏翔太考上大学报志愿时，她和老师商量后，让他从他们给的几个选择里面选了一个。

他是不是想吃菠萝？

他是不是喜欢其他的专业？

小时候，他好像说将来想当宇航员……

看着她纠结的神色，苏翔太扑哧一声笑出来，道："爸妈都不自责，姐姐自责什么？"

管孩子这方面，他们的爸妈才是纯"散养派"，美其名曰锻炼他们姐弟俩的自立能力，其实根本就不管他们。反倒是苏伊费心费力，当爹当妈又当姐。

苏伊嘟嘴道："翔太，以后你喜欢的和不喜欢的，都可以告诉姐姐，我会认真听的！"

"嗯。"

"不过，你选公司的眼光很棒哦。"苏伊点了点那份合同笑道，"这是作为新人的最佳选择。LEE实力雄厚，自身的产品都被一线明星抢着代言。在演艺部，实力最强的是演员，和你不存在竞争关系。只要你未来的发展方向明确，能在同期生中表现优秀，就能获得公司的青睐。我看过他们的规划书，他们打算推出综合实力强的跨界艺人，所以，如果你不想只做模特，还可以转去做演员、做歌手。"

"你看过LEE的规划书？"苏翔太一顿，总监明明说规划书还在等上面批复。

"我是今天看到的，还是内部资料。"苏伊没有多想，反而好奇地问，"你想做专业模特，还是想把模特作为职业跳板？"

"我还没想过这个，不过我会仔细考虑……"

他的话还没说完，苏伊的手机突然响了，是夏熙阳打来的。

苏伊吐了吐舌头，接通电话。

－ 111 －

夏熙阳的声音顿时响起："偶像，周末一起吃火锅哦！我要吃火锅，辣的！"

"好呀，不过我白天要去熊猫馆……"

"没问题，我白天也要值班，我下班后去接你！晚上一起吃火锅！"

苏伊转头看向苏翔太，苏翔太笑了笑，比了一个"OK"的手势。

于是，苏伊转达给夏熙阳。

当苏伊继续和夏熙阳闲聊时，苏翔太突然收住笑容，心中警铃大作。LEE 的内部资料，可以随便给合作伙伴看吗？

这回，平时会收集与苏伊相关的内容的苏翔太，没有买 LS 的最新杂志。当他在报刊亭里看到印有李嘉尚的封面时，心里很不舒服。

他不想让这张脸在自己的领地出现。

没有如果

6

我在想，如果我是你在找的朋友就好了

又是一个周末，熊猫馆的志愿者日如期而至。

因为又有一批新志愿者即将到岗，所以管理员通知现有的志愿者今天一起迎接新成员。

苏沐晓在新志愿者中看到了李嘉尚。

她心中吐槽，李嘉尚一个大企业的总裁竟然这么闲，三天两头地跑来动物园。前几天的事她还没忘呢，不过她宽宏大量，不和他一般计较。他们保持友好的陌生人关系就好了，尽量少接触。

李嘉尚隔着人群，一眼就看到了苏沐晓。他握紧手机，这次一定要确认苏沐晓是不是小雨点！

"这几位就是这次新加入的志愿者啦。"管理员指向李嘉尚等六人，向站在对面已经有经验的志愿者们介绍。

李嘉尚发现，站在对面的苏沐晓这次没有躲避他。不知为何，她好像今天心情不错。

之前培训的时候，他们也会和已经在工作的志愿者交流、到熊猫馆内帮忙。不过，苏沐晓总是在他的视线之外。当他发现她有意躲他时，却总是找不到机会询问她。

今天，她就站在他的正对面，就在他的眼前开朗地鼓掌。

李嘉尚嘴角一弯，心情也变得愉悦。

"六位新成员和老成员组成组，老成员们多带带新成员。"管理员宋一秋拿出表格开始分组。她在表格名单上筛选出工作最游刃有余的六个人，在他们的名字后面写了加号和新志愿者的名字。轮到苏沐晓时，她稍一停顿，抬头看向苏沐晓。

苏沐晓这个女孩是特殊的。只从外观上看，她的特殊性就让人无法忽略。

苏沐晓似乎习惯了别人看向她的视线。然而，她表面越不在乎，内心可能越在乎，只是闷在心里不对外发泄。

当初她来面试时，熊猫馆的工作人员就犹豫过。最后，馆长决定把她留下来，除了看在她热爱熊猫的分上，还因为她说过的一句话。她说，动物和人是不同的，它们也许觉得她不奇怪。

后来事实证明，她是对的。馆里的所有熊猫都喜欢和她玩，连其他的小动物也亲近她。

抛开皮囊，到底什么才是美，也许动物比人看得更清晰。

苏沐晓的出现，让他们开始自省。他们是熊猫馆的志愿者，首先服务的是熊猫，其次才是游客。

即便如此，还是有志愿者私下找过宋一秋，希望宋一秋不要把他们和苏沐晓安排到一起工作。他们并不是讨厌苏沐晓，只是克服不了心里的恐惧感。

苏沐晓才是最需要一个固定同伴的人。

宋一秋再次看向新来的六个志愿者，然后在苏沐晓的名字后面写上了李嘉尚的名字。

李嘉尚是六名新志愿者中唯一的男性。

根据宋一秋的观察，在其他人用"那个脸上有疤的女孩"来形容苏沐晓时，他是唯一一个没有谈论过苏沐晓相貌的人。

"我念一下分组名单，刘婷婷、王晓一组，海燕、林晓岚一组……李嘉尚、苏沐晓一组。"

闻言，苏沐晓和李嘉尚几乎同时抬头。

苏沐晓呆呆地望向管理员，而李嘉尚的视线已经转到她的身上了。

苏沐晓不明白，为什么李嘉尚会和她一组呢？她抬起头，正好撞上李嘉尚的视线。

苏沐晓心头一跳，为什么李嘉尚看上去很愉悦？难不成这人很想和她一个组?苏沐晓想不明白。

此时,李嘉尚走了过来,站到苏沐晓的身旁,道:"又见面了。"

苏沐晓笑了笑,心想这人的记性可真好。李嘉尚和她一组这么开心是因为怕生吗?算了,反正兵来将挡,水来土掩。好在李嘉尚长得不难看,她就当他是个行走的花瓶好了。

"我们的工作主要是清洁打扫、辅助喂食。发现熊猫宝宝们有异常时,我们得及时通知饲养员和医生。另外,馆内有活动时,我们也要去帮忙。"苏沐晓一边介绍工作内容,一边带着李嘉尚熟悉馆内的设施,突然停下来回头看他,"对了,你能记住所有熊猫宝宝的名字吗?"

"圆圆、团团、大宝……"李嘉尚一口气念出了一串名字。

苏沐晓听了连连点头,承认李嘉尚还是有点优点的。当初,她记这些名字花了不少时间。突然,她想到了什么,道:"你能对上号吗?"

李嘉尚看向园区内,一一指给她看:"那是圆圆,那是团团,小午、暖暖、二丫……"

苏沐晓嘴角一抽,有些嫉妒他。饶是记忆力超群的她,最初也无法分辨这些熊猫。与这些小家伙相处一段时间后,她通过一些细节才分辨出它们谁是谁。

"他到底是怎么分辨的?"苏沐晓呢喃道。

李嘉尚没听清,问她:"什么?"

"没什么,早上柠檬吃多了。"苏沐晓哼了两声,仿佛闻到了自己身上的酸味。

"能记住名字又能分辨它们,那就好办多啦。它们的性格都不一样,眼睛最大、头最圆的是圆圆。它最活泼了,看到陌生人会兴奋,特别喜欢抱人的大腿。团团喜欢抢圆圆的食物。团团和圆圆是一起长大的,凑到一起就会打架,不在一起又不乐意。"

说着,苏沐晓恰好看到圆圆和团团在互动,便停了下来,指着园区对李嘉尚道:"看!"

她停得突然,李嘉尚差点撞到她。为了避开苏沐晓,李嘉尚踩在了一块凸起的鹅卵石上,突然重心不稳,身体向后倒去。他狼狈地挥动双手,试图恢复平衡,却被苏沐晓一把拉住了。

"抱歉!"苏沐晓讪讪地吐着舌头,赶紧把人拉正。她说得太投入,没想到差点把人弄倒。

— 115 —

她向李嘉尚招了招手，指着不远处两只扭打在一起的熊猫，道："圆圆和团团。"

李嘉尚顺着她指的方向望去，只见两只宛若双胞胎的熊猫，在横木砌成的平台上扭打成一团。上面那只熊猫在抢下面那只熊猫的食物。他再仔细一看，它们争抢的是特意给它们准备的杂粮窝头。

下面那只熊猫捧着窝头不撒手，一不留神窝头就被上面那只熊猫一口叼走了。

"团团又抢圆圆的食物了。上面的是团团，下面的是圆圆。"苏沐晓道。

团团得了手非但不跑，还当着圆圆的面开吃，吃得特别香。

团团的嚣张模样彻底惹怒了好脾气的圆圆。圆圆吼叫着，伸出前肢抓住上面的团团，把在吃窝头的团团扯到了下面，用小爪子愤怒地拍向团团。团团被拍得落荒而逃。这下，圆圆不乐意了，一路追着团团打，把团团逼上了树。

圆圆和团团的一番举动，引得前来参观的游客们发出阵阵欢呼声。

在游客们看来，它们就是两个毛绒玩具，你碰我一下，我挠你一下，打得特别和气。

李嘉尚看向苏沐晓，看到了她脸上的笑容。日光穿过叶片的缝隙，照到了她的眼睛上。浓密的睫毛被阳光染成了金色，跟小刷子一样。她弯起来的眼中满是笑意，和二十年前一样，这是一双能让人看到幸福的眼睛。

她是小雨点吧？李嘉尚心想。于是，他看向苏沐晓的眼神更加炽热了。

苏沐晓有所察觉，望向他，纳闷道："怎么了？"

"没什么。"李嘉尚笑了笑。

闻言，苏沐晓眉毛一挑，带着李嘉尚去给熊猫笼打扫卫生。

白天，熊猫们都在户外玩耍，这个时候适合打扫它们的笼子。

虽然熊猫可爱，但笼子中的气味可不那么好闻。

因为气味是动物辨别同类生物以及其他生物的一个重要方式，所以饲养员和志愿者不会给熊猫们频繁地洗澡。因此，笼舍的整洁就要靠饲养员和志愿者们来维持了。

苏沐晓打开笼门，一股刺鼻的气味向她的呼吸系统发起了攻击。

很多志愿者不愿意打扫笼舍，苏沐晓担心从小养尊处优的李嘉尚适应不了，尤其在看到还没干透的可疑液体时，她都有些同情李嘉尚了。听说他好像有洁癖，她还是自己来吧。

苏沐晓雄赳赳气昂昂地穿上防护服，道："你在外面等我，我进去收拾。"

李嘉尚觉得好笑。他就是再有洁癖、再娇生惯养，这时候也不能让一个姑娘进去干活，而他在外面歇着。于是，他道："我来就好。"

不待苏沐晓阻拦，李嘉尚已经给鞋底消了毒，穿好防护服进入笼舍。

面对散落一地的竹子残渣和混于当中的粪便，李嘉尚面色平静地弯腰。

"我来吧。"苏沐晓摇了摇头、拽了拽手套，都不忍心看李嘉尚了。

她刚弯下腰，李嘉尚就拉住了她，把水管给她，坚持道："我来。"

"没关系的，我经常打扫已经习惯了，你不用勉强……"

"不勉强，我来。"李嘉尚扶着苏沐晓的肩膀，把她缓缓地推到墙边，温柔地道，"我还没到需要一个女孩子照顾的地步。如果这都做不来，我还当什么志愿者？我和你一样，不是来走马观花的，而是想当一名称职的熊猫馆志愿者。我来做，你教我。哪里做得不对，你纠错。"

苏沐晓连连点头，还是不敢相信李嘉尚在给熊猫铲大便。

享誉国际的 LEE 集团现任总裁李嘉尚、她斗智斗勇才采访到的李嘉尚、登上 LS 杂志封面的李嘉尚，在给熊猫铲大便！

之前，这人端坐在摄影棚内，一副冷漠高傲的样子；现在，这人蹲在熊猫笼舍内弯腰铲大便……

此刻，两个不同形象的李嘉尚在苏沐晓的脑内变成了两个卡通人物。一个横眉冷对，扔了她的策划书，道"不通过！"；另一个可怜巴巴地把熊猫大便放进小筐里，道"我来就好"。

想到这里，苏沐晓突然哈哈大笑起来。

李嘉尚还在回忆集中培训时管理员讲的要点，突然听到了苏沐晓畅快的大笑声。

他不知道她在笑什么。她不仅笑得流出了眼泪，还笑得打嗝不止。

因为苏沐晓打嗝太频繁影响了工作，后续洒水清洁的工作便都是李嘉尚做的。苏沐晓觉得她的心脏都要被打出来了，也不知这是不是笑李嘉尚的报应。

他们打扫完出来，苏沐晓去职员休息室找热水，李嘉尚去洗手。

到了职员休息室，苏沐晓发现饮水机空了，热水瓶也是空的。此刻，她觉得这才是报应。

苏沐晓拎着需要明火加热的热水壶，陷入了做志愿者以来最大的困境中。

她，怕火。

她拎着热水壶出来,想找个人帮忙,却没看到一个人。她往前面走了走,在户外的洗手池边看到了还在洗手的李嘉尚。

李嘉尚听到脚步声抬头,和苏沐晓四目相对。两人都觉得有点尴尬。

李嘉尚:"……"

苏沐晓:"……"

苏沐晓看着水池边被用过的洗手液、肥皂,不禁在心中吐槽,李嘉尚果然是李嘉尚,他到底洗了多久?

苏沐晓摸了摸鼻尖,认真地问他:"你要用消毒水吗?"

"不用了。"李嘉尚拧上水龙头镇定地道。

他分明是想用却不好意思说吧?

苏沐晓脑中又浮现了那两个卡通形象的李嘉尚。其中一个拿着洗手液、肥皂,大声喊着:"我们不香吗?"然后,他被另一个暴打了一顿。

苏沐晓想着又想笑,可笑到一半又打嗝了,十分不爽。

"嗝……你能帮我烧……嗝……烧壶热水吗?"

苏沐晓把水壶递给李嘉尚,狂拍自己的胸口。

她注意到李嘉尚接水壶时,用的是没碰过大便的左手,接水时,还换了一个水龙头……

这还不是洁癖?

李嘉尚把灌满水的热水壶放到使用天然气的灶台上,开火烧水,然后调整火势大小。他注意到,原本就离门口有点距离的苏沐晓在他把火调大后又往后退了几步。

李嘉尚看看水壶,再看看她,安慰道:"我会用火,很安全。"言外之意,苏沐晓不用躲他那么远。

苏沐晓知道他误会了,连忙摆手道:"不是的,是我怕火,不是不放心你。"

"你怕火?"李嘉尚心头一跳,猛然看向她有疤痕的半张脸,上前两步急切地问,"你为什么会怕火?是因为……"话说到一半,他又猛然收声,因为看到了苏沐晓眼里的恐惧和惊慌。

他忍不住在心里骂自己,然后退回到之前的位置,抱歉道:"不好意思,我……一时情急。"

"没事。"苏沐晓低声说道,然后伸手挡住脸,转过身,不再和李嘉尚说话。

李嘉尚看着她瘦弱的背影,想说点什么,却不知道从何说起。他现在很懊悔,即使急着求证,也不该那样去看她脸上的疤痕。

当两人都陷入沉默时,正好有人叫他们。

"沐晓,李嘉尚,你们打扫完啦?"与苏沐晓同期的志愿者小许擦着汗进来,看到他们在屋里对望。

小许看到李嘉尚在烧水,问道:"饮水机没水了吗?"

苏沐晓跳出来,拉上小许,道:"对,嗯,我们一起去搬水吧!"

两人的身影很快就消失了,室内只有李嘉尚了。

直到下午志愿者活动结束,李嘉尚也没有找到机会和苏沐晓私下沟通。而且,苏沐晓又开始躲着他了。

下午六点,公园闭馆,志愿者们纷纷换衣服下班。

苏沐晓从女更衣室出来,看到了等在一旁的李嘉尚。

苏沐晓不想和他有进一步的交集,向李嘉尚点了点头,便匆匆朝外走去。李嘉尚却叫住了她:"苏沐晓。"

李嘉尚并没有走到她的面前去拦她,而是缓步走到她的身边,温柔地道:"苏沐晓,对……"

他的话还没有说完,苏沐晓突然道:"中午的事,抱歉。"她停下来,仰头望着李嘉尚,"让你感到不舒服,我很抱歉,我们和好吧。"

李嘉尚低头盯着她的眼睛。

她的眼中满是坦荡之色,还带着一点歉意。她笑得很真实,原谅了他。

"是我该道歉……"

苏沐晓打断他,道:"不是的,是我反应过激了。我以为自己已经习惯了那种目光,不过还是有点不行。"她摸着脸上的疤痕笑了笑,"如果你感到不舒服,我可以去找管理员给你调组。没关系的,我习惯了。"

"习惯?"李嘉尚听到这个词,感到恼怒,"你经常换组吗?他们不愿意和你一组?"

苏沐晓看出他眼中的恼怒,不禁感到诧异,同时也感到温暖。看上去冷冰冰的、对苏伊横挑鼻子竖挑眼的李嘉尚,原来同理心这么强。她不在意地笑了笑,道:"也不是经常啦。人家不愿意看到我脸上的伤疤,这很正常。而且,一个人一组很自由。你不用考虑我,你不愿和我一组的话,一定要说出来……"

"我愿意。"李嘉尚打断她,又重复了一遍,"我愿意。"

闻言,苏沐晓愣住了,难以置信地眨了眨那双漂亮的眼睛,道:"我不需要同情。"

"我知道。"李嘉尚点头。

眼前的苏沐晓和记忆中的小雨点重叠了,他想伸手去摸摸她的头顶、去拍拍她。

小雨点是不是也要面对这些异样的目光,是不是也要经历这样的事情?如果不是他,如果没有那次意外,小雨点是不是在快乐地享受美好的人生?就像……苏伊一样。

不知怎么了,李嘉尚想起了自信果断的苏伊。大概是小雨点、苏沐晓还有苏伊,她们有极为相似的眼睛吧。

"你为什么非要和我一组呢?"苏沐晓叹气,看着李嘉尚。她已经说得这么明白了,为何他还要坚持?而且,她觉得李嘉尚不是在看她,而是通过她在看另一个人。

因为她隐藏了另外一个身份,所以她每次看到他这种视线时,就很有压力。这大概就是心虚。

"你很像我的一个朋友……"李嘉尚笑着凝视她,眼神里满是怀念。

苏沐晓吞了吞口水,道:"你好像提过。"

李嘉尚突然认真地问她:"你真的没有其他的名字吗?"

苏沐晓心头猛地一跳,有一种撒谎被看破的感觉。

她僵在原地,直愣愣地望着李嘉尚,问:"什么名字?你怀疑我是你的朋友吗?"

"我有这种感觉。"李嘉尚看着她的眼睛,缓缓地道,"她的名字叫……"

苏沐晓和他对视,没有挪开视线。原来,恐惧到一定程度后,是可以直面恐惧的。她眼前的世界像放慢了一般,扑通扑通的心跳声如缓慢响起的鼓鸣声。她看到一根很细的动物绒毛从她的面前飘过,看到李嘉尚被风吹起的碎发缓缓地晃动,看到李嘉尚张开嘴巴说了一个名字……

然而,苏沐晓没有听见那个名字。

在李嘉尚说那个名字时,她的耳中突然响起一阵尖锐的声音。

他们虽然沉浸在各自的世界里,但是都紧张地凝望着对方,似乎在等待宣判。

一时间，天地俱寂。

风再起，蝉声响，消失的声音重新回来，苏沐晓睁大了眼睛。

灰尘被吹进苏沐晓瞪圆的眼睛里，异物带来的刺痛感让她逐渐回过神来。

她没听到李嘉尚说了什么，但她看到了。

他说了三个字。

"不好意思，沙子吹进眼睛了。"苏沐晓一边揉眼睛一边眨眼睛，泪水从她的眼角滑出。

玄妙的气氛被彻底打断。

李嘉尚想帮忙又不知道该怎么帮，有些手足无措。他从口袋中翻出一个簇新的手绢塞给苏沐晓，道："不要用手揉眼睛。"

苏沐晓接过手绢，说了声"谢谢"，然后用手绢擦了擦眼角，眼睛没有那么难受了。她捏着手绢，不好意思地问："你朋友叫什么，能再说一次吗？"

"小雨点。"李嘉尚又说了一遍。不知为何，他有一种不好的预感。

"不好意思，这不是我的名字，我也没听过这个名字。"苏沐晓摇了摇头，心中的石头放下了。

闻言，李嘉尚露出一副失落的表情。

这个名字的主人，在他心中肯定很重要，可惜，她不是这个人。她突然想到了采访时的一个情景——那时，她问李嘉尚为什么要坚持做美妆。他说，为了一个人。

直觉告诉她，那应该是一个对他来说很重要的人。那个人会不会就是这个小雨点呢？

为了这个小雨点，他成立了美妆品牌，为什么会找不到人呢？

"你的朋友，她和我很像吗？"苏沐晓回想起李嘉尚对她不一般的态度，大概猜到了她们的相似点，不禁指着自己脸上的疤痕……

李嘉尚目光暗下来，艰难地点头，道："她的左脸上也有烧伤的疤痕。"

闻言，苏沐晓感到一阵酸楚。

她用了将近二十年的时间，才习惯了伤疤的存在，可想到世界上还有一个人和她经历相似，那些深埋的疼痛感就席卷而来，刺向她的心脏。

她可以暗示自己不痛，却做不到不感同身受。

两个人沉默地走出熊猫馆，在公共区碰上了往家赶的游客们。小孩子们在小道上奔跑玩闹，手里拿着新买的玩具，脸上洋溢着快乐。

苏沐晓用头发遮住左脸，戴上帽子把头发压住，羡慕地感慨道："我小时候最大的愿望就是去游乐园玩……不过小朋友们都害怕我，没人愿意和我一起玩。"

李嘉尚欲言又止。

苏沐晓看他的脸色又不好了，摆了摆手，表示不在意。

"如果你想去游乐园，我可以陪你去。"李嘉尚认真地道。

苏沐晓一愣。她和李嘉尚去游乐园？那个画面，她想想都觉得有趣。她道："有机会的话，可以。"

苏沐晓抬头，看到了天空中紫红色的云。小时候在窗边玩时，她常看见这样的云彩。明天又是晴朗的一天吧？

"明天会是晴天呢。"苏沐晓喃喃自语。

其实，即使脸上没有这道恐怖的疤，她大概也没有机会去游乐园。苏父苏母总是很忙，经常在外出差；外公外婆身体不好，只能带着她和苏翔太在小区附近的广场转转。有他们在一旁守着，即使挡不了别人的闲言碎语，也不会有人跑来欺负她。

"如果我是你的朋友就好了。"走着走着，苏沐晓突然开口道。

"为什么？"

"这样，世界上就能少一个像我的人了。"她不好意思地笑着，眼睛弯得像月牙。

"你的眼睛很像她。"李嘉尚望着她天真娇憨的可爱样子，不自觉地放松起来。

"是吗？"

"嗯，性格也像。"

苏沐晓哈哈大笑："那她一定很可爱。"

李嘉尚也笑了。

"她的伤疤是因为在厨房遇到了火灾吗？"苏沐晓问。

李嘉尚眉头一蹙："你是……"

"我妈妈说，小时候我家的厨房着火了，而我正好在里面。"苏沐晓耸了耸肩道。

李嘉尚凝视她的疤痕，欲言又止，许久后问："你还记得吗？"

苏沐晓摇头。

"伤到了别处吗？"

苏沐晓继续摇头。

可若是厨房失火，为什么只伤到了脸？

面对她，他无法开口说出心中的疑问，也没有权利刨根问底。

可是，他却不甘心。

"说起来，我不记得小时候的事，受伤前的事也记不起来。医生说因为恐惧，我的身体产生了保护反应。如果你的朋友也是这样，见到你也可能会想不起来。"苏沐晓笑道。

闻言，李嘉尚突然停了下来。

不记得？

如果她是小雨点，是不是因为她不记得，所以不知道？

苏沐晓看他突然停了下来，有些佩服他，道："你不会还认为我是小雨点吧？"

"你妈妈……姓什么？"李嘉尚问。

"木。"

在李嘉尚的记忆里，小雨点的妈妈是一个温柔活泼的阿姨……她姓张。

看来，苏沐晓真的不是小雨点。

可是，他为什么会对她有熟悉感？

为什么她们的眼睛、性格如此相像？

他神色复杂地望着苏沐晓，觉得记忆中的小雨点都陌生起来。时隔二十年了，小雨点还会和小时候一样吗？她还会跟以前一样内心充满阳光吗？

他突然有些恐惧，害怕小雨点不是他想象的模样。

他还该继续寻找吗？

小雨点会原谅他吗？

他真的能补偿小雨点吗？

一瞬间，李嘉尚周身散发出一股悲凉的气息。

他好好地站在这里，眼睛里却失去了光芒，像一具行尸走肉。

"李嘉尚？"

苏沐晓的声音把他从沉思中唤醒，李嘉尚看着站在面前的女孩，勉强露出一个笑容。

"我没事。"李嘉尚道，"走吧。"

"你可以把我当作小雨点。在你找到她之前，我可以暂时顶替一下。"苏沐晓道。

李嘉尚摇了摇头："不，这不公平，对你，对她，都不公平。谢谢你，走吧。

我送你回家。"

他感激她的善解人意，可越是这样，他就越不能把她当作替代品。

苏沐晓愣住，原来李嘉尚会这么温柔地对待别人。她只顾着观察李嘉尚，竟然跟着他走到了停车场，走到了他的车旁。实际上，她打算坐公交车，而公交车站在另一个方向。

"不用了，我坐公交回去……"

"走吧。"李嘉尚拉开车门，等她入座。

即使苏沐晓不是小雨点，李嘉尚仍旧会不由自主地关注她，想通过照顾和小雨点相似的苏沐晓来弥补心中的亏欠。

他帮了她，是不是也会有人帮助小雨点呢？

苏沐晓猜到了他的想法。如果她只是苏沐晓，她不会在这个时候拒绝他，但她还有一个不能让他发现的身份——苏伊。

她一时犯起难来，不能保证会不会有一天因为工作而暴露自己的住址。至少此刻，她绝对不想暴露自己的住址。

她不能让他知道！可是她该怎么拒绝呢？

两人在露天停车场僵持了一段时间，再加上苏沐晓脸上的那道疤，路过的人开始频频看向他们。

苏沐晓开始不自在起来。

她不想否定自己真实的样子，才会以苏沐晓的身份参加社会活动，可一旦被人盯久了，她就会浑身不自在。

无论是好奇的视线还是探究的视线，她都想马上逃避。

"我……"

她正想着该怎么拒绝，一阵熟悉的轰鸣声由远及近地传来。这声音瞬间吸引了所有人，也包括李嘉尚。

苏沐晓顿时松了一口气。她想起来了，今天会有人来接她！

她转过头望去，只见一辆熟悉的红色摩托朝着她的方向轰鸣而来。摩托行驶到她的面前时，骤然稳稳停下。

夏熙阳掀起眼前的护目防风镜，拇指向后指了指，潇洒地道："偶像，我接你回家！"

苏沐晓心花怒放地道："今天你是我的偶像！"

大庭广众之下，苏沐晓利索地跳上夏熙阳的摩托，戴好头盔，扬手向李嘉尚道："我朋友来接我啦，下次活动再见！"

闻言，夏熙阳才注意到李嘉尚，纳闷道："偶像，这是你的朋友？"

"嗯，一起参加活动的志愿者朋友。"苏沐晓不愿多说，也不想让夏熙阳和李嘉尚认识，赶紧转移话题，"你不是想吃火锅吗？走走走！"她不断用手指戳夏熙阳的腰，催夏熙阳快走。

夏熙阳怕痒，加上有火锅诱惑，对美男的好奇心顿时甩到脑后。天大地大，除了偶像，吃饭最大！

"走！"

于是，李嘉尚就这么看着夏熙阳载着苏沐晓扬尘而去。扬起的灰尘，落了他一脚。

苏沐晓竟然有这种风格的朋友……不过那个姑娘，他似乎在哪里见过。

夏熙阳值班结束，直接去动物园接人，一天的烦躁感在接到苏沐晓后消失不见。她开心地道："我买了牛肉、牛舌、羊尾、羊肉、毛肚、鸭肠，还有虾滑和鱼滑，蔬菜只买了茼蒿和生菜！"

"肉食动物"夏熙阳还记得"饲主"爱吃的两种青菜，已尽了最大的心意。

苏沐晓莞尔一笑，早上苏翔太果然说对了。除了肉，夏熙阳才不会在意其他菜。好在苏翔太出门前先去了一趟菜市场，赶在第一时间买到了新鲜的菜品，又回家把它们放进了冰箱。

夏熙阳熟门熟路地进入苏家，径直走向冰箱。打开冰箱，她在里面发现了她忘了买的鹌鹑蛋和各种丸子，还有清酒和饮料。

她对丸子的爱不如对新鲜肉类的爱，但总会尝一两个。

"翔太小天使还记得我喜欢的口味！"夏熙阳开心地从冰箱里取出一瓶冰可乐，然后在客厅的小抽屉里找到了她留下的半瓶红枸杞。

苏家姐弟俩都不喝碳酸饮料，但他们的冰箱里却从来没缺过碳酸饮料，都是给她准备的！

她打开可乐，把枸杞放进去，然后往沙发上一躺，一手拽过一个大抱枕，道："舒坦！"

苏沐晓被她逗乐了。

— 125 —

夏熙阳虽然是学心理学的,但一点都不神秘,为人单纯,性格直率。当初,她选心理学时,还让他们大吃一惊。

夏熙阳一口气喝下了小半瓶可乐,也不管那养生续命的枸杞有没有泡开,反正她求的是个心理安慰。她道:"翔太呢?"

舒坦过后,她才发现"小劳工"苏翔太竟然不在。

难道是他学校有什么活动?

那火锅可怎么办?

"咱们先准备好食材,等翔太回来我们再开火。"苏沐晓从厨房里搬出电磁炉,因为她自小怕火,一点火星都碰不得,所以他们家吃火锅全靠电。

夏熙阳哀号一声,拎着菜进入厨房。

两个被宠得只知道等着吃饭的姐姐,面对厨房里被她们摆得到处都是的食材,一筹莫展。她们连哪个要洗哪个不要洗都不知道。

"肉,要洗吗?"

"洗一下吧?"

"会不会烂掉?"

"那不洗?"

"……"

"这个呢?切成四瓣就好了吧?"夏熙阳一手按着香菇,一手拿着刀,一时不知道从哪里开始切。这个香菇看上去呆头呆脑的,和其他的香菇长得不大一样。

还有,金针菇是先切再洗,还是先洗再切?

两人大眼瞪小眼,一个时尚杂志的编辑组长,一个名校心理学的高才生,竟然被几种食材难住了。

"我去问问翔太。"苏沐晓掏出手机打电话,却无人接听。

"翔太去干吗了?"夏熙阳问道。这个情况可不多见,苏翔太是一个超级"姐控",见到偶像打来电话,一般会立刻接通!

"他去公司训练了。"苏沐晓挂掉电话,准备上网搜搜教程,最好是视频教程。

"公司?翔太去实习了?"夏熙阳大吃一惊,"我怎么不知道?你们庆祝了吗?怎么不叫我?"

苏沐晓一愣。当时,她只顾着和苏翔太谈心,忘了通知夏熙阳。片刻后,她道:"不是实习,他通过了 LEE 的艺人选拔,去 LEE 当模特了。"

苏沐晓话音刚落,夏熙阳就惊得扔了手中的刀,用湿淋淋的爪子抓住苏沐晓的肩膀,大叫:"模特?翔太当模特?这么劲爆的消息,就我不知道?"

"我爸妈也还不知道……"苏沐晓心虚地道。

夏熙阳顾不上计较这些,此刻她的大脑被"模特"两个字占得满满当当的。她身边可是第一次出现模特这种光鲜亮丽的人呢!

夏熙阳突然提议道:"我们去看翔太训练吧!"连她心心念念的火锅都被搁置脑后了。

LEE 演艺部在 LEE 集团主楼东侧的附属大楼。

这里虽然被主楼遮挡,但在马路上能看到一部分。从 LEE 主楼前的绿化草坪上绕过来,就会发现这栋演艺楼别有洞天。

演艺楼的设计风格与 LEE 主楼的现代风格大体一致,以蓝色为主色调,但在线条和造型上,没有主楼的商务气息那么浓重。整栋楼无论从哪个角度看去,都有一条漂亮的弧线像翅膀一样向外延伸。

苏沐晓上完妆,就成了苏伊。

夏熙阳开着摩托,载着苏伊,一路开到了 LEE 的大楼前。夏熙阳指着演艺楼上恰巧开着的两扇窗对苏伊道:"你看,像不像胖精灵的两个'豆豆眼'?"

如果从远处俯瞰,这栋楼还真像一个胖嘟嘟的蓝色精灵,似乎准备随时飞向天空。

这么一联想,苏伊忍不住扑哧一声笑了出来。

苏伊刚刚看了朋友圈,知道 LEE 的演艺部总监今天在外地出差,好在和她相熟的李秘书还没下班,于是她打电话给李秘书。

李秘书接到她的电话后,说在演艺楼门口接她。

这时候临近 LEE 的下班时间。一般来说,下午六点后,LEE 不会接待无预约的访客,因此,苏伊不由得在心中感谢李秘书。

"快去停车啦,一会儿人家要下班了。"苏伊拍了拍夏熙阳的肩膀,催她。

"好的!"夏熙阳把摩托开往苏伊指的方向。

当她们停好车走到演艺楼的门口时,李秘书已经在等着她们了。

李秘书远远地就看到一个穿着黑色运动鞋、黑色皮短裤、黑色 T 恤的短发女孩向这边跑来。

这不是郑和死缠烂打的那个姑娘吗？

她是苏小姐的朋友？

李秘书一时感慨起来，老板和郑医生不愧是发小，连看上的姑娘都是朋友……

"不好意思，久等了。"苏伊喘着气向李秘书笑了笑。

"没关系。"李秘书对苏伊热忱地说道。

没想到，苏小姐还是一个运动健将。她的朋友跑那么快，她穿着高跟鞋都能跟上。

夏熙阳记得眼前的这个人好像和郑和认识。物以类聚，人以群分，既然他是郑和的朋友，她就没有必要把他当朋友了。她直接说道："翔太在哪里训练？是不是快结束了？你快带我们去看吧！"

有了李秘书，苏伊和夏熙阳轻松地进入了不对外开放的演艺部训练室。

夏熙阳好奇地张望着整层几乎都是玻璃房的训练楼层，每个房间内都有年轻漂亮的小姐姐或是帅气的小哥哥。一路走来，他们看到学员们都在对着大镜子一遍又一遍地练习，舞蹈、体能、姿态……虽然内容单调重复，但是学员们却一个比一个专注。

他们下意识地放轻了脚步，即便走廊上铺了地毯。

"为什么都做成玻璃的？"夏熙阳指了指两旁的玻璃墙。

这是谁做的设计？如此一来，外面的人就能把训练室里的一切看得清清楚楚，这还有没有隐私，能不能适当偷懒了？她不禁腹诽起来。

"这是负责训练的几个老师要求的，说这样能让他们变得更加专心。另外，这也可以训练他们的心理素质。他们既然选择了做艺人，就不能怕被别人看，时时刻刻都要管理好自己的状态。"李秘书解释道。

闻言，夏熙阳撇了撇嘴。

虽然这话有道理，但艺人一直这么训练，可真受罪。

模特训练室在走廊尽头最大的一间教室内，房间内竟然有一个小型 T 台。苏伊见到了，也不禁佩服起 LEE 来。

李秘书正要敲门，被夏熙阳一把拽住。夏熙阳冲他使眼色，小声道："别，我们就是不想被他们发现！"

一扭头，李秘书就看到夏熙阳和苏伊蹲下了。她们蹲在两间训练室中间的绿植后面，就这么偷窥起来。

李秘书："……"

"你蹲下来，别被发现了！"夏熙阳小声地叫他。

这样好像挺有趣的？

于是，李秘书扯了扯西裤，也蹲了下来。

走廊上，一盆绿植后边隐隐出现三个脑袋。他们一个比一个明目张胆地往里面张望。

"翔太在那！"苏伊率先看到了苏翔太，指给夏熙阳看。

训练室内，几个男模特和女模特排成一排，在练习走步。苏翔太站在中间，他们在训练室走了一圈后，依次走上T台。

"到翔太了！"夏熙阳掏出手机，对着苏翔太就拍了起来。

苏翔太走上台，以稳健、自信、标准的姿态走向尽头的镜子。

"眼睛向前看！肩背打开，挺胸抬头。在镜头前一定要有自信、要有亲和力！跟着音乐走，看着镜子中的自己，注意表情。正式走秀时，会有无数摄像机对着你们，一定要时刻保持自信的笑容。"集训老师Vivi手中拿着一根细杆站在T台下，看到谁的动作不规范，马上用细杆点出来并及时纠正。

苏翔太在镜子前站定，摆出一个帅气又撩人的姿势，赢来Vivi一声夸赞。

夏熙阳小声叫道："那是翔太！那真的是翔太吗？"

她熟悉的乖巧可爱的小弟弟，什么时候成了能对着镜子撩自己的男人了？明明去年她给他买个性的衣服时，他还不好意思穿！

"一时不注意，翔太就开始发光了！"

苏伊比夏熙阳更有感触。如果说上次救场的走秀是一次偶然事件，那这次她便确信苏翔太是有天赋的，他天生适合舞台。

即使是在训练室的小小舞台上，即使没有亮丽的时装，即使没有化妆，他依旧光彩夺目。

苏伊再次感慨道："阳阳，我好感动！"

"我懂！"

"啊！"

看着两个突然感动的姑娘，李秘书哑然失笑，赶紧说道："我们最好的老师经常夸他！说他将来一定会星光四射，甚至能走向更大的舞台！"

训练室里，辛倩走完最后一次练习秀，终于可以暂时躺在椅子上看别人练习了。她拧开一瓶矿泉水，喝了一口，余光瞥见走廊上的绿植动了。

她有些疑惑，扭过头，看向那盆绿植。

走廊上，三个大活人蹲在一盆绿植后面，露出三个脑袋六只眼睛，一直往训练室里瞅。他们的表情一个比一个惊喜，一个比一个好奇。

辛倩还没咽下去的水差点被喷了出来。她努力把水咽下去，弄得自己直咳嗽。她没见过夏熙阳，对苏伊也只有一个大概的印象，但她认得李秘书！此刻，公司无人不识的李秘书蹲在绿植后面，这是个什么形象？

公司很看重他们这批模特？那两个人是来摸底选人的？

想到这里，她的脊背一下子就直起来了，全身爆发出"我要出道"的炽热气息！

Vivi训练完一组学员，便在一旁纠正在休息的学员们的坐姿，看到挺拔的辛倩后倍感欣慰，指着她向其他人说道："你们看看人家，再看看你们？歪七扭八的！"

苏翔太往这边看过来，一下就注意到了玻璃墙外没来得及撤退的三人。其他学员看过来，也注意到了。

李秘书的出现吓坏了其他的学员，他们脸色一变，全都慌忙地站起来。

Vivi："……"

李秘书摸了摸鼻子，十分镇定地站起来，佯装招呼苏伊和夏熙阳，然后走向别的训练室。

训练室内，大伙面面相觑。

过了一会儿，训练结束了。苏翔太从包里掏出手机一看，看到"天长地久"小群中发来楼下集合的消息。他收拾好东西，和Vivi打完招呼，迈着轻快的步子离开。

李秘书带着苏伊和夏熙阳一起到主楼，拿了一份文件给苏伊，然后带着她们乘坐员工专用电梯去停车场。

与此同时，李嘉尚把车停在了停车场内。他从车上下来，看到了一辆眼熟的红色摩托，不禁有些纳闷，这个类型的摩托现在这么常见了吗？

李嘉尚走到电梯前，按了上行键。在等电梯的时候，他依稀听到了苏伊的声音，好像还有李秘书的声音。

苏伊、夏熙阳和李秘书乘坐电梯下行，李嘉尚乘坐电梯上行，他们就这样错过了。

李秘书正要去取车时收到了一条信息,是老板发来的。

"你还在公司?"

他不在公司还会在哪?他知道老板会回来,没见到人之前敢溜走吗?

他就是一个没有自由的打工者!

"苏小姐,老板找我,我先走了。"

"李秘书,你去忙。今天谢谢你了。"苏伊忙道谢,"我们取了车就走,你不用送啦。"

李秘书和她们道别,心想还是女孩温柔可爱。他走到电梯前,按了上行键,准备去见老板。

过了一会儿,李秘书进入总裁办公室,道:"老板,您回来了。苏小姐和她的朋友一起来了,刚走。"然后,他尽职尽责地为老板冲咖啡。

闻言,李嘉尚道:"她来找我吗?"

"不是呀,她是来看苏翔太的,就是她那个模特朋友。"李秘书生怕李嘉尚想不起来,热心地补充道。

话音刚落,办公室内似乎吹过一阵风,李秘书打了个寒噤,发现老板的脸色好像不大好。

按理来说,老板从熊猫馆回来,心情应该是很好的,今天是怎么回事?是老板在活动中发生了意外,还是因为苏小姐不是来找他的?

老板心,海底针,他是真琢磨不透。

不过,他还是很快地调整好表情,严肃认真地问:"要不要叫苏小姐回来?"

李嘉尚皱眉,人家不是来找他的,把人叫回来做什么?

"不用了。"李嘉尚道。

李秘书体贴地道:"下季度的预算和发展规划已经提交上来了,宣传部选的合作公司中有 LS。"

闻言,李嘉尚一顿,问:"你说苏伊是和朋友一起来的?什么样的朋友?"

"是一个挺酷的姑娘。"

"她们开车来的?"

"应该是吧。"李秘书纳闷,老板的关注点是不是不太对?

"什么车?"

"这个……我没太注意。"李秘书讪讪地道。

— 131 —

"没事,算了。你下班吧。"李嘉尚挥了挥手,"明天帮我约下郑医生。"
"好。"
有一瞬间,李嘉尚觉得苏伊和苏沐晓的声音很像,怀疑她们是同一个人,不过,他应该想多了吧?

因为摩托载不了那么多人,苏伊便和苏翔太一起打车回家,夏熙阳骑摩托回苏伊家。结果,夏熙阳比他们先到家。

大厨归来,被苏伊和夏熙阳弄乱的厨房又变得整洁起来。她们在厨房里能起到的最大作用就是制造麻烦,于是被苏翔太客气地请去客厅喝茶。

麻辣锅底是苏翔太的室友从老家寄来的,又香又辣。番茄锅底是苏翔太用买的新鲜番茄在家中炒制的。火锅锅底一辣一甜,整个鸳鸯锅红彤彤的,让人看着就食欲大开。

苏翔太已经准备好辣锅的油料。夏熙阳和苏伊一人抱着一个小碗,一边拿着筷子调麻酱,一边等着苏翔太放盐。

"翔太,锅开了!"
"翔太,干芝麻放哪了?"
"翔太……"

之前还星光四射的未来明星,此刻又成了好脾气的邻家大男孩,面面俱到地照顾两个"生活不能自理"的姐姐。他熟练地把肉放进锅里,等肉熟了又夹起来,放到两个姐姐的碟子里,然后再去弄自己的。

"干杯!"

第一轮肉下肚,之前还咕噜咕噜叫的肚子已经安静下来,三个人默契地放下筷子干杯。三个人喝的是三种饮料,苏伊喝的是果酒,夏熙阳喝的是养生可乐,苏翔太喝的则是运动饮料。

贴心的朋友在一起,不讲究形式,自在随意就好。因此,夏熙阳老爱往这边跑。在这里,她怎么舒服就怎么来,人一舒服就愉快。

于是,她兴致勃勃地问:"翔太,你怎么跑去当模特了?"她放下可乐,往苏翔太的饮料里加了两粒枸杞。

"嗯,我想去试试。"苏翔太看了看苏伊,见苏伊毫无反应,便说起了上次的救场事件。苏伊则在一旁补充苏翔太不知道的内容。

"因为那次意外,你就发现自己对舞台感兴趣了?"夏熙阳感叹道。

"嗯。"苏翔太笑着点点头,从番茄锅里夹出青菜,放到苏伊的碟子里。苏伊最近忙得吃饭没有规律,导致胃不舒服,可她还喜欢吃辣的。

"天赋果然都是需要开发的!你说,我现在转行去学风水还来得及吗?"夏熙阳转过头,问苏伊。

闻言,苏伊筷子上夹的丸子险些掉了。她道:"你的梦想不是当心理医生吗?好不容易当上了,你想什么呢?说来,你的工作到底是怎么回事?最近你在朋友圈发的内容不是暴躁的就是伤春悲秋。你不是去了你心心念念的咨询室吗?"

"是阳阳姐崇拜的师兄所在的那个心理咨询室吗?"苏翔太问。

夏熙阳马上做了一个暂停的动作,道:"不要提他,提他我就倒胃口!我夏熙阳一生不羁爱自由,见过那么多的人,却从来没见过他那么厚颜无耻的人!我已经想好了,退缩不是我的风格,我绝不能败在郑和这个小人的手上!"

郑和?听到这个名字,苏伊别过头,怎么好像在哪里听过?

聆海心理咨询室。

送花员熟门熟路地进来,把带着叶子的鲜花送到前台,又把今天的红玫瑰送到了夏熙阳医生的手中。

当然,今天的红玫瑰又被夏医生扔了出来。接着,行政人员出来了,又说起了那句大家都听得耳朵起茧子了的台词。

"熙阳,你不要,我们就分掉啦!"

"快拿走!"夏熙阳把贺卡撕得粉碎,又变得暴躁了,"以后不要再给我这种东西了!"

送花员麻木地点头,想起了昨天郑先生的一系列行为。昨天,订花的郑先生又坐在他们店里写了三十张贺卡,让他们每个工作日都送,还叮嘱他们如果贺卡和花不能送到夏熙阳的手中,他就不从他们的店里订花了。

那个郑先生看着条件挺不错的,每天都送九十九朵红玫瑰,为什么还追不到人家姑娘呢?

不光送花员疑惑,连自诩"感情大师"的郑和也很疑惑。

李秘书打电话给郑和时,郑和正在想新的攻略,送花不行,送书、送水果、送玩具、送香水行不行?

— 133 —

郑和接通电话，懒洋洋地翻着工作日历，道："阿尚的咨询时间不是安排在后天吗？"

李嘉尚每周进行两次的咨询，下一次咨询是在后天。他上次和李嘉尚见面，李嘉尚还说和他聊天浪费时间，要把咨询时间调整成一周一次。这次，李嘉尚怎么突然加预约了？

"他是不是有新情况？"郑和纳闷道。

李秘书也纳闷，老板最近的状态有所好转，连他都能感觉出来，可今天早上，老板的状态又和以前一样了，甚至比以前更加严重。

"早上，老板问我他是不是不应该继续找下去。"李秘书想起了老板充满血丝的眼睛，怀疑老板不是做噩梦而是一宿没睡。

郑和眉头紧皱，道："我知道了，他什么时候有时间？我过去。"

"十一点以后。"

"好。"郑和看了看时间，才九点，时间还早。

行政人员把剪好的鲜花给他送来，插到他桌前的花瓶里。

"谢谢，今天的花真香。"郑和捧起花，使劲地嗅了嗅，夸张地说。

行政人员看得直乐，向日葵能有什么味道？

"今天夏医生收花了吗？"郑和问道。

行政人员摇头，她都看不懂这两人了。这两人都才貌双全，怎么一个就拼命地躲，一个就拼命地追呢？她委婉地道："我看夏医生也不喜欢花，要不你别送了？"怪浪费钱的。

"也对，我准备明天送玩偶。你说她会喜欢吗？"

行政人员："……"

"相比浪漫，我觉得熙阳更喜欢有童趣的东西。"郑和十分认真地道。

行政人员则觉得夏熙阳更希望郑和别去打扰她。

"我见夏医生在手机上常看一个明星的照片，她说是一个模特，叫苏什么。"行政人员突然说道。

"模特？"郑和纳闷，夏熙阳看着不像喜欢追星的人呀。

行政人员的嘴巴张开又闭上，闭上又张开。她在脑中想了几遍，还是问了出来："你们明明办公室相邻，中间就隔着一道墙，你为什么非要这么送来送去呢？"

"你们女孩不是都喜欢浪漫吗？"

"哎呀，郑医生！你真要追人家，还管什么浪漫？先和对方混熟呀！让夏医生熟到不再烦你这张脸！"行政人员恨铁不成钢地道。恋爱使人智商变低，就连心理医生在这种时候都没智商可言。

郑和豁然开朗，道："关心则乱，你说得对！不过礼物还是要送的！"

他站起来，要给自己和夏熙阳创造接触的机会！

行政人员望着郑和离开的背影被感动了。这种情况还不忘送礼物，这种男人哪里找？夏医生到底讨厌他什么？

郑和晃进了夏熙阳的办公室。办公室里的其他人看到他，纷纷暧昧一笑。

夏熙阳正低头看以前的案例资料，前方的光突然被挡住。她一抬头，果然看见了最不想见的那张脸。

夏熙阳抓起一支铅笔，尖尖的笔尖对着郑和。

正要往她这边压过来的郑和老实地往后退，双手举起做投降状，道："夏医生，我有周五话剧的票，要不要一起去？当红人气明星客串演出哦。"

"工作时间，不谈工作内容请闭嘴。"夏熙阳冷言冷语地道。

"那我们谈工作。我要去 LEE 见 VIP 大客户，要不要一块去？LEE 有一堆的明星和模特。"

夏熙阳正要开口拒绝，他们的院长突然咳了两声，一本正经地道："那位客人的情况比较特殊，去学习一下也挺好的。小夏，你和郑医生一起去吧。"

有什么特殊的？她来这么久早就听说了。郑和的头号病人，也是他们的投资者。这个病人的心理咨询已经从最初的一周三次调整到了现在的一周两次，情况早就好转，没什么问题了。他似乎和郑和是朋友，说是咨询，其实就是在捐钱。

这有什么可学习的？

"我工作经验不足，去了也是浪费，郑医生找别人吧。"夏熙阳端起水杯往外走，摆明了不想再谈。

郑和看了看院长，院长却戴着老花镜继续看他的学术报告，道："也是。小郑，你还是自己去吧。"

郑和败了，只好跑去外面追夏熙阳。

他几步就追上了夏熙阳，一把抢过她手中的水杯，道："我来，我来。你喝热的还是凉的？"

夏熙阳避开他。他又去抢她的茶包，道："你喜欢喝茶吗？我那里有上好的绿茶、红茶、果茶,你爱喝哪种?"

夏熙阳不胜其烦,以迅雷不及掩耳之势,单手揪住郑和的领子,把他按到墙上。她用手臂压住郑和的脖子,水杯中的水因为她突然的举动洒到了郑和的衣领上。她冷笑道:"郑和,我警告你,你再来招惹我,我不介意让你知道花儿为什么那样红!"

郑和被她逗笑了。他就喜欢夏熙阳这副精力旺盛的模样,道:"我喜欢你,你不喜欢我,我不招惹你,怎么让你喜欢我?你有权利拒绝,我有权利喜欢。"

夏熙阳听得起了一身鸡皮疙瘩,道:"你想喜欢谁就喜欢谁,只要别喜欢我!我看到你就想揍你!"

"你要揍就揍吧。我们都是单身,凭什么我不能喜欢你?"郑和一副死猪不怕开水烫的赖皮模样,"你打我,我也不会报警的。"

夏熙阳咬牙切齿地道:"你的脸皮怎么这么厚?"

"我看到你就什么都顾不上了。"郑和说得深情款款,仿佛说的不是一句讨打的话,而是一句台词。

夏熙阳觉得手开始发痒,但怕打了图一时痛快,这块牛皮糖会更甩不开。她气得怒火攻心,突然灵光一现,郑和虽然脸皮厚,但还是有底线的。

郑和看她神情一变,暗道不好。下一秒,夏熙阳松开他,还心情不错地用袖子帮他擦了擦领子上的水。

"你爱慕本姑娘的心思,我知道了。"夏熙阳挑眉一笑,"以前你惹我,我念你年幼无知,原谅你。"

郑和嘴角一抽,年幼无知?

他屏住呼吸,想知道夏熙阳接下来会说什么。

夏熙阳把杯子塞进他的手里,道:"拿着!"

郑和诚惶诚恐地接住。

夏熙阳一撩袖子,似要大干一场,却从口袋里掏出了手机。她在相册里翻呀翻,翻出一张苏翔太的照片,把手机放到郑和的面前,道:"本姑娘有男朋友了。看到没?比你帅一万倍!"

郑和扶着她的手机看,照片上的人的确很帅,穿着一身家居服装,笑容中满是宠溺之意。

他不相信,道:"你不是从网上下载了一张照片来唬我吧?"

夏熙阳哼了一声，找到一张合照。在郑和看过来之前，她快速编辑，把照片上的苏伊裁掉了，本来的三人照片成了她和苏翔太的双人合照。她确定看不出问题，又把手机放到郑和的眼前，道："看清楚了吗？这能是下载的吗？"

郑和捏着她的手机仔仔细细地看，看不出丝毫修图的痕迹。

在郑和发呆时，夏熙阳得意扬扬地抽走他手中的手机和水杯，道："姑奶奶我名花有主，你别痴心妄想了，赶紧死心吧！"

郑和在一旁陷入沉思，怎么想都觉得不对，如果她真有这个男朋友，为什么之前不说？

"他是谁？你以前怎么没提过？"郑和在夏熙阳的背后大声问。

夏熙阳一僵，马上想好了新理由，道："我那朋友是模特，将来要当明星的，当然不能让人知道他在谈恋爱！要不是你这么死皮赖脸的，我才不会说！"

明星是吧，他倒要打听打听，到底有没有这号人。于是，他咬牙切齿地问："他是哪个公司的？"

"LEE！"

郑和比预约的时间早到了半个小时。李秘书接到消息后从办公室里出来，正迎上从电梯里气势汹汹地出来的郑和。

李秘书纳闷了，难道郑和是担心老板特意早到了吗？想到这，他发自内心地向郑和道谢："郑医生，谢谢你过来，不过老板还在开会。"他靠近郑和小声说道，"他到公司后精神状态没有异常。"

"嗯。"郑和点了下头。

不待李秘书再说什么，郑和突然问道："你有你们公司模特的名册吗？带照片的那种！"

闻言，李秘书之前对他的好感瞬间就没了。原来，他早到不是为了老板而是为了模特！李秘书没好气地道："不好意思，没有。"

"没有？"郑和怔住了，"那谁有？你带我去看看。"

"公司机密，恕不对外公开。"

"什么？我就看个照片，这还是机密？"郑和感到诧异。

李秘书指了指一旁的休息椅，道："要不，您在这里坐一会儿。老板开完会，我就来叫你。"

— 137

郑和怒道："李崽崽，你今天吃错药了吧？"

听到这个称呼，李秘书气得脑门上的青筋都出来了。他在工作群里严肃声明过，以后谁都不许叫他李崽崽，是谁把这个称呼泄露给郑和的？

李秘书哼了一声，连水都懒得给郑和倒了。

"郑先生，你来啦。"同楼的女秘书看到郑和忙问好。她不清楚郑和到底是干什么的，但很确定他是老板的朋友。不过，李秘书怎么把人晾在这里了？

郑和仿佛找到了救星，不再纠缠李秘书。他两三步跑到女秘书的身旁，问道："小姐姐，你有你们公司模特的花名册吗？"

女秘书一怔，望向李秘书。李秘书重重地咳了一声，道："公司机密，恕不对外公开。"

"你病了就去看病，老是咳来咳去，烦不烦啊？"郑和吐槽道。

女秘书轻笑一声。模特花名册是机密？本来就是要对外公开的艺人，有什么机密？她不想参与这俩人的幼稚游戏，笑道："我没有。不过，你要是找公司的艺人信息，可以在我们的官方网站上找。"

"官方网站？"郑和嘀咕道。对呀，艺人会对外公布的！他狠狠地瞪了一眼李秘书，用手机打开了 LEE 的官方网站。可他把 LEE 已经公布的艺人翻了个遍，也没看到夏熙阳那张照片上的人。

他再找女秘书时，对方已经不见了。他拿着手机冲到李秘书的面前，道："李崽崽，你们所有的艺人都在这里了？"

"你再这么叫我……咦，你看男模特干什么？"李秘书看清郑和的手机界面时吓了一跳。当他再抬头看向郑和时，眼神都变得微妙了。

郑和看懂了这眼神。

郑和看过来时，李秘书竟然双手抱胸，躲到了椅子后面。

"李崽崽！"

李嘉尚开完会回来，就见自己的发小正掐着李秘书的脖子，李秘书都被掐得翻白眼了。李嘉尚轻叹一声，走上前去将发小的手拿开，无奈道："不要玩了。"

怒发冲冠的人和眼见要咽气的人，听到这声音都马上收了动作。

郑和瞬间哭丧着脸道："阿尚！"他向李嘉尚扑过去，被李嘉尚躲开了。

"你也不爱我了吗？"郑和委屈地道。

李秘书在一旁觉得被恶心到了。

郑和现在有了王牌靠山，不怕李秘书不给他名册了。他进入李嘉尚的办公室，道："阿尚，你们公司所有的模特都在网上公布了吗？有没有没公布的？"

李嘉尚怎么会知道这种细枝末节的事？于是，李嘉尚看向李秘书，示意李秘书回答。

李秘书只得乖乖地回答道："培训中的艺人不会在网站公布。"

闻言，郑和眼睛一亮，立刻凑到李秘书的跟前，道："快，快，让我看看。"

李秘书忍住翻白眼的冲动，转身去拿了平板电脑，然后登录内部后台，从演艺部名单中翻出全部人员的资料。

郑和把平板电脑抢过去，亲自查起来。这举动让李嘉尚都觉得奇怪。

李嘉尚忍不住问道："你又在弄什么幺蛾子？"

"找情敌！"郑和咬牙切齿地道。

李嘉尚："……"

闻言，李秘书和自家老板对视一眼，两人眼中皆是无奈。

"就是他！"郑和指着平板电脑上的照片大声道。

李嘉尚忍不住凑上前来看。郑和把照片点开放大，平板电脑上的人赫然是苏伊的绯闻男友苏翔太！

李嘉尚心头一颤，难以置信地看着发小，声音都有些颤抖，道："你的情敌，是他？"

郑和盯着平板电脑上苏翔太那张帅气的脸，恨不得在苏翔太的脸上戳出两个洞。他愤愤地道："对！"

李嘉尚震惊地道："你喜欢的人是苏伊？"

— 139

情侣还是朋友 ⑦

夏小姐，我们是不是见过？

苏伊？

苏伊是谁？

郑和蒙了一下才反应过来。苏伊不是李嘉尚喜欢的那个苏小姐吗？他就见过她一次，阿尚还对她感觉不一般，他凑哪门子热闹？

郑和觉得不对，转过脸，果然看到了李嘉尚阴沉的脸色。在好友的冷气即将释放出来之前，他赶紧解释道："谁喜欢苏伊了？我喜欢的人是夏熙阳！"

李嘉尚皱眉，道："夏熙阳？夏熙阳和苏翔太有什么关系，他们……"片刻后，李嘉尚就想通了，喃喃道，"你的意思，苏翔太是……"

"是夏熙阳的男朋友。"郑和无奈道。

李嘉尚摇头道："苏翔太是苏伊的男朋友。"

"什么？"郑和惊讶地道，"夏熙阳亲口跟我说这小白脸是她的男朋友，怎么又和苏伊扯上关系了？"

李嘉尚有些头疼地捏了捏眉心，道："LS 的人说他们同居。"

李秘书和郑和都傻了。

"不是，他要是苏伊的男朋友，你还让他进入 LEE，你怎么想的？"

李嘉尚不想回答这个问题。

李秘书左看右看，怎么就听不懂了？谁是夏熙阳？苏翔太是苏伊的男朋友？

- 140 -

信息量太大，李秘书都听蒙了。

郑和怒道："走，我要去会会这小子！"

LEE 训练室外。

几个正在休息的学员聚在自动贩售机旁吐槽。这里卖的只有运动饮料、矿泉水和无糖饮料，其他的都没有。他们已经很累了，现在只想喝一口碳酸饮料，没想到，公司连这些都不准备！

他们正吐槽得开心，突然看到大老板从电梯里走出来，距离他们不过两三米远。他们马上贴墙站立，鞠躬问好。

李嘉尚自然是没有时间和他们打招呼的，只略微扫了他们一眼，便带着郑和去了模特训练室。

训练室内，几个人正在走平衡木，突然看到老板和李秘书带着一个人走了进来，吓得纷纷从平衡木上掉了下来。只有苏翔太还在平衡木上悠闲地走着。

"你确定是他？"李秘书问郑和。

郑和咬牙切齿地道："就是他！"

这一番对话，苏翔太自然听到了。他不徐不疾地完成了自己的训练，然后从平衡木上跳了下来，站在原地和李嘉尚对视。

相比炸毛的郑和，安静打量的李嘉尚更让苏翔太感受到了一种敌意。

苏翔太看向李嘉尚，心想这就是苏伊不时提到的李嘉尚？

突然，苏翔太心中升起一股意义不明的怒意，于是毫不畏惧地看向李嘉尚，仿佛在挑衅。

"嗯？这小子竟然还敢瞪我？"郑和显然误会了苏翔太，暴躁得撸起袖子想揍人，却被李秘书一把拉住了。

"郑医生，冷静！"李秘书怎么看都觉得是郑和误会了，苏翔太明明瞪的是老板。苏翔太和苏伊不会真是情侣吧？情敌相见，分外眼红啊……李秘书偷偷地看向李嘉尚。老板面色平静，眼睛却眯了起来。好吧，他们两个对上了！

苏翔太问他们："有事？"

"小子，你给我离夏熙阳远点！"郑和吼道。

苏翔太觉得莫名其妙，他实在是没见过这位正在吼他的中年大叔，不知道对方是来找他哪门子晦气的。他上下打量了郑和一会儿，微微弯起唇角，淡淡地回

— 141 —

了个"呵呵"。

闻言,郑和气得整张脸都变形了,扬手冲过来就要揍苏翔太,却再一次被李秘书按住了。郑和怒骂道:"小子,你什么意思?"

苏翔太根本就不想搭理郑和,打算转身回去继续训练,却被李嘉尚叫住了。

"你和苏伊,是什么关系?"

苏翔太脚步一顿,转过身来,直视李嘉尚,防备地道:"这和李总有什么关系?"

李嘉尚被苏翔太问得一顿,他确实没有理由和立场来找苏翔太的麻烦。说到底,苏伊算是他的谁呢?他竟然因为好友的一句话而不顾身份地带人来找苏翔太,说出去会让人笑掉大牙的。

苏翔太往前走了两步,警告道:"李总,签合同的时候,公司没有要求员工提供个人隐私。我想很多事不用我多说,您心里有分寸。"

李嘉尚这样不管不顾地跑来兴师问罪,原本就有失身份,而苏伊在李嘉尚面前维护了苏翔太很多次,亲疏远近,一目了然。

李嘉尚紧抿薄唇,和苏翔太之间的气氛瞬间变得紧张起来。

就在此时,艺人总监 Vivi 闻讯从办公室赶来,道:"李总,您怎么过来了?"

李嘉尚看了 Vivi 一眼,收回眼神,整了整衣襟,轻描淡写地道:"过来看看,你们继续训练。"

说着,他便转身离开。

见状,李秘书赶忙将还要找苏翔太麻烦的郑和拉走,跟 Vivi 打了声招呼也跟着离开了。

Vivi 恭敬地送走他们,回过头来问苏翔太:"他们来干吗?"

苏翔太收了气势,又成了乖巧的小孩,摇头道:"不知道。"

李嘉尚心里憋着火,身边的郑和也没好到哪里去。一进办公室,郑和就嚷嚷开了:"我一定要亲手戳破这小白脸的面具!"他转了转眼睛,心生一计,"阿尚,我们联手!"

李嘉尚淡淡地瞟了他一眼:"怎么联手?"

见发小如此上道,郑和忍不住眉开眼笑。他立刻凑到李嘉尚的身边,叽叽歪歪地说了很久。其间,李嘉尚一直是一副"万年冰山脸"的模样。等郑和把话全部说完,李嘉尚那张俊美的脸上才有了一丝情绪。

李秘书在一旁听了所有的内容,觉得自家老板是一个很有原则的人,绝对不会同意郑和出的这种馊主意。

"好,听你的。"

李嘉尚的声音响起时,李秘书惊得差点跪下了!这还是他认识的老板吗?为了苏伊,老板连人品都不要了吗?

郑和见好友如此爽快地接受了自己的提议,不由得会心一笑,拍了拍老友的肩膀,畅快地道:"好兄弟!"

郑和没有忘记今天来这里是为了什么。眼见时间快到了,李秘书将郑和和李嘉尚带到总裁办公室的休息室,还特意准备了安神茶。

准备好一切,郑和坐到李嘉尚的对面,开始对李嘉尚进行心理治疗。

李嘉尚坐在椅子上,他的领带被拉了下来,领口的纽扣也解开了两颗,平日里的精英气质荡然无存。在好友兼心理医生的面前,男人卸下了伪装,略微发红的眼睛里透露出一丝疲惫。

他烦闷地揉了下头发,有些放弃似的道:"我是不是不该继续找下去了?"

郑和见好友如此模样,心中自然不好受,他知道小雨点是李嘉尚心里的一个结。最近,李嘉尚的状态因为苏伊的出现而逐渐有了好转,但现在隐隐出现了问题……

"你还是在自责。"

"只要想起那天,我就懊悔。"

"那不是你的错……"郑和说道。

李嘉尚没有说话,眼里露出的情绪让郑和明白,他没有听进去。

郑和早就习以为常了。很多人以为心理有问题的人,只要和心理医生聊一聊,再吃点药,就没问题了。其实不是这样的,绝大部分时候,心理医生也无能为力。他们能做的,就是帮助患者解除心魔,正视问题,辅助患者主动面对心里的那道坎。但如果患者不愿意走出来,无论多厉害的心理医生,也无能为力。

李嘉尚就是一个很明显的例子。

他沉浸在悲痛的过往中不愿意走出来,一定要找到小时候的那个小女孩。他固执地认为悲剧的根源都在自己的身上。小雨点早已成了李嘉尚的心魔,他执着了这么多年,不是郑和三言两语就能破除的。

即便如此,郑和仍旧要告诉李嘉尚,错不在他。如果没有人站在他的身边不

- 143

厌其烦地跟他说这句话，他会疯。

郑和在笔记本上写下了"苏沐晓"，他做不到，不知道这个人能不能做到，能不能让李嘉尚走出伤痛……

李嘉尚不知道，郑和之所以下定决心要做心理医生，完全是因为他。

他们相识的过程，谈不上友好。

那是郑和与李嘉尚还年幼的时候。

年幼的李嘉尚总是像个小大人一样冷冰冰的。在幼儿园里，没人喜欢他，因为他家世显赫，也没有人敢接近他。

在国际幼儿园里，孩子们已经感受到了家境的差距，自觉地分了圈子。郑和家境虽好，但在这里面也是个垫底的，不过他性格讨喜，很容易交上朋友。

在郑和还未进入幼儿园时，郑和的父母便千叮咛万嘱咐，不要调皮捣蛋，尤其不能惹那个叫作李嘉尚的小朋友。起初郑和还不明白，直到进入幼儿园看到那些大人们对李嘉尚的态度，才明白过来——原来，李嘉尚在幼儿园里是皇帝一般的存在。

郑和想，总之，千万不能惹李嘉尚，不然自己会很惨。

彼时，李嘉尚的爷爷正忙着开疆扩土，李嘉尚的父母已经宣布从 LEE 离职。李嘉尚被爷爷亲自教养，顿时身价暴涨。

幼儿园里，家长们或多或少与 LEE 集团有生意往来，甚至有些人一家人的生活完全依靠 LEE。因此，李嘉尚的身份在幼儿园中极为特殊。虽然大部分的家长会让孩子远离李嘉尚，但也有家长让孩子亲近李嘉尚的。可幼儿园的孩子哪里懂得那么多？有的小朋友看李嘉尚长得好，想跟他做朋友，就去跟他打招呼，结果被李嘉尚冷冰冰的眼神吓得扑到了老师的怀里。

有个小朋友看李嘉尚小小的，仗着自己块头大，抢了李嘉尚的书去其他小朋友的面前炫耀。李嘉尚没做什么，只静静地坐在座位上看那大个子耍威风。谁想第二天，那个小朋友就没有再出现在幼儿园了。郑和回家和父母吃饭的时候才得知，那孩子被劝退转学了。

自此，再也没有人愿意去和李嘉尚做朋友。

当然，看李嘉尚那独来独往的样子，他好像也不太需要他们这群"弱智"朋友。

郑和是一个伶俐的小孩，从来没想过要去主动认识李嘉尚，但是，他偏偏就认识了李嘉尚。

某天做游戏时,郑和不小心推倒了李嘉尚。李嘉尚爬起来时,额头上红了一大块。想起大块头的遭遇和父母的叮嘱,郑和吓得脸都白了,可李嘉尚只是拍了拍额头上的土,跟他说"没事"。之后,老师问李嘉尚怎么了,李嘉尚只说是不小心摔倒的。

郑和胆战心惊了两天,装病逃学了两天,也思考了整整两天——李嘉尚似乎也不是那么讨厌。

郑和决定要和李嘉尚做朋友。

他回到幼儿园后去和李嘉尚道歉,没想到李嘉尚送了他一包糖。

不过,李嘉尚为什么会有五角钱一包的糖果呢?LEE要破产了吗?不过这个糖还挺甜的。

他晚上在家嚼着糖,心想就算LEE破产了,他也会和李嘉尚做朋友。他才不会因为李嘉尚变穷就嫌弃李嘉尚。这个世界上没有人比李嘉尚更善良了!

只是第二天,李嘉尚没来学校,第三天也没来,第四天还是没来……

一段时间后,李嘉尚才出现在幼儿园里,人却像丢了魂一样。在其他的小朋友眼里,李嘉尚依旧是冷冰冰的,但郑和察觉到李嘉尚变了。

后来,郑和听说李嘉尚去看了心理医生,但毫无效果。他认为是那些医生水平不行,便跑到李嘉尚面前,大言不惭地道:"我将来要当医生,我给你看病,保证把你看好!"

可直到现在,他也没把李嘉尚看好。

那个叫小雨点的女孩,是他解不开的心结。他找了她这么多年,依旧一无所获。

"阿尚,我有一个推论,作为医生也许不该说,但作为朋友,我想告诉你。"郑和在本子上又圈了一遍苏沐晓的名字。

李嘉尚看向他,道:"你说。"

"你在害怕。"

"害怕?"

"对,你的症结不是在找小雨点这事上面,而是你害怕苏沐晓不是小雨点。"郑和斩钉截铁地道。

闻言,李嘉尚的心猛地一抽。他害怕苏沐晓不是小雨点?

"即使已经有了那个女孩不是小雨点的证据,你内心深处却不相信。因此,

- 145

你才会害怕。"

此刻，太阳已经升到了天空的正中央，炽热的光透过玻璃窗照到了李嘉尚的身上，李嘉尚却感觉不到一丝温度。

此刻，他在动摇。

"阿尚，借这个机会走出来吧。"

郑和从 LEE 出来，转过身，抬头看向高高的建筑。

他以为这次能让李嘉尚放弃，没想到又坚定了李嘉尚的决心。

当他说出那句话后，李嘉尚沉默了一会儿，然后道："不，我要找到她，我一定要找到她。如果苏沐晓不是她，那么苏沐晓只会坚定我要找到她的决心。"

"唉。"郑和叹气。他都说不好苏沐晓到底是李嘉尚坚持的动力，还是让李嘉尚更加固执的催化剂。

如果能把李嘉尚救出来的人不是自己，那么……

郑和想到了苏伊。

想到苏伊，他又想起了让自己头痛不已的夏熙阳。

他翻开朋友圈，这丫头竟然发了一张秀恩爱的照片！

这张照片肯定只有他看得见！

他马上发消息给咨询室的同事，结果大伙全看得到。有人劝他，让他别缠着人家了，更有甚者说要给他介绍对象！

郑和咬牙切齿地给夏熙阳发消息："那个人若真是你的男朋友，你就把人叫出来给我看看。"

从来不搭理他的夏熙阳这次立马回复了他："凭什么给你看？你当我男朋友是动物园里的猴子吗？说给你看就给你看？"

郑和回复："两张照片说明不了什么，我和朋友一起玩也能拍这种照片。"

他从相册里找了几张合照，把自己和同事单独截图出来，又把照片发给夏熙阳。

"就是这样！"

夏熙阳回了他一排省略号。

郑和十分生气，觉得夏熙阳被那个小白脸耍得团团转！

他再发消息时，夏熙阳就不回复了。

咨询室里,夏熙阳差点摔了手机,恼怒于郑和这时候怎么这么精明,可是,这么快就服输不是她的风格。

过了一会儿,夏熙阳回复:"呵呵,你的想象力还挺丰富。"紧接着她又回了一条,"你见到人就信了?"

"对,除非亲眼见到你们约会,否则我不信!"郑和回完这条消息,把手机扔到了副驾驶座上,得意扬扬地吹起口哨。

夏熙阳看了这消息气得差点摔了手机。哼,约会就约会!

她点开"天长地久"的小群。

"求助!江湖救急!急急急!"

"怎么了?"苏伊回复。

"我需要翔太!翔太快到姐姐的碗里来!"

"翔太大概在训练,我能帮上忙吗?"

"我想让翔太假扮我的男朋友,让'烦人精'知难而退!"

苏伊回了一片问号,又追问:"那个郑和?"

"对,就是他!"

……

待苏翔太训练完毕,打开手机,群里已经有上百条消息了。

他越看脸上的表情就越不好。

怎么他就训练了一个下午,两个姐姐就合起伙来把他安排好了?假扮男朋友是什么意思?而且,为什么是夏熙阳的男朋友?

辛倩结束训练,想找苏翔太说话,却发现"苏神"脸色不太好。他这是遇到了什么世纪难题?

她急忙看校园群,没什么突发新闻呀。

"这次的品牌方是公司的合作方,你们的资料我已经递过去了。他们这次需要两男两女四名模特,没被选上的也可以去现场体验一下……"

训练室内,Vivi 把一份服装品牌平面模特的需求发给他们看。辛倩接过来,用手机拍了摄影棚的地点和拍摄时间,然后把册子递给她一旁的男模特佟捷。

他们的训练期还没结束,公司还没给他们安排经纪人,他们能接触到的工作也多是体验参观,这还是第一次有人要正式去工作了。如果这次能被选上,他们

— 147 —

也许能提前结束训练,成为艺人。

佟捷把册子接过去,小声对辛倩道:"我觉得你能被选上。"

辛倩笑了笑,道:"我觉得你也能被选上。"

佟捷客气地笑了笑:"我有经验嘛。"

在进 LEE 之前,佟捷已经是一名专业模特了,从初中起,他就在亲戚的模特工作室做模特。这几年,他更是接过国内外大大小小的各种模特工作。他身形高大,体型偏向欧美模特,是国内男模特中少有的。亲戚的工作室已经不能满足他的发展需求,因此特意把他推荐给了 LEE。他不介意从头再来,他年轻、有经验、有资源,本以为在这里会出类拔萃,没料到来了个苏翔太。不管是 Vivi 还是公司领导,都对苏翔太青睐有加。

苏翔太不就是长得好看点?他有这个优势为什么不去当演员,跑来做模特干什么?

佟捷拍完信息,把册子不客气地推给了苏翔太。苏翔太还没接过册子,佟捷就松开了手,册子即将落地时,被辛倩接住了。

苏翔太抬起头,面色不善地看向佟捷。他没惹过佟捷,这人怎么处处找他的麻烦?

"学长,一会儿一起去吃饭吗?"辛倩恭敬地把册子双手奉上,"这次四个人里一定有你!"

苏翔太拍完信息传给下一个人,随即把手机收起来:"不了,我家里有点事,一会儿就回家。"

"这样啊!"辛倩嘟嘴道。

如今,她不仅每天要训练,还要写论文、写报告,每天的时间都不够用。她转了转眼珠子,厚着脸皮问:"学长,能帮我看看论文吗?拜托了!"

苏翔太想起辛倩说过,她有一门课的老师是他的导师,于是点头道:"你写完发到我的邮箱。"

"好!"辛倩兴高采烈地道。

等册子传阅完,Vivi 宣布今天的训练结束。

苏翔太不等众人,拎着书包就跑了。

佟捷见了冷哼一声:"装什么高傲?"

一旁的男生阿 T 耸了耸肩,道:"苏翔太啊,你还是别惹他了。"

"怎么了？"

"你还记得上次和李秘书一起来的那个姑娘吗？她是 LS 的副主编之一，她是来看苏翔太的。"阿 T 神神秘秘地道，"我在我们家附近遇到过他们好几次，她和苏翔太一起逛超市，有时候还是深夜，懂了吗？"

佟捷惊愕地道："你说他……"

"嘘，谁让人家帅。"

佟捷愤愤地道："我最讨厌靠关系往上爬的人了。"

世纪广场位于 Y 城新区中心地段，周边毗邻三个商业区，是市民休闲、健身、出游的最佳选择。

广场中心，一男一女戴着太阳镜，穿着色彩绚烂、宽大松垮的情侣装，潇洒地站在雕塑旁。女孩双手插兜，嚼着口香糖，一副桀骜不驯的样子；男孩双手抱胸，目视前方。若只看他们两人，会让人以为他们是在拍服装广告，或是有哪个剧组在这里拍戏。

然而，周边环境似乎与他俩的穿搭有些不合。

他们前面是跑跳打闹的孩子们，后面是一群大妈在跳广场舞，左侧的超市在做酸奶促销活动，右边的一群年轻人踩着轮滑鞋在一片平地上飞驰。

带着清晰歌词的广场舞旋律和听不清歌词的电子摇滚曲交织在一起，完全压制了广场上的抒情纯音乐。在这一片声音中，还有促销区售货员"买二赠一，不，是买一赠二！"的大吼声。

即使录真人秀节目，选这里作为拍摄地点的导演都需要绝对的勇气。

而想不开在这里装酷的，正是夏熙阳和苏翔太。

早上十点，太阳已经十分炽热了。

苏翔太快装不下去了，擦了擦额头上的汗珠，摘下墨镜问一旁的夏熙阳："阳阳姐，你让我穿潮一点、酷一点没问题，假扮情侣也可以，但是，你确定非要在这里约会吗？"

"嘘！"夏熙阳一步上前，冲上来捂住苏翔太的嘴巴，不安地四下乱瞅，"叫什么阳阳姐？你要叫我熙阳！"

苏翔太受不了她的直视，尴尬地试着叫了一声"熙阳"。

只是他语调平缓、毫无波澜，还有一丝说不出的别扭，一听就知道不经常叫

- 149

这个称呼。夏熙阳不满地道:"叫得亲昵一点,懂不懂?"

"熙阳。"这回苏翔太的语气中有了情绪。

"不行!"夏熙阳不满意。

"熙阳。"苏翔太这回感情更加充沛,声调都扬了起来。

"不行!你这时候怎么这么笨?难怪现在还单身!"夏熙阳还是不满意。

她开始亲自示范。她清了清嗓子,矫揉造作地把语调拉长、把语气放慢,感情十分浓烈地示范了一遍:"熙阳宝贝。"

闻言,苏翔太的身体不受控地抖了抖。

夏熙阳也被自己恶心到了,大太阳底下竟感受到了一丝寒冷。她对郑和的怨恨值又往上升了一个级别:"算了,算了。你叫我阳阳吧,叠字怎么听都比较亲切。"

苏翔太想了想,只要按平时那样叫,再把"姐"字努力憋住,不是很难。

他们正练着,郑和停了车找了过来。

郑和远远地看见夏熙阳眉飞色舞地在和一个年轻人说什么,一会儿就脸红了。

"我不行了。犯规啊,苏翔太!你以后千万不能这么随便叫别人!"夏熙阳用双手在脸边扇风。她没料到苏翔太亲昵的一声"阳阳",杀伤力那么大,叫得她耳朵都红了。

难怪网上有人形容男人声音好听会说"听了耳朵会怀孕"。

这太犯规了!

郑和走近时,恰好听到苏翔太在叫"阳阳",一瞬间脸就沉了。

郑和本想说"路上堵车,抱歉,久等了",话一出口就成了"这就是你说的小白脸?"。

夏熙阳听到这声音,瞬间就不害羞了,怒气冲冲地向郑和龇牙。突然,她又想起今天的任务不是来噎郑和的,而是来秀恩爱的!

苏翔太听到郑和的声音,转过头去看,一瞬间,他就明白了这人为什么跑到LEE去找他的麻烦。

郑和见苏翔太看了过来,也瞪向他。

两个男人正在进行眼神交锋,夏熙阳突然一把搂住苏翔太的腰。她亲昵地靠到苏翔太的胸口上,道:"郑医生,你来了,这就是我的男朋友,是不是本人比照片上还帅?"

郑和眼睛都看直了,而苏翔太瞬间就僵了。

夏熙阳在苏翔太的后腰上狠狠一捏,苏翔太才回过神来。

苏翔太僵硬地扶着夏熙阳,道:"这就是你说的郑医生?"说完,苏翔太觉得后腰更疼了,又马上补了一句,"阳阳。"

夏熙阳满意了,亲热地挽着苏翔太的胳膊,笑得甜蜜,道:"是呀,亲爱的。这是我们医院的郑医生,今天给我们当司机。"

苏翔太内心感到震惊,急切地想和苏伊分享夏熙阳此刻的状态。

郑和面带笑容,眼中却有杀气。他看上去十分有涵养,伸手和苏翔太握手,道:"你好,久闻大名。"

"你好。"苏翔太在握住对方的手后就感觉到了异样的力道。他轻轻地笑了笑,也不着痕迹地发力。

夏熙阳左看右看,不明白他俩握个手怎么这么久。她不耐烦地把他们拽开,道:"走,咱们去商场里吧,外面太热了。"

苏翔太把被捏红的右手塞进口袋里,笑眯眯地挽着夏熙阳走向商场,口袋中的手却悄悄地活动了一下。

郑和跟在他们的后面,右手在身后用力地甩了甩,在心里骂苏翔太。

一无所知的夏熙阳继续挽着苏翔太演戏。他们挤进商场,和郑和隔了些距离,夏熙阳对苏翔太悄悄地竖起大拇指,又在他的耳边低声说道:"我和他说你是明星,特别爱我,你别演砸了哦!"

在郑和看来,他们就是凑在一起咬耳朵,他看得直咬牙。

在商场的服装店里,夏熙阳尽挑情侣装,苏翔太配合她演大方的男朋友,手中拿着卡一路刷过去,这张卡是夏熙阳早上塞给他的,一路下来刷得他手发烫。

郑和不仅要看他俩试穿情侣装,还要替他们拿包、拎东西。

郑和沉着脸,跟在他们的后面。

一旁路过一对母子,小朋友好奇地指向他们,问:"妈妈,那个拎着好多东西的叔叔为什么那么不高兴?"

妈妈望过去,解释道:"因为那个哥哥给漂亮姐姐买了很多东西,叔叔就生气了。"

"他是那个帅哥哥的爸爸吗?"

"大概是吧。"

郑和听清了他们说的话,差点气到吐血。凭什么他是叔叔,那个小白脸是哥哥？他们看着哪里像父子了？

他愤愤地给李嘉尚发信息："你快来！我要被他们气死了！"

到了休息区，夏熙阳秉持着"需要的时候看得到，不需要的时候就无视"的原则，连冰激凌都不给郑和买。

郑和活了这么多年，从来没受过这种待遇，郁闷地放下东西去买冰激凌。现在他身心俱疲，还无人心疼。

他排队时回头看，那俩人又亲热地吃起了冰激凌，你喂我一口，我喂你一口。苏翔太舀了一勺手里的冰激凌喂到夏熙阳的嘴里，夏熙阳又在自己的冰激凌上舀了一勺喂给苏翔太。

郑和愤愤地给李嘉尚发消息："你的情报有误吧？他们看上去不像假情侣！"

在郑和没注意时，苏翔太和夏熙阳马上交换了冰激凌和勺子。

夏熙阳偷偷地看了一眼郑和，问："他信了吗？"

"应该信了吧？"苏翔太不确定地回答。

骚扰完李嘉尚，郑和端着一大份冰激凌，避开两人的视线坐到他们身后的椅子上。不一会儿，他听到了不和谐的声音。

苏翔太道："别买了吧？买了不少了。"

夏熙阳道："不行，我还想买，这些都是我想要的，真的！"

郑和不禁在心里吐槽，原来苏翔太是在他的面前装大方，真是一个大骗子！

苏翔太发现吃了个冰激凌后，郑和对他的敌意好像更明显了。

夏熙阳虽然不知道是怎么回事，却喜闻乐见。

夏熙阳打算去更远的商场继续玩。这下，郑和真成了司机，他拎起夏熙阳的一堆东西走向自己的车，故意不管苏翔太的东西。

苏翔太和夏熙阳面面相觑。夏熙阳双手叉腰，刁蛮地道："喂，还有这些呢！"

"他又不是没手，不会自己拿吗？"郑和咬牙道。

夏熙阳正要发作，苏翔太拦住她，弯腰从休息椅上拎起那些装满了东西的购物袋。夏熙阳去帮苏翔太拿，刚将袋子拎起来就手上一空，袋子被转头回来的郑和抢走了。

"他怎么了？"苏翔太问。

"谁知道？"夏熙阳也不懂。

她挽着苏翔太的胳膊，把头靠在他的肩上，迈着小碎步道："亲爱的，逛街会不会无聊？我们去玩别的吧？"

郑和把购物袋扔进后备厢，苏翔太和夏熙阳已经坐在后座上了。夏熙阳搂着苏翔太的腰，捏着一根薯条递到苏翔太的嘴边。

郑和砰的一声把车门关上，道："没手吗？还让人喂！"

"郑司机，闭嘴！开你的车！"夏熙阳踢了驾驶座一脚，俯过身去愤愤地说，"你是不是有病？是你非要见的，见了能不能不要打扰我们谈恋爱？"

郑和咬牙道："好。"

他把手砸向方向盘，一不小心砸到了喇叭，喇叭突然发出的声音吓到了夏熙阳。

不待她开骂，郑和猛踩刹车。由于惯性，夏熙阳往后倒去，一头撞上了苏翔太的胸口。郑和听到了嘭的一声以及苏翔太的一声闷哼。

夏熙阳恼了，下了车，拉着苏翔太在商场外的网红情侣拍照点拍照，而摄影师就是郑和。

"这张构图不行，这张光线太差！你怎么拍的？这都看不清人啦！"夏熙阳把手机重重地砸向郑和的胸口，"重新拍！"

渐渐地，夏熙阳暴露出本性。她重新站好，用指尖挑着苏翔太的下巴，在满是玫瑰花的墙前笑着道："茄子！"

郑和蹲在台阶上，按照要求给他们拍照，摄影姿势十分专业，嘴里却嘟嘟囔囔："茄子茄子，还西红柿呢！"

夏熙阳把郑和折腾够了，气也消了，又要进商场。

这商场中间有个很大的滑冰场，夏熙阳是这里的会员。此时，滑冰场中空荡荡的，她看着有些心痒。

苏翔太装男朋友也装累了，劝她进去玩。等她换上冰鞋进去，苏翔太就假装上洗手间溜了，郑和便守在这里拍照。

这个旋转，真美！

那个滑行，真帅！

郑和一边拍照，一边在心里赞美夏熙阳，但一想到苏翔太，他就生气。于是，他找了几张之前拍的合照，一股脑地发给李嘉尚。

李嘉尚正在公司，私人手机突然疯狂地振动起来。

他点开信息，郑和在疯狂刷屏——

"世风日下,你们公司的艺人都这么开放?"

"还女朋友是杂志编辑呢,光天化日之下,他勾搭我的同事!"

"管管你的艺人!"

隔着屏幕,李嘉尚都能感受到郑和的怒气。

李嘉尚点开大图,看清了苏翔太和夏熙阳的"亲密"合照,脑海中不禁浮现出苏伊谈起苏翔太时的宠溺眼神,眉头骤然皱起。

他正疑惑时,郑和又发消息过来了:"这小子一定是脚踏两条船!"

夏熙阳滑完一圈,心情舒畅,往场外看了一眼,没看到苏翔太,只看到郑和在出口处像海狗似的夸张地鼓掌。

"翔太呢?"夏熙阳像燕子一样滑到郑和的身边,又赶紧改口道,"我亲爱的翔太呢?"

"什么亲爱的?"郑和听了不高兴,又四下望了望,挥手示意夏熙阳过来。

"干吗?"夏熙阳不耐烦地道。

"有事,秘密,大秘密!"郑和压着嗓子道。在他看来,夏熙阳被人骗了,还一副什么都不知道的样子,真是愁死他了。

见状,夏熙阳终于凑了过来。郑和小声对她说:"苏翔太真是你的男朋友?如果是,我建议你还是好好调查一下他。艺人圈子很乱的,知人知面不知心。"

夏熙阳给了郑和一个白眼,扭头要走,被郑和手疾眼快地拽住袖子。

郑和道:"好好好,告诉你,告诉你!"

夏熙阳重新站好,再次凑了过去。

郑和嘀咕道:"他有别的女朋友,你知道吗?"

夏熙阳似乎没有消化完信息,蹙眉站定,直勾勾地盯着郑和的脸,似乎要在他脸上看出一朵花来。

郑和把手在她的面前晃了晃,担心道:"熙阳?夏熙阳?你还好吗?"

夏熙阳总算反应过来了,眼睛睁得很大,嘴巴张成了"O"形。

看到她的反应,郑和高兴了。他就知道夏熙阳这种骄傲的女孩子绝对忍不了这种事情!

然而,夏熙阳接下来的反应,和他预想的完全不一样。

夏熙阳兴奋地抓住他的胳膊,两眼发光地问他:"你听谁说的,消息属实吗?翔太有女朋友了?他真有女朋友了?"

郑和被她这反应弄蒙了，她这是生气呢，还是高兴呢？

他吞了吞口水，继续道："他是 LEE 的签约艺人，我可是向他们公司打听过的！真的！你想不想见见？"

夏熙阳狐疑地看向他，又有点不信了。她和苏翔太认识这么久，以她对苏翔太的了解，苏翔太交女朋友了一定不会答应她假扮她的男朋友，也一定会第一时间告诉苏伊。郑和不会是想骗她露出马脚吧？

夏熙阳越琢磨越觉得有道理，对郑和的态度顿时就变了，警惕道："你就编吧。"

郑和气疯了。这小姑娘防他跟防贼似的，对那个人怎么这么没防备？难道自己脸上写着"不可信任"吗？

"你不信是吧？我……"

"你们在聊什么呢？"苏翔太回来打断了郑和的话。他打量着郑和，这人倒是有点本事，他不在的时候就和夏熙阳聊上了，只是这人看着他的眼神里怎么满是算计？

"没什么，某人瞎编造谣呢。你饿了吗，中午想吃什么？"夏熙阳滑到门口，开始思考吃什么，"吃粤菜吧，好久没吃了。"

"粤菜？我知道有一家店的粤菜超好吃，我带你们去！"郑和抢在苏翔太说话前开始推荐。夏熙阳本想拒绝，但一听菜馆的名字又心动了。那是一家非常难预约的私房菜馆，她每次想去吃时都被长长的队伍吓走了。

"我认识餐厅的老板，不用排队，还能打折！"郑和继续说道。

夏熙阳看向苏翔太，苏翔太点头。

夏熙阳去换鞋，郑和趁机发消息给李嘉尚："我带人去陈婆菜馆，你带人速来，我要当众揭穿这小子！"

李嘉尚盯着这条消息看了两分钟，而后给苏伊打电话。

正在家中享受美好周末的苏伊乍一接到李嘉尚的电话，还以为工作上出了什么纰漏，结果对方竟然邀请她共进午餐。

"你要约我吃饭？"

"嗯。"李嘉尚严肃地点头，又想起电话那边的苏伊看不见，快速地补充道，"工作上有事要和你谈。"

苏伊应下，当李嘉尚提议要来接她时，她拒绝了。不一会儿，李嘉尚就把地址给她发来了。苏伊有些疑惑，最近 LS 和 LEE 的合作进展都挺正常的，什么事

- 155

情需要 LEE 的大老板约她去私房菜馆谈?

菜馆位于老城区的一条巷子里。在这个时代,菜馆能做到酒香不怕巷子深的,靠的是真手艺和合理的经营。这菜馆已经传到第三代了,据说最初的开创者还是哪个王府的厨娘。

郑和带着夏熙阳和苏翔太进入菜馆,菜馆老板亲自把他们迎进店里。闲聊时,夏熙阳想起了前两天在咨询室里看到的内部病例,其中有一个小女孩是这家店老板的外孙女,而医生竟然是郑和。

听着老板和郑和的对话,夏熙阳想到她在讨厌郑和之前,是一直把他当作追赶目标的,除了一副吊儿郎当的样子,他是有真才实学的。夏熙阳突然有点感慨,一时安静下来。待回过神时,她才注意到他们被安排到了一个六人的大桌旁。

"他们店里这么忙,我们三个人用小桌就行了吧?"夏熙阳建议道。

"郑医生今天预约的……"

老板正要解释,郑和赶忙上前打断了老板的话,拿起菜单塞给夏熙阳,道:"其他的桌子都有人预约了!来,点菜!老板,今天主推什么菜?"

夏熙阳感到疑惑,不知道郑和又要搞什么。

门外,苏伊和李嘉尚几乎同时到达。苏伊从出租车上下来,恰好遇到李嘉尚。

"这家店可不好约,多谢李总,今天有口福了。"苏伊笑着道。

今天苏翔太被夏熙阳借走,苏伊本来只能自己点外卖的,不管李嘉尚出于什么目的,她今天的午饭算是有着落了。

老板上了两道菜后,夏熙阳似乎听到了苏伊的声音。夏熙阳一怔,竖起耳朵仔细听。

"两位有预约吗?"服务员道。

"我们约了人。"一个男人道。

"还有别人吗?"一个女人道。

这个女声真的是苏伊的声音!

夏熙阳一高兴,马上站起来向门口方向喊道:"偶像,这里!我们拼桌呀!"

闻言,坐在她对面的苏翔太第一时间察觉到了不对劲。

他和夏熙阳同时看到苏伊进来了,他很惊讶苏伊竟然是和李嘉尚一起来的。

今天是周末,为什么他们会一起出现?

五个人顺利拼桌。

不知为何，李嘉尚和郑和坐到了一块，他们对面的苏翔太坐在苏伊和夏熙阳的中间。一时之间，气氛有些严肃，犹如审判，只是谁审谁还不好说。

除了夏熙阳，其他四人各怀心思。

在老板一边添茶一边热情招呼"人齐啦"的时候，后知后觉的夏熙阳也察觉出不对劲了。

一时间，围坐在桌边的五人陷入了一种诡异的气氛中，每个人都在打量着其他人。

夏熙阳隔着桌子用脚踢郑和，努了努嘴，斜眼示意他看李嘉尚，用眼神传递"这人是谁，什么情况"的信息。

郑和没看懂，向她挑眉，示意她看苏翔太和苏伊，用眼神传递"看到了吧，这是那男的正牌女朋友"的信息。

夏熙阳皱眉看了半天，她没理解错他传递的信息吧？

他是在说苏翔太和苏伊不对劲吗？

可在夏熙阳看来，苏翔太和苏伊很正常啊！郑和到底是什么意思？

苏翔太注意到了郑和的视线，却一直在蹙眉观察李嘉尚。传说中，他的老板高傲、冷漠、难相处，这个在公司令人胆寒的人，此刻看向苏伊的眼神绝对不是看一个合作者时该有的眼神。联想起苏伊在家中总是不自觉地提起李嘉尚的名字，苏翔太心中迅速升起一股危机感。

李嘉尚一直望着苏伊，发现她没有预想中的伤心神态，似乎和另外那个女人十分熟悉。不过，她眼神中有一丝慌张，似乎想隐瞒什么，难道他们真的是为了骗郑和？

苏伊观察着其他人，想不明白李嘉尚和郑和为什么将她骗到这里来。难道他认出了她是苏沐晓？她有些后悔自己不够谨慎。夏熙阳夫接过苏沐晓，也许李嘉尚从郑和那里听到了什么消息。夏熙阳到底有没有说过什么？

食物的香气在空中四散开来。老板端来最后一道汤，有些看不懂这一桌的情况。这一桌的人看上去是互相认识的，怎么气氛比陌生人拼桌还尴尬？

"菜要趁热吃啊，凉了就不好吃了。"老板提醒道。

"好的，谢谢老板！来，大家开动吧，这家的白斩鸡味道极好！"郑和率先打破沉默，用筷子夹了一块鸡肉放到夏熙阳的碟子里。

夏熙阳看着碟子里的鸡肉，忍不住道："郑和，你到底在搞什么鬼？"

"该我问你们吧？"郑和放下筷子，不满道，"你们三个见面也太平静了吧？"

"什么？"夏熙阳觉得莫名其妙。

郑和指了指夏熙阳和苏翔太："你和他，是情侣。"又指了指苏翔太和苏伊，"他和她，也是情侣。你们情侣见情侣，不是该分外眼红吗？怎么这么和谐？"

他话音刚落，这边的三个人同时瞪大了眼睛，眼中呈现出三个大字——"什么鬼"。

这下，就连郑和都看懂了他们的眼神。视线在三人的脸上扫来扫去，他道："你们到底谁和谁是情侣？"

夏熙阳："我们是情侣！"

苏翔太："我们是！"

苏伊："我们不是！"

夏熙阳望向苏翔太，苏翔太却望向苏伊。

苏伊："……"

郑和："……"

李嘉尚："……"

李嘉尚眉头紧蹙，道："你们到底是什么关系？"

苏翔太抓住苏伊的手，像狮子捍卫领地一样盯着李嘉尚的眼睛回答："我们是情侣。"

他话音刚落，苏伊和夏熙阳的"铁掌"纷纷落到他的背上。苏翔太毫无防备，险些被拍到面前的碟子里。他针对李嘉尚的气势被拍得云消雾散，而两个女生则怒气冲冲的。

"是什么是？是你就成玩弄感情的人了！"

在三个男人发蒙时，夏熙阳抱住苏翔太的一只胳膊，靠着他，十分亲昵地道："我们才是情侣。亲爱的，你今天是不是忘吃药了？不好意思，他见了生人就紧张，一紧张就胡说八道。大家吃饭吧。"

这时候，郑和焦躁地用手指点着桌子道："你们到底什么关系？一个一个说！"

夏熙阳还是不松口，道："情侣。"

苏翔太分别指向夏熙阳和苏伊，坚持道："朋友，情侣。"

闻言，苏伊对着苏翔太怒吼道："什么情侣？明明是姐弟！"

郑和和李嘉尚对视一眼，大概搞清了三人的关系。

李嘉尚眼中有愉悦之色，看向苏伊，平静地道："你和苏翔太是姐弟？可你明明说过……"

"对不起，李总，那次，我骗了您和李秘书。"苏伊道，"我不想弟弟在公司被特殊对待，便隐瞒了事实。"

李嘉尚了然，一直哽在喉咙里的那根小刺终于不见了。他不禁流露出喜悦之情，道："没关系。不过，我不值得信任吗？"

苏伊一顿，然后机灵地道："不，我当然是信任您的，只是……"

她话说一半，剩下的让李嘉尚自行想象。

李嘉尚点了点头，当时就三个人在场，他可信，谁不可信，不言而喻。

可另一边的郑和却不开心了。苏翔太和苏伊是姐弟，那苏翔太和夏熙阳也许就……

"我们是情侣！"夏熙阳坚定地道，重新把苏翔太拉了回去。

苏翔太全神贯注地盯着李嘉尚和苏伊，没有注意夏熙阳，被夏熙阳拉过去的瞬间有一丝茫然。

苏翔太的神色正好被郑和看见了，终于，郑和专业的观察能力体现出来了。他高兴地道："他都说了你们只是朋友。"之前，他关心则乱，没有注意到一些细节。

"对，我们现在是朋友，以后是情侣，我正在追他！"夏熙阳继续狡辩，用手在苏翔太的身后一掐，"对吧，亲爱的？"

苏翔太看着夏熙阳执着的眼神，全身都感到疼痛，道："是。"

"是什么是？是的话，你们亲一下啊！"郑和马上说道。

不料，夏熙阳竟然真的把苏翔太拽了过去。这下，苏翔太惊了，郑和慌了。郑和拍着桌子站起来，连在一旁聊天的苏伊和李嘉尚也被他吓了一跳。

"喂！我信了！信！"

食客们闻声看来，看见一个打扮很酷的姑娘正要亲一个俊美的男孩。接着，他们对面的一个人冲过来拉开了他们。那个人在冲过来时，撞到了他身旁一个冷峻的男人，另一个女孩也上前帮忙。

混乱中，五个人挤作一团。苏伊隔着苏翔太去拉夏熙阳，郑和硬要挤进来，把李嘉尚也挤了过来。结果，李嘉尚和苏翔太被其他人挤来挤去，想站也站不起来。不知谁撞到了谁，苏翔太和李嘉尚脚下一滑，两人刚刚被拉开的距离瞬间变得很近，近得只差几毫米就要亲上了。

顿时，其他三人张大了嘴，惊得眼珠子都要掉出来了。

苏翔太使劲往后仰，李嘉尚用力地抓着桌子，指尖都发白了。两人眼中的惊恐之色渐浓。

两人的呼吸乱成一团，你中有我我中有你。

其他三人回过神来，匆忙把他们拽开。

站稳后，李嘉尚和苏翔太跳了起来，跑向洗手间。

"我猜，他们去漱口了。"郑和道。

"又没亲到！"夏熙阳看热闹不嫌事大。

闹剧结束，待两人回来，大家都装作若无其事地吃饭。

一桌美味，夏熙阳心情舒畅，吃得开开心心；苏伊心中有事，吃得安静；苏翔太不知道在想什么，吃得沉默；郑和却食不甘味。

半晌过后，尴尬的气氛才消失。

李嘉尚消除了心中的疑虑，便有了闲工夫去观察其他人。他对苏翔太的敌意没有那么重了，心想这演艺部总监多次跟他提起过的公司未来之星莫非是个"姐控"？

而这个把郑和耍得团团转的女孩，他也终于认出来了。她就是在"一顾倾城"大秀上，让郑和感兴趣的那个女孩。

"偶像，你尝尝这个，超好吃。"夏熙阳夹了一块叉烧肉放到苏伊的碟子里。

偶像？李嘉尚听到这个称呼，突然想到那天去接苏沐晓的那个女孩。那个女孩也说过这样的话。于是，他仔细地看夏熙阳的眉眼，与印象中头盔下露出的眉眼对照。

是她？

她认识苏沐晓，那苏伊和苏沐晓又是什么关系？

郑和唉声叹气时，突然发现发小看夏熙阳的眼神不对，疑惑道："阿尚，你看什么呢？"

李嘉尚没有回答郑和，却道："夏小姐，我们是不是见过？"。

郑和震惊地道："什么？"

夏熙阳眨了眨眼，在脑海中回忆，然后道："动物园？"

李嘉尚微微点头。

见状，其他三人纷纷紧张起来。

郑和蒙了。

李嘉尚不是去动物园做志愿者了吗，怎么还在那里遇到了夏熙阳？

苏翔太知道夏熙阳去动物园是为了接姐姐，难道李嘉尚连姐姐的另一面也接触到了？他悄悄地转头，看到了苏伊脸上的惊慌之色。

苏翔太在桌下轻轻地拍了拍苏伊的手，苏伊赶紧收住表情。

好在这时候大伙的注意力都在夏熙阳的身上。

"对，我们在动物园见过。你和沐晓是朋友？"李嘉尚继续问。

听到"沐晓"两个字，夏熙阳吓得一个激灵，庆幸刚刚没多说话。如果她不小心说漏了嘴，让李嘉尚知道苏沐晓就是苏伊，她以后就没脸去偶像家蹭饭啦！

"嗯，我和沐晓是朋友！"夏熙阳点头道。

李嘉尚感到好奇，视线转向苏伊，道："沐晓也姓苏，她和你难不成也是亲戚？"

如果是亲戚，那就能解释为什么她们的五官有些相像了。

"不是，"苏伊笑了笑，"我们是只见过几次的朋友。"她如果解释成亲戚，要是被要求两人一起出现怎么办？

闻言，李嘉尚感到诧异。

"对，我和沐晓是朋友，和苏伊也是朋友。不过，沐晓和苏伊不太熟。咦，我的好多朋友竟然都姓苏。"夏熙阳挠了挠头，端起茶壶，道，"我去添点水，你们要吃水果吗？"

"我和你一起去吧。"苏伊站起来。

当事人跑了，李嘉尚不好再问。

维系众人的纽带一走，加上之前差点酿成的事故，剩下的三个人愈加沉默起来。

苏翔太没什么胃口，盯着面前的碟子发呆。

李嘉尚背靠椅背闭目养神。他和苏翔太不熟，这时候也没必要去关心苏翔太。

郑和却和苏翔太搭起了话。他哀叹道："哥们，这会儿就我们几个男人了。你老实告诉我，你和夏熙阳是真的情侣吗？"

苏翔太神秘一笑，道："你觉得是真的就是真的，你觉得是假的就是假的。"

郑和马上就懂了，道："我觉得肯定是假的！我就知道！"

苏翔太笑而不语。

经过半天的相处，苏翔太其实对郑和的印象还不错。夏熙阳这么百般刁难郑和，如果是其他人，或许早就被气跑了，郑和却忍了下来，又是给他们拎包又是帮他们拍照的，如果郑和不是真心喜欢夏熙阳，是做不出这些事的。

郑和设局算计他，也是为了夏熙阳。如果他真的是脚踏两条船的人，这时候也许会被夏熙阳暴打一顿，然后，郑和就可以去安慰伤心欲绝的夏熙阳了。

此刻，郑和举起茶杯，爽快地说道："我开车不能喝酒，以茶代酒，敬你一杯，咱们一笑泯恩仇。"

苏翔太被郑和逗乐了，某些方面，郑和和夏熙阳真是相配。苏翔太笑着道："客气，你也辛苦了。"

"以后都是朋友，阿尚是我的兄弟，以后他挺你！"

李嘉尚突然被郑和拉了过来，抬起头正好看到苏翔太。

两人默默地对视一眼，都不说话。

片刻，李嘉尚没什么表情地道："你的姐姐很关心你。"

"我知道。"苏翔太也没什么表情地回话。

两人对话结束，确定都不喜欢对方。

郑和在一旁看得惊奇，说好的做朋友，他们却在比谁更没有表情。

郑和凑到李嘉尚的耳边道："阿尚，你把老板的气息收起来。他不仅是LEE的员工，还是苏伊的弟弟！苏伊的弟弟！"

可惜餐桌不够大，苏翔太听得清清楚楚。

李嘉尚颇感不适，平时参加活动都不会被这么强迫发言。他和苏翔太实在没什么共同话题，也没什么特殊交集，被好友这么逼着，只得没话找话地道："你们总监很欣赏你，希望你好好表现。"

"谢谢。"

闻言，郑和觉得膝盖一软，以后再也不强迫工作狂主动说话了。看看这效果，他觉得空气中的水汽都快凝结成冰了。

"你们在聊什么？好像聊得不错。"夏熙阳进来后看到眼前的场景，好奇地问他们。苏伊端着茶水跟在后面。

"我们在聊，一个冰箱遇上另一个冰箱，变成了两个空调。"郑和故作轻松地道。这俩人撞到一起，简直会把身旁的其他人冻死。

闻言，两个女生觉得莫名其妙。

误会解开，五人的尴尬聚餐结束。

夏熙阳明白郑和已经看穿了，也懒得继续演下去了。有了苏伊，夏熙阳就不需要男人了，把三个男人都打发走了。她和苏伊一起在外面逛街，直到傍晚才送苏伊回家。

到家后，苏伊在客厅里没有看到苏翔太，便去他的卧室看了看，看到苏翔太在用电脑写论文。

"姐姐，你回来了，要不要喝茶？"

"不用，你忙吧。"

苏伊摆了摆手，都差点忘了他还是个学生。

于是，苏伊看起了苏翔太的书架。

书架上除了专业书和与她相关的杂志，其他的基本是科幻类的书以及文学性很强的小说，还有一些晦涩枯燥的报道类书籍。

苏伊常来借阅的是小说。

她抽出一本以前看过的侦探小说——雷蒙德·钱德勒的《漫长的告别》。这本小说属侦探小说流派中的"硬汉派"。她第一次看时，就觉得内容十分精彩。如果世界上有书中主人公马洛这样的人，她一定愿意毫无保留地和他交朋友。

"咦，我采访你们老板的那本杂志你没有收吗？"苏伊注意到书架上少了有李嘉尚专访的那期杂志，便好奇地问道。

闻言，苏翔太敲击键盘的手一顿。

他平静地道："那本没买到。"

苏伊没有多想，道："嗯，那本的确不好买，我们的销量还破纪录了！我第一次做专访的杂志就破纪录了，采访李嘉尚果然是对的！"

苏翔太笑着点头，为苏伊感到高兴。可这次，他的高兴中还夹杂着其他的情绪。他觉得李嘉尚像一颗定时炸弹，不知何时就会爆炸，继而破坏他们平静的生活。

苏伊放下小说离开，然后拿了一本有李嘉尚专访的杂志过来，塞进苏翔太的书架上，道："我有两本，送你一本。"

苏翔太手指一僵，文档上出现了一排的"x"。他点击删除键，一个一个地删掉"x"，力道大得响起一阵嗒嗒声，像在清除心中的某个隐患。

"翔太，你敲什么呢？怎么这么大的声音？"

"写错了。"苏翔太点击保存，觉得自己写不下去了。

他看向正在翻小说的苏伊，突然问道："姐姐，你喜欢李嘉尚吗？"

— 163 —

啪的一声，苏伊手中的书掉了。

苏伊瞪向他，嗔怪道："你瞎说什么？吓我一跳。"

"那就是不喜欢他？"

苏伊觉得好笑，这哪里是她不喜欢李嘉尚？分明是苏翔太不喜欢李嘉尚。不知道苏翔太今天怎么了，中午吃饭时就不太对劲。难道他和李嘉尚气场不合吗？

"不是喜欢也不是不喜欢，世界哪里是非黑即白的？"苏伊把书捡起来，道，"他是你的老板呀，你不喜欢也不可以表现出来。"

苏翔太不置可否，继续问她："姐姐工作时会经常见到他吗？"

"LEE 是 LS 的大客户呀。"

"可李嘉尚这种级别的人，也不是每个合作者都要亲自去见。如果他要和 LS 谈工作，也应该找你们主编吧。他为什么总是见你？他肯定居心不良。"

苏伊一怔，有些想笑，问："翔太，你是吃醋了吗？"

苏翔太被噎住，看着苏伊戏谑的笑容，认真地道："是，我在吃醋。"

这次，苏伊被噎住了。随即，她哈哈大笑："翔太，你怎么这么可爱？"她忍不住跳到他的身旁，揉他的脑袋，"放心，姐姐最爱翔太啦！"

苏翔太有些气馁，不满于她看小孩子般的目光和安抚小狗似的姿态。他转过头，拉住了苏伊放在他头上的手，执拗地盯着她的眼睛道："姐姐，我不是小孩了。你如果有什么想法，要告诉我。"

苏伊收敛笑容，看向苏翔太。男生的眼中，似乎波涛汹涌。她看不懂，一瞬间出神了，而后呢喃道："你是不是长得太快了？姐姐都要看不透你了。"她把手覆盖到苏翔太的眼睛上，"小朋友，不要总想窥探大人的世界！"

不要轻易去挖她心底的秘密。

苏翔太："……"

每次逃避时，苏伊就会这样做，用姐姐的身份压人，生生地把他踢去"小朋友"的阵营。

"我已经是一个成年男人了！"

"所以才不可爱。"苏伊嘟囔道。

她刚刚还说他可爱的！

"翔太，姐姐不会结婚哦。"苏伊拍了拍他，"所以你不用想那些。我要做苏伊，也要做苏沐晓。有你，有阳阳，有爸爸妈妈，我已经没有更多的时间和精力再拉一个人进入自己的世界了。"

　　闻言,苏翔太握紧了拳头。

　　他知道她的世界有多么脆弱,才会一边庆幸自己从小就能进入,一边恐惧地排外。

　　苏伊曾经试图向一个人打开她世界的门,可换来的却是伤害。

　　他记得那次从学校回来,看到家里没有开灯,她一个人坐在墙角。窗外的月光把她脸上的泪水照得闪闪发亮。他们虽然隔了一段距离,却能看清彼此的眼睛。那时,她显得很没有精神。

　　她无助地说:"翔太,姐姐要是不结婚,你会嫌弃我吗?"

　　"你不想结婚吗?"

　　"不想。"

　　"那就做我一辈子的姐姐吧,我会照顾你一辈子的。"

　　彼时,苏翔太蹲在她的身旁,用手指擦干她眼角的泪水。正好,他不知道怎么告诉她真相,以后就继续当家人,与她一辈子相依为命吧。

　　"姐姐,我想换公司。"苏翔太突然说道。

飞来横祸 8

真正丢人的，是没有实力、没有本事

"换公司？"苏伊不明白苏翔太怎么话题换得这么快，大惊失色，"为什么？就因为李嘉尚？"

"不是。"苏翔太否认，"我昨天被选去拍摄，有更好的模特公司想挖我。"

苏伊知道苏翔太被选上了，是LEE演艺部总监发信息告诉她的。他们还顺便谈了谈苏翔太未来的发展方向，只是她怕苏翔太顾虑太多，还没告诉苏翔太。

但现在是什么情况？

"翔太，我和你说过，对现在的你而言，LEE是最好的选择。"

"我知道。"

"你不知道！"苏伊有些生气了，苏翔太根本不知道她和其他人为他考虑了多少，"你突然要做艺人，我接受了，还帮你说服爸妈。我跟他们保证会对你选的这条路负责。我跟你分析过，LEE虽然在娱乐这一块起步晚，但是将来会有无限的可能！你才刚刚开始，为什么要马上把自己定死？你决定好了一辈子只做模特吗？那好，你告诉我，你想去哪家公司。Y城的所有模特公司和工作室我都知道，你说！"

苏翔太试图说话，又被苏伊打断了："翔太，人要懂得感恩，不要辜负别人对你的善意。我和你说过很多次，艺人的才能、外形很重要，但是品德也同样重要。LEE培养你、给你机会，你呢？因为有更好的模特公司挖你，你就想跳槽？这不是我认识的苏翔太。你不是一个目光短浅的人,你是怎么了?你感觉不到大家对你的好吗?大家有多欣赏你,你感觉不到吗? Vivi、你们总监,还有你们老板……"

苏翔太本来老实地接受教训,见苏伊又提到了李嘉尚,便忍不住打断她,急促地道:"我知道他们对我好,所以我才想离开。我不想你因为我而欠别人人情!"

"苏翔太!"苏伊呵斥道,"你觉得别人看重你是因为我吗?"

"不是吗?"

苏伊气炸了,道:"如果是因为我,那你就不要再做下去了!"

苏伊气得摔门而去,把苏翔太一个人晾在原地。

苏翔太有些后悔了,不该不经大脑地说这种话。

他该怎么道歉?

他正后悔时,门突然被撞开了,一转头,一个枕头迎面砸来。

苏翔太的脑袋重重地挨了一击。门口,苏伊抱着另外一个枕头,恶狠狠地指着他:"苏翔太,来打架吧!"

说罢,不待苏翔太反应过来,苏伊已经举着枕头,张牙舞爪地砸过来。

"呀!"

战斗结果没什么悬念。

一个有意放水,一个有意发泄,枕头大战持续了半个小时就结束了。

最终,两个人累得瘫坐在地板上,散落一地的东西也没人去捡。

两个人气喘吁吁的,却相视而笑。

进行枕头大战是他们小时候处理矛盾的一个方法。那时,苏父苏母不许他们打架,小苏翔太脾气不好时,就会拿枕头发泄,小苏伊就会责备他欺负枕头,随即他们开始进行枕头大战。苏母听到动静从厨房里出来,看到两个小不点抱着和自己差不多高的枕头互殴,也不管,等两人累了才揪过他们,让他们互相道歉。

那时候他们太小,进行枕头大战时只想着让作为武器和盾牌的枕头不脱手,打的时候力气也不大。等他们大了能控制枕头了,他们也不再打架了。

"上次玩枕头大战,还是十几年前吧?"苏翔太感慨道。

"是呀。"苏伊笑了,"你明明这么'姐控',也不知道你小时候为什么老欺负我。"

苏翔太之前是独生子,生活中突然多了一个姐姐,原本只属于他一个人的爱要分给另一个人了,他当然不爽。

只是后来他突然明白了,他不是失去了一半的爱,而是多了一个人的关爱。

"对不起，我错了。"苏翔太顺势道歉。

苏伊笑了笑，叹了口气，戳着苏翔太的胳膊和他讲道理："翔太，你现在甚至将来，获得的所有认可和否定，全都是因为你自己。Vivi 是名模出身，她看人的标准是依据她的经验；你们总监虽然总是笑眯眯的，但是又精明又清醒；他看你们啊，就像看标签上的标价一样，看看谁值多少钱，看看谁有升值空间。他才不会因为和我认识，就特意去关照你。他们和我聊你，不是因为我而是因为你，懂吗？"

苏翔太点了点头。

"因为我的弟弟这么优秀，他们看到你才会想起我。"

苏翔太继续点头。

"所以，你以后不要再说那些乱七八糟的话了。我是你的姐姐，我们就是捆绑在一起的，我当然可以为你欠人情！"苏伊重重地拍着苏翔太的肩膀，"你记住了，如果你不想我因为你而欠别人的人情，正确的方式不是逃离 LEE。你就算去了新环境，别人迟早也会知道你有一个在 LS 做编辑的姐姐。你要做的是让自己优秀起来，等你的光环比我大，就再也没人说你靠我了。放心，到时候姐姐会毫不客气地靠你的！"

闻言，苏翔太莞尔一笑。

虽然苏伊说的不是他想离开 LEE 的真正理由，但这是解决焦虑和问题的正确方式。

如果他足够强大，能够把她护在自己的羽翼之下，就不用担心在一旁窥伺的李嘉尚或王嘉尚了，没有人可以伤害她。

"我会让全世界知道我的名字，不会太久，你要等我。"苏翔太抱住苏伊的腰，将下巴搭在她的肩头上。

苏伊又窄又细的肩膀被压得痒痒的，但她毫不嫌弃赖皮的弟弟，道："你成长得已经够快啦，慢慢长，姐姐不着急。"

城市的另一边，李嘉尚一个人站在玻璃展示柜前对着里面憨态可掬的熊猫玩偶自言自语："原来……他们是姐弟，不过弟弟可没姐姐那么有趣可爱……"

"学长，你没事吧？"辛倩担忧道。

"我说得太快了吗？"苏翔太的笔突然停了下来。

辛倩忙摇头，又连连点头。

苏翔太沉吟一下："我放慢点速度。"

"学长，"辛倩不看平板电脑上的论文，却眼睛发亮地望着苏翔太，"我觉得你今天比以前更帅了！"

苏翔太："……"

他皱眉，看不懂这个小学妹，道："我们继续说论文吧。"

辛倩连连点头。

他们说到一半，Vivi 过来了。苏翔太把平板电脑推给辛倩，道："稍微等我一下。"然后他起身去找 Vivi。

"Vivi，下周公司和 LS 的合作，我想参加。"

Vivi 诧异地望向他："你想参加？"

"嗯。"

Vivi 思考片刻，道："那好，我把你的资料送过去。具体谁上，LS 去选。"

"好，谢谢。"苏翔太微微鞠躬，重新回到休息区指导辛倩修改论文。

"学长，你变了。你以前从来不主动争取的！"辛倩眯起眼睛，打量苏翔太。这周回来，他就跟变了个人似的。

苏翔太训练时一直很刻苦，绝对不会偷懒，但也不会特意突显自己，一直很低调。现在，他开始展现自己，顿时光芒四射，把周边人弄得手足无措。

现在他都会主动争取机会了！

她的偶像，要扶摇直上了吗？

佟捷吃饭归来，一个模特凑到他的身旁问他：下周和 LS 的合作，你不争取吗？"

佟捷一怔，道："那不是只有公司已经出道的模特才能参加吗？"

"苏翔太去找 Vivi 争取机会了，Vivi 答应提交他的资料了！"

闻言，佟捷下意识地在训练室里找苏翔太，看到苏翔太和辛倩坐在角落的休息椅上。

"我说他今天怎么不去食堂，原来是在等 Vivi。"阿 T 啧啧两声，"不过谁让人家有关系呢？LS 那个小姐姐肯定会选他，估计后面还有一堆资源呢。"

佟捷捏紧了水瓶，对苏翔太怒目而视。

"学长，佟捷在瞪你。"

— 169

"我知道。"苏翔太头也不抬地继续说论文。既然他已经决定要成名,就不会在意别人怎么看他,说他靠关系也好,说他狡诈也罢,如果想针对他,那就先和他站在同一个地方。他没有义务去怜悯别人。

"学长,你现在看上去好恐怖。"辛倩揉了揉起了鸡皮疙瘩的胳膊,夸张地吐槽。

当天下午,添加了苏翔太名字的模特名单被送到了LEE总裁的办公室里。

李秘书感到好奇,老板已经日理万机了,为什么还特意让演艺部把跟苏翔太相关的资料送到总裁办来。

郑医生已经告诉过李秘书了,苏翔太是苏小姐的弟弟,不是男朋友。苏伊今天早上也给李秘书打了电话道歉了。

可是老板看苏翔太,怎么像在看情敌?

"这个名单上,为什么有苏翔太?"李嘉尚问道。

李秘书吓得一哆嗦,老实地回答:"演艺部说是Vivi争取的。她说苏翔太已经有出道的资格了,只是在等一个时机。"

看着老板的神态,李秘书将想说的话又憋了回去。老板这讨好小舅子的方式不太对啊,都露出杀气了!

李嘉尚盯着名单,久久不语。

"老板,要把苏翔太去掉吗?"李秘书问道。

"不必,既然他有实力,就看他能飞多远。用不用他,交给他姐姐决定吧。"李嘉尚把名单递给李秘书。

李秘书捧着名单出来,通知演艺部的人过来取名单,依旧想不明白老板为何要多此一举。

办公室内的李嘉尚没来由地泛起一丝焦虑,脑海中浮现出苏翔太那天看他时充满警惕和敌意的眼神。

片刻,他笑了笑,调整好情绪。如果苏翔太想和他叫板,那就先从苏伊的背后走出来吧,他不介意帮苏翔太一把。

"李秘书。"

"在!"李秘书赶紧跑来。

"让演艺部给苏翔太安排最好的经纪人,对他发展无益的活动通通不用参加。"

"好。"

李秘书接到指示退了出来,悄悄地给苏伊发了一条消息。老板的示好一定要转达给该知道的人才对嘛。

LEE 的模特名单很快就给到了 LS。

这次 LS 是甲方，LEE 是乙方。小薇收到来自 LEE 的合作邮件时，觉得心里分外舒爽。

"咦？"她在名单中看到了苏翔太的名字。别人的备注栏里都有"出道"二字，只有他的备注栏里是一片空白。她一时不确定是不是 LEE 发错了，犹豫片刻后去找苏伊。

"我不确定是不是弄错了。"小薇挠了挠头，"要不要问问 LEE？"

"不用，放进模板里吧。"

既然苏翔太的名字在名单里面，那 LEE 肯定有这样做的理由，她只要照单收了就好。

小薇把这份名单和另外几家模特工作室的名单一起整理好，放进专用的模板里给苏伊。苏伊初步筛选过一次后，模特的最终人选在下午的会议上由 Amanda 定夺。

下午，三个组长各带着一个编辑和 Amanda 一起到会议室里挑选模特。

"这个不行，下一个。"

Amanda 说完，小编辑马上记录。

没一会儿，轮到 LEE 的模特了，苏翔太的照片出现在屏幕上。

"咦，这不是'一顾倾城'大秀上救场的那个男孩子吗？他是 LEE 的模特？"陈瑾好奇地转头看向苏伊。

"他后来去了 LEE。"苏伊解释道。

陈瑾怀疑是不是苏伊把人介绍过去的。

"就他吧。"Amanda 拍板。

赵茹看了一眼苏伊，对 Amanda 道："可他没什么经验，拍摄时可能会耽误很多时间。"

小薇听后有些气愤，想开口，却被苏伊按下了。苏伊安静地目视前方，不与赵茹争辩。

"没关系，我们时间充足，杂志也需要新面孔。"Amanda 不再在这个话题上停留，开始选下一个模特。

Amanda 挑完主要的五个模特，把其他的模特交给她们选，然后道："今年 LS 的十周年特刊策划，你们有什么想法？"

三个小编辑立即竖起耳朵，十周年策划！

Amanda 不待三个组长说话，继续说道："你们不用马上回答，好好琢磨琢磨十周年的特刊内容，下个月例会准备好方案就行。"

会议结束，苏伊回到自己的工位，从抽屉里拎了一份小礼品去摄影部，把小礼品交给这期的主摄影师，道："这期杂志，我这里有个新模特，新人还得多麻烦你了。"

"客气啦，这是我老家寄来的苹果，苏编尝尝。"摄影师从桌下的箱子里挑了一个又红又大的苹果递给苏伊。

苏伊谢过摄影师，和其他人打了招呼，然后走了。

"苏伊还挺会做人的，送的东西都不便宜。"摄影师旁边的一个同事感叹道。

"人家性格好。不管她送不送，咱们都得仔细拍。不然效果不达标，Amanda 也不会饶了咱们。"摄影师咬着苹果，心情不错地说。

那个同事笑了笑，苏伊性格好，那不爱送东西只爱提要求的赵茹就是性格不好呗。

苏伊回来，看到小薇按照苏翔太的身材尺寸准备好了服装、饰品和鞋子。苏伊从冰箱里取出一小块巧克力蛋糕给小薇，道："这么早就准备好了？"

"谢谢老大。我看了，B 组有个和苏翔太身材差不多的模特。我怕挑晚了，就挑不到好的了。"拆开包装袋，小薇吃起了巧克力蛋糕。她是吃不胖的体质，别人是有压力就会变胖，她是有压力就会变瘦。她是越忙越要吃，C 组的零食都快被她吃完了。

以前在陈瑾的 A 组，小薇几乎不吃零食，组里也没补充零食的习惯，公司发的零食有限，她也不好意思多吃。哪像现在？苏伊三天两头就从家里带蛋糕、带饼干，味道十分好。合作方送的各种小礼品，苏伊也拿回来和他们分享。除了她，C 组的其他人都比以前重了。

"老大，这蛋糕到底是哪买的？"

"不是买的。"

"那是谁做的？"

"过几天你就知道了。"苏伊神秘一笑。

拍摄当天，小薇到摄影棚外接苏翔太，看到他手中拎着的纸袋便知道蛋糕是谁做的了。

"听说你挺喜欢吃的，这个蛋糕是给你的，这份饼干是给大家的。"苏翔太把蛋糕给小薇。

小薇打开袋子，看到了她之前吃过一次的草莓蛋糕，顿时两眼发亮。

见状，苏翔太也明白苏伊为什么要他带蛋糕了，苏伊那句"我们组的小姑娘挺爱吃的"还真没一点水分。

小薇本来就对苏翔太印象不错，这下更喜欢他了。

"偶像，你将来一定能火！苏老大要晚一会儿才能到，你跟我来！"

苏伊赶来时，摄影棚内的人正在纠结。

看到正在休息的模特和正在商量着什么的摄影师、陈瑾，苏伊感到奇怪。

"出什么状况了？"苏伊问小薇。

小薇偷偷地向她竖起拇指，把她拉到一边道："老大，苏翔太太厉害了。拍合照时，他把其他人都压下去了。张哥和陈组正纠结要不要把他撤下来。"

苏伊走过去看已经拍好的照片。苏翔太从一开始的中间位置挪到了边缘位置，然而还是太显眼了。她在摄影棚里找苏翔太的身影，结果一眼就看到了被女模特包围的苏翔太。苏伊对他做了个抹脖子的动作，然后去和陈瑾他们一起纠结。

"他现在只能被安排在C位（中心位），不过他在C位的话，别人全成陪衬了。"摄影师老张咬着嘴唇道。

陈瑾听得头疼，见苏伊来了，像看到了救星。

"撤吧。"苏伊倒是没替苏翔太说话。苏翔太往那一站，明显不和谐，她也不能睁着眼瞎说。

"不成，守着钻石不用不是我的风格。"老张摇头表示不同意。他灵光一闪，建议陈瑾，"要不，给他拍个人秀吧？反正模特费都是要给的，不用白不用。"

如果要加一张个人照，就要换掉原本定好的版面，还要看有没有合适的版面。于是，其他人转头看向陈瑾。

"先拍，我再想想。"陈瑾没有马上定下来。

陈瑾叫模特们过来重新拍照，唯独没叫苏翔太。在大伙的诧异中，苏翔太什么话都没说，乖乖地和小薇去换衣服。

"把你换下来不是因为你不优秀，而是因为你太优秀了！"小薇怕苏翔太不开心，向他解释。

"我知道。"苏翔太笑道。

其他模特拍完照，苏翔太才被叫出来单独进行拍摄。

苏伊走到苏翔太的面前，帮他整理衣服，在他的背上重重一拍，道："现在只有你自己了，不用压着了，展现出你的全部实力吧！"

老张开始拍摄，苏伊和陈瑾凑到一旁看效果。

苏翔太坐在一片黑色的羽毛上，身着王子风格的白衣，脸上是恶魔风格的眼妆。他的头发向后梳起，露出额头，使他看上去比平日里更成熟。

"再凶狠一点！"苏伊喊道，"你是伪装成天使的恶魔，现在露出本性！"

苏翔太闭眼沉思两秒，再睁开眼睛时，眼神变了，连身体的姿态都微微调整了。他有意看向镜头，让身上装饰的尖锐部分展现出来。他看上去又放松又张扬。拍到眼神特写时，一旁的苏伊和陈瑾都看得起了一身的鸡皮疙瘩。

可怕！

陈瑾揉了揉胳膊，向苏伊吐槽："好好的小天使，被你一句话训成邪恶的大魔王了！"

老张却拍得上了瘾，越来越兴奋。

苏伊沉思片刻，转了转眼珠子，道："还你一个小天使，翔太，来！"

还是那身服装，不过换了发型和眼妆，苏翔太再次坐回原位。

"这次是天使哦！"苏伊嘱咐道。

苏翔太比了个"OK"的手势。

他调整状态，进行了两次深呼吸，然后睁开眼睛。此时，他眼中流露出孩童般的天真之色。

见状，苏伊感到心跳停了一下。

这个眼神，让她感受到了全心全意的信任和爱，她被注视着，仿佛她是他的整个世界。

她原本只想做一个倒影的效果，这下她突然想做成双生子的效果。

一个人心中充满阳光，即使在一片黑暗中也会寻找阳光。

另一个人心中只有黑暗，即使身着白衣似光明天使，也驱不走心里的黑暗。

"我觉得，他需要一整页的版面。"陈瑾沉吟道。

老张把照片处理成背对背的双生子，照片上的人各自仰望天空。

苏伊拿着效果图去找 Amanda 商量，Amanda 开心地道："这张照片该在什么位置，你心里一定有判断。你觉得好，就按你的想法去做，你要更加自信一点。"

两周后，杂志样刊出来了，Amanda 看过效果后，决定把苏翔太的那张照片再做成海报，随机夹在杂志中当赠品。

又隔了几天，杂志上架了，苏伊买了十本自己收藏，买了二十本让苏翔太拿去赠送给他人。她总共买了三十本杂志，也只抽到两张海报。她把海报贴在家里客厅墙壁上的正中央，还找老张要了海报的电子版做成了电脑桌面，甚至将之打印成相片贴到办公桌上。

看着苏伊办公桌上苏翔太的相片，小薇不禁感到好奇，难道这就是爱情的力量？

"不知道这次的销量能不能再破纪录。"小薇刷新销量统计，对比上一次的销量巅峰——李嘉尚专访的那期。

LEE 大楼内，李嘉尚参加完活动回到公司，看到桌上又有一期 LS 的杂志，觉得有些莫名其妙。他拿起来随便翻了几页，没看出什么特别之处。他正要叫李秘书时，李秘书恰好进来了。

"老板，你也在看这个呀。"

一听这语气，李嘉尚就知道情况不对。

"不是你买的？"

"不是呀，是苏翔太送来的，还送了我一本！"李秘书高兴地道。

李嘉尚听到苏翔太的名字，拿起杂志重新翻起来，看到中间的整版照片时，脑中不知怎么就出现了苏翔太挑衅他的样子——"你是封面怎么样？我占的版面是你的两倍！"

李嘉尚把杂志合上，可李秘书还在喋喋不休地夸苏翔太。

"老板果然慧眼识珠、眼光独到！演艺部准备借着这次东风安排他出道！"

李嘉尚冷哼一声，觉得自己这秘书有些不上道，猜自己心思的能力不进反退。

苏翔太出道的消息如平地惊雷，炸蒙了训练室的其他人。在最初的震惊后，他们又觉得这在情理之中，只有佟捷觉得难以置信。

苏翔太连续三天没有出现在训练室里。公司给他安排了专业的摄影团队，紧急给他拍出道照。虽然时间紧，但是 LEE 上层在这件事上一路给他开绿灯，投钱换来了团队的效率。在 LS 杂志发售的第三天，微博上突然多了一个热门话题——

那些惊艳了时光的小哥哥。

苏翔太就在其中。

即使混在一群演员明星中，他也依旧显眼。

紧接着，"这个小哥哥是谁"顺势成了新的话题。

之后，苏翔太这次拍摄杂志的视频、"一顾倾城"大秀时的视频等全被网友找了出来。

苏伊盯着话题榜，确定LEE买了热搜。果然，下午LEE演艺部的官方微博就"认领"了苏翔太，并贴出了她都没见过的写真照。

一天内，苏翔太的微博粉丝数量突破九十万，这数字还在以秒为单位不停地滚动。再刷新一下话题，他竟然已经有了粉丝后援会。

小薇利索地填了入会申请，询问苏伊："老大，你要不要加入？"

苏伊摇头，不禁感叹于LEE惊人的办事效率。

"老大，销量又刷新了！"小薇惊喜地大叫。

苏翔太上热搜了，更多的网友为了他的海报去买杂志，于是，杂志的销量就上去了。

苏伊刷新了一下后台的数据，网络订单量果然陡增。这种坐别人顺风车的感觉，让她有点心虚又觉得爽快。

下午快下班时，LS接到了加印请求，备注中特别强调海报也要等比例同步加印。

加上加印的数量，这次杂志的销量几乎追平李嘉尚那期杂志的销量。

谁的功劳不言而喻。

苏伊一下班就回家了，准备找苏翔太算账。

他胆子肥了，敢把她都蒙在鼓里了！

苏翔太一连忙了三天，今天才得到半天的假期。于是他回家，特意准备了一大桌菜。

苏伊打开家门时，闻到了饭菜的香味，但家中的灯却没开。

她换下鞋，掏出手机，用手机的手电筒照亮四周，道："翔太，你在家吗？停电了吗？"

客厅中，突然亮起了一道微弱的光。

苏伊不知道苏翔太在搞什么。她放下包走进去，看到了桌上摆放着的烛台。

他们家桌上的"烛光"，是一个个小小的 LED 灯发出来的。

在微弱的灯光下，苏翔太像极了言情电影中的男主角。

然而，苏伊却哈哈大笑道："对不起了，没条件让你用蜡烛。"

苏翔太眼神幽怨地瞪着她，她可真是破坏气氛的高手。为了烘托气氛，他今天还特意做了牛排。

片刻后，他道："我说过，我要让全世界知道我的名字，我会保护你的！"

苏伊在他的对面坐下，沉浸在食物的芳香中，而后道："你长大啦，都知道瞒着我不声不响地出道了。"

苏翔太干咳一声，道："公司说要保密。"

苏伊不信，他什么时候这么听话了？

"算了，吃饱再和你算账！"苏伊端起酒杯，"祝贺苏翔太小朋友出道！"

然而仅仅过了一天，事情的发展趋势令人大吃一惊。

早上，苏伊拎着新出炉的蛋糕来公司给大家加餐，却见小薇脸色发白，慌张地朝她跑来。

"怎么了，这么迫不及待？"苏伊抖了抖手中的蛋糕，以为小薇馋了。没想到，小薇拉着她冲进了会议室。

陈瑾差点被小薇撞到，疑惑地望向其他人，其他人也是一脸莫名其妙的样子。

陈瑾叹气道："小薇这性格……没救了。"

会议室内，小薇手发抖地给苏伊转发信息："老大，你看到这个了吗？"

苏伊点开链接，是一张她和苏翔太的模糊的合照，照片中她和苏翔太坐在一起，看样子比较亲昵。

照片配的文字却十分露骨——

"新晋男模特的暧昧对象之一，这个女的是时尚杂志的编辑，哪个杂志我就不说了。"

苏伊脸色一沉，快速翻看下面的评论。

"天啊，真的假的？"

"这女的也不干净，蛮横欺人，为了男模特挪用公司的资源，最近攀上了 L 姓总裁，整天耀武扬威的。"

"贵圈真乱！"

"瞎了！"

"这个小哥哥这么帅，还要用这种手段吗？是被人骗了吧？"

"昨天才买的杂志，被这个小哥哥惊艳到，今天就看到这个，不能直视了。"

"什么杂志？那女的是不是这个杂志的编辑？"

"LS，凭良心说，这个小哥哥是真的帅，就他那张脸绝对能火。为什么非要这样呢？心碎。"

"现在的人也不知道怎么了，为了红什么都做。"

"我才喜欢上这个小哥哥就传出这样的事了，好吧，再见。"

苏伊越看越生气。那张照片的拍摄地点是"一顾倾城"大秀的展馆后台，是一片半开放的区域，所有模特都可以在那里卸妆。到底是谁做的？这人为什么要这么做？

苏伊还是没忍住，给苏翔太打电话。

几分钟前，苏翔太进入 LEE 的训练室，一进来就看到几个男生凑在一起窃窃私语。站在中间的就是心比天高的佟捷和爱聊八卦新闻的阿 T。

整理东西时，苏翔太注意到其中有人用充满嘲弄之意的眼神看他，不禁皱眉。

"你们知道了吗？"

"当然知道了，没想到他是这么被选上的。"

"我就说一个没经验的新人怎么会这么快出道，原来是靠那个呀。"

佟捷冷哼道："恶心。"

"这女的长得不错。"

"人家可是时尚杂志的编辑，长得好不好看不重要。"

猛地，苏翔太抬头站起来，向他们走近。

"我之前就见过这个女的，她和李秘书还有咱们的胖子总监有说有笑的，谁知道是去干什么。"

"她不是和大老板那什么吗？"

佟捷背对苏翔太，没注意到苏翔太在靠近他们，依旧愤愤地说道："谁知道怎么回事？总之乱着呢。你说，苏翔太知不知道这女的跟这么多人不清不楚啊？"

"你们在说什么？"苏翔太的声音突然响起。

佟捷一怔，转头看到了散发出阴郁气息的苏翔太。

阿 T 也才发现苏翔太，马上用手捂住嘴巴，然后把手机藏到身后。他敢说八卦新闻，却不敢真和苏翔太对着干。

"没什么，没什么！我们瞎说呢！"

苏翔太从阿 T 的手中夺过手机，看清上面的内容后不禁怒火中烧。

这是什么？

姐姐有没有看到？

为什么第二天就变成这样了？

佟捷看到苏翔太的反应，心中顿觉畅快。他被苏翔太压了这么久，内心的邪火终于可以发泄了。佟捷挺起胸膛往苏翔太身上一撞，道："就是说你啊，还有你的'金主'小姐姐。她有本事把你塞进 LEE，难道还怕被人说？"

苏翔太没防备，手中的手机被撞了出去，身体也倾斜了一下。

"我的手机！"阿 T 的呼喊声吸引了大家的注意。

下一刻，苏翔太突然挥拳，一拳击到佟捷的脸上。

"你嘴巴放干净点！"

咚的一声闷响，佟捷整个人飞出去，摔倒在地板上，碰倒了一旁的椅子，痛苦地呻吟起来。

训练室内的其他人愣住了，一时没反应过来发生了什么。

一片沉寂中，突然响起一声惊叫："苏翔太，不许打架！打架也不能打脸！"

此刻，苏翔太的经纪人徐逸捂着脸发出尖叫声。他和 Vivi 赶来时，正好看到最高的佟捷被苏翔太一拳击倒在地。

徐逸不禁在心里吐槽，是谁说给他安排了一只"小奶狗"？这是"小奶狗"吗？

Vivi 怒火冲天地冲过来，吼道："都住手！你们当这是什么地方？反了吗？"

二十分钟后，LEE 高层的早会结束。

待李嘉尚走出会议室门口，李秘书赶紧上前小声报告："老板，出事了，苏翔太刚刚在公司打架……"

李嘉尚没有停，继续往前走。

"网上爆料说苏小姐包养苏翔太，还说苏小姐和你……还有多人有不正当关系……"

李嘉尚骤然停下。

苏伊打不通苏翔太的电话，从会议室里匆匆出来，道："我去一趟 LEE。"

她不确定苏翔太有没有看到这些消息。

"我的天啊！你们快看这个八卦新闻。"

苏伊刚从会议室里出来还没走回工位，就听见赵茹在阴阳怪气地大笑。

没一会儿，公司群里出现一条赵茹转发的信息，就是小薇刚刚给苏伊看的那条新闻。

办公室内顿时响起阵阵抽气声。他们的工作本就和娱乐圈有交集，什么八卦新闻没见过？但当八卦新闻的主角是他们身边的人时，他们就觉得惊奇了。

他们都记得小薇曾经说过苏伊和苏翔太是同居的男女朋友关系，而苏伊的桌上又贴了苏翔太的海报，这看似荒诞的消息突然就真了几分。

在大家或诧异或不齿或羡慕的眼光中，苏伊大声道："我不知道是谁在造谣，现在向大家声明一下，苏翔太是我的弟弟！"

"弟弟？"

C 组的人你望我我望你，最后将视线全转向愣住了的小薇。

小薇如坐针毡，讷讷地开口道："我……"

"他就算是你的弟弟，也有靠关系的嫌疑吧？"赵茹插话，耸了耸肩，一副事不关己的样子，"公司因为你们姐弟平白无故地承受舆论压力，可真是委屈。"

赵茹的话虽然刻薄，但是也有一定的道理。

苏伊身正不怕影子斜，不过还得考虑公司的立场……

"都不用工作吗？"Amanda 从门外进来，厉声道。

之前还在聊八卦新闻、看热闹的人全低下头，一个个埋头工作。

"苏伊，你今天不是要去 LEE 吗？怎么还没去？"Amanda 看着站在原地欲言又止的苏伊，语气平淡地问。

"对不起，我……"

Amanda 打断苏伊，道："网上说的属实吗？"

"不属实。"

"你问心有愧吗？"

"无愧。"

Amanda 笑了笑："那不就完了？去忙你的。"

苏伊重重地点头,心中生出一股感激之情,而后拎着包向门外大步走去。
这事到底是谁干的?这人是针对她还是针对翔太?

LEE内,苏翔太被经纪人徐逸带走,接受了一顿教育。
"你知不知道你现在是一个艺人!一个出道的艺人!你还打架?你是怕别人没东西可写,给人家送'黑料'吗?"
苏翔太不吭声。
"就算是打架,你不会找个没人、没监控的地方打吗?"
闻言,一旁的Vivi嘴角一抽。
"身为艺人,修养底线就是打人不打脸!知道吗?"
苏翔太继续沉默。
徐逸看苏翔太那神态就知道白说了,算了,以后慢慢教吧。
徐逸和苏翔太相处的时间很短,但自认对苏翔太的各方面都有了初步判断。
苏翔太外形优秀、态度认真;他虽然基础不够好,但是在刻苦训练后进步极快,说明很有潜力;他年纪不大,却温柔有礼貌,很有观众缘,还是一个学霸。只要不出大意外,他一定能红。
可他刚刚出道,就被爆了个大料。
徐逸第一时间就联系相关人员删消息了。不过信息传播速度太快,又有用户截图,加上上周有过一则模特自杀的负面新闻,他不能做得太过。在他看来,苏翔太目前毫无根基,没有后台。若想彻底删掉这些信息,需要动用LEE的资源,而他刚刚被LEE挖来,还摸不清LEE对要捧的这个新人有多重视。
公司是雪藏苏翔太,还是继续投资苏翔太?他是不想放弃苏翔太,奈何决策权不在他这里。
该上报的已经报了,现在他们只能等上面的消息。
"你和LS的苏伊到底是什么关系?"徐逸拉过一张椅子坐下,点了根烟。
苏翔太沉默,不想公开和苏伊的姐弟关系。
如果公开了,他就只能一辈子做她的弟弟。
徐逸急了,道:"你们不会真是那样的关系吧?"
闻言,苏翔太眼中露出杀气。
徐逸看得一哆嗦,心里却在想,就这眼神,苏翔太就能去演戏。片刻后他道:"你的定位不是偶像,公司不会限制你谈恋爱,但是谈恋爱要报备知道吗?报备了就不会弄得这么措手不及,而且你刚刚出道,要谈恋爱也不着急……"

苏翔太听说公司给他安排了一个金牌经纪人,以为对方很厉害,没想到,这个经纪人看上去精明干练,实则婆婆妈妈。他不想再听徐逸唠叨,道:"我没谈恋爱,苏伊是我的姐姐。"

"姐姐?"徐逸看向Vivi,没想到Vivi也不知道。

这都是什么事?自己的弟弟进了公司,苏伊都不打个招呼的吗?

不管怎么说,徐逸还是感到欣喜。如果苏翔太和苏伊真是情侣,无论他们声明是朋友还是公开恋情,网友只会不信和不接受,这件事就会成为苏翔太一辈子都抹不去的黑点。还好苏伊只是苏翔太的姐姐!

半晌过后,徐逸道:"是姐姐就好办了。你姐姐能和你一起发个声明吗?"

苏翔太把手机丢在训练室的书包里了,苏伊联系不上他,只能联系李秘书。

"苏翔太在公司,苏小姐,你别着急。"李秘书顶着一旁老板探照灯似的视线,安慰苏伊。

"我马上就到。"苏伊现在最怕苏翔太看到消息后会出什么状况。

到了停车点,她急着下车,没注意LEE楼下聚集着一群年轻人。这群人中,还有一些媒体记者。

她刚一下车,就被认出来了。

"是她!"

"就是这个女的!"

苏伊听到尖叫声,一转头,看到几瓶被拧开了的饮料向她砸来。

苏伊慌忙躲开,溅到脸上的水滴让她一阵慌张。她下意识地用手挡住脸,没弄明白这是什么情况。她匆匆后退,却被蜂拥而来的人围堵起来。

"就是你!滚出娱乐圈!滚出杂志社!离开苏翔太!"

"垃圾!"

"抵制娱乐圈黑幕!"

停车的地方与LEE公司大门之间隔了一个小广场和绿化带。经常有人在这里碰头、约会,不过一般不会停留多久,只要这些人不影响公司人员进出,LEE的保安也不会去驱赶他们。这次,保安以为这些年轻人有活动才会在门口碰头,不料突然有人开始扔东西伤人。

看到瓶子被扔出去,保安大喊着往那边跑去,不料,他身后有人比他还快,率先往人群冲去。

"老……老板!"待看清那人是谁,保安呆住了。

李秘书带着大楼内的人上前,道:"快快快!把人救出来!"

李嘉尚要是在 LEE 的门口被伤到了,他们明天就该拎包袱走人了。

李秘书接完电话后,李嘉尚有些不放心,决定来楼下接苏伊,打算亲自带她去演艺部找苏翔太。有他在,演艺部没人敢质疑他们姐弟,那些谣言自然不攻自破。

然而,李嘉尚和李秘书才走到门口,隔着玻璃大门就看到苏伊被人攻击了。

这一刻,李嘉尚什么也顾不上了,率先冲了出去。他把围堵的人一个个扯开,强硬地挤进去,把瑟缩的苏伊护在怀里。下一秒,一个矿泉水瓶砸到了他的背上。

他感觉后背湿了,感觉怀中苏伊的衬衣也湿了。他心中生出一股怒火。在他赶到前,苏伊遭受了什么?这些人有什么资格这么做?

苏伊缩在李嘉尚的怀里,紧紧地抓着李嘉尚的衣服,似乎这样才能给她带来一点安全感。李嘉尚感觉到了,马上把她抱紧,向 LEE 大楼的方向挪动。

"你是谁?"

"放开她!不然连你一起揍!"

"都住手!全散开!" LEE 的保安们赶紧上前,利落地把人群驱散,"这是公司门口,你们再不走我们就报警!"

此时,苏伊身上的单薄衬衫已经湿透。她身体紧绷,一脸呆滞。李嘉尚脱下外套披到她的身上,担忧道:"苏伊?"

苏伊听到熟悉的声音,僵硬发冷的身体才缓缓回暖。她有些蒙地看着李嘉尚,过了一会儿才道:"李总?"

李嘉尚观察她的头部,她的头发被淋湿了,好在没有受伤,道:"没事了。"

李秘书挤过来,也把自己的外套披到苏伊的身上,道:"此地不宜久留。老板,苏小姐,这里交给我,你们快进公司。"

本在人群中靠后位置的媒体记者,看到李嘉尚出现后一个个像打了鸡血似的,不顾保安的拦阻纷纷冲上来,把苏伊和李嘉尚推得跌跌撞撞。

"公司艺人出了这样的丑闻,LEE 也要给大家说法!"

"那是 LEE 的老板李嘉尚!"

"李嘉尚，你和她是什么关系？"

李嘉尚护着苏伊往外退："我没有义务回答你们的问题。"

"她是你的女朋友吗？你为什么护着她？"人群中有人大声质问。

"请不要乱说！"苏伊勉强站稳，稳了稳心神，朝喊话人冷静地道，"我不知道你们看了什么，又是出于什么样的心理人肉搜索别人，助长网络暴力。如果你们要维护正义，就请先查明白事情的真相，而不是随便在网络上看到一个谣言，就跑来找人兴师问罪！"

她抓住离她最近的一个话筒，铿锵有力地道："我就是你们在网络上看到的那个和苏翔太坐在一起的编辑，我叫苏伊，是苏翔太的姐姐，明白了吗？"

"苏翔太的……姐姐？"围堵的人和记者们都蒙了。

保安们顺势插进来，展开双臂站到了苏伊和李嘉尚的前面。

于是，李嘉尚带着苏伊走向 LEE，让保安处理围堵的人群。

苏伊被带去李嘉尚的休息室。

"浴室在里面。"李嘉尚把新的衬衣和外套借给苏伊。

此刻，苏伊狼狈不堪，觉得尴尬，但更担心头发上的水会把脸上的妆弄花。她接过衣服，向李嘉尚道谢，拎着包进入李嘉尚的浴室。

不待水声响起，李嘉尚已经从休息室里出来了。李秘书站在门外，像个门神一样贴墙站岗。

李嘉尚走到门口，和李秘书一样当起了门神。

片刻后，李嘉尚被李秘书不时瞟来的目光弄得火大，道："看什么呢？"

"老板，你不换衣服吗？"李秘书指了指李嘉尚的后背。

李嘉尚英雄救美时，也被淋了一身水。虽然只是矿泉水，但以李秘书对他的了解，他是不穿湿衣服的。

然而李嘉尚却道："去叫苏翔太过来。"

"是。"

苏翔太接到消息匆匆赶来时，苏伊已经洗浴完毕，重新化了妆，穿着李嘉尚的衬衣和西装外套。宽大的衣服套在她的身上，不显臃肿反而把她衬得英气勃勃，让她看上去显得干练利落。

"姐姐！"苏翔太看到她身上那身衣服，骤然一呆。

李秘书也呆了，心想时尚杂志编辑就是不一样，什么时候都不忘管理形象，这么短的时间内，苏小姐又给自己重新化了妆。

一起跟过来的徐逸是第一次见到苏伊。他一进门就忍不住打量起苏伊来，心想又是一个可以进军娱乐圈的好苗子，不过，这对姐弟从五官轮廓上看，长得并不像呀……

他们的父母得有多好的基因，才能让两个孩子长得这么出类拔萃啊。

"姐，你受伤了吗？"苏翔太急匆匆地扑过去。

苏伊看到他，神色变得柔和起来，伸手去拧他的脸，道："我没事。听说，你和人打架了？胆肥了啊，苏翔太小朋友！"

徐逸感慨，难怪别人会误会，感情这么好的姐弟可不多。

他正站在门口感慨，突然觉得后面有人靠近，一个有点熟悉又不太熟悉的声音响起。

"让让。"

徐逸转头，看到老板亲自端着两杯咖啡站在他的身后。

徐逸瞬间退到一边，恭恭敬敬地道："您请。"

只见传闻中极难伺候的大老板，把咖啡轻轻地放到了苏伊的面前，而在场的其他人，竟然没有一点反应，似乎本该如此。

徐逸："……"

他进公司的时间还是短了，那么多同僚，没一个人告诉他苏翔太的后台是李总。

"这原本只是一条小道消息，低调处理是最好的，但是前不久，有模特因潜规则而自杀，导致这次的话题热度很高，压不是办法。现在的情况其实很简单，我们只要澄清翔太和苏小姐的姐弟关系，谣言不攻自破，只是翔太必然会遭受靠关系出道的质疑。另外，"徐逸悄悄地看了一眼李嘉尚，"现在网友还会质疑苏小姐和李总的关系，翔太又是 LEE 的模特……"

徐逸没有再说了，但大家都懂后面的话。

在网友们看来，李嘉尚是为了苏伊才把苏翔太安排进公司的，然后用资源捧苏翔太。苏伊要捧苏翔太，李嘉尚要哄苏伊，无论 LS 还是 LEE，都成了他们的道具。

此时，苏翔太脸色很不好，苏伊也是一脸尴尬，李嘉尚倒是一副不介意的样子。

徐逸观察完，对三人的关系隐隐有了推断，道："我建议公司出面，安排翔太和苏小姐发一个声明。另外，发律师函追究造谣者的责任。至于李总和苏小姐

— 185 —

的关系……我们冷处理?"

李秘书突然发现,这个徐逸也是一个人精。他拿捏不好苏小姐和老板的关系,就说冷处理,不否认、不承认,这事将来万一被翻出来,怎么解释都成。

李嘉尚看向苏伊。

"我没意见。如果被问,就说是合作关系吧。"苏伊看向李嘉尚。

李嘉尚"嗯"了一声,不再多言。

李秘书知道,老板有点不高兴了。可惜这个秘密只有他一个人知道。

"到底是谁在背后中伤你们,二位有怀疑对象吗?"徐逸问道。

苏翔太和苏伊摇头。

照片是在"一顾倾城"大秀结束后拍的,那时候,苏翔太还不是艺人。能在那里拍照的全是圈内人,这人八成是针对苏伊。

现在即使澄清关系,陷在旋涡中的依旧是苏伊。

苏伊无法证明苏翔太不是靠她的关系在"一顾倾城"上走秀的,也解释不清苏翔太为什么进了LEE当模特,就连她和李嘉尚的关系,也因为李嘉尚出门救她而解释不清了。

随后,徐逸用苏翔太的微博发了一条信息:"和姐姐玩被偷拍,还被说遇上了潜规则。"后面还配了一张图——一只迷茫可怜的猫咪脑袋上顶着"不知所措"四个字。

LEE演艺部官方微博紧随其后,发了一封追究责任的律师函。

声明发出后,网友们果然开始攻击苏伊。她是LS的编辑,和LEE关系匪浅,而苏翔太的工作与这两个公司相关。

一时间,指责她滥用职权、说她和LEE的高管有不清不楚的关系的恶意评论甚嚣尘上。

商量完对策,苏翔太和苏伊一起回家。途中,苏伊向Amanda汇报了情况。Amanda了解情况后,批了苏伊一天的假,让苏伊休息一天。

回家后,苏翔太拿着手机看微博,越看越生气,第一次因为网络暴力而气得发抖。

苏伊通过电话安抚好哭得稀里哗啦的小薇,从卧室里走出来,看到苏翔太坐在沙发上低头看手机。见苏翔太的脸色越来越不好,她走上前从他的手里抽走了手机。

室内采光良好,日光贯穿整个客厅。苏翔太却像坐在阴影里一样,浑身都散发出消极的气息。

苏伊低头看了一眼他的手机,当场把微博卸掉了。

"姐。"苏翔太低声喊苏伊,一脸挫败的样子。

"我们这个行业呢,靠关系出道、拿资源都不丢人。真正丢人的,是没有实力、没有本事。"苏伊坐到苏翔太的旁边。

苏翔太转头看她,依旧有些不知所措。

"还有呢,在这个圈子里,比绯闻缠身更可怕的是没有话题。没有话题,大家就会记不得你。虽然这次让人记住的方式令人郁闷,但是你也小火了一把,一下子就'破圈'了,好多人都知道了你,所以趁这个机会,你赶紧展现自己吧。被人赞赏也好,被人辱骂也罢,那些都跟我们没有关系,世界上除了你自己和你的家人,谁还会真的在意你?"苏伊用力地抱了抱苏翔太,"你是怎么样的,姐姐是怎么样的,我们自己知道就好,不用向外人解释。在你没实力的时候,你解释了也没人会听;你有实力的时候,就更不用去解释了。懂吗?"

苏翔太点头,道:"我还是太弱了。如果我足够强、足够好,就不会有人怀疑我了,姐姐也不会被人议论了。"

苏伊摇头,戳了戳苏翔太的额头,道:"你傻不傻?有负面话题的时候,别人才不会管你有没有实力。就算有实力,大家也会选择视而不见。有句话是怎么说的来着?'群体不善推理,却急于行动。群体的夸张倾向只作用于感情,对智力不起任何作用。'那些负面字眼本来就有煽动性,更何况现在又是一个信息过剩的时代。

"网络本就是一把双刃剑,既能让你快速地被大家认识,也能让你的良好形象迅速被毁灭。我们该做的,就是做好自己。唉,我本来想让你稳扎稳打,慢慢来的……"

苏翔太摇头笑了笑,道:"我想快一点,再快一点。"

他想以最快的速度赶超李嘉尚。

下次再遇到这种情况,他要守在苏伊的身边保护她,而不是做一个被安排的弱者。

傍晚，LEE演艺部依旧发了苏翔太的写真照，并声明一天一张写真照，准备持续发一周。

LEE的行为虽然给苏翔太撑了腰，却也惹恼了一部分网友，就连娱乐行业内也有人吐槽LEE。在他们看来，这时候LEE就算要继续捧苏翔太，也完全可以用低调的方式，何必这么高调呢？但LEE的这番行为，却让无数艺人艳羡起了苏翔太。

作为艺人，谁不希望有这么力挺自己的公司呢？

LEE的行动迅速又强势，甚至加强了安保工作。保安看到有可疑的人就会警告，看到有过激反应的人就会马上报警。

然而，LS却不能像LEE那样。他们虽然占了四层大楼，却不能让整栋大楼的物业为他们服务。

网上还有很多人针对苏伊，甚至有人尾随其他公司的员工混进大楼，从电梯出来后直接冲向LS。

好在前台人员及时打电话叫保安把人拦住，但还是有人受到了惊吓。

"又不是夺妻杀子之恨，怎么就因为这么点八卦新闻这么疯狂？"小薇当时在现场，现在想起来还有些胆战心惊。

"那个人也不知道是受了哪门子的刺激，神经病！"赵茹骂道。

赵茹当时刚从另一部电梯下来，电梯门一开，她正赶上保安押着那个人往电梯里走。当时，两个保安也是勉强按住那个人，那双充满仇恨的赤红眼睛，她现在回想起来都心有余悸。

苏伊知道消息后，在会上向大伙道歉。会上，陈瑾觉得奇怪，向来针对苏伊的赵茹，这次竟然没有吭声。难道赵茹良心发现，开始同情苏伊了吗？

很快，大家就知道那个人企图冲进公司的原因了，因为这件事上了社会新闻。原来，那个人的一次升职机会被关系户抢了，不久他又被公司裁掉，生活一落千丈。他在网上看到消息后，压抑的怨气突然释放出来，把苏伊当成了出气筒。

这是谁都没预料到的，大家不禁唏嘘起来。

在娱乐圈和时尚圈，行业竞争本来就很激烈。在这里，人脉、关系都是资源，没有人会嘲笑利用关系的人，但也正因为这样，才会让不明真相的人郁闷不已。

因为这起社会事件，LS楼下聚集了一波记者。

看着楼下越聚越多的人，小薇都同情苏伊了："老大，你最近运气是不是不太好？是不是你们家风水出了问题？"

苏伊敲她的脑袋，道："不许迷信！"

不过苏伊也发愁，上下班该怎么办？

正在这时，苏伊的手机响起。她看清来电显示后，连忙接通："李总？"

"你在公司？"李嘉尚开口就问。

"在公司。"

"等我过去。"李嘉尚很快挂了电话。

苏伊举着手机觉得莫名其妙，这是什么情况？李嘉尚要来LS？

李秘书看到有人闯进LS的新闻后，马上把这条新闻转给了李嘉尚。李嘉尚思考片刻后，联系了苏伊。

苏伊不知道李嘉尚为什么要过来，忙向Amanda报备。

LEE这时候来谈合作吗？Amanda可是一点消息都没有。

在众人的翘首以盼中，李嘉尚很快就到了，不过，他竟然没有带上李秘书，而是一个人来的。

Amanda有些摸不着头脑，客气地把人引进办公室。

听清李嘉尚的来意后，Amanda惊了，一旁的陈瑾、赵茹也惊了，苏伊直接愣住了。

"时尚顾问？"Amanda皱眉道。

"对，LEE向贵公司聘请苏伊小姐到LEE担任艺人的时尚顾问，暂定一个月。从今天开始，苏伊到LEE办公。"李嘉尚平静地道。

赵茹嘴角一抽，今天起？聘人哪有立刻执行的？他分明就是想带苏伊躲开楼下的记者！

他的私心昭然若揭，但这样对苏伊、对LS都好。

苏伊不在这里，蹲在门外的人早晚会散掉。

大家看破不说破，Amanda竟然一本正经地谈起工作上的事来。

在苏伊去收拾东西的时候，Amanda代表LS向李嘉尚表达了希望两家公司今后多合作的美好意愿。

小薇鼓励道："老大，你放心去吧！缺什么，我亲自给你送！"

苏伊嘴角一抽，为什么得知她要去LEE办公的消息，C组的组员一个比一个

— 189 —

高兴？

等苏伊走了，小薇忍不住点开网上分析苏伊和李嘉尚有暧昧关系的帖子，吐槽道："也不全是捕风捉影。"

李嘉尚之前把车开进了 LS 所在大楼的地下车库，此刻，苏伊坐着李嘉尚的车直接从车库走人。车子经过街边的记者时，苏伊感到一丝得意和畅快。

隔着看不透的玻璃，苏伊孩子气地向外面的那些人吐了吐舌头。

李嘉尚被她逗笑了，她之前应该很苦恼吧？

"李总，我给哪些人当时尚顾问？"松了口气后，苏伊开始规划工作。

李嘉尚淡定地道："苏翔太。"

"翔太一个人？"

"嗯。"

苏伊："……"

李嘉尚补充道："公司要重点培养他。"

苏伊不禁怀疑时尚顾问这个职位是李嘉尚临时想出来的。

其实，LEE 演艺部是真的打算找时尚顾问，但他们想找的是那种只在需要时过来，不用坐班的时尚顾问。

这个当然不能让苏伊知道，于是李秘书一本正经地向苏伊介绍起演艺部时尚顾问的工作内容。

苏伊暂且信了，但也听明白了。他们原本打算聘的时尚顾问，不是苏翔太一个人的时尚顾问。

既来之则安之，她既然代表 LS 接受了这个职位，就不会偷懒。

苏伊向演艺部来对接的助理要了已经出道的艺人名单，开始研究起他们的行程来。

"苏小姐，你的工位安排好了，就在我的旁边。"李秘书笑容灿烂地说道。

闻言，苏伊满脸不解。她是来做时尚顾问的，为什么不是去演艺部办公，而是在总裁助理办公室坐着？

李秘书早就想好了说辞，张口就道："你的工作内容之一，就是对老板进行时尚管理。"他眨了眨眼，小声地向苏伊吐槽，"我们老板参加的活动挺多的，可连个管衣服的人都没有。我不是很懂时尚，每次弄那些衣服、领带、腕表，弄得头晕。你得帮我！"然后他看向演艺部的助理。

助理接收到李秘书的信号,夸张地道:"苏小姐,您在这边办公吗?那太好了。其实,您来得突然,我们那边的工位还没安排好。"

就这样,苏伊 LEE 入职的第一天,被安排到了总裁助理办公室内。偌大的办公室里,就摆着两张桌子,一张是她的,一张是李秘书的。隔着一扇门,就是李嘉尚的总裁办公室。

苏伊把笔记本电脑从包里取出来,一时有些不适应。

李秘书把苏伊安顿好后,进入李嘉尚的办公室小声上报:"老板,我能申请让苏小姐帮忙打理、搭配您的礼服吗?"

闻言,李嘉尚一顿。

他的休息间挂着不少礼服,是他需要从公司出发,去参加活动时用的。那些礼服全是成套的,无论是衬衣、领带和外套,还是裤袜、鞋子和配饰,都是提前搭配好送来的,根本不需要再搭配和打理。

"为了工作方便,苏小姐的工位暂且安排在我的旁边。"李秘书又道。

李嘉尚抬头瞪了一眼李秘书。

李秘书忽略这一眼,继续解释道:"演艺部那边需要一些时间才能把工位安排出来,所以……"

"知道了。"李嘉尚挥手,示意李秘书赶紧走。

李秘书一点都不着急地往外走,只差吹口哨了。他觉得自己很聪明,这个月的奖金说不定又会翻倍。他不禁又想到了前几日老板的反应。

老板英雄救美后,郑和在网上看到了视频,打电话来夸赞老板,还问老板是不是喜欢苏伊。

老板是怎么反应的?

老板既没承认也没否认。

就他们老板的个性,没否认就等于默认啊!

作为一个从未谈过恋爱的"直男",他们老板一定还在困惑什么是喜欢。

有一个性格严谨的工作狂老板就是这点不好,追人都不会,让他这当下属的操碎了心。

李秘书只盼老板快点觉悟,然后想起他这个大功臣,论功行赏,多发点奖金。

苏伊正低头研究艺人资料,突然头顶一暗。她抬头,看到李嘉尚不自然地站在她的旁边,冷漠地对她道:"李秘书呢?"

- 191

"刚刚还在……"苏伊纳闷,李秘书不是去找他了吗?

"他带你熟悉公司各部门了吗?"

苏伊摇头。

李嘉尚皱眉,道:"我带你去吧。"

"啊?"苏伊感到惊愕,放下文件,乖乖地跟着李嘉尚往外走。

刚从厕所回来,偷听了墙角的李秘书慌张地进入别的办公室。

待人走远了,李秘书才出来。他想了想,又跑去李嘉尚的休息间,把那些成套的礼服弄乱。

苏伊被李嘉尚带着,在LEE集团内走马观花地走了一遭。

李嘉尚的介绍流程是这样的——

他把苏伊带到一个部门,然后站在门口宣布:"这是某某部,这是公司的时尚顾问苏伊。"然后就带着苏伊去下一个部门。

苏伊跟着李嘉尚,从第二十七层楼溜达到了第十七层楼,腿都走酸了,也没记住几个人。

她怀疑不是她认别人,而是别人认她。

她不知道,他们每从一个部门离开,那个部门的内部群里就是一阵喧闹。

没过多久,"老板带着一个漂亮姑娘来我们部门溜了一圈"的消息刷屏了员工群。

很快,群里又出现一堆"她到底是谁"的推测。

"这不会就是我们未来的老板娘吧?"有人大胆猜测。

李秘书见了,笑而不语,没有人比他知道得更多!

苏伊溜了一圈回来,十分疲惫,觉得还不如给她一份公司的地图。

不过,这样做还是有一定效果的,LEE的员工们见到她,都客气地叫她"苏顾问"。

这让苏伊这个什么都没做的顾问觉得战战兢兢。

李秘书找苏伊去看老板的礼服时,苏伊特别高兴。她现在只想快点做事,不想坐在这里被经过的人打量!

苏伊这是第二次来到李嘉尚的休息室,上次她只是借用了浴室,并没进过衣帽间。再次踏进这里,苏伊的心情有些微妙。

她不禁想到了那天她穿走的衬衣和外套。此刻,那衬衣和外套还收在她家中的衣柜里，没找到机会还回来。那天的场景，她还历历在目。

她从未想过李嘉尚会为了她那么做。

她从来没见过那么失态的李嘉尚。隔着混乱的人群，李嘉尚就那么不管不顾地向她冲过来。即使在苏沐晓的面前，李嘉尚退下光环时也从未这么失态过。

为什么呢？

苏伊不敢问，也不敢想。他们身份悬殊，她感激、尊敬，却不会奢望。

"明天把那两件衣服带过来吧！"苏伊呢喃道。

进入李嘉尚的衣帽间，即使是对礼服有过研究，见多识广的时尚杂志现任编辑也不禁咋舌。

这礼服也太多了！

一线奢侈品牌的礼服，被随便地排列在大衣柜里，还有一些看不出品牌的手工定制礼服，按季节被随意地挂在里面。

苏伊看得频频蹙眉，为走红毯而四处借不到衣服的艺人叹息。李嘉尚的衣服不可能是租借的，但他为什么不好好珍惜呢？

她叹着气，开始一边整理一边向李秘书讲解。李秘书装作认真听讲的样子，还像模像样地弄了个小本子记笔记。

苏伊拉开另外一个衣柜，看到了一排一排的腕表、眼镜、胸针，不知该从何处开始感叹。

好在这里排列整齐，李嘉尚需要时直接取用即可。

她拉开最后一个衣柜，看到了两套一模一样的、极其普通的蓝白色制服被挂在这个衣柜里。

制服胸口印着憨态可掬的熊猫。

那是她再熟悉不过的志愿者服了。

见她发愣，李秘书解释道："老板有时候会在动物园做志愿者照顾熊猫。"

苏伊点点头，关上柜门。她当然知道，最近每个周末她都能遇到李嘉尚。

找到了 ⑨

> 我早该发现的,她就是小雨点,
> 她们站在一样的光里

寻找小雨点的事情,在李嘉尚确定苏沐晓不是小雨点后重新开始了。

李嘉尚拿着李秘书发来的资料仔细看,即使没有见到人,也能从资料中判断出她们不是小雨点。

他翻出多年来的资料,总共有厚厚的两摞。这些资料当中的人,没有一个像苏沐晓一样给他带来一种熟悉感的。

突然,苏伊的影子在他脑海中出现,李嘉尚翻资料的手一顿。他摇摇头,不知道自己怎么又想到她了。

他把资料重新收好,打算去动物园继续做志愿者,即使从某个角度来说,这个志愿者活动可以不进行下去了。

今天动物园有动物科普活动,每个动物区的工作人员都戴着相对应的小饰品。李嘉尚赶到时,苏沐晓头上戴着一个熊猫发卡,手上还拿着一个发卡,那是给他的。

"大家都去活动区了。抱歉啊,你和我一组只能守在馆内打扫卫生。"苏沐晓笑道。她把发卡给李嘉尚,好奇李嘉尚戴上是什么效果。

在经过一番心理建设后,李嘉尚戴上了发卡。好在这只是一个发卡,戴在头上,他看不到。

可爱的熊猫趴在李嘉尚的脑袋上,怎么看都很搞笑。苏沐晓没忍住,掏出手机,问:"我可以拍照吗?"不待李嘉尚回答,她已经拍了一张照片。

李嘉尚看她心情好，眼中尽是笑意，也就不阻止她了。

下午，游客更多了，他们被抓去仓库帮忙。

苏沐晓不愿意去前面，便被安排去仓库搬货品，然后去周边店摆放货品。

他们在仓库中拆开箱子，把被压的玩偶们拿出来，给它们整理绒毛。收拾整齐后，他们把玩偶放进购物车里，装满一车后从员工通道进入店内。

苏沐晓把一个熊猫玩偶从箱子中拿出来。它被压在箱底，毛都被压塌了，手上抱着的竹子也被挤歪了。苏沐晓解开外包装的塑料袋，用软毛小牙刷给它刷毛，道："小可怜。"然后，她又把熊猫玩偶装进塑料包装袋里。

李嘉尚拆开一箱文具，苏沐晓在里面看到了一大摞本子和一排竹子形状的便笺。她灵光一闪，撕下一张便笺，用笔在上面写"打起精神来！"，然后，她把便笺贴到玩偶的塑料包装袋上，恰好是熊猫抱竹子的位置。

她把劳动成果举给李嘉尚看，学卡通人物发出可爱的声音："打起精神来！"

李嘉尚莞尔一笑。

苏沐晓见他笑了，松了一口气。李嘉尚不知怎么回事，一看到熊猫就多愁善感。今天他又是一副闷闷不乐的样子。他难道得了"看到熊猫就难过综合征"？

她把笔塞给李嘉尚，道："来，你的字好看，你写！"

李嘉尚握着笔，一脸茫然地道："写什么？"

苏沐晓张口就来："一夜暴富！恭喜发财！考试满分！高数不挂！吃零食不长胖！"

李嘉尚："……"

身为一个"富三代"，李嘉尚有一瞬间不太理解这种朴素又异想天开的愿望。但在苏沐晓期待的目光中，他还是硬着头皮写了。

馆长巡查到周边店时，看到一群游客站在货架前迟迟不走。他好奇地凑过去，看到了一张张便笺，顿时就乐了。得知苏沐晓他们在后面写便笺，他便走过去看看。看了后，他道："小李先生，你给我也写一个，写'减肥成功'。"

李嘉尚："……"

不过，李嘉尚还是写了。

馆长抱走玩偶，鼓励他们："加油写，下班后，送你们一人一个玩偶！"

苏沐晓高兴地表示感谢，而李嘉尚还在一旁写着便笺。

李嘉尚从小练书法，临摹过各类名家的碑帖书画，写的字当然好看，不过，

— 195 —

他没想到有一天自己会蹲在小仓库，用写的字换玩具。

苏沐晓抱着一个玩偶，感慨道："现在的小朋友真幸福呀，有这么多的玩具。我小时候也有一个熊猫玩偶，一直抱到现在呢。"

闻言，李嘉尚一顿："熊猫玩偶？什么样的熊猫玩偶？"

"嗯？应该是在某个游乐园买的吧，我不记得了，记忆里一直有那个熊猫玩偶。小时候睡觉，我也要抱着它，不知道是不是缺少安全感。"苏沐晓越说越不好意思。

此刻，李嘉尚根本顾不上取笑一个小女孩的小癖好。"游乐园买的""记忆里一直有"，这几个字眼如道道惊雷在他脑中轰鸣。

李嘉尚急切地摸出手机打开相册，翻出他家中熊猫玩偶的照片，声音发抖地道："是这样的熊猫吗？"

苏沐晓凑过去，从李嘉尚手中拿过手机放大看，不禁感叹道："保存得真好，不过我的有点不一样哦。我的那个熊猫，嘴巴是翘起来的。"

闻言，李嘉尚脑海中抱着熊猫玩偶的小雨点与此刻抱着熊猫玩偶的苏沐晓骤然重合了。

当年，李嘉尚在游乐园里买的两只熊猫玩偶是一对。一只熊猫玩偶的嘴巴是"W"形的，另一只熊猫玩偶的嘴巴是"M"形的。

"我能看看你的熊猫玩偶吗？"李嘉尚压下胸腔中涌动的情绪，镇静地开口。

"嗯？"苏沐晓疑惑地看向李嘉尚。对她而言，那只熊猫玩偶如同家人一样，是很重要的存在，还没有外人看过。

可是李嘉尚冲进人群中救过她，又为了她的安全亲自去 LS 接她……

苏沐晓纠结了许久，最终点了点头。大不了她抱着熊猫玩偶让他看看好了。

之后，苏沐晓发现李嘉尚一直处于一种亢奋的状态。他完全闲不下来，一口气写完了两本便笺本，又跑回去打扫了所有的熊猫笼舍。

此时，李嘉尚不能让自己闲下来，只要一停下，"苏沐晓就是小雨点"和"苏沐晓不是小雨点"这两个想法就会在他的脑海中反复出现。

是或者不是，他需要一个答案，一个让他彻底踏实或者死心的答案。

突然，他意识到一个问题——如果她真的是小雨点，那他做好准备了吗？

她已经忘记那些痛苦，他有什么权利让她回忆起来？

对他而言，小雨点是光明、是童年的快乐，因此，他想补偿他。可对小雨点而言，他是什么呢？也许是她想忘掉的痛处呢？

一时之间，他陷入一片混乱中，不知道该怎么办，甚至分不清自己到底更期待哪个答案。

活动结束，动物园闭馆，李嘉尚浑浑噩噩地开车回家。

到家后，他站到橱窗面前，隔着玻璃盯着那只"不高兴"的熊猫玩偶。苏沐晓手中的熊猫玩偶，到底是不是它的伙伴？

这晚，李嘉尚失眠了。

第二天天还未亮，李嘉尚就到了动物园。

看门的保安认得他的车，便为他放行。

熊猫馆内，更衣室的管理人员还没来，李嘉尚便坐到门口的台阶上发呆。

地上的草叶上沾着露珠，天色开始泛白。动物园内的大小动物们大多还未醒。

李嘉尚拽下一片草叶，想起第一天见到苏沐晓时，她缩在角落里用草叶折星星的场景。

李嘉尚没有这种小技能，只会把草叶绕到指头上绕成一个环，松开，绕紧，再松开……

当晨光穿过树叶照射到他的脸上时，他终于想明白了困扰了他一天一夜的问题。

不管苏沐晓是不是小雨点，对他来说，现在的她更重要。

苏沐晓把她的"小可爱"熊猫玩偶装进书包里，一路抱着书包来到熊猫馆。

此刻，她心情很好，有一种和小伙伴分享心爱玩具的愉悦之情。

不过看到李嘉尚时，苏沐晓被惊到了。

李嘉尚的黑眼圈太明显了，隔了一段距离她都看得清。他的眼睛似乎肿了，他是一夜没睡吗？

果然，他管理那么大一个公司是很辛苦的。好不容易休息两天，他还跑来动物园进行体力劳动，又是运货又是铲熊猫大便。就算想看熊猫，他抽空来熊猫馆参观一下就好，何必当志愿者呢？

她怀着一股同情之心走近他，却发现李嘉尚精神不错。

厉害，他果然是青年企业家的楷模。他的黑眼圈黑得都可以和熊猫比了，人却这么精神抖擞。

"给你看看我的熊猫玩偶，它叫'小可爱'。"志愿者的工作时间还未到，苏沐晓不急着去更衣室换衣服,从书包中小心翼翼地掏出熊猫玩偶。

她的熊猫玩偶被她天天抱着,尽管已经被保管得很好了,但表面的绒毛还是有破损痕迹。黑色的绒毛不明显,白色的绒毛却有些发黄了。

李嘉尚把它抱出来,放到手上端详。

曾经被小女孩紧抱在怀里的熊猫玩偶,现在被他双手握住。

李嘉尚把熊猫玩偶翻过来,在它的尾巴下面找到了标签。标签上印刷的字已经模糊了,隐约能看到"乐园"两个汉字。紧贴尾巴处,有一排标号半露在外面,他大概还能认出这几个数字——03366。

苏沐晓诧异地道:"咦,这里还有数字吗?"她这个主人都没留意过。

李嘉尚笑了笑,道:"这个类型的玩偶都有编号。"

他把熊猫玩偶还给了苏沐晓。

随后,他脸上露出温暖的笑意,手却紧紧地握在一起,握得指尖发白。

二十年前,他们买这对玩偶时,它们是游乐园里的"幸运玩具"。

卖玩偶的叔叔说:"这是我们自己做的玩具,只有一万只,每个都是有编号的!"

那时他抱着玩具,仔细地看了一遍,在熊猫玩偶的尾巴处看到了一串编号。他那只熊猫玩偶的编号是03365,小雨点那只熊猫玩偶的编号是03366,两只熊猫玩偶的编号是连在一起的。

如果不是她,他不会拥有世界上独一无二的熊猫玩偶。

终于,他找到了他想要找的人。

苏沐晓还沉浸在惊喜中,大笑道:"我要在前面加个'0',设置成手机的开锁密码!"

看着眼前的苏沐晓,李嘉尚不禁想,她从火场离开后经历了什么?

她为什么会失去记忆?

她的妈妈为什么改了姓氏?

她一点都不记得他了吗?

她恨吗?那道疤痕……

他心中有无数的问题,最终只平淡地问道:"苏沐晓,你现在快乐吗?"

"嗯?"苏沐晓一脸茫然,不知道他怎么了,"快乐呀。"

她注意到李嘉尚不自觉地望向她脸上的疤,但知道他没有恶意。虽然被人盯着伤疤看会觉得不舒服,但是她已经默认李嘉尚是她的朋友了。李嘉尚是继夏熙阳后,又一个让她以苏沐晓的身份坦然相待的朋友。

"脸上有疤也不影响我快乐。不开心是一天,开心也是一天,我既然管不了别人看什么,就干脆不看别人。我都这么大了,早就看开了。"她笑着道。

李嘉尚点头。

不知不觉中,他们都已经长大了,向着没有彼此的方向长大。

既然她现在是幸福的,那过往就不那么重要了。

他的一部分心还停留在她留下的光里,就让他一个人守着那些回忆好了。而苏沐晓,只要发着光向前奔跑就好。

"苏沐晓,你有兄弟姐妹吗?"李嘉尚问。

"有啊……我有个弟弟。"说完,苏沐晓就后悔了。她怎么就把有弟弟一事说出来了呢?李嘉尚这话题也变得太快了吧?

李嘉尚眉头微皱,心想怎么这么多人有弟弟。片刻后,他道:"我可以做你的哥哥吗?"

半晌,苏沐晓回复:"什么?"

"我的意思是,我想把你当作妹妹……"李嘉尚意识到他的话有些突兀,连忙解释,"我一直在找的朋友和你很像,我想补偿她,所以……"

"所以你想把我当作她?"苏沐晓别过头问。她记得她提议过这个,只是当时被他拒绝了。

"不是把你当作她,你就是……"后面的话,李嘉尚说不出来。

苏沐晓笑了笑,道:"你看到我就会想起她,所以看到我就相当于看到了她?"

李嘉尚点头。

苏沐晓比了一个"OK"的手势,道:"你叫以把我当妹妹,不过做我的哥哥就算啦。"

"好。"他可以不影响她现在的生活,并且光明正大地照顾她。

"其实我觉得,你是不是有些太固执了?"苏沐晓看他心情不错,借机劝说,"换位思考一下,如果是我小时候的朋友一直在找我,我当然会感动,但是我会觉得,这样耗费了他太多的精力,让他没有时间去交新的朋友。"

她用圆溜溜的大眼睛认真地望着他,道:"如果是好朋友,与其让他用这么多年的时间来找我,我更希望他能有很多的好朋友,自己过得开心快乐。"

闻言，李嘉尚怔在原地，久久不语。

见状，苏沐晓不知道该怎么说下去。突然，她在李嘉尚的眼睛里看到了一闪而过的水光。不待她回过神来，李嘉尚抱住了她。苏沐晓愣住了，抱着她的"小可爱"不知所措。

这时候，李嘉尚在她的耳边低声说道："谢谢你。"

他早该发现的，她就是小雨点。

她们站在一样的光里。

苏沐晓眨了眨眼，觉得李嘉尚的心里有她看不到尽头的黑暗。这个大总裁，其实很孤独吧？苏沐晓叹了口气，拍了拍李嘉尚的背。

如果当他的妹妹，可以让他舒服一点，那她就当他的妹妹吧，反正吃亏的都是他。

不过，她以后要更小心了，不能让他发现她的秘密！当个好人真是太难了。

这一天，李嘉尚觉得自己走路都是飘的，感觉身边的一切都有些不真实。

他一遍又一遍地告诉自己这不是在梦里。

休息时间，他给郑和发了一条"我找到她了"的信息，给李秘书发了一条"苏沐晓就是小雨点，我确定了"的信息。这些都是他要留下的证据，看到这些，他才能确定自己不是在做梦。

兴奋之下，李嘉尚还给苏伊发了一条信息："我今天实现了一个愿望。"

发完后，他有些后悔。苏伊会不会觉得他莫名其妙？

在他纠结时，苏伊回了消息："感觉你很开心，为你高兴。"

随消息来的还有一个可爱的小猫图片，可爱的小猫做了一个"加油"的动作。李嘉尚看了后，嘴角抑制不住地向上弯。

不知为何，他觉得苏伊懂他在说什么。他不安定的心，因为多了一个证人而安静下来。

志愿者活动结束，李嘉尚开车回家。到家后，他取出一直放在展柜中的熊猫玩偶，然后抱着它躺到床上。小时候，他不知道毛绒玩具该怎么玩，他觉得它那么可爱，放在哪里似乎都不安全。为了保护它，他让人做了橱柜，把它放了进去。有时候，他还会和它说话。熊猫玩偶是他世界里第一个可爱的东西。

时隔二十年，李嘉尚终于知道如何正确地拥抱熊猫玩偶了。在今晚的梦中，他童年时期的欢乐场景与发生在熊猫馆的一切都衔接起来了。

梦里有一双他熟悉的眼睛，圆溜溜的眼睛里充满了笑意。

那个身影站在一道很亮的光里。

睡梦中，他感受到了温暖。待他醒来时，窗外阳光刺眼。

老板迟到了。

这是李秘书从业以来，从未碰到过的情况。

早上九点，李秘书在公司没有看到李嘉尚，吓得都想报警了。

他从公司冲出来，以最快的速度开车去李嘉尚家。到了李嘉尚家的门口，他粗暴地弄开大门冲进卧室，生怕老板出意外。

他冲进卧室，看到老板竟然抱着一个熊猫玩偶躺在床上望着窗外发呆。

看到李嘉尚扭头，李秘书确定人是活的。

李秘书松了一口气，瞬间就腿软了，靠着门滑到了地上，脑袋上已经出了一层汗。他说话时，声音还在发抖。

"老板，你……你……你没事吧？"

李嘉尚也还没找到状态，慢慢地坐起来，声音沙哑地道："不好意思，我睡过头了。"

睡过头了？

李秘书的大脑当场一片空白。

在他的记忆里，李嘉尚没有睡过头这个功能！是谁，不通知他就私自给老板升级系统？

李秘书站起来，跟跟跄跄地走到李嘉尚的旁边，把手放到李嘉尚的额头上，确定李嘉尚没发烧。他又不怕死地抓住李嘉尚的肩膀，用从来没有过的强硬语气，像审犯人一样喝道："说，我叫什么，你是谁？"

李嘉尚一巴掌打到李秘书的脑袋上，道："李崽崽，你是不是工作太闲了，平时看了些什么乱七八糟的东西？"

李秘书挨了揍，放心了，扑过去抱着李嘉尚大叫道："老板，我以为你出事了！"

李嘉尚被李秘书勒得呼吸困难，艰难地道："你再不松手，我就真出事了！"

十分钟后，李嘉尚洗漱完毕。

这时候，郑和也知道了李嘉尚睡过头的消息，惊得失手打碎了水杯。一杯热水全洒到了他的脚上，烫得他边跳边叫，但是他仍旧拿着手机，向李秘书一遍又

— 201 —

一遍地确认:"真的?你说的是真的?李嘉尚怎么可能睡过头?"

夏熙阳把这一幕看在眼里,淡定地接了半杯凉水,然后把水泼到郑和的脚上,为他和李嘉尚的友谊"干杯"。

郑和的脚怎么没烫熟呢?

苏伊不知道这边发生了什么,来上班时既没看到李秘书也没看到李嘉尚。没有工作安排,她便前往演艺部大楼。

苏伊来 LEE 工作,最高兴的莫过于苏翔太,他终于能和苏伊在一起工作了。

李嘉尚总算干了一件好事。

LEE 的时尚顾问相当好做,管理的艺人少,工作也不多,还基本不用担心缺少服装配饰。

艺人出席活动,若从品牌商那里借不到服装,LEE 就会直接买。而用过的服装,要么通过 LEE 的慈善拍卖会卖出去,要么留给后辈用。

至于饰品珠宝,LEE 最开始做的就是珠宝生意。

苏伊给即将出席晚会的艺人搭配好服装,和品牌方敲定好时间,就暂时没其他工作了。

她放下电脑,一边构思 LS 十周年的策划方案,一边在训练室楼层溜达。

苏翔太没有工作的时候就在公司练习,除了做模特的基础练习,他还被安排到舞蹈训练室学基础舞蹈。

显然,公司十分看重他。

"姐。"苏翔太看到苏伊,从平衡木上跳下来。

"不好好训练,偷懒。"苏伊佯装生气。

"我一会儿要去练舞蹈,现在没有安排。"苏翔太撒娇,然后从书包里翻出一包饼干,"早上你忘了带。"

辛倩在一旁看得起了一身的鸡皮疙瘩。好好的一个高傲冷漠的学霸,看到姐姐立即成了小孩。她真想把这一幕拍下来发到校园群去,给苏翔太那些粉丝看看,让他们知道他们的偶像就是一个"姐控",还是没救的那种!

苏翔太塞了包饼干给苏伊,话还没说几句,就被徐逸无情地拽走了。苏伊幸灾乐祸地和他再见,然后留在这边看模特。

这几天,训练室内没出道的模特们和苏伊混熟了,他们发现苏伊一点都不难相处。慢慢地,有的人在苏伊不忙的时候就大着胆子凑到苏伊的身边,腼腆地问能不能给些穿衣打扮的建议；有的人更精明一些，把自己的资料递给苏伊，问能不能给自己介绍合适的工作。

正式出道前，LEE不排斥他们去接工作。他们只要按规定报备，公司都不会阻拦，但他们普遍缺少资源。现在看到苏伊，他们就像抓到了宝，连之前议论过苏伊和苏翔太的人，都厚着脸皮凑了过来。

只要有人来问苏伊，苏伊都会看看资料，给些力所能及的建议。看到适合他们的工作，她也会给出联系方式，让他们去试试。

很快，苏伊就捕获了一群粉丝。

现在，辛倩心中的崇拜对象已经从苏翔太变成了苏伊。有了"偶像姐姐"，谁还要"奶狗弟弟"？学长，再见！

阿T要到了用人公司的联系方式，一脸兴奋地跑到佟捷的身边，道："你不去问问吗？你条件那么好，又有经验，苏姐没准会给你推荐一线的杂志。"

佟捷脸色阴郁，冷哼一声，看向阿T的目光中带上了不屑的神色。阿T之前还津津有味地说苏伊的八卦新闻，这才几天，就转头叫上苏姐了。

阿T觉得尴尬，小声道："有机会不抓才傻啊！"

阿T知道佟捷看不起他，可他不是苏翔太也不是佟捷，既没那么好的天赋也没丰富的经验，只能自己去找机会。

佟捷大概还在气公司要把苏翔太送去PR时装周的事。最初，大家都看好佟捷，但最终定下来的人选却是苏翔太。阿T暗暗地叹气，现在公司明显要捧苏翔太，苏翔太不会在训练室待很久，佟捷都算不上苏翔太的竞争对手，干吗不好好地当个同期的朋友，非要去招惹苏翔太呢？

见佟捷不听劝，阿T便去找其他人玩。

佟捷自言自语地道："不就是仗着李嘉尚喜欢吗？我倒要看看，没了靠山，他们还怎么猖狂？"

阿T听见了，觉得佟捷是嫉妒得要疯了。

大家要开始训练了，苏伊便离开训练室，去演艺部的公共办公区处理LS的事务性工作。

临近中午，苏伊去训练室找苏翔太一起吃饭。途中，她总是感觉有一道奇怪的视线在跟随着她，但四处张望时，又没有看到什么。

她刚转过头，后面有人焦急地喊道："苏姐！"

苏伊回过头，看到了训练室里唯一没主动找过她的男孩。苏伊停下，猜他是和苏翔太打过架的那个人。

她笑着问："怎么了？"

佟捷急匆匆地跑过来，拉着苏伊朝一个方向跑去，焦急地道："苏翔太训练时摔伤了，你快跟我来！"

闻言，苏伊瞬间蒙了。她知道苏翔太今天有比较危险的街舞动作训练，所以没有想太多，任由佟捷拉着跑。

这时，辛倩一边打电话一边走出电梯。出来时，她发现自己走错了楼层，只好转身走回电梯，却隐约看到一个人被人拉着跑向楼梯间，不禁疑惑出声："嗯？苏姐？"

"什么？"电话那边的班长怒吼道，"我要论文！只有你没交论文了！叫姐也没用！"

"好好好，我不是忘记打印了吗？晚上到学校我就给你。"辛倩只好又匆匆地进入电梯。

苏翔太在食堂碰到李秘书时，不太想搭理他。

李秘书看到苏翔太却热情非凡。早上，李秘书才经历了一番大惊大喜，这时候情绪依旧亢奋："苏翔太！苏小姐呢，怎么没和你一起？"

闻言，苏翔太止步，狐疑道："姐姐不是回主楼了吗？"

"没有呀。"李秘书疑惑道，"我没看到苏小姐。"

片刻后，两人俱是一惊。

上午分时，苏伊对苏翔太提过，她下午要回主楼办公。她的座位就挨着李秘书，李秘书怎么会没见到她？

于是，苏翔太马上给苏伊打电话，电话却无人接听。他的脸色瞬间变得难看起来。

李秘书忙打电话给李嘉尚。

"学长，苏姐没和你一起吗？"

辛倩吃完饭，买了一小盒酸奶解馋，看到苏翔太就习惯性地找起苏伊来。

"你看到我姐姐了？什么时候？"苏翔太问。

"就刚刚呀，不是你拽着苏姐在跑吗？"辛倩纳闷。如果不是苏翔太，那苏伊被谁拉着跑了？

见苏翔太和李秘书的表情不对，辛倩意识到出问题了。

"怎么回事？"电话接通时，李嘉尚听到了他们的对话。

李秘书把情况快速地说了一下，于是，李嘉尚跑去助理办公室确认，没有看到苏伊的身影。

"苏伊不在。"

"你最后是在哪里见到她的？"苏翔太急切地问辛倩。

辛倩脸色发白，回道："我们演艺部的大楼，三楼的楼梯间附近。"

"我去调监控！"李秘书往主楼方向匆匆跑去。

"你跟我来！"苏翔太拉上辛倩往演艺部大楼狂奔。

此刻，演艺部三楼没什么人，苏翔太和辛倩气喘吁吁地在楼梯间附近寻找苏伊，却什么都没发现。

苏翔太靠着墙壁急促地喘气，努力让大脑冷静下来。苏伊不会跟陌生人离开，能出现在这里带走她的一定是她认识的人，并且发生了什么紧急情况，让她来不及通知他或者李秘书。

比如……与他有关？

苏翔太站直，心里已经有了怀疑对象。

辛倩看他气愤地往电梯方向跑去，便急匆匆地跟过去，道："学长，你要去哪？我们不去看监控吗？"

训练室内，吃完饭回来的人三三两两地凑在一起闲聊。

阿 T 混在人群里胡扯，突然听见门被重重撞开的声音，一回头，看到苏翔太气势汹汹地在训练室内寻找着什么。

训练室内瞬间安静下来，大伙诧异地互相看着，不知道苏翔太是怎么了。自上次发生了打架事件以后，他们就不敢随意议论苏翔太了，此时连大气都不敢喘一下。

阿 T 心中咯噔一声，不好的预感涌了上来。佟捷不会真做什么了吧？

苏翔太注意到阿 T 眼神不对，立即向这边大步走来。其他人纷纷让开，阿 T 恐惧地站在原地："我……我什么都不知道！"

"我还什么都没说呢，你果然知道什么。"苏翔太走过来，一把揪住阿 T 的领子，把他推到窗边，然后把他提起来按到窗框上，"佟捷呢？我姐姐是不是被佟捷带走了？"

"我不知道！我什么都不知道！"阿T乱踢乱蹬，用尽全力去拽苏翔太。不知是因为恐惧还是苏翔太的手收得太紧了，他感到呼吸不畅，身体不受控地发抖。背后的窗户很大，苏翔太完全可以把他扔下去！

"疯子！苏翔太你这个疯子，放我下来！"阿T拼命地大喊。

苏翔太按住他，眼中满是疯狂之色，声音却很平静："如果我姐姐有任何闪失，我就把你从这里扔下去。"

听到苏翔太轻描淡写的这句话，身后缓过神来的众人都忍不住心一抖。

辛倩在心中尖叫，苏翔太可以去演凶狠的反派了！

辛倩站在后面，没看到苏翔太的眼神，自然不相信苏翔太会这么干，便对阿T道："阿T，你告诉我们佟捷和苏姐去哪了，你说了，他就会放你下来。"

阿T快吓哭了，道："我真的不知道！我只知道佟捷说要让苏姐好看……啊！"

苏翔太把阿T的半个身子推到了窗外。

后面的人见了，吓得脸都白了。

辛倩尖叫道："学长，你冷静点！"

电光石火间，阿T道："休息室！学员休息室！"

监控室内，李秘书赶到时，李嘉尚已经站在这里了。看到李嘉尚的瞬间，李秘书有些后悔。此刻，老板原本应该在开董事会，现在却……

可他若是瞒着李嘉尚，事后怕更不好收场。

算了，事已至此，就让老板去承受董事们的怒火吧！

此时，保安经理后背的衬衣已经湿透了。保安经理也知道今天公司召开董事会，可老板却出现在监控室里！

公司盛传苏伊是老板的女朋友，现在看来并不是谣言。可如今，苏伊大白天在公司不见了？如果苏伊出了意外，保安经理觉得自己只能以死谢罪了。

好在苏伊最后出现的地点和时间都比较明确，他们很快就调出监控录像加速查看，把人找了出来。

看到苏伊出现在画面里，大伙都暗暗松了口气。从监控上看，苏伊是自愿跟着跑的。

李秘书凑近看，认出了故意躲避监控、拉住苏伊的人："这是……和苏翔太打过架的那个模特，好像叫佟捷。"

监控室内的人瞪大眼睛，看着画面上苏伊和佟捷的移动轨迹。苏伊跟着佟捷从紧急出口出了大楼,经过一片绿化区,然后就没有画面了。

经理突然一个激灵,背后又出了一层冷汗。他连忙问道:"怎么回事?"

"这里的摄像头坏了,工程部还没安装。"一个员工小心翼翼地说道。这里的绿化区被LEE的几座大楼包围着,总是人来人往,工作人员也就没那么上心了。没想到,今天就出了岔子。

另外一个员工道:"对了!附近的摄像头能拍到!"说着,他忙调出其他摄像头的监控画面。在监控镜头的边缘,果真又出现了苏伊和佟捷的身影。

监控室里的人都松了一口气。

"他们这是去哪了?"李秘书指着苏伊和佟捷进入的大门。这个门,他怎么没印象?

"这是公司员工和艺人休息用的酒店的后门。"经理赶紧解释。

李秘书恍然大悟。公司总部的楼群中有一栋对外营业的酒店,最上面的三层楼是对内的,为出差回来的员工、来这里出差的客户或者公司的艺人提供一个休息的地方。他平时走的是外面的大门,佟捷带苏伊走的是内部人员常走的小门。

"他若是公司未出道的艺人,就只能进入顶层的学员休息室。"

保安经理说完,冷汗又出来了。

现在是工作时间,所有的学员都在训练。午休时间短暂,他们来不及回去休息,今天也没有任何艺人登记借住。此刻,那层楼里除了佟捷和苏伊,就没有其他人了。

他们去那里会做什么,又能做什么呢?

从监控的画面看,苏伊完全是自愿的。

顿时,监控室里静得只能听见电脑主机工作时的嗡嗡声,没人敢说话。

李秘书偷偷地看李嘉尚,看得心慌。

此刻,李嘉尚脸上没有一点怒气,甚至可以说面色平静。李秘书却能感觉到他的怒气,因为老板把手指扳得咔嚓直响。

片刻后,李嘉尚大步向外走去。

一种复杂的感受占据了他的整个心脏,让他没有闲心去关注其他人。

她再次在他的眼皮底下遇到了危险。

李秘书在监控室内好心地提醒其他人:"事情没弄清楚之前,别让我在公司听到一句谣言,懂?"

监控室的人个个点头如捣蒜。

李秘书没空跟他们解释，脑子清醒的人都能想明白这是怎么回事。谁会放着他们完美的老板不要，跟一个没出道的小艺人一起乱跑？苏小姐八成是被骗了，恐怕她自己都不知道被带去了哪里。

　　从监控室里出来，李秘书匆匆去追前面的李嘉尚，大喊道："老板，我怀疑苏小姐被那个佟捷骗了！要不要报警？"

　　李嘉尚没说话，继续大步往前走。

　　待追上来看到老板的脸色后，李秘书顿时闭上了嘴。老板的脸色已经阴沉得能滴水了，他站在一边都不禁感到害怕。老板的"心情天气预报"首次发出红色预警，狂风暴雨即将到来。

　　苏小姐一个弱女子，被一个一米九的小伙子带去了没人的地方，真的很危险啊……

　　苏伊的确不知道佟捷要带她去哪里。

　　起初，佟捷说去医务室，接着他们进入了另外一栋大楼。佟捷解释这是他们内部休息的地方，他刷了员工卡后苏伊才跟着进入。

　　他们乘坐电梯上去，然后到达了安静的顶层。

　　"翔太在这里？"苏伊问道。

　　"就在前面。"佟捷带着苏伊往前走。

　　他刷卡打开休息间的门，见苏伊迟疑了，急切地道："苏翔太就在里面。"

　　苏伊进入后，佟捷跟进去，锁上门，露出得逞的笑容。

你愿意嫁给我吗?

10

此时此刻,她只是单纯的一个人,在简单地活着

李嘉尚赶到苏伊和佟捷消失的门口时,遇到了匆匆跑过来的苏翔太。

苏翔太怒气未消,看到李嘉尚后也没有好脸色。

李秘书用员工卡刷开电梯的门,三人进入电梯后都不言不语。电梯上升途中,他们脸上的担忧之色越来越明显了。

他们预估不到苏伊正在经历什么。

电梯门打开时,李秘书站在前面,艰难地道:"老板,苏翔太,要不,我先过去看看吧?"

如果有什么不好的画面,苏伊一定不愿意让李嘉尚和苏翔太看见。

不料,他们一左一右地绕开李秘书,异口同声地道:"让开。"

李秘书哀叹一声,匆匆跟上。

整个顶层安静得让人发慌。

他们顺着走廊向里走,突然听到一声痛苦的哀号。

闻言,李嘉尚和苏翔太不管不顾地往前冲。在李秘书纠结着要不要跟上时,又一声哀号响起。

向来稳如泰山的李嘉尚飞起一脚,把紧锁的房门踹开,大喊着"苏伊",往里冲去。

苏小姐没事的,一定没事的!李秘书在心里念着,闭着眼睛往前跑。不管怎么样,他都不能置之不理。

没一会儿,李秘书撞上了走廊里的障碍物。一睁眼,他看见老板愣愣地站在前面。

室内,苏伊以标准的擒拿姿势,单膝压在佟捷的肩胛骨上,一手抓着佟捷被扭到后背的双手,一手按着他的脑袋,惊讶又好奇地抬头看着他们,道:"你们怎么来了?"

刚刚被李嘉尚挡在身后的苏翔太立即反应过来了。他清楚苏伊的实力,这时候也不感到意外。他冲进去,对着地上的佟捷就是一通踢。

李秘书就没有这么镇定了,他在电梯里想象了各种画面,唯独没有想到眼前的画面。

半晌,李秘书挤出一句:"抱歉,打扰了。"

他在内心疯狂吐槽:苏伊是"金刚芭比"吗?被她按在地上的是个身高一米九、体重一百六七十斤的大男人啊!为什么她看上去像按住了一只小鸡崽?

他偷偷地看向他家老板,心想老板看上的人果然不一般。看,苏伊是多么英姿飒爽!

"小鸡崽"佟捷看到他们后不禁恼羞成怒。他行凶不成反被揍,被一个女人打成这样本来就够丢人了,为什么还要被他最讨厌的人围观?他不要面子的吗?

"苏伊,你根本就不是女人!"佟捷怒吼道。

见佟捷还在辱骂苏伊,苏翔太便替苏伊把佟捷紧紧按住。

苏伊松了手,在一旁找了一件可以当绳子用的衣服,十分贴心地道:"他什么都没干。翔太,你不要打得太狠了,不要打脸。"

苏翔太不记得不能打脸这事,苏伊替他记着呢。她刚把衣服递给苏翔太,就被人用力一扯,身体失去平衡,重重地摔进李嘉尚的怀中。

苏伊感受到李嘉尚身上的气息,不知为什么,心情一松。

"李总。"

"李嘉尚,放开我姐!"苏翔太怒吼道。不过,他还压着佟捷,不能冲上去把苏伊抢回来。

佟捷被这姐弟俩气得想吐血,还说他们不是靠关系?这是赤裸裸地在他的面前炫耀!

"苏伊,苏翔太,我做鬼都不会放过你们的!"

李嘉尚紧抱着苏伊不放手。

当着这么多人的面,苏伊觉得尴尬,可一时挣脱不了,只好当腰上的手不存在。她故意对佟捷说:"你又不用死,怎么会做鬼呢?世界上有没有鬼还不一定呢。"

李秘书都替佟捷感到憋屈。他看不下去了,在休息室里找了只袜子塞进佟捷的嘴里,道:"行了,你安静会儿。"佟捷疯狂地挣扎起来。

这时候,走廊里传来一阵凌乱的脚步声,有人中气十足地大喊道:"是谁报的警?"

闻言,屋内的佟捷犹如看到了希望,吐出袜子大喊道:"警察叔叔,救命啊!"

苏翔太和李嘉尚脸色一变,齐齐看向李秘书。

李秘书慌忙摆手,道:"不是我,我没有!"

虽然苏小姐武力惊人,但若苏小姐不小心一点或者弱一点,现在是什么局面就难说了。老板和苏翔太怕苏小姐会有阴影,因此都没有报警,打算处理完事情再报案。

他怎么可能不懂他们的想法?

半晌,苏翔太朝着佟捷的脑袋重重一拍,道:"你多大了,还喊叔叔?"

"是我。"苏伊突然道。

闻言,三个男人一脸不可思议地看向她。

苏伊对他们的这种反应感到无奈,道:"他对我意图不轨,我是受害人,当然要报警!"

"对!要有法律意识!"警察疾步走来,看清里面的情况后也不禁"嚯"一声。

李嘉尚不赞同地看向苏伊,苏伊却反过来安慰他:"放心吧,我可是跟着跆拳道黑带选手夏熙阳学过跆拳道的!"

说完,她赶紧从李嘉尚的怀里挣脱出来。他再继续抱下去,就算苏翔太不冲上来,她也要疯了。李嘉尚到底是故意的还是无意的?

在几人的辅助下,警察给佟捷铐上了手铐。

直到佟捷被警察带走,李嘉尚一直悬在嗓子间的心才归位。他脑子里嗡嗡乱响,却坚持陪苏伊去派出所录口供。听着苏伊讲起事情的经过,他感到一阵后怕。

苏伊讲着讲着,突然感到手上一紧,低头一看,放在桌上的手已经被李嘉尚握住了。

她转过头,愕然地看向李嘉尚。李嘉尚像说誓言一般,郑重又深情地道:"以

— 211 —

后我会保护你，不会让你再遇到任何危险。"

他话音刚落，苏伊瞬间涨红了脸，连耳朵尖和脖子都红了，手指还不自觉地发抖。她感觉腰上被李嘉尚抱过的地方在发热。

"我是认真的。"李嘉尚补充道。

苏伊恨不得把头埋进胸口，匆忙地点头，道："我知道了，别说了。"

对面问话的两个民警差点把笔折断了。为什么录个口供，他们还要被强塞一嘴"狗粮"？

其中一个民警重重地咳嗽一声："不用说和案情无关的事！"

在外面等待的苏翔太气得想挠墙，早知道他就不揍佟捷了，这样就不会因为打人而被单独讯问了。他在外面听不到里面的声音，却能隔着玻璃窗清清楚楚地看到李嘉尚握住了苏伊的手！

徐逸在公司找了苏翔太一个下午，得知苏翔太要录口供时才从公司匆匆赶到派出所。知道事情的经过后，他头都大了。

苏翔太到底有没有身为公众人物的觉悟，怎么动不动就打架？徐逸刚想训苏翔太，就见大老板和苏伊走了出来。

训斥的话被徐逸生生地憋回肚子里。万一是老板带头打架，他是不是得给苏翔太鼓掌？

李秘书上完厕所回来看到徐逸，淡定地向徐逸点点头，然后和苏翔太一起进去录口供。

作为受害者苏伊的同事和家属，李秘书和苏翔太因为气愤而动了手，但也没造成严重后果，警察还是比较照顾他们的，不过该问的还是要问。

其间，苏翔太被问得焦急起来。等他出来时，李嘉尚和苏伊果然都不见了。留在外面的，是比他妈妈还婆婆妈妈的经纪人徐逸。

苏翔太随意地听着徐逸的唠叨，应付似的点点头。

见状，徐逸不说了，反正苏翔太也听不进去。不过这样反倒坚定了徐逸之前的心思，他要尽快把苏翔太送去国外集训一段时间。

此时，苏伊坐上了李嘉尚的车。这是她第二次坐在这个副驾驶座上，跟上次不同，这次她坐得格外心虚。

明明她是受害者，而且警察都表扬了她的英勇表现，李嘉尚为什么不高兴呢？

车内的气氛有些压抑，苏伊忍不住想调电台，可看来看去也不知道该按哪个键,只好收回手。

李嘉尚瞥了她一眼,也不帮忙。

现在,他也不知道自己怎么了。一方面,他很心慌;一方面,他又很生气。

他气苏伊,更气自己。

他气她胆子太大,气她不顾自己的安危,不过更气自己。他明明把人放到了自己的眼皮底下,却还是让她经历了不好的事。

苏伊能感觉到李嘉尚的情绪不好,却不知道该怎么处理。这时候,她无比想念在熊猫馆遇到的李嘉尚。那时的他,比现在坦诚,也更好相处。

她没话找话,道:"幸亏今天碰上这事的是我,如果是一个柔弱女子,遇到这种情况就真不好办了。"她的实力,她心里有数。

听完,李嘉尚好像更生气了。

"在我的心里,你也是需要保护的柔弱女子。"李嘉尚目视前方,开口道。

"我?我不柔弱呀。"苏伊伸展胳膊,秀了秀肌肉。夏熙阳和苏翔太都喜欢锻炼身体,只要他们一锻炼,她就会跟着锻炼。

她道:"别看佟捷强壮,一看就知道他没实战经验,根本打不过我。"

"你这次只是运气好。如果你判断失误了呢?如果你比想象中弱,他比想象中强,到时候怎么办?"

苏伊眨了眨眼,小声狡辩:"我心里有数的。"

"有数?你凭什么保证你能全身而退?你是女超人吗?"李嘉尚生气道。

其实,苏伊早就察觉到了佟捷的不怀好意,因此对佟捷有所防备。

从佟捷坚持拉着她跑向楼梯间的时候,她就心有疑惑了。到达那栋大楼后,她觉得不对劲,从电梯里出来,她更是觉得奇怪。

斟酌片刻,苏伊道:"我真的有数,就想看看他想干什么。"

她话音刚落,李嘉尚锐利的目光就扫向了她。

苏伊不好意思地笑了笑,解释道:"我也没想到他的胆子那么大,竟然想……"她顿了一下,"非礼我。他觉得翔太拿到比他更好的资源是因为我和你……和你有不正当的关系。他就算怀疑我,也不能怀疑公正无私的李总呀!"

眼看李嘉尚的脸色越来越差,她继续拍马屁:"那全是胡说八道嘛!李总怎么会被一个苏伊影响呢?"

李嘉尚点头道:"我以前也是这么想的,没有人能影响到我。"

— 213 —

苏伊连连点头。

"只是事情发生的时候，我才知道我对自己的判断不准确。"李嘉尚缓缓地开口。

车子驶入地下车库，阳光突然被黑暗替代。苏伊看不清李嘉尚的表情，觉得心跳得有些快。他是什么意思？

车停到空位上，李嘉尚却不急着下车，熄了火依旧看着前方。

苏伊不敢就这么扔下他离开，于是两人沉默地坐在车里。

狭小的空间内，苏伊觉得自己的情绪有些混乱，再加上李嘉尚身上散发出来的强烈的保护欲，她竟一时无法顺畅地呼吸。

"你影响到我了。因为你，我刚刚翘掉了公司的董事会。"半晌后，李嘉尚突然道。

闻言，苏伊用力地抓住裙摆，额角开始冒汗。什么意思，他这是什么意思？她比董事会更重要？还是他因为翘掉董事会而后悔了？

苏伊不敢相信前者，因为她在感情中向来没有自信。

"我现在很生气。"李嘉尚有些焦躁地道。

苏伊点头，她看出来了。LEE 的董事会是什么级别，她还是有概念的。她想了片刻，道："抱歉，因为我耽误您工作，我……"

李嘉尚打断她的话："你遇到危险是因为我。"

苏伊一脸茫然，佟捷攻击她是因为他？他是怎么想的？若说是因为苏翔太，她还能心安理得一点！

"佟捷嫉妒苏翔太，然后针对你。其实，他是恨我维护你们才会这样做，如果我……"

"停停停！"苏伊打断李嘉尚，"他嫉妒翔太是因为他的能力不行，他针对我是因为他的人品不行，他想报复你是因为他无聊至极。就算不是你，他也会给自己找一个发泄对象。不是你，可能是李秘书，可能是他们的总监。这不是您的错，与您无关……"

李嘉尚打断她："不管怎么说，是我把你带进了 LEE，是我没有照顾好你。以后，我不会让你再遇到任何危险。我会保护你，我保证。"

苏伊想解释的一堆话都说不出口了。这是她第二次听到他说他要保护她，也是第二次被他保护。

上次在 LEE 的门口,他冲过来保护她。那时,她心中生出一种奇妙的感觉,此刻,那种感觉又被他一句"保护"重新勾起。

小时候,她经常被人欺负。无论是苏翔太还是夏熙阳,总有照顾不到她的时候,那么,她能靠的只有自己。后来,无论是吵架还是打架,不管是女生还是男生,她都不怕了。渐渐地,她习惯了不低头,也忘了自己是男是女。她是苏伊,是不需要被人保护也能照顾好自己的苏伊,是能站起来保护别人的苏伊。这些,他根本不知道。

现在,她听到有人要保护她,心中十分感动。

她觉得心像泡进了温泉里,起初烫得让人不适,慢慢地,四肢百骸都温暖起来。

苏伊忍不住笑起来,眼中泛起了泪光,感激地道:"谢谢你,李嘉尚。"

她抬手去抹泪水时,突然得到了一个拥抱。她僵了一下,随即回抱李嘉尚,温柔地道:"以后遇到危险,我不会再逞能了。"

她是不是也可以像其他女孩一样?她真的可以吗?

李嘉尚终于满意了,闻着苏伊身上的香水味,一直躁动不安的心也变得柔软起来。

"我会保护好你的,一定!"

郑和推测得没错,他喜欢苏伊。不知从什么时候起,他灰暗的人生照进了第二道光芒。

他会保护好他的光。

佟捷的事很快在公司传开了。演艺部搞出这么大的动静,连警车都开到公司来了,自然瞒不了人,不过李嘉尚也没打算隐瞒。

只是李秘书没想到,老板会开一个全体员工大会,就为了宣布开除一个习性不良的艺人。

当然,表面上是这样。

现在,全公司的人都知道了老板是苏翔太的靠山,原因叫作"苏伊"。

你看,苏翔太多么高兴,他手里的一次性杯子都被他激动地捏成了一个纸团。

可惜这么值得纪念的一刻,苏小姐回 LS 开会了,真是让人遗憾啊!

精彩时刻值得记录。李秘书举着手机,悄悄地拍下了苏翔太咬牙怒瞪台上老板的画面。

苏伊只听说了 LEE 要开全体员工大会,却不知道自己是会上的神秘隐形主角之一。

苏伊今天回公司，是来参加年中大会的。

作为上半年为公司做出巨大贡献的人，苏伊受到了特别表彰，并被当场颁发奖金。

会议结束，陈瑾追了出来，把手搭到苏伊的肩膀上，道："恭喜了哦，有史以来的最佳新人！"

苏伊笑了笑，和陈瑾并肩走。

"不过，十周年策划我可不会认输哦。君子协议，公平竞争！"陈瑾正经地道。

苏伊一怔，点头应好。

赵茹从她们身旁经过，冷哼一声："装什么装？恶心。"

苏伊皱眉，而陈瑾见怪不怪地和苏伊道别。

苏伊总觉得不对劲，坐在小薇的身旁，问："最近有什么八卦新闻？人事方面的。"

小薇竖起拇指，夸赞道："老大就是老大，直觉强！"她凑到苏伊的耳边嘟囔，"听说 Amanda 要提拔一个副主编，人选就是你们三个。副主编评选最重要的考核依据，就是这次十周年特刊的策划。老大，加油哦！我们全组的人都看好你！"

苏伊恍然大悟，难怪陈瑾突然斗志昂扬，赵茹又是那个态度。

十周年特刊策划……

其实，苏伊已经有了想法。

晚上八点，李秘书把今天需要处理的最后一批文件送到李嘉尚的案边，然后凑到李嘉尚的耳边小声说："苏小姐还在加班。"

闻言，李嘉尚抬头看向李秘书。

李秘书变戏法似的，从背后拿出两杯咖啡放到李嘉尚的桌上，道："我刚才在楼下买了咖啡，但想起家里还有事要早点回去。"

李嘉尚放下笔，看了一眼咖啡又看了一眼李秘书。

李秘书笑道："老板，我下班啦。"

"走吧。"

于是，李秘书走了，没关总裁办公室的门。

和平时一样，远处办公室的灯均已熄灭，只有总裁办公室和它隔壁的灯还亮着。和平时不同的是，今天留在总裁办公室隔壁办公的不是李秘书，而是苏伊。

这层的办公楼像一叶孤舟，于城市之海夜泊岸边，在潮水中摇摇摆摆，但因为舟上有人，就不显得那么寂寥。

李嘉尚处理完最后一点工作，竟有些享受此刻的静谧氛围。

隔壁办公室内，苏伊在伏案加班。她桌上堆放着从 LS 搬来的创刊号和一些挑选出来的参考资料。她正冥思苦想时，一杯咖啡突然出现在她的手边。

苏伊顺着端咖啡杯的那只骨节分明的手仰头看去，看到了李嘉尚。他靠在她的桌边，另一只手上也端着一杯咖啡。

"怎么还没下班？"

"李总不是也还没走？"苏伊在 LEE 的这段时间，从没见过李嘉尚早走，"下班老板不走，员工会有压力的。李总，你可不能太努力。"

李嘉尚笑了笑，道："在忙什么？"

苏伊把笔记本电脑推给李嘉尚看，道："我正在思考 LS 十周年特刊的策划案。李总，您帮我看看？"

"我可以看？"

"可以呀，这只是一个没上报过的策划案。"苏伊莞尔一笑，在这里办公，她可见过 LEE 的不少绝密资料了。

李嘉尚拉过一把椅子，在苏伊身旁坐下，看清屏幕上的内容后诧异地道："婚礼？你想做婚礼主题？"

"嗯。我和翔太有一次夜跑时，偶遇一家人为家中老人庆祝金婚，因此我才有了这个灵感。婚礼是女人一生中最浪漫的时刻，也是值得铭记一生的回忆。LS 创刊号就是以婚礼为主题的。第十年，LS 回首过往，不忘初心，始终为女性时尚和浪漫而努力，怎么样？"苏伊认真地道。

"听上去不错。"李嘉尚沉吟着点点头。回溯是一个方向，但有珠玉在前，要想做好却不太容易。

他发现苏伊眼中有一丝雀跃之色，好奇地问："你也向往婚礼吗？"

苏伊一怔，不由得笑起来，道："女孩子都会向往吧。新生活的开始，一辈子的记忆……虽然我们现在步入了'婚姻悲观主义时代'，但其实是人们更加重视婚姻了吧。因为重视，所以谨慎。"苏伊发现自己跑题了，随即又把话题扯了回来，"不过在着力点上，我有些苦恼，钻戒、典礼、婚纱……"

"提到结婚,你最先想到的是什么。"李嘉尚看她发愁,引导似的说道。

"我的话……"苏伊闭眼沉思,"婚纱。"随后,她脑海中缓缓地浮现出一套洁白的婚纱,在黑暗中旋转、发光,那是她人生中不会拥有的。

李嘉尚点了点头,翻看苏伊笔记本电脑上已经整理出的一些资料,道:"方向不错,但方案太平庸。凭这个,无法说服 LEE 支付赞助费。"

苏伊闻言睁开眼,看到李嘉尚翻到了最后一页上备选的赞助商名单,第一个就是 LEE。她忙把笔记本电脑拿回去,道:"这个不作数。"

随后,她继续思考方案,想新的思路。

见状,李嘉尚把她的笔记本电脑合上,道:"闭门造车是不行的,加班也不会对此有任何助益,劳逸结合才对。你该下班了。"

苏伊叹气,知道今天是想不出新主意了。随后,她拿出手机看时间,顿时一惊。手机上已经有十多条信息和好几个未接电话了,都是苏翔太发来和打来的。

李嘉尚邀请苏伊一起吃晚餐,苏伊把笔记本电脑装进包里,拿上咖啡,谢绝了李嘉尚的邀请,匆匆赶往家中。

李嘉尚望着苏伊跑远的背影郁闷不已。他试图接近苏伊,苏伊却似乎完全感觉不到。

闭门造车不行,苏伊便决定调研。十年过去,大众的审美水平已经更迭了好几代,只有进行调研她才能把握方向!

上午九点,灿烂的阳光铺满大地,把三个人影拉长到了刚刚营业的商场的橱窗上。顺着影子望过去,这三个人无论长相、身材都极为惹眼,吸引了一早来逛街购物的人们的目光。

苏翔太和夏熙阳,一左一右地跟在苏伊的身边。三人戴着墨镜、挂着相机,一起挥拳喊着"Fighting(加油)",向着各大婚纱品牌店出发。

苏伊负责采访调查,夏熙阳和苏翔太则一起采风拍照。

西式的婚纱、中式的礼服……打破传统的现代设计、复古奢华的设计……材质、款式、色彩……现在的婚纱越来越个性化……

随着调研的深入,苏伊的思路越来越清晰。

夏熙阳一边摸着一款华丽复古有长长下摆的婚纱,一边好奇地问:"婚纱要怎么挑呢?"连向来喜欢中性风格的她,都被华丽的婚纱震撼到了。

"不同款式、不同色彩的婚纱,给人的感觉是不一样的,婚纱的材质也是关键。

不过，亲自试穿是最佳的挑选方式。"店员向夏熙阳解释，又扫了一眼苏伊和苏翔太，一时弄不清他们谁和谁是情侣。

夏熙阳听后被勾起了兴趣，问道："我们可以试穿吗？"

"当然可以呀，"店员笑道，"两位小姐这么漂亮，不想试试吗？"

夏熙阳眼睛发亮地用双手举着心仪的婚纱，道："这个，偶像，你试穿给我看！"

苏伊叹气，不想连苏翔太都跑来凑热闹。最终，她被推进了试衣间。

店员算是明白了，他们三人中没有情侣。但这三人长得这么好看，既然来了就不能浪费，让他们试穿也能吸引一波人进店来看。

此刻，夏熙阳手上拿着店员给她找的西装。她能穿的西装不多，而苏翔太能穿的西装却不少。

于是，店员顺便把主推的西装取了下来递给苏翔太，道："小哥哥，你好帅呀，要不要试试这一身？这和刚刚那个小姐姐试的婚纱是一套的哦。"

苏翔太就这样被骗进了试衣间。

苏伊还没换好裙子，苏翔太和夏熙阳已经换完服装了。他俩被店员领到店门前照镜子，顺便当活模特，吸引看婚纱的客人。

一个女顾客本来在犹豫，看到苏翔太的瞬间愣住了，半晌后道："他那身挺好看的。那个西装有我先生能穿的码吗？"

夏熙阳在一旁看得直乐。苏翔太可是模特，穿出来当然好看！

夏熙阳拿出手机，和苏翔太一起拍照，觉得她若结婚就得穿西装。

随即，她顺手在朋友圈里发了一条消息——

"我结婚时要穿西装！谁娶我，谁就穿婚纱！"

这条消息引来无数人点赞。

郑和给她发私信："如果你非要穿西装，我觉得我可以穿婚纱。"

夏熙阳想象了一下郑和穿婚纱的样子，嫌弃得差点把他从好友列表中删除。

过了一会儿，苏伊穿着夏熙阳最喜欢的那套长裙摆婚纱走了出来。顿时，婚纱店内响起一片惊叹声。

苏翔太站在原地，远远地望着苏伊，喃喃自语："这是……姐姐……"

夏熙阳也顾不上郑和了，大喊着"偶像嫁我"，而后跑到苏伊的身边。

夏熙阳穿着一身黑色利落的小西装，踩着高跟鞋凑到苏伊的身旁，把相机塞给苏翔太，让他帮她们拍照。

店内来看婚纱的顾客全被她们吸引过来，好奇地看她们俩拍姐妹照。

"我觉得结婚前和好朋友们一起这么拍照挺好的。"陪闺密来的几个女孩马上心动了，"我们四个伴娘都穿成这样，把你围在中间，把你老公挤开！"

闻言，夏熙阳对她们竖起拇指，现代女性果然志同道合。

准新郎不知道苏翔太和苏伊是姐弟，看他们穿的是同款西装，便向苏翔太投去了带怜悯之意的眼神。

夏熙阳穿着这身西装拍完照后，又去找下一套西装。

苏伊看到苏翔太身上的西装，灵光一闪。她不能在方案里用别人的照片，但可以用自己的呀！于是，她向苏翔太招手，道："翔太，我们一起拍！"

闻言，苏翔太愣住了。之前，他不知道如何跟苏伊开口说合照的事，现在苏伊竟然主动约他。他不再迟疑，把相机交给店员，大步走过去站到苏伊的身边。

如果苏伊一辈子都不结婚，也许今天就是她人生中唯一一次穿婚纱的时刻。

苏翔太站在她的身后，紧紧地抱住苏伊的腰。两人对视，苏伊的笑容中满是宠溺。

"三，二，一，茄子！"

如果这一切是真的该多好……

同一个世界，有人开心就有人着急。

李嘉尚的心理咨询结束后，郑和还待在李嘉尚的办公室内。

郑和觉得李嘉尚是还有话说才没有赶他走，不过他也不急着走，准备赖在这里蹭一顿晚饭。于是，他打开手机看朋友圈，只是越看越着急。

夏熙阳怎么又和苏翔太凑一起去了？

他们怎么还和苏伊一起拍婚纱照了呢？

郑和挥舞着小扇子，举起手机给李嘉尚看夏熙阳和苏伊的合照，哀叹道："你知不知道夏熙阳天天张口闭口'偶像'的，你再不追到苏伊，我的'偶像'就要没了！阿尚，你到底什么时候才能把她追到手？"

偶像？

李嘉尚面色一沉。

郑和看李嘉尚的反应就知道他出师不利，顿时怒其不争，道："这种时候，你怎么这么笨？你是不是又摆出了一副高傲冷漠的样子，只和人家谈工作？"

李嘉尚不语。

郑和道:"你要追呀!锲而不舍地追呀!你看我是怎么追夏熙阳的?我……"

李嘉尚看向郑和。

郑和说不下去了,咳了两声,道:"夏熙阳和一般的女孩不太一样嘛。不过苏伊很正常啊!她不会一言不合就揍你,动不动就给你来个过肩摔。你又没有生命方面的担忧,怕什么?"

李嘉尚沉默。

郑和见李嘉尚没什么反应,挥着扇子道:"风流倜傥的我,怎么就有你这样一个脑袋不开窍的朋友?"

过了一会儿,他们吃完了大餐,李嘉尚又处理了两份紧急文件。郑和消食完毕,准备告辞。李嘉尚突然问郑和:"该怎么追?"

闻言,郑和硬是愣了一会儿才反应过来李嘉尚在说什么。

郑和突然捧腹大笑,道:"阿尚,李嘉尚!我就知道你会有这么一天!叫师父,叫哥哥,叫了我就教你!"

李嘉尚忍住怒气,咬牙道:"三秒,三……二……"

"别,我不是开玩笑嘛。你是我哥,我是你徒弟成吗?来,我教你。"郑和凑到李嘉尚的旁边,挨着他坐下,"礼物、约会,找个浪漫的地方看月亮、看星星,聊聊世界、聊聊人生。只要不聊工作,聊什么都行!"

见李嘉尚一脸困惑的样子,郑和哀号道:"约人吃饭会不会?"

李嘉尚懂了。

择日不如撞日,李嘉尚摸出手机,思考怎么约苏伊吃饭——和她谈谈 LEE 的未来战略还是 LS 的发展前景?不知道苏伊的职业规划是往哪个方面发展……

李嘉尚越想越深入,凑在一边的郑和都从满脸兴奋变成了一脸疲惫。手机屏幕都黑了,李嘉尚却盯着手机一个字都没发出去。

"不然,你先和她聊聊兴趣爱好之类的?"郑和建议道,"你最近看什么书了?推荐给她!"

"你觉得《能源重塑世界》怎么样?"李嘉尚认真地道。

郑和道:"你就不能推荐点日常的、浪漫的,适合两个人培养感情的书吗?"

"比如?"

"要不你和苏小姐聊聊时尚?"

李嘉尚不认同地道："你说让我别谈工作。"

李嘉尚还没想出一个合适的书单来，苏伊却突然发来了信息。

看到手机弹出的消息提醒，李嘉尚突然就紧张了。他点开信息，看清了内容。

"李总，你明天下午有时间吗？我想约你见面聊聊。"

郑和赞叹道："你看看人家！快回'好'！"

"好，那我们下午五点，诺尔恰餐厅见，可以吗？"

李嘉尚回复完，郑和比他还要兴奋："约会，这一定是约会！"

"不要胡说八道，也许是……"

"明天是周末，肯定不是谈工作！"郑和打断他的消极发言，"周一你们一起上班，她周末就迫不及待地要见你，不是约会是什么？"

李嘉尚一怔。

郑和整了整领子，撩起头发，压低嗓音，开口道："看在多年交情的分上，我教你几招约会的技巧。第一，要提前到，除了快递，女孩对所有需要等的东西都没耐心；第二，着装得体，你明天可千万别穿得跟平时似的，一本正经的样子让人一点恋爱的想法都没有；第三，打听好餐厅的特色菜，见面后要让女孩点菜，但你得有可以推荐的菜式；第四，……"

李嘉尚用手背撑着下巴，一边听一边嫌弃地瞪向郑和，道："无聊。"

第二天下午四点半，李嘉尚穿着李秘书紧急送来的当季休闲风的时装，安静地坐在诺尔恰餐厅里发呆。

他到早了，餐厅下午五点才开始营业。

服务员本着"顾客第一"的原则，拿着菜单过来，道："先生，您现在要点餐吗？"

"你们的特色菜是什么？"李嘉尚问。

服务员打开菜单指给他看，道："这些都是我们的特色菜……"

李嘉尚一个个看完，却不急着点，安静地等待苏伊到来。

服务员端来一杯清水。

李嘉尚盯着玻璃杯，却突然在杯壁上看见了苏伊的脸。他突然咳嗽起来，都怪郑和昨天唠叨多了，害他出现了幻觉。

"李总？"

李嘉尚怀疑自己出现幻听了，抬头一看，却看到苏伊站在餐厅的门口。

苏伊今天穿了一件天蓝色的宽松连衣裙，与工作时的她比起来，此时的她看上去更有朝气，也显得更柔和。

不过，苏伊更加震惊——

李嘉尚为什么突然换了着装风格？

"李总，您一会儿有约会吗？"苏伊天真地问道。

李嘉尚刚弯起的嘴角瞬间僵住。

"我没有约会，不是……我……"李嘉尚注意到苏伊抱着一个文件夹，赶紧转移话题，"这是？"

苏伊果然不再纠结他是不是有约会，把文件递过去给他，道："LS十周年特刊策划案。"

李嘉尚感到失落，不过还是接了过来，不死心地问："你今天找我，是为了这个？"

苏伊兴致勃勃地道："嗯，我昨晚做完了方案，就迫不及待地想给您看。不好意思，占用了李总的周末时间。"

听到"迫不及待"这四个字，李嘉尚感觉舒服一点了，道："你可以叫我的名字，李嘉尚。"

"那怎么行呢？这太不尊重您了，李总。"苏伊道。

李嘉尚坚持道："李嘉尚。"

这时，服务员递上菜单。李嘉尚刚要开口介绍，苏伊却抢先道："这道火腿是这家餐厅的特色菜，李……要尝尝看吗？"

"嗯。"菜没点成，李嘉尚有些郁闷，不过称呼上好歹去了个"总"。

等菜的工夫，苏伊见李嘉尚开始翻看策划案，顿时滔滔不绝起来："我和翔太、熙阳一起调查了市场上不同风格的婚纱。与十年前相比，现代婚纱在款式风格和材质做工方面有了很大的不同，市场分类也更具体了。这个时候，做婚礼婚纱的主题很有必要……"

李嘉尚点头，原来他们昨天是去调研了。

他再翻页，看到了策划书上贴着的一张照片，顿时眉头紧蹙。

照片上，一男一女身着礼服婚纱，亲昵地依偎在一起，笑容灿烂。"新娘"苏伊温婉可人、笑容灿烂。只是"新郎"……不管怎么看，就是让人讨厌。

"不行。"李嘉尚合上策划案，端起水杯喝了一口水，努力让苏翔太那张脸从脑海中消失。

- 223

"一直以来，LS 坚守对时尚女性的承诺，在这个主题下，我的方案……什么？"苏伊愕然。

李嘉尚合上她辛辛苦苦整理了一夜的策划案，随意地将其放到桌边，道："方案案例太普通，格调和 LEE 不符合。"

闻言，苏伊怒气骤起。他才看了不到四分之一，凭什么说这个策划案不行？

李嘉尚脑中依旧是那张碍眼的照片，不解地道："这里面为什么有你和苏翔太的婚纱照？"

"因为需要案例呀，我总不能用别人的照片。"苏伊气鼓鼓地解释，他的关注点应该是这个吗？

李嘉尚恍然大悟，大起大落的心情逐渐变得平静。

看着服务员把菜端上桌，他道："你们是姐弟，苏翔太是艺人，这样的照片传出去对你对他都不好。"

苏伊一怔，随即点头。是她想得简单了，虽然照片只在 LS 内部做方案演示时使用，但是万一被人拍到发出去，也许会对苏翔太造成不好的影响。而且，苏伊也不希望苏翔太在大众心中的形象是一个深度"姐控"。

见她听进去了，李嘉尚的心情好了不少。他道："你的调研有缺陷，先吃饭，明天我带你去调研。"

闻言，苏伊一头雾水。李嘉尚却不再多说，只叮嘱她明天要腾出一天的时间。

晚饭结束，时间尚早，李嘉尚提议在附近散步。

走到商场的电影院时，李嘉尚突然掏出两张电影票，道："时间还早，看电影吗？"

这时候，苏伊总算明白李嘉尚要约的人是谁了。在难以置信的情绪中，她和李嘉尚一起进入了电影院。

此时，苏伊是蒙的，李嘉尚第一次买票看电影，也是蒙的，两人都蒙了。他们买了爆米花套餐，然后检票进去。看了二三十分钟的电影，苏伊还没看进去，却后知后觉地发现他们似乎坐了一个情侣座。

苏伊去电影院看电影，通常只选好的位置，这是头一次坐情侣座。

她嚼着爆米花，喝了小半杯可乐，情绪才稳定下来，转过头问皱着眉的李嘉尚："这电影票是你买的吗？"

"郑和推荐的。"李嘉尚说道。

苏伊了然，心想幸亏自己没问他为什么要买情侣座。

李嘉尚却觉得自己和苏伊有共鸣，以为苏伊也不满郑和推荐的电影。

毫无默契的两个人在彼此的脸上看到了"吐槽郑和"，便双双心满意足了。

李嘉尚以审项目的严苛目光，看了一部都市爱情喜剧，然后越看越困，不明白电影院里的其他人为什么在哈哈大笑。

苏伊发现看李嘉尚的反应比看电影有趣多了。他都这么嫌弃这部电影了，竟然还能看下去。

随着电影剧情的发展，男女主角历经磨难，终于紧紧相拥，深情拥吻。观众席上，苏伊和李嘉尚默契地对视一眼，随即又默契地移开视线。一个抱着爆米花桶狂吃爆米花，一个低头猛喝可乐。

荧幕上长达十几秒的亲吻终于结束，两个人也终于松了一口气。

"这电影也是郑医生推荐的吧？"苏伊问。

"嗯。"李嘉尚回。

这是什么破电影？两人再次吐槽了一回。

直到电影结束，他们才从尴尬中挣脱出来。

第一次和女生一起看电影、吃爆米花、喝可乐，李嘉尚心情还不错，即使电影不好看。

苏伊实在好奇，问李嘉尚："李总，你觉得刚刚那电影怎么样？"

李嘉尚直言不讳："浮夸、没有逻辑，音乐和情节不合拍，道具粗制滥造。现在的观众喜欢看这种类型的电影吗？你知道这部电影投资了多少钱吗？"

苏伊被他的反问弄得捧腹大笑。李嘉尚不愧是李嘉尚，看电影的角度都和别人不一样。

李嘉尚不明白她在笑什么，开始一个情节一个情节地给苏伊分析这部电影。末了，李嘉尚总结道："这个电影的女主角演技不行，长得不好，比你差远了。"

苏伊笑道："人家是明星。"

"在我的眼里，你比她好得多。"李嘉尚平淡地道。

说了半天，李嘉尚觉得很渴，于是他们又去附近的咖啡馆喝咖啡。两人坐在窗边看街道，第一次忽略了身份、抛开了名字，想到什么就聊什么。

苏伊第一次忘记了自己是谁，是苏伊还是苏沐晓，或者是另外一个人。此时此刻，她只是单纯的一个人，在简单地活着。有一个人陪伴在她的身边，愿意和她一起虚度时光。在这个时空里,空间变大,时间变慢,连咖啡的苦味都变甜了。

苏伊突然想起电影中的一个情节。女主角和男主角一起手拉手逛街,一起分享一杯奶茶。那句"我有你就够了"的台词不断在她的耳畔回响。

苏伊突然咳嗽起来。

"怎么了?"李嘉尚问。

"没什么,想起刚刚看的那个电影了。"

"我也……"李嘉尚欲言又止,脑海中闪过一些电影画面,道,"下次再一起看电影吧。"

苏伊一笑:"好。"

对她而言,这是一种新鲜的体验;对李嘉尚而言,这同样是一种新鲜的体验。

此刻,他们不需要思考、不需要计算,聊着新奇有趣的事,脸上一直带着微笑。

聊着聊着,苏伊忘了时间,忘了表情管理,竟在咖啡馆里对着李嘉尚打起哈欠来。

她昨天熬夜,今天又早起修稿,最后还被李嘉尚无情地批判了一番。一不小心,她就抱怨了出来,自己毫无察觉。

店员走过来提醒他们要打烊了,她才猛然清醒过来。

"我送你回家。"李嘉尚把手伸向她。

"不用。我家在那边,你家在这边,我们不顺路,我打车回去。"苏伊避开他的手,从高脚椅上跳下来,"不好意思,我没注意时间,已经这么晚了。"

"没关系。"李嘉尚蹙眉,不知道她为什么又客气起来。

苏伊在街边拦到了车,上车后和他再见:"到家报平安。李总,明天见!"

李嘉尚站在街边看着远去的车,后悔没有坚持送她。

苏伊坐上车,回过头看到李嘉尚还站在原地,不禁叹了口气,觉得自己太过放松。

灰姑娘的水晶鞋是有时间限制的,她不能永远沉浸在美好的幻觉里。

如果王子更早醒来,所有的美好景象就会破灭。

没一会儿,李嘉尚打来了电话。

苏伊惊奇地道:"你这么快就到家了?"

"没有,还在开车。"

"哦,那你好好开车。"

"你别挂电话。"

"好。"

苏伊塞上耳机,靠在出租车后座上,两人都没再说话。通过耳机,他们能听到街上的汽车鸣笛声,行人的大笑说话声。她这边,司机师傅正放着评书,里面正讲着有趣的历史故事,但是她还是听到了李嘉尚的呼吸声,那声音似乎就在她的耳畔。

苏伊突然觉得有点上头。

片刻后,她已经进了小区,却不急着回家,坐在花坛的台阶上,等李嘉尚到家报平安。

"我到了。"

"我也到了。"

"那晚安。"

"好,明天见。"

苏伊进了家门,放下手机去洗漱。苏翔太抱怨她归家太晚,但还是为她煮了甜粥。苏伊催苏翔太赶紧去睡觉,因为徐逸帮苏翔太安排了工作,明天一大早他就要出门且不能迟到。

李嘉尚把手机放到床边,洗漱完,和熊猫玩偶道了一声晚安,然后用另外一部手机联系李秘书调整明天的行程安排。

李嘉尚和苏伊都以为对方会先挂电话,结果他们都没有主动挂电话。

苏伊醒来时,没有听到闹铃声。她匆忙地爬起来,发现手机没电了。

她匆匆洗漱完,快速地吃完苏翔太留下的早餐,从抽屉里找了一个充电宝,抓起充电宝就往外跑。

她上了车,把手机插上充电宝,发现通信记录上有一个与李嘉尚的通话,结束时间就在一个小时前。

因为手机没电自动关机,电话才自动挂了。

苏伊不禁瑟瑟发抖,后悔自己睡前不检查,担心会不会把李嘉尚的手机弄得欠费。

她急匆匆地跑到 LEE,迟到了几秒钟。

李秘书指了指里面的办公室,向她做了一个抹脖子的动作,小声说道:"等你好久了!"

苏伊深吸了一口气，擦了擦额头上的汗，做好面对暴风雨的准备，然后敲门道："李总，抱歉，让你久等了。"

李嘉尚拿上外套，从里面走出来，看了一眼苏伊，表情严肃地皱眉道："嗯，怎么这么急？不用这么急的，你吃早餐了吗？"

"吃了！"苏伊跟在李嘉尚的后面。

李秘书不禁瞪大了眼睛。

向来不允许员工迟到、讨厌员工不守时的老板，竟然说了"嗯""你吃早餐了吗"。

老板就这反应？

那他以前因为迟到被扣掉的钱，不冤吗？

李秘书气得想抠墙。老板偏心！老板变了！

他悄悄地给苏伊发消息："我酸了，我嫉妒了。"

当看清李嘉尚停车的地点时，苏伊回复李秘书："我也酸了，我也嫉妒了！我嫉妒我自己！"

李秘书怀疑他们当中有一个人疯了。

不过，疯的明显是此刻跟在老板身边的那个人。

此时，苏伊眼睛中的惊喜之色似乎都能蹦出来了。

"Amethyst？"她喃喃自语。

一年只接四单的顶级婚纱定制店，Amethyst 婚纱店？

她难以置信地看着墙上那十分低调的标志。

如果没人指着，她绝对不会注意到。

"Amethyst 是 LEE 的子公司。"李嘉尚解释道。

"不可能！"苏伊当即否定。她研究过 LEE 很多遍，资产分布、业务类型、注资的公司，里面根本没有 Amethyst。

"看来你有认真备课。"李嘉尚称赞道，"我父母结婚时想定做一套 Amethyst 的婚纱，但是太难预订了，于是我爷爷就把 Amethyst 收购了。但他怕有麻烦，没把这件事写在 LEE 的资料里，你不仔细查，很难发现。"

苏伊震惊了，还能这么玩？

Amethyst 的店长迎出来，幽默地道："没错，我们被收购后资金充裕了，业务也扩张了，现在一年能做六套婚纱。这位小姐结婚的时候，来我们这做婚纱呀，我给你打折。"说着,他把一张名片递给苏伊。

苏伊连忙把自己的名片递了过去。

店长看她的名片——LS杂志编辑苏伊。

他恍然大悟。之前,他还纳闷从来不进他们店的老板,怎么今天就突然来了。起初,他以为老板带的是一个女助理,原来是名扬公司的未来老板娘啊!

苏伊发现这个慈眉善目的店长收下她的名片后,面色变得更加和悦了。

进入店内,通过一扇窄小的门,里面别有洞天。

宽阔的空间内,里面的温度和湿度像在博物馆内一样被精确控制。偏暗的环境中,只有展示婚纱的展台上有充足的光线,以供观看。

各式各样的婚纱错落有致地分布在展台上,这里赫然成了一座婚纱博物馆。

"这是去年那部都市剧中,周可可穿的那件婚纱吗?"苏伊指着其中一件婚纱问道。

店长点头,道:"是的,这是他们剧组定的,用完后又委托我们养护;这些也是客人们委托我们保管的;那些是我们从世界各地收来的,有些已经损坏,我们会进行修补。"

他向苏伊一一介绍。

这里不仅有国内近几十年的各类婚纱,还收藏了国外的著名婚纱。在中式礼服区,她甚至看到了一件文物级别的中式礼服,点翠步摇、繁复的刺绣,让她叹为观止。

"这是仿品。"店长骄傲地道,"我们虽然主打西式婚纱,但是也提供中式礼服。我们还有全国最好的苏绣绣娘,苏小姐要看看制作中的婚纱吗?"

"可以吗?"

"当然可以。"

店长引路,带着李嘉尚和苏伊绕过小道,进入制作间,门上贴着"顾客请止步"。

一进制作间,苏伊就看到一个五十多岁的阿姨正在用水晶、钻石制作头饰上的荆棘枝和生命树。阿姨通过放大镜观察,用镊子把切割好的水晶、钻石放进卡槽内,再手工调试,不用一点胶。

"这样更加牢固。"店长解释道。

没一会儿,苏伊看到了店长所说的全国最好的苏绣绣娘。绣娘此刻在秀图,但秀的是什么,苏伊一时看不出来。不过,看到通经断纬的织法,苏伊瞬间叫了出来："这是缂丝吗？"

绣娘听到"缂丝"，转过头来看苏伊，友善地笑道："小姑娘也懂吗？"

苏伊忙摇头。"一寸缂丝一寸金"，传说中的"织中之圣"，她也只是在报道和纪录片中见过。来这里之前，她从未想过会在婚纱上看到缂丝秀品，那些精细唯美的鸟羽花草，一旦见了，就让人再也难以移开视线。

苏伊问绣娘："做一件婚纱工期要多久？"

绣娘笑道："复杂程度不同，工期是不一样的。没有特殊工艺需求的话，只刺绣，一般要六个月以上。"

苏伊惊讶地道："这么久？"

店长骄傲地道："好的品质值得等待。设计师会根据新娘的需求，进行方案设计。苏小姐有结婚计划了吗？有可一定要提前告诉我，我会安排最优秀的设计师为你量身定做。世界上最好的婚纱设计师，与我们都有合作。"

苏伊连忙摇头，心道太贵了！

一路上，店长在悄悄地打量苏伊和李嘉尚。他发现老板看到好看称心的或别致的婚纱，视线就会落在苏小姐的身上，而这位苏小姐似乎没反应。他们这位尊贵多金的老板，不会还没追到人吧？

他开玩笑道："苏小姐有对象了吗？你看我们李总，青年才俊！"

苏伊倏然红了脸，道："您快别拿我开玩笑了。"

"我觉得你们挺配的呀。"店长笑道。

苏伊连忙问店长一些专业方面的问题和一些与时尚相关的内容，把话题岔开。店长和蔼地一一解答。在问答中，苏伊明白了李嘉尚昨天所说的缺陷。她调研了高中低各个档次的婚纱品牌，但少了 Amethyst 这种超高级别的定制品牌。

Amethyst 不需要扩张、不需要宣传、不针对大众，在圈子里口口相传，甚至刻意保持神秘不想被大众打扰，但这样反而会更吸引人眼球。

社会地位、财富实力，从来就是奢侈时尚的一部分。

即使无法拥有，大家都渴望知晓顶端的风景。

苏伊记录完毕，脑中不禁想起了那句"贫穷限制了我的想象力"。

"受益匪浅，非常感谢。"苏伊收起笔记本，真诚地道谢。

店长笑道："客气了。"然后话锋一转，"苏小姐，今天来了就是缘分，要不要试穿一下我们的婚纱？"

苏伊惊讶地道:"定制婚纱,可以试穿吗?"

"当然是不可以的。"店长哈哈大笑,指着一件挂在制作间的成品婚纱,"这件是用来参加业内展览的婚纱,并不是客人定制的,没人试穿过。不知道苏小姐能不能为我们做试穿模特?我们也很想看看这套婚纱的上身效果。"

苏伊望过去,那件婚纱静静地挂在衣架上,裙摆上的白凤像在孤独地鸣叫。看到它的瞬间,苏伊心动了。

她不知所措,转头看向李嘉尚,眼中是自己都没发现的向往之色。

李嘉尚点头道:"我也想看。"

店长取下婚纱,两个阿姨停下手中的活,一起去试衣间帮苏伊换婚纱。

这件婚纱太大,一个人根本无法穿上。

店长知道换这套婚纱需要一些时间,一边悠闲地给李嘉尚倒茶,一边道:"李总,你要不要去试试和苏小姐相配的新郎服装?我们计划从今年起做男装。"

李嘉尚望向店长。

"试试看嘛。设计师特意请了摄影师过来拍照,马上就到。你看我们这里都是老师傅,谁也穿不出效果。正好你们来了,我就不用去找模特了,帮帮忙吧!"店长拉着李嘉尚走向摄影棚。

设计师的确急着看成品效果,摄影师也马上会到,不过模特嘛,其实店长一叫就有人排着队来。

不过若是来了模特,店长还怎么撮合老板和苏伊呢?

此时,苏伊穿着人生中最贵也是最重的一件婚纱,在两个人的帮忙下艰难地从试衣间走了出来,走向摄影棚。

这件婚纱是一件展品,重点不是实用性,而是好看和创意,因此凝聚了非常复杂的工艺和材料。

银线金丝绣出来的白凤抬头向上,似在悠然鸣叫,整个裙摆都是它的羽翼。外层用轻纱、羽毛、丝线和各类宝石做出了凤尾的效果,那些凤羽是可以动的,会随着她的步履而轻摇。

她的背后是一双薄如蝉翼、近乎透明的翅膀,展开能把她包裹起来。此刻,翅膀垂落在裙摆的凤尾上。

"这是我们的设计师和一个华裔设计师合作设计的,这款婚纱名叫'凤翼天使'。背后那个翅膀是用特殊的光学材料做的,灯光照上去,会有很棒的彩色效果。

当模特挥动翅膀时,像不像一个九天玄女?"店长笑道。随即,他把坐在原地看呆了的李嘉尚拽了起来。

这个时候,苏伊注意到李嘉尚也换了一身衣服。

他穿着一身简单素雅、非常显身材的西装,不过他的裤脚、腰部有一些树纹一样的图案。

店长往李嘉尚的手中塞了一个梧桐树果一样的小宫灯,让他和苏伊站到一起,道:"李总,你站这里。苏小姐,你把手给李总。对,就这样。"

他退后几步看着两人,满意地道:"现在叫作'凤栖梧桐'。"

摄影棚内,苏伊和李嘉尚站在中间。店长和一名店员给苏伊调整裙摆,名叫Peter 的摄影师在一边折腾灯光。

苏伊小声问李嘉尚:"李总,我们为什么要拍照?"

"他说,"李嘉尚指了指店长,"要把婚纱效果图发给设计师看。另外,我们给他当模特,他同意将拍成的照片放到你的策划案中。你的策划里不是缺少照片吗?"

"你和我拍这样的照片,没关系吗?"苏伊担心李嘉尚的总裁形象。

"没关系。"李嘉尚肯定地道,然后低头在她的耳边悄声道,"等你的策划案过了,我再帮你劝劝他,让他让你们来这里正式采访拍摄。"

苏伊觉得耳朵被李嘉尚的声音弄得有些痒,注意到李嘉尚和她之间的距离,连忙退开半步,把距离重新拉开。他俩离得太近了,被人误会就不好了!

她抬头,看见李嘉尚竟然在偷笑。他似乎没注意到他们之间的距离,像盗珍宝的小贼一样,悄悄地谋划着只属于他们的小秘密。苏伊莞尔一笑,身为老板,就这样把公司的神秘子公司卖给媒体好吗?

摄影师调好灯光,看他们气氛融洽,也不提醒他们,直接举起相机抓拍。过了一会儿,摄影师突然出声,用不怎么标准的普通话指挥道:"麻烦新郎离新娘近一点,动作亲密一点……"

这是一个对老板身份一无所知的摄影师,他的话把李嘉尚和苏伊都吓了一跳。他成功地抓拍到两人同时害羞和错愕的表情,竖起拇指夸道:"很好!很好!"

照片上,即使李嘉尚和苏伊没有对视,也能让人感觉到他们之间的暧昧气息。

随着拍摄的进行,他们的动作越来越亲昵,距离越来越近。苏伊感觉很奇怪,直到李嘉尚拿着道具钻戒走到她的面前,她才明白过来。

如果只是帮忙，李嘉尚真的能做到这种地步吗？

"你们要有感情，有感情才能进入状态！"Peter举着相机指挥，"新郎，你向她求婚！"

苏伊一惊。

李嘉尚举着钻戒向她开口求婚："你愿意嫁给我吗？"

苏伊蒙了，脑海中响起一阵嗡鸣声。

"新娘感动一点！你现在得偿所愿，喜欢的人正在向你求婚！"Peter大声道。

苏伊不知道自己现在是什么表情，满脑子都是"李嘉尚在想什么"。

不可能的！

为什么不可能呢？

苏伊盯着李嘉尚满是深情的眼睛，突然感到惊慌。她丢下李嘉尚，在大伙的哄笑中跑了。她拖着长长的裙摆，使出全身的力气跑了。

Peter把相机递给李嘉尚，遗憾地道："只抓拍到一张！你的女朋友太害羞了。"

李嘉尚凑近一看，相机中苏伊瞪圆的大眼睛中满是难以置信，但没有任何讨厌的情绪。

今日，他不虚此行。

新的征程 *11*

主持人我会当，模特我也会当

　　LS 十周年特刊策划报告会。
　　每一个板块的负责人都在汇报自己的方案。
　　会议进行到一半，重头戏到了。
　　三个编辑组按顺序，依次汇报特刊的策划内容。
　　A 组的陈瑾选择了新生代时装品牌专题，集中介绍活跃在世界各地的新一代国内设计师和品牌。
　　"有突破，不错。"Amanda 合上策划书，示意下一个人上台。
　　陈瑾回到座位上，坐到苏伊的身边，听到后排的编辑们在小声议论她的方案。
　　她的方案在杂志界和时尚界都有推行的价值，宣传本土品牌也是杂志社的一种责任，能汇聚众多品牌做集中采访，绝对是一个盛宴。唯一的问题是对大众而言，这些品牌不出名，它们存在的时间太短，定位不明。这样的一个方案，能承载起十周年特刊的重任吗？
　　B 组的赵茹简单直接——邀请合作的所有明星，开一场时尚大宴。
　　到时候，女明星们肯定会争奇斗艳。大伙现在就能想象出那种精彩的画面，再想想粉丝们的购买力，真是可怕又心动……
　　"会不会和 LEE 年底的慈善晚宴很像？"有人小声议论道。
　　Amanda 脸上依旧没有什么情绪，道："下一个。"

苏伊站了起来，赵茹回到座位上好整以暇地喝着咖啡。

赵茹前几天就知道了苏伊的策划案主题是婚纱，这个方案太老土了，对她根本构不成威胁。

当屏幕上显示出苏伊的方案时，会议室的人都感到惊讶。

根据苏伊以往的表现，大伙以为她会做一个针对年轻人的有创意的方案，没想到她的策划主题有些朴素……

"一直以来，LS坚守对时尚女性的承诺。在十周年这样的庆典上，我选择回归初心，选用与创刊号主题一致的婚纱，策划名为'不变的约定'。我经过调研发现，不过短短十年，婚纱已然大不相同……"苏伊不慌不忙地开始解说。

"我就是因为看到LS的创刊号才决定当时尚杂志编辑的。"

"我家还有创刊号呢。"

"好久没在时尚杂志上看到婚纱了。创刊号之后，我们的杂志上也没出现过婚纱吧？其他家的杂志好像也没有……"

"这几年没有。"

在座的编辑们不禁小声议论起来。

陈瑾其实也翻阅过往期的经典刊，不过是为了规避错误，而不是用来参考。即使隔了这么久，要在以前做过的内容上创新，也比做个全新的方案更加困难。她转头看向赵茹，赵茹依旧是一副不以为意的样子，但Amanda似乎产生了兴趣。

苏伊说完了方案由来后，开始展现实例了。此时，屏幕上是苏伊、苏翔太和夏熙阳去调研时的合影。

大家惊疑地道："这模特……"

"你还去试穿了？"Amanda笑着问。

苏伊脸上泛红，不好意思地道："我想把调研材料放进方案中，但是不能用别人的照片，试穿后就用自己的照片了。"

"不错，你身为组长还能去调研，让我感到很惊喜。调研是方案的基础，作为组长不能把调研任务随便交给部下、实习生们，最后只看数据，而应该出门熟悉用户。你们的用户，不光是品牌商，还有每一个在调研中可能遇到的读者。"Amanda扫了一眼在场的其他人。

赵茹笑容不变，却在桌下握紧了拳头。凭什么她去年参考旧期刊就是不够创新，苏伊参考创刊号就是回归初心？不公平！

苏伊继续给大家展示案例，这次屏幕上出现的是她和李嘉尚的合照。想到李嘉尚那天的表现，苏伊的脸又红了。她轻轻地拍了下自己的脸。她昨晚对李嘉尚的照片进行了处理，用一个熊猫头图案遮住了他的脸。他身份特殊，被 LS 的同事们看到也不大好。

"这次调研，得到了 LEE 集团下婚纱品牌 Amethyst 的特别支持……"

"Amethyst！天啊，那个均价百万起的 Amethyst！"

"Amethyst 是 LEE 的？"

听到 Amethyst，连一直沉默的人都忍不住发出惊叹声。这种传说中的神秘存在，苏伊不但去那里调研了，还在那里试穿了婚纱！

大家都难以置信地望着苏伊，开始窃窃私语。

去年，周可可演的都市剧大火，她穿的那件婚纱的相关话题更是连续占据热搜榜榜首三天。这让在圈内大名鼎鼎的 Amethyst 走进了大众视野。可即便是那时候，Amethyst 对外都没有一点反应，好像这些事都和他们无关似的。不过，倒是有不少人挖出了与 Amethyst 有关的各式各样的传说，让这个品牌愈加显得神秘。

只要把"Amethyst"印到封面上，就可以让其他杂志望尘莫及了。

"你是怎么调研到 Amethyst 的？"有人好奇地问。

赵茹看着那个熊猫头图案哼了一声。挡了头又怎么样？当她看不出来吗？那分明就是李嘉尚。既然 Amethyst 属于 LEE，苏伊怎么调研到那去的可想而知。

"明明是竞争策划创意，你却利用和 LEE 总裁的关系扯上 Amethyst，别人怎么比得过你？"赵茹愤愤地道。

闻言，其他人纷纷静下来，不可思议地望向赵茹，不明白她怎么突然就发怒了。

"还没公布用哪套策划案呢，大家不要激动。"有人打圆场。

"要有好戏看了……"有人小声道。

"如果只考虑杂志的销量和短期的话题度，B 组的方案是最优的。可我们要把十周年特刊做成另一个年终时尚晚宴吗？"Amanda 开口道，"LS 已经存在十年了，销量和话题度是最重要的吗？"

大家你看我，我看你。

"我们行业竞争激烈，新媒体在不停地冲击我们，纸媒又日渐式微。这时候，我们是不是更应该思考我们的定位是什么、我们是谁、我们服务于谁、我们要传达的是什么？"Amanda 的目光扫过每一个人，"我不希望你们将精力全放在流量上，时尚没有那么简单。你们都是专业的，这次的方案用哪个由你们来选。"

陈瑾第一个道："我投 C。"

大家看向她。

"我们来计票吧。"陈瑾站起来，拉过白板，写上 "A""B""C"，开始不记名投票。

最终，苏伊的方案战胜了方案 A 和方案 B。

会议结束，小薇兴奋地凑到苏伊的旁边，抱着苏伊的笔记本电脑，没心没肺地开口祝贺："老大，恭喜你要升职加薪当副主编啦！"她兴奋过头，没注意到经过她身后的赵茹，向后退的时候踩到了赵茹的脚背。当她感觉到脚下不对时，赵茹已经被她撞倒了。

这时 Amanda 已经走了，会议室内还有不少人在聊天。大家看到赵茹失去平衡倒在地上，一时都愣住了。

"赵组长，你没事吧？我不是故意的！"小薇赶忙去扶赵茹。

赵茹本就生气，现在又是当众狼狈一摔，新仇旧怨一股脑地涌了上来。她一把推开小薇，道："滚开，少在我面前假惺惺！"

小薇被赵茹一推，撞到了桌角，马上就是一声哀号。

苏伊拉住小薇，让她坐下，又去拉赵茹，生气道："小薇不是故意的。"

赵茹把苏伊的手打开，道："我怎么知道她是不是故意的？一丘之貉，不，你比她更恶心！"

"你说什么？"小薇气得大吼。

"苏伊，你真会算计，先是利用弟弟替模特救场，让大家都承你的情，再把弟弟塞进 LEE 内。你一边讨好公司，一边跟 LEE 的总裁不清不楚。你为什么不早说苏翔太是你的弟弟，是算计好了被爆料不正当关系后好装可怜吗？你是不是还要趁机博得李嘉尚的同情，方便你嫁入豪门，一夜翻身？你真是打得一手好牌！苏翔太靠这样的方式走红也不嫌恶心。"赵茹扶着椅子站起来，刻薄地侮辱苏伊。

赵茹说她和李嘉尚，苏伊觉得无所谓，只是赵茹说到苏翔太的时候，苏伊脸色猛地一变，眯起眼，故意激怒赵茹："那也得有人配合，我才能借题发挥呀！说来，我还得谢谢某人煞费苦心地为我铺路呢，不然，翔太也不会因祸得福火起来。"

"因祸得福？你料定了我会爆料……"赵茹恼羞成怒，瞬间又僵住了，过了半晌才怒道，"苏伊，你诈我！"

"竟然真的是你，赵茹！"苏伊又气又不解。

之前，LEE 的技术部查出最初在网上爆料的网络地址来自 LS，苏伊就有所怀疑，但仍不相信赵茹会这么做。可赵茹就是这么做了！苏伊道："为什么？你为什么这么做？"

"我没有，不是我！我不知道你在说什么！"赵茹脸色发白，急匆匆地抱着笔记本电脑往外走，却在门口看到了不知何时又走回来的 Amanda。

"小薇，你去把赵茹的电脑拿来。"Amanda 凛然地道。

闻言，赵茹的脸色瞬间苍白。

果然，他们在赵茹的微博登录记录中，找到了黑苏伊的账号。

苏伊没有当即责难赵茹，她时尚顾问的工作还没做完，下午还要去 LEE 上班。Amanda 让赵茹尽快完成手头上的工作，也不再多言。

下午，LS 陷入从未有过的寂静中，办公室内的气氛都变得死气沉沉的。

下班后，B 组的员工蜂拥而去。小薇和 C 组的同事一起往外走，看到以往总被 B 组的组员簇拥到最后一刻的赵茹，现在竟孤零零地坐在办公桌前皱着眉工作。

"真是墙倒众人推啊……往常她不走，B 组的其他人谁敢先走？"

"其他人都走了，她还在这里，不觉得尴尬吗？"

"人家有什么尴尬的？这对人家来说都是小场面。"小薇怒哼，"论手段，咱们在人家面前都活不过两集呢，哪轮得到咱们替人家尴尬……"

"她现在这个位置还指不定是怎么得来的。不知道她这些年算计了多少人。"其他人小声道。

"她怎么还不被开除？"

听着那些远去的声音，赵茹把手重重地砸向键盘，咬牙切齿地道："我得到的这一切都是靠的自己！"

只是偌大的办公室内此刻只剩下她一个人，她汹涌的怒火也只能燃烧自己。

赵茹望着空荡荡的办公室，心中一片凄然："呵呵，时尚圈就是这么现实。你得势的时候，别人把你捧在中心；失势的时候，每个人都对你避之不及。"

可事已至此，赵茹也只能低头。

以 Amanda 的脾气，她知道自己在这里工作的时间不多了，得思考手上的资源该交给谁。

腹痛时，她习惯性地从抽屉中翻出止痛片，就着一杯冷咖啡下肚，继续写交接内容。

夜已深，办公室内一片静谧。电脑屏幕的冷光照到赵茹的脸上，把她痛苦的脸照得显得愈加惨白。

LS楼下，苏伊从李嘉尚的车上匆匆跳下来。她把放有重要资料的U盘落在公司了，加班要用时才想起来。李嘉尚路过，便好心地送她回来取U盘。

苏伊匆匆推开办公室的门，办公室内只有一处的灯亮着，座位上却看不到人，她纳闷："谁在那里？"

她找到U盘准备关灯，突然看到过道中有一只脚，吓得尖叫起来。

在走廊外等苏伊的李嘉尚听到尖叫声，心头一紧，匆忙冲进来，看到苏伊正跪在地上摇晃昏倒的赵茹。

赵茹紧闭着双目，神色痛苦地捂着肚子。

"赵茹，你醒醒！"

"别动，我看看。"李嘉尚走过去检查，"没有外伤，她有遗传病吗？"

"我不知道……"

"别慌。"李嘉尚把赵茹放平，给急救中心打电话。

之后，苏伊陪同赵茹上了救护车，一路上不禁自责起来。是不是因为她今天揭穿了赵茹，赵茹才会这样？

当手机铃声再次响起时，苏伊才从慌乱中回过神。她接通电话："喂，李嘉尚。"

"我跟在救护车的后面，你别怕。"李嘉尚冷静的声音响起。

有了他的安抚，苏伊慌乱的心逐渐平缓下来。

很快，赵茹被送进急诊室，苏伊和李嘉尚在外面等。

急诊室外，医生和护士穿梭在焦躁的家属群中，哭闹声、脚步声不绝于耳，苏伊隐约能听到外面救护车发出的鸣笛声。在这里，丝毫没有夜晚该有的寂静。

在这样的环境下，苏伊越发紧张起来，两只手用力地握在 起。李嘉尚看到了，伸手握住她的手，感觉一片冰凉。他张开双臂，把苏伊轻轻地揽在怀里。此刻的她脆弱得让人心疼，李嘉尚温柔地安慰道："我们已经到医院了，她不会有事的。"

闻着李嘉尚身上散发出来的独特香味，苏伊的情绪逐渐平复下来。片刻后，她才反应过来自己还在李嘉尚的怀里。她知道自己不应该和对方如此亲昵，但就是有些舍不得离开这个怀抱。

最终，她还是主动离开了李嘉尚的怀抱，抬头冲他道谢。

当她离开时，李嘉尚眼底闪过一丝不舍之色，平静地问："我可以知道发生

- 239 -

了什么事吗?"

苏伊不安地点点头,小声地把上午发生的事向李嘉尚一一道出。李嘉尚安静地倾听,在她停下的间隙,一遍遍地安慰她。

过了一会儿,急诊医生拿着诊单出来询问:"你们谁是她的家属?病人急性盲肠炎,需要动手术。"

苏伊一直揪着的心放了下来,幸亏不是严重的疾病。

她道:"我是她的同事……"

"那你先去挂号,然后联系她的家属,让她的家属赶快过来。"

苏伊挂了号后,打电话给人事专员,要来了赵茹留在公司的紧急联系人电话,赶紧打电话通知了赵茹的爸爸。

等了一会儿,赵茹的爸爸还没来,苏伊不禁有些着急了。她正和医生商量能不能代签时,一个穿着宽大汗衫的胖大爷,摇着扇子、迈着不慌不忙的步子从走廊的一头走来。他衣服上绣着脸谱,脖子上挂着一串长长的珠子,怎么看都像遛弯走错了地方。待这人走近,苏伊看到他和赵茹有些相似的眉眼,连忙问道:"请问,您是赵茹的父亲赵叔叔吗?"

"是我。"赵父走过来,擦擦额头上的汗,不急着接医生递过来的手术同意书,张口问道,"小丫头,赵茹是不是得算工伤呀?大夫,这算几级工伤?得赔我们钱吧?"

苏伊闻到赵父身上的酒味,忍不住皱眉,道:"我是赵茹的同事,我会联系公司负责人和您对……"

"你们买保险了吧?我闺女可说你们是良心企业。"他继续道。

苏伊一愣,而后道:"买了,您放心。"

医生懒得听他们无关紧要的对话,拍拍单子道:"你是病人的爸爸对吧?她现在需要手术,您签个字。"

赵父瞪眼道:"我得问清楚啊!要是我签字了,他们公司到时候不认账怎么办?"

医生道:"我们是有医疗记录的!您的闺女只是急性盲肠炎,小手术,风险不大。要不您再考虑考虑?"

赵父拿过单子,皱着眉开始看起来。

医生有些无奈,道:"您真要考虑考虑呀?"

"签签签，我签，不过，我没带钱啊！"

苏伊忙道："没事，叔叔，我先垫付。"

待医生拿着手术同意书离开后，苏伊向坐在手术室外玩手机的赵父道别。

赵父爽朗地道："行，我看着。辛苦你啦，小姑娘。"

苏伊走了几步又返回去，从钱包里掏出仅有的几百元现金给赵父。

即使坐进了李嘉尚的车里，苏伊还在想她和赵茹之间的恩怨。

车行驶进夜色里，路灯透过车窗照到苏伊的脸上。

"我是不是不该当众揭穿她？"苏伊嘟嘴喃喃自语。

李嘉尚看她陷在自责中难以自拔，干脆把车停在路边，打开车内的灯和她聊天。

苏伊从发现赵茹晕倒起就处于慌张中，即使已经得知赵茹没大事了，依旧愁眉不展，比赵父更关心赵茹。

李嘉尚觉得苏伊傻得既好笑又可爱，让人心疼又无奈，道："医生说了，她是长期生活不规律导致的突发性盲肠炎，与你无关，你不用内疚。"

苏伊叹气，道："没想到她这么要强的人，竟然有这样的一个爸爸。"

"你同情她？"

苏伊摇头，道："也算不上同情，只是觉得大家都不容易。其实，她也没给我带来实质性伤害。她爆料的时候，确实不知道翔太是我的弟弟。李总，LEE 能不向她追责吗？"

李嘉尚叹气道："你之前明明叫我李嘉尚的。"

苏伊："……"

"如果你不打算追究，LEE 就不会为难她，我尊重你的选择。"

闻言，苏伊终于露出了今晚的第一个笑容："谢谢你，李嘉尚。"她别过头看他，额边的碎发随动作落下，挡住了她的笑脸。

李嘉尚情不自禁地伸出手，把碎发撩到她的耳后。他的手指避开了她的脸庞，却不小心碰到了她的耳朵。苏伊被碰到的耳朵倏然变红，脸也跟着发烫。她忙躲向一旁，李嘉尚讪讪地收回手。

他并非有意，但短暂的触感让他心间生出一种奇妙之感，像一丝电流稍纵即逝，觉得微甜又有些遗憾。

李嘉尚重新启动车，道："你傻不傻？替陷害你的人道谢……"

— 241

"傻就傻吧。"苏伊靠在椅背上闭目养神，不再看他。

李嘉尚打开音响，舒缓的音乐响起。他道："你休息一会儿。"

苏伊点点头，经历了这跌宕起伏的一天，她早就累坏了。在温暖的车内，她觉得安心又放松。没一会儿，一丝睡意涌上她的心头。

李嘉尚望着她，他的光在小憩。她即使受了委屈，内心也不会有一丝介怀。

无论她选择怎么做，他都会保护好她。

"既然你求情，我便答应你不开除她。"Amanda冷淡地道，"不过，做错了就是做错了，该罚的还是要罚的。她的组长职位暂时取消。"

Amanda昨晚就听说赵茹晕倒了，没想到苏伊一早就跑来她的办公室替赵茹求情。她被磨了一上午，耳朵都听得起茧子了。

"你这样不怕别人说你'圣母'吗？而且苏伊，以赵茹的傲气，她不见得会领情哦。一怒之下，她递辞职信也不是没有可能的。"

苏伊摇头笑道："我不是'圣母'，也不指望她领情。像她这么高水平的编辑可不好找，我这是在替公司着想。您放心，我有办法让她回来上班。不过，处罚通知得我去给她。"

Amanda蹙眉，不知道苏伊打的什么主意。

不过苏伊说得对，如果开除赵茹，LS将会有很大的损失。

如果苏伊想追责，Amanda也会为了公正而辞掉赵茹。苏伊虽然还需锻炼，但好在不冷血。若苏伊能让赵茹消停下来，她也乐见其成。

医院内，苏伊寻到病房来。病房的门开着，赵父正背对着门吃苹果，赵茹醒着，面色依旧不好。

"你说说你，傻子一样，卖命有用吗？不涨工资还给我找麻烦。得花多少钱？"赵父说。

"能报销。"

"报销什么？买水果、买饭能报销吗？"赵父不满道。

"那不都是你吃的，凭什么报……苏伊？你来看我的笑话吗？"赵茹看到了站在门口的苏伊，愤愤地道。

"怎么说话的？你这个同事好心送你来的，还给你垫了钱，你得谢谢人家。"赵父转过身，看到苏伊马上热情地站起来，"小姑娘，你快来坐。"他还记得苏伊呢。

"狗拿耗子。"赵茹别开头道。

苏伊："谢谢叔叔。"

她又对赵茹道："我替公司人事专员转达一下，你可以带薪休假五天。"

赵茹冷哼一声，带薪休假五天？怕是五天后回去做工作交接，等着被开除吧？

"我还有一点工作没完成，明天就会回去上班，不会给你们添麻烦。"

闻言，赵父急了，道："你是个傻子吗？"哪有公司批了假还傻乎乎地赶着去上班的？

"叔叔，我和赵茹聊聊工作。"苏伊向赵父笑着道。

"行，你们聊，我出去透透气。"赵父站起来，不忘嘱咐赵茹，"你别说要马上回去工作，我不同意啊！"

他走出几步又返回来，道："这个月的生活费你还没打给我呢？我怎么给你买东西？给我转点钱。"

赵茹愤愤地用手机给他转账，道："你不许去打牌！"

"好好好……"赵父看到钱到账了，马上改口，嚣张地道，"好好歇着吧，操那么多心。我是你爸，还轮不到你管我！"

苏伊在一旁看得惊了。

赵父走了，病房内的气氛冷了下来。

苏伊不再笑了，赵茹也没了顾忌，道："说吧，你来干什么？看笑话吗？"

苏伊从包里掏出装着处罚通知的信封，举起来，得意扬扬地道："你的处罚结果我带来了，你迫不及待地想知道吧？"

赵茹抓紧床单，愤怒地道："你……你就这么迫不及待，都不肯给我去做交接的时间吗？"

"成王败寇。赵茹，你输了，而且你是罪有应得！"苏伊仿佛战斗胜利一般，耸肩一笑。

赵茹气得冲过来掐苏伊的脖子，愤愤地道："苏伊！都是你！都是因为你！你毁了我的人生！既然这样，你就来陪葬吧！"

苏伊被赵茹吓了一跳，一不留神，就被赵茹掐住了脖子，但赵茹还在病中，根本就不是苏伊的对手。

苏伊轻松地把赵茹撂倒在床上，道："你被处罚是你咎由自取！现在走投无路，你就只能想到用暴力了？你就这点水平还跟我斗？"她不怕赵茹牵动伤口，死死

- 243

地按住赵茹。

赵茹无论怎么挣扎都起不来，最终哀号道："我为什么要遇见你？为什么非要遇见你？！"

苏伊没想到把人惹哭了，慌忙松开手往后退。这是她第一次把女生弄哭了。

"哎呀，完了，玩笑开过了！"苏伊对赵茹的最后那点怨气也散了，只剩尴尬了。看着赵茹趴在床上痛哭，苏伊都不知道要把手放到哪里才好。

苏伊把信封丢到床上，没什么气势地吼道："你还是先看看结果吧。我可不会跟你客气的，阶下囚。"

赵茹满脸怨气。她从小要强，尤其是赵母不在后，她就再也没在人前哭过。这次，她彻底败了，败给了苏伊，但是她的自尊心不允许她就这么败了。

"不用说了，苏伊，我不会放过你的，我做鬼也……"说着，赵茹想往窗外跳。

"哎呀，做什么鬼？我们还是谈谈现世报吧！我们没完，以后……"苏伊一把拉回赵茹，深吸了一口气，气势汹汹地道，"我现在升职做副主编了！你也不再是 B 组的组长！现在，你归我管。我要让你心服口服地做我的部下！"

赵茹大惊道："我没被开除？不可能的，Amanda 一定会把我开除的……"

难道是？

赵茹难以置信地看向苏伊。

苏伊还在演霸道副主编，道："当然，我才不会那么快地放过你！总之，你归我管，要为我做牛做马！就这样，你先养病吧，我走了！"

苏伊拎起包，匆忙地往外跑去。要是赵父回来发现她把赵茹弄哭了，她就跑不掉了。她果然不擅长欺负人，下次还是找阳阳和翔太先排练一下吧……

"苏伊！"

听到身后的喊声，苏伊一顿。

"苏伊，我是绝对不会领情的！我们走着瞧！"

苏伊回过头，一挑眉，傲气地道："我等着！"

对有些朋友，无须多言；对有些对手，更无须多言。

苏伊觉得她大概一辈子都不可能和赵茹完全和解。

只是，那又怎样呢？

苏伊升职后变得愈加忙碌，不再天天去 LEE 上班。她虽然依旧挂着 LEE 时尚顾问的头衔，但每周也只能去 LEE 一次。可不知为什么，LEE 的人对她依旧很客气，没有表现过一丝不满。

李嘉尚帮苏伊说服了 Amethyst 的店长，让店长接受了采访。不仅如此，被说服的店长还说服了几个寄放婚纱的国际明星，让他们做婚纱模特。

苏伊感恩戴德，这些国际明星可不是他们现在就能请动的。

这时候，她突然期待 LS 能成为世界范围内的顶级杂志。

后来，十周年特刊成功发行，销量虽然没打破有李嘉尚专访的那期，却在业内和大众用户中得到了很高的评价。"回归初心的主题""传说中的 Amethyst"，很快就成了热门话题。不仅如此，杂志内容也被推上了热搜榜。LS 的时尚内容成功出圈，又一次在大众视野内刷新口碑。杂志告罄后，网上又有人发起收购帖，引起了一波热潮。

然而，苏伊暂时还不知道这些。

此时，十周年特刊样刊才出来。苏伊检查无误后回复了印刷厂，然后躲进会议室，瘫坐在椅子上，捧着咖啡杯喝了起来。

突然，小薇匆匆推门跑进来，道："老大，主编找你！"

"知道了。"

苏伊喝了两口咖啡，晃了晃脑袋，前往 Amanda 的办公室。

到了 Amanda 的办公室，Amanda 把苏伊曾经提交的一份计划书交给她，道："现在，你可以推进了。"

那是苏伊刚进公司时做的工作计划书，是当时几乎没有可行性的"异域风情"。

苏伊震惊地望着 Amanda。

"怎么，刚来的时候敢提，现在反而胆怯了？"Amanda 笑着问。

"不，我一定不辱使命！"苏伊大声道。

"这个困难重重，不过我不会帮你的。"Amanda 狡黠一笑，"能推动这个，你才能真正坐稳这个副主编的位置，加油吧！"

在苏伊的计划中，"异域风情"是 LS 走向世界的第一步，其中不仅包括他们已经接触过或合作过的日韩、北美和欧洲部分，还有他们这次要闯入的新世界——大洋洲和亚欧之间的中东地带。

在具体的工作安排中，苏伊选择了历史文化悠久、和亚欧文化有千丝万缕的联系的 T 国。

"大洋洲就拜托你了。"苏伊把策划书交给陈瑾,"你手上的很多合作商在那边有业务,要多多辛苦你了。"

"放心。"陈瑾笑着开始看策划框架,具体的细节需要她根据调研结果调整。

赵茹抱胸坐在一边,沉着脸不看人,可苏伊知道,她在仔细地听着。

赵茹虽然被撤了组长的职位,却依旧在带 B 组的工作。她现在还想把职位收回去,肯定不会放过这么大的企划项目。

"我想把日韩这块交给你。"苏伊把另一份策划书给赵茹。

赵茹高傲地"嗯"了一声,却快速地接过策划书翻看起来。她的资源主要在国内和周边国家,所以她对苏伊的安排并不感到意外。

"中东地区,特别是 T 国,我会自己去。等其他地区的项目做完,我们再一起来做欧美部分。"苏伊补充道。

赵茹和陈瑾惊讶地对视一眼,她们以为苏伊会选择最大的欧美市场,中东只是无关紧要的一环。

陈瑾皱眉,道:"中东……赞助商你打算找谁?"

苏伊摇头,表示还没想好。

她们知道,就算谈好了总赞助商,对方也更愿意将精力放在发达市场。而中东市场,不确定因素太多,谁愿意花钱开荒?

这次的策划,规模这么大,一定会启用国际知名模特和艺人。可若是去中东地区,恐怕很难找到愿意合作的嘉宾。

苏伊当然知道这些问题,因此才会自己上。

"该先从谁下手呢?"苏伊打开自己的通讯录,把在中东有业务或者与中东有关的客户筛选出来。如果中东地区没有赞助方,恐怕很难谈下总赞助商。

苏伊一家一家地联系,却被一次一次地拒绝。正惆怅时,她的手机上突然来了新消息。苏伊点开一看,是苏翔太的消息:"姐姐,该吃晚饭啦。"

这段时间,苏翔太被徐逸拉去欧洲参加时装周,随后又被迫参观、参加各种时装秀。徐逸为他制定的发展策略,就是让他先塑造一个"时尚学霸"的形象,再向其他领域跨界发展。

在国外的苏翔太生怕苏伊又不记得吃饭休息,因此无论有几个小时的时差,都会准时按照北京时间提醒她。

"这就吃。"苏伊回复。不过,她的回复十次至少有五次是应付。

苏翔太已经不那么好骗了,回复道:"嗯,吃了什么拍照给我看。"随即,他又发了一个可爱的笑脸图片。

苏伊一僵,不禁感慨苏翔太变了,再也不是好哄好骗的可爱弟弟了。

苏伊捶胸顿足,思考找谁一起吃饭。这时,她又收到了一条消息。

李嘉尚:"新发现一家不错的餐厅,要不要一起去尝尝?"

"谢谢,我已经和同事约好了。"苏伊回道。

LEE 内,郑和叹了口气,十分同情地道:"再接再厉。"

李嘉尚郁闷地放下手机,他的备忘录上又多了一家想去却没去成的餐厅。

自从上次在 Amethyst 拍完照,苏伊似乎察觉到了什么,总是有意无意地躲避他,除了送赵茹去医院的那次。

郑和凑上来拍了拍李嘉尚的肩膀,没心没肺地道:"别灰心嘛,餐厅若是订好了,我陪你去。夏熙阳也刚刚拒绝了我,我们难兄难弟正好一起……"

他的话还没说完,李嘉尚就递给他一个满是警告的眼神。

郑和收到警告,马上调整表情。作为一个合格的恋爱顾问,他开始帮李嘉尚分析:"我觉得,苏小姐不是对你全无好感。你想想你们的合照,眼神是骗不了人的。"

李嘉尚不禁想起了那天穿着婚纱的苏伊。

见李嘉尚不语,郑和安慰道:"没准她最近工作忙呢?听阳阳说,她最近升职了。"

李嘉尚点头,他要找机会了解苏伊最近在忙什么。

不过,不待李嘉尚找苏伊,苏伊第二天就登门来拜访他了。只是,这次又是和工作有关。

LEE 的几个负责人翻看苏伊带来的方案,偷偷地瞄李嘉尚。老板一副生人勿近的模样,连李秘书都坐得离他远了些。

他们纠结了,这位苏小姐不是老板的女朋友吗?老板这态度,到底是赞同还是反对呢?

没一会儿,LEE 的员工群内发出"天气预报":"今日老板的心情,晴转多云,雷雨大风将至,宜远离,勿叨扰。"

和苏伊较熟的市场部总监思考片刻,开口道:"如果是亚欧市场,以我们和 LS 的关系,我们是不介意参与的,但苏小姐的主要方向似乎是 T 国?"

— 247 —

苏伊点头道："如果是 LEE 的成熟市场，我就不会来麻烦各位了。以 LEE 在亚欧的市场占有率，加不加入意义不大。"

LEE 的几个高管互相看了看，其中一个人坦诚地道："不瞒苏小姐，我们明年的战略市场是 M 国，因此我们可以参与美洲市场。中东市场嘛……"

苏伊早料到沟通会有困难，继续道："M 国市场虽大，但细分市场很多，而且东西方文化差异大，我们在 M 国不具备太大的优势。不管怎么说，我还是很感谢各位愿意赞助。LEE 不是走一步看一步的公司，战略应该立足当下甚至放眼全球。T 国位于'一带一路'经济区之内，会逐渐发展起来，不该被忽略。LEE 若从这里入手，积极发展沿线国家和地区的经济合作伙伴，也会得到很多政策便利。"

LEE 的几个高管不语，同时看向市场部总监。

市场部总监笑而不语。年初，他构想过 LEE 的全球战略，"一带一路"经济区正是战略重点之一，老板也认可了，但董事会认为时机尚不成熟，需要更多的数据调研，如果以此次为契机的话……

"李总，我们的战略规划和苏小姐所说的有所重合。但是，我们对中东市场的调研角度更广，包括历史文化、贸易、金融、地产等方面。若是和 LS 合作，以时尚作为切入口，也不失为一个好方向。"

闻言，苏伊眼睛发亮，忍不住转头望向一直没出声的李嘉尚。此刻，李嘉尚周身似乎都散发着金光。

然而，李嘉尚却果断地道："不行。"

这下不只苏伊，连 LEE 的高管们都愣住了。

不行吗？

苏伊错愕地望着李嘉尚，李嘉尚却沉稳地道："公司的战略规划，只调研时尚方面太片面了。"

苏伊暗自叹气。无论是美妆还是新起步的演艺方面，都只是 LEE 巨大产业中的很小一部分。她分析过 LEE 的发展方向，才敢提出这样的想法。可从 LEE 的角度看，在海外和 LS 合作对集团的帮助太微弱了。

苏伊想放弃时，李嘉尚又开口道："既然要调研，就全方位调查清楚。"

这次，换 LEE 的高管们惊讶了。

李嘉尚继续道："我带队。"

他话音刚落，李秘书嘴里的一口水差点喷出来了。老板要亲自带队调研？

LEE 的高管们全慌了。要是李嘉尚去调研了，那这事就不再是和 LS 合作的问题了，而是代表着 LEE 集团未来的发展方向。

苏伊完全蒙了，这是什么情况？她只是想找 LEE 要钱，怎么就突然变成 LEE 的跨国发展战略调研了？

"你计划什么时候出发？"李嘉尚不管想揪头发的高管们，悠然地和苏伊聊起来。他们似乎讨论的不是涉及两个公司的大项目，而是讨论去哪里逛街。

苏伊一脸茫然地道："还没定具体行程。"

李嘉尚抱歉道："我这边可能会需要一些准备时间。"

苏伊默默地点头，她懂。李嘉尚若是要去，LEE 得提前联系相关部门，还有那边的使馆和有业务往来的巨头公司。弄不好，他们还需要和当地政府协调行程和路线。

苏伊尽量让自己往乐观的方向想。李嘉尚若去，虽然会让她的个人事情变得很麻烦，但会让团队中的人变得安心，包括她……

Amanda 怎么都想不到，苏伊出了趟门回来，他们原本仅限于时尚领域的"异域风情"项目突然就变成了由 LEE 总赞助、LS 主策划的大型时尚文化项目，还要拍摄访谈纪录短片。

既然李嘉尚要去，那 LEE 一定会投钱。LEE 的策划部门本着一份钱只做一件事就是浪费的原则，决定再追加少许投资，干脆把这项目做大，使其不再是 LS 的时尚项目，也不只是 LEE 的调研项目，而是"一带一路"旋律下时尚、文化、商业等多线并行的跨领域大项目。

苏伊向 Amanda 解释事情的经过，但人还是有些蒙。当时，她觉得这是一个拓展人脉的好机会，就顺势应了下来。

"如果我们同意，明天我就和 LEE 的人一起去找电视台的人接洽。"

"你怎么想？"Amanda 问。

"我觉得这是一个机会。有 LEE 和官方媒体的加入，我们可以拿到平时接触不到的数据和资料，对未来绝对是有益的。"

Amanda 点头，道："既然全权交给你了，你就放手去做吧。"

有了 LEE 的支持、电视台的背书和 LS 的执行力，兼顾人气、亲和力和专业水准的嘉宾很快就敲定下来了——实力派青年演员林峰、中东文化的权威教授俞恒、国际知名的混血模特可儿。不过，他们还缺少一个主持人和男模特。

针对主持人和男模特，LEE演艺部想拿下其中一个名额，而其他合作方也各有各的想法。最后，他们干脆推荐自己的人过来进行选拔。

徐逸得到消息，带着苏翔太从F国飞了回来，但他给苏翔太选的方向却出乎大家的预料。

"你让我去参加主持人选拔？"苏翔太看着申请表，不可思议地道。

"这次的嘉宾相当于半个主播，因此主持人就不需要那么专业了，只要把词串下来就行。你英语好，又是学霸，没问题的。相信我，这次你当主持人比当模特好。"徐逸劝道。

如果苏翔太打算一辈子做模特，徐逸当然会推荐他当模特。可这么久相处下来，徐逸发现苏翔太在很多方面都有很不错的条件，而且苏翔太也不排斥综合发展。他们已经去过时装周了，就没必要在模特事业上耗费更多的精力了。

苏翔太明白徐逸的想法。通过当主持人，他可以和电视台搭上线，还可以和林峰接触拓展人脉，但他最想要的是和苏伊一起工作。

见苏翔太不语，徐逸皱眉道："翔太。"

"我知道了，主持人我会当，模特我也会当。"苏翔太把申请表又复印了一张，"这样就可以了吧？"

"你如果没选上主持人，我不会让你去当模特的。"

"好。"苏翔太填完两张申请表，塞到徐逸的怀里。

徐逸感到又气又开心。他就喜欢这样又酷又有脾气的小孩，只是"姐控"这毛病到底能不能治？

得知苏翔太报了两个名额时，连Vivi都惊讶了。训练室内，大伙讨论着这次的选拔。他们这些没出道的连报名的资格都没有，这时候竟然一致为苏翔太加起油来。

"模特的话，翔太没问题吧？"

"应该吧，苏姐不是评委之一吗？"

"那也才一票呀。"

"那主持人不是更没戏？"

"听说，如果翔太没被选上主持人，徐哥也不会让苏翔太去当模特的。"

"可是，宁桓也想当主持人。"

"不是吧，那苏翔太不是更没戏了？"

"太难了吧……"

此时，宁桓正在发脾气。他进入 LEE 的时间比苏翔太早，已经在 LEE 待了两年。在苏翔太来之前，他是公司新生代中人气第一的偶像，享尽公司资源。可演艺部后来扩张了，苏翔太来后更是分了他很多的资源。不仅如此，苏翔太一出道就被公司力挺，凭什么？

既然苏翔太放着好好的模特不当，要和他争，那他就要让苏翔太知道什么叫不知天高地厚。

模特的选拔很快就结束了。愿意去 T 国吃苦的模特没有几个，苏翔太轻而易举地夺得第一。

苏伊作为评委，旁观了苏翔太的表现。她发现苏翔太去欧洲锻炼了一圈后，整个人的状态比以前升了一个档次，更像一个成熟的国际模特了。

在主持人的最终选拔里再次看到苏翔太的名字时，嘉宾们都纠结了。

"好像也没说不能一个人报两项。"林峰拿着名单挠了挠脑袋，示意参加最终选拔的六个人可以开始了。

不出所料，大家最终在苏翔太和宁桓之间纠结。

两个人都出自 LEE，嘉宾们也不需要考虑其他因素，于是开始公正地投票。

最后的投票结果竟然是平票！

这下，大家都犯难了，于是一起去会议室商量。

LEE 这次要同行的一个负责人开口道："苏翔太和宁桓都是我们这两年重推的新人，既然苏翔太拿了模特的名额，主持人不如就……"

"可宁桓和林哥都是演员，是不是重复了？"可儿问道。

"苏翔太不也是模特吗？"有人笑着问。

"他是男模特，我是女模特，我们可以搭档呀。"可儿笑道。

电视台的一个负责人转过头，看向苏伊，道："我听说苏翔太和苏伊小姐是姐弟，这方面可能……"

"我是根据专业标准来判断的，请相信我工作的专业度。"苏伊礼貌地笑了笑，不着痕迹地噎回去。

俞教授点头道："举贤不避亲，举亲不避嫌，真有实力，是亲属也没关系。"

这下，大家又陷入了胶着状态。

LEE 的负责人建议对这两人再次投票，只是这次又是平票。

　　他拿着投票人名单看着计票单上的数字，喃喃自语道："不对呀，投票人是奇数，谁没有投票？"

　　LEE 的另外一名负责人重重地咳嗽两声，之前那个人赶紧翻看名单。

　　第一投票人一栏赫然写着"李嘉尚"。

　　那么，谁去找老板投票？如果没记错的话，今天有部门正在跟老板做汇报……

　　于是，在场的 LEE 的工作人员，都默契地望向苏伊。

　　其他嘉宾则是一脸茫然的样子。苏伊不是 LS 的人吗？为什么 LEE 的人都看向苏伊？

　　知道真相的 LEE 的员工才不会告诉他们，苏伊可能是他们未来的老板娘！

　　其实，苏伊没去找李嘉尚，只是找了李秘书，可 LEE 的人都知道，李秘书都来了，老板还会远吗？

　　十多分钟后，嘉宾们和苏翔太、宁桓去了 LEE 的摄影棚。可儿分别和苏翔太、宁桓搭档，进行五分钟的情景模拟。李嘉尚带着其他嘉宾在控制室内看他们在镜头前的状态。

　　舞台上只有摄影师和摄像机，可儿很快进入状态，道："Hello（你好），国内的观众朋友们，我是可儿，现在是在 S 市的街上为你们进行直播。"接下来，轮到宁桓顺着她的话往下说。

　　宁桓只粗略地看过一遍 T 国的资料，并没认真准备，而且没想过李嘉尚会亲自到场。他想表现好，却越来越紧张："Hello，观众朋友们，我是宁桓，我现在……在 S 市……中东，不，T 国的……S 市……"

　　嘉宾们皱眉看着屏幕中可儿和宁桓的表现，惋惜道："宁桓紧张了。"

　　很快就轮到苏翔太了。苏翔太接着可儿的话说道："我们现在所站的地方，是 T 国的 S 市。可儿前辈，你知道 S 市还有其他的名字吗？"

　　可儿故作不知："这个……"

　　苏翔太继续道："喜欢历史的朋友，可能听说过 TD 市，TD 就是 S 以前的名字。历史上，它曾是罗马帝国、拉丁帝国以及奥斯曼帝国的首都……"

　　可儿翻看资料，发现并没有这一段。而她手上的资料和苏翔、宁桓是一样的，也就是说，这是苏翔太自由发挥的。

　　五分钟情景模拟结束，苏翔太和宁桓再次站到众人面前，他们的情绪与之前大为不同。苏翔太看到苏伊后露出笑容,宁桓则为自己的失误懊悔不已。

演戏的时候,宁桓就入戏慢,五分钟对他而言太短了,可输了就是输了。

"苏翔太,下次我一定会赢你。"

"承让。"

最终,李嘉尚把票投给了苏翔太。

苏翔太从台上跳下来,跑到苏伊的身边,抱着苏伊的腰把她举起来,欢呼道:"姐姐,我们可以一起工作了!"

众人见了,哄笑不止。

苏伊拉着苏翔太向李嘉尚道谢。李嘉尚却从苏翔太的眼中看到了隐隐的挑衅意味。苏翔太对他的敌意只增不减,这是为什么?李嘉尚疑惑不解。

"异域风情"项目如火如荼地推进着。出发的前一天,夏熙阳来苏伊家中为他们践行。

"你要给我带纪念品!"夏熙阳抱着苏伊的腰撒娇道。

"一定!"苏伊点头,把衣服塞进包里。

趁苏翔太在客厅里收拾两个人的行李时,夏熙阳鬼鬼祟祟地凑到苏伊的耳边,道:"偶像,李嘉尚是因为你才决定和你们一起去的?"

"别胡说八道,李嘉尚是因为有工作才去的。"

"调研也不用他一个总裁亲自去吧?"夏熙阳吐槽道。

苏伊手上一顿。

夏熙阳绕到她的前面,一边帮她递衣服一边小声汇报:"郑和在跟我打听你喜欢什么哦。他在帮李嘉尚追你。"

苏伊咬牙道:"你不会是告诉他,让他送东西吧?"

"没有!怎么可能?"夏熙阳郑重地道。

苏伊觉得夏熙阳没有说谎,也没必要说谎。

"不过,他要是真追你,你要怎么办呀?"夏熙阳好奇地道。

"我……"

"当然是拒绝。"苏翔太在客厅里大声道。

闻言,苏伊莞尔一笑。夏熙阳把抱枕砸向苏翔太,道:"小孩子不许偷听大姐姐咬耳朵!"

李嘉尚家中,郑和正在给李嘉尚进行出发前的"洗脑"。他拿着手机备忘录念上面的内容，非要李嘉尚在笔记本上写下来。

"第一，创造机会独处。你们现在一起出差，在没有人认识的异国他乡，可以发生很多很多浪漫的……"

"我们大多数时候不在一起工作。"李嘉尚打断郑和，"我要和当地的合作方见面开会、拜访当地政府官员，然后……"

"停停停，所以让你创造机会呀！什么叫创造？就是没有条件也要创造条件。你开完会不能约她吃饭逛街吗？你们就住在一个酒店，早晚没有机会碰面吗？"郑和把李嘉尚的行程簿推开，无奈于他这一本正经的模样。

"第二，准备好水和防晒伞。你想一下，你们在室外拍摄，那得多热多晒呀！在她觉得渴的时候，送上一杯冰水；在她觉得晒的时候，为她撑一把遮阳伞。这不就凑到一起了吗？"郑和激动地道，"第三，准备火腿肠和方便面。万一她吃不惯 T 国的烤肉，怀念家乡的味道……第四……"

李嘉尚蹙眉，一条一条认真地记着。若是按照郑和说的去做，他到底要背多大一个背包？

"最重要的！"郑和重重地咳嗽一声，"找一个浪漫的时机，向她表白！"

李嘉尚手中的笔从指缝中滑了出来。

"差点忘了，还有一件困难的事。"郑和补充道，"你要想办法把她的弟弟支开。"

关于这点，李嘉尚深表认同。

第二天登机时，苏翔太感受到了满满的恶意。

李嘉尚把苏翔太的座位安排在经济舱的最后一排，自己却挨着苏伊坐到了商务舱。明明昨天李嘉尚订的是头等舱，这时候却和俞教授换了座位。

十多个小时的飞行结束，苏伊从飞机上下来，感觉骨头都僵了。

苏翔太拿了自己的行李箱后过来帮她，道："姐姐，我帮你拿。"

苏伊站在一旁伸懒腰，看到负责设备的阿甜匆匆向她跑来，顿时涌起不好的预感。果然，阿甜慌张地喊道："苏副主编，不好了！我们放镜头的箱子落在公司了！"

12 我和你的热气球

情之所至，天时、地利、人和

这次跟苏伊一起来，主要负责道具、场景的紫紫当即一惊，怒道："不是数好了箱子的吗？"

阿甜吓得头一缩。

苏伊叹气，偏偏是放镜头的箱子。拍摄明天就开始，箱子从国内托运过来肯定来不及。

她思考片刻，问道："向导来了吗？"

"在在在！"阿甜忙道，"她已经在出口等我们了！"

他们的向导 Jesse 是 Z 国女孩，很小就跟随做生意的父母来 T 国生活了，现在在一家大型旅行社当高级向导。

Jesse 已经提前熟悉过这次团队中的主要负责人，看到从机场匆匆跑出来的苏伊和阿甜，马上挥动小旗子热情地喊人："Hi（你好），苏副主编！终于见到你们了，一路辛苦了！行李取完了吗？咱们去酒店吧。"

苏伊之前和 Jesse 在网络上联系过，对这个热情的女孩印象很好。

"Jesse！你知道 S 市哪里能租到摄影机的镜头吗？"

"镜头？知道的，你们要买还是租？"Jesse 问道。

"我们打算租。"苏伊道。

待人到齐，苏伊把其他人送上 Jesse 安排的大巴，然后和 Jesse、紫紫、阿甜

- 255

一起去租镜头。

苏翔太不放心，道："我跟你们一起去。"

"不用了，一个车就那么大，租完镜头我们就回来。你帮我照顾好其他的嘉宾，我看俞老师好像有点不舒服，到酒店后你帮他搬下行李。"苏伊拍了拍苏翔太。

苏翔太虽然不愿意，但还是点点头，道："租完镜头快回来。"

李嘉尚被前来接他的当地合作方围在中间。他向苏伊投去询问的目光，苏伊向他挥手，示意一会儿酒店见。

李嘉尚见她们有四个人，才稍稍安心，向苏伊做了一个"有事打电话"的手势。

Jesse 看到了，笑着安慰她们："S 市白天很安全的。我们去的不是偏僻的地方，请放心吧。"

苏伊笑了笑，和 Jesse 一起上车，心想出了国，大伙都敏感起来了。她不过是去租个镜头，能出什么意外？一个两个的都那么不放心。

Jesse 坐在副驾驶座上，向她们介绍路过的特色街。阿甜和紫紫看到充满异域风情的街道，对明天的拍摄有了一堆的想法。

"副主编，我们租完镜头干脆在这里逛逛吧？买一点明天用的道具。"阿甜建议道。

"时间早的话可以。"苏伊看了看外面的天色。这时候还不到中午，顺利的话，等她们租完镜头，正好赶回酒店吃午餐。

Jesse 带她们在一家规模很大的摄影器材店内租到了镜头。时间尚早，四人决定在附近的风情街逛一逛。

S 市的风情街被花纹繁复的地毯、充满中东风格的陶瓷、琳琅满目的灯具、种类繁多的香料占满。还有各种她们没见过的当地风格的小饰品、小玩具，颜色鲜亮，吸引眼球。

在一家满是蓝色小盘子的陶瓷摊位上，苏伊看到了一个戴着帽子、身着红衣旋转的陶瓷小人。她笑了笑，决定把它带回去给夏熙阳当礼物。紫紫看上了一个蓝色叠花的小碗，向苏伊借钱买下。

"那边还有银饰品！"

"我想去看看地毯！好期待可儿站在这样的地毯上跳舞！"

"那边的灯好漂亮！"

阿甜和紫紫拉着 Jesse，让她帮忙翻译，开心得不得了。

苏伊也很开心。在一家灯笼店内,一盏彩色玻璃挂灯吸引了她的目光,上面刻着她不认识的花纹。

这个可以带回去当道具!

苏伊踮起脚摘下灯,仔细端详,问老板:"How much is this?(多少钱?)"

"Fifty.(五十。)"

苏伊刚要掏钱,突然想起把钱包给了紫紫。她四处张望,之前还在店里的三人此刻已经完全不见人影。

苏伊提着挂灯跑到门口张望,人潮涌动,哪还有Jesse、阿甜和紫紫的身影?

"Do you want to buy?(你想买吗?)"老板用带着浓重口音的英语问她。

"Sorry.(对不起。)Did you see my friends?(你看到我的朋友了吗?)"

"No.(没有。)"

苏伊顿时一慌,把灯还给老板,在风情街上奔跑起来。

到了酒店,苏翔太帮俞教授放好行李,替苏伊领了房卡,然后去她的房间放行李。他打开苏伊的行李箱,把苏伊的睡衣和洗漱用品取出来,收拾完坐在床边等苏伊,突然感到一阵心慌。

门被敲响,苏翔太猛地站起来,去拉房门,却看到了最不想看到的李嘉尚。

李嘉尚只看到苏翔太一个人,眉头猛地一皱,问道:"苏伊还没回来?"

苏翔太还未开口,他的手机先响了起来,来电显示是苏伊的号码。

"姐姐?"

"苏翔太吗?副主编回酒店了吗?"手机里传来阿甜焦急的声音。

"没有,你们不是在一起吗?"苏翔太着急地道。

"我们刚刚在一起的,可是副主编突然不见了。她的手机、钱包和挎包全在我这里!"紫紫焦急地大喊。

嗡的一声,苏翔太只觉脑中天旋地转。

李嘉尚从苏翔太的手中拿走手机,冷静地询问事情的经过。

"风情街?"

"对,我们在这边找了好几遍,可是都没有找到她!"紫紫带着哭腔道。

"不要着急,你们几个一起再仔细找一次。如果找不到,你们就先回酒店。我会联系当地的政府帮忙寻找的。"李嘉尚安抚好她们三人,把手机还给苏翔太,马上联系了本来约在明天见面的当地官员。

"我和你一起找！"苏翔太站了起来，和李嘉尚一起跑向酒店外。

李秘书留在国内替李嘉尚处理LEE的事务，这次跟李嘉尚来的秘书姓汪，他比李秘书要胖，长得喜庆且可爱。在公司时，他主要负责对外事务，所以和当地的合作方比较熟。他跟苏伊没有那么熟，却也在同一层楼一起工作过一段时间，知道苏伊在老板心中地位不一般。和当地人沟通时，他自作主张地说李嘉尚的太太走丢了，把LEE的几个合作方吓了一跳。

于是，当地合作方安排的人比政府安排的人还要先到，一个个自告奋勇地要帮李嘉尚找太太。

他们虽然发音不标准，但"wife（妻子）"这个词，李嘉尚和苏翔太都不至于听错。汪秘书悄悄地向李嘉尚解释，李嘉尚点了点头。

这次，苏翔太没有反驳。只要苏伊能回来，这些都不重要。

汪秘书和苏翔太在酒店打印了很多苏伊的照片，分发给当地的合作方人员。看着李嘉尚和他们沟通，苏翔太第一次感激起李嘉尚来。

李嘉尚和几个当地向导一起围着一份地图，研究苏伊可能会去的地方。感受到苏翔太的目光，李嘉尚转头看他，道："我们现在的想法应该是一致的，苏伊一定没事。"

苏翔太点头，道："谢谢你，李嘉尚。"

"我们分成两队，一队去风情街附近寻找，另外一队到远离风情街的地方去找。"李嘉尚把地图递给苏翔太，从他手中取走一半照片，"我们一起把她找回来。"

苏翔太点头，和几个向导一起出发去风情街。

李嘉尚安排汪秘书留下来接待其他可能会来的人，然后带着另外的人向另一个方向出发。

半个小时前，苏伊沿着风情街寻找阿甜她们，在一家店铺前与返回来找她的几人错过，走向相反的方向。

随着人流，苏伊不知不觉走出了风情街。她向街边的小店店主询问警察局的位置，结果对方说的英语口音太重，她听不懂。苏伊勉强听清对方说了个"police（警察）"，还指了一个方向。

于是，苏伊顺着店主指的方向走去，结果越走越远，逐渐迷失方向。她又累又饿，好在口袋里还装着酒店的名片，只要找到警察，警察就能送她回去。

苏伊在马路边的一个长椅上坐下,放松一下酸痛的脚。她不知道苏翔太和李嘉尚现在是不是很着急。

苏伊正自责时,突然听到刺溜一声。一抬头,她看见一个当地的中年男人从街对面的一个小铁门内钻出来,站在街边抽烟,手里拿着一把长长的刀。注意到苏伊的视线,他叼着香烟,皱眉向苏伊望来。

苏伊吓得一哆嗦,站起来想离开。那个大叔却丢下烟,恶狠狠地指着她喊:"Hi, you!(喂,你!)"

苏伊吓得拔腿就跑,Jesse 明明说这里白天很安全的!随即,她的胳膊被中年男人粗鲁地拉住,她下意识地喊"李嘉尚"。

此刻,李嘉尚坐在车中,拿着地图沿街寻找苏伊,心中满是自责。他答应过会保护她,可又食言了。

陪同他的当地向导 Musa 看他神色严肃,用中文安慰他:"李总,您不用太担心,我们这里很安全。只要您太太不去偏僻无人的地方,就一定很安全!"

李嘉尚点点头,心情沉重。

他在地图上把走过的路画上一个叉。突然,他的手机响了起来。他接通电话,是汪秘书打来的。

汪秘书道:"老板,Jesse 她们已经回来了,不过还是没有遇到苏小姐。"

"知道了。"李嘉尚挂掉电话,揉着眼睛望向车窗。玻璃上,映出他充满血丝的眼睛。飞机上,他没有休息;落地后,苏伊出了意外让他焦躁不安。

李嘉尚有些烦躁地降下车窗,突然看到了远处山丘的顶部。那里有一座蓝顶白墙的圆顶清真寺,清真寺前面有几座尖塔指向蔚蓝的天空。

李嘉尚心头突然涌上一种奇怪的感觉,似乎有谁在呼唤他去那个地方,便问道:"那是哪里?"

Musa 望过去,骄傲地向李嘉尚介绍:"那是苏莱曼清真寺,是奥斯曼帝国鼎盛时期最著名的建筑师锡南设计建造的。我觉得它才是最漂亮的清真寺。"

"我们去苏莱曼清真寺。"李嘉尚突然道。

"啊?"Musa 惊讶,李嘉尚不找他的太太了吗?

同时,一辆旅游大巴在苏莱曼清真寺外停下。一群阿姨披着头巾从车上下来,一个个容光焕发,导游嘱咐好大家要戴好头巾。苏伊混在阿姨们中间,看着她们熟练地裹头巾,一脸茫然。

— 259

苏伊为什么会混进旅游团中？

这还要从她被凶狠的中年男人拽着胳膊拖走说起。

彼时，苏伊被中年男人硬拉着走向小铁门。他们在门口僵持时，苏伊突然闻到一股烤肉的香味。于是，她惊疑不定地跟进去，发现被带进了一家 T 国烤肉店的后厨。

那个中年男人拿的刀是用来切烤肉的长刀。他把苏伊带到店内，将苏伊带到一个从国内来的旅游团面前。旅游团的阿姨们当时正在店里吃饭。

知道苏伊的遭遇后，热情的阿姨们说服导游，让导游送苏伊回酒店。导游答应了，不过前提是他们得先走完今天的行程。午餐结束，苏伊被旅游团带到清真寺参观。

团内的张阿姨见苏伊没有头巾，从包里翻出一条备用的，利落地帮她绑上，道："我这里有备用的。小姑娘，咱们一起合个影吧？"

苏伊茫然地道"好"。接着，她被张阿姨挽着胳膊，和一群阿姨站在一排。

广场上，阿姨们舞动着纱巾披肩，露出灿烂的笑容，形成一道亮丽的风景。只有苏伊这个年轻人在一群阿姨间显得动作僵硬、神色茫然，似乎无法融入这欢乐的气氛当中。

张阿姨又挽着苏伊拍照，道："小姑娘趁着年轻要多拍照，阿姨就每天拍。小姑娘这么漂亮，有没有对象呀？我有个侄子，和你差不多大……"

"人家肯定有啦！来，小姑娘，跟上队伍。"另一位王阿姨拖着苏伊随着大部队往前走，"小姑娘是时尚杂志的编辑对吧？能不能看到明星呀？能不能给阿姨推荐几款好用又实惠的化妆品呀？我是干性皮肤，我闺女的皮肤是油性的！"

苏伊觉得跟上阿姨们的思路有些困难，于是一次性解答了阿姨们的问题。她不仅给她们推荐了化妆品、香水和服装品牌，还拒绝了四五个相亲。随后，她和阿姨们一起进入苏莱曼清真寺内。

华丽的大圆顶、彩绘的玻璃窗，当阳光投射进来时让人感到一种富丽堂皇的美感。

"这座苏莱曼清真寺，是奥斯曼帝国第十代苏丹苏莱曼一世下令建造的，是奥斯曼帝国鼎盛时期的一个象征……他的妻子许蕾姆因为在政治上有很大的权势，被称为'许蕾姆苏丹'。说到许蕾姆，她是从奴隶一步一步成为皇后的！"导游介绍道。

阿姨们拿着宣传册议论起来。

"这不是灰姑娘一样的故事吗？"

"这分明是外国版的武则天嘛！"

"苏莱曼是爱她的呀！还给她作诗了呢！"

苏伊被阿姨们的"少女心"逗笑了。

一个小时的自由时间里，张阿姨又拉上苏伊在大厅内参观起来。当看到当地人坐在地上祷告时，那份虔诚的模样让她们不由自主地变得安静。

张阿姨拉着苏伊在人少的地方坐下来，道："入乡随俗，我坐下，你给阿姨拍张照片。"

苏伊道"好"，其他几个阿姨也一起围坐过来。

"你想求啥？"

"啥也不求，这多浪漫呀。"

"小姑娘，给我们拍漂亮点。"

苏伊举起相机，调整焦距。镜头中有阿姨们，也有进门的其他游客，在光线充足的大门附近，还有一个她所熟悉的人影。

苏伊猛地放下相机，怀疑自己出现幻觉了。

她遥望的人好像注意到了她的视线，向她望过来。

"苏伊！"

"李嘉尚！"

苏伊觉得难以置信，愣在原地。

李嘉尚怎么会出现在这里？他怎么知道她在这里？

她发愣时，李嘉尚已向她疾步走来。

李嘉尚走到她的面前，把她紧紧地拥进怀里："找到你了！"

"真的是你，我还以为是幻觉！"苏伊情不自禁地回抱李嘉尚。感受到真实的触感，感受到他身上的温度，她才敢相信李嘉尚真的出现了。

李嘉尚低头，看到了苏伊眼中闪烁的水光，心猛地一颤。苏伊不好意思地笑了笑，一直紧张不安的情绪放松下来便有些失控。李嘉尚见她笑了，悬着的心也随之放下，露出笑容。

张阿姨哇的一声，然后举起相机把这一幕拍了下来。

她在异国他乡迷路，却与他相逢于璀璨穹顶之下。在彩色玻璃窗的映衬下，阳光无比绚烂,两人的笑容无比灿烂。

咔嚓咔嚓的声音响起,围观的阿姨们拿着相机光明正大地拍了起来。

"在异国他乡走丢了,还能这样遇到,真是命运啊!我替我的侄子相信爱情了!"

闻言,苏伊不好意思地和李嘉尚拉开距离。苏伊借了李嘉尚的手机,登录自己的微信,挨个加上了要她推荐美妆产品的阿姨们,然后千恩万谢地和她们道别。

阿姨们齐齐夸道:"小伙子真帅,小苏眼光好!"

她们又调侃李嘉尚要把人看好,不能再弄丢了。

苏伊感到窘迫,李嘉尚竟一本正经地道:"一定看好。"

阿姨们不禁哈哈大笑。

他们在清真寺门口分别,阿姨们坐上大巴要去下一个景点,苏伊和李嘉尚要返回酒店。苏伊走着,突然看到头上有一只飞鸟掠过。这时心中没了忧虑,重新有了安全感,苏伊便走到清真寺的一角,静静地眺望脚下的金角湾,半晌后感慨道:"S市好漂亮,比想象中还要漂亮。李嘉尚,你觉得呢?"

李嘉尚站在她身边,不看风景却盯着她的侧脸,道:"嗯,我也觉得很漂亮。"

微风吹过,蓝色的头巾遮住了苏伊的半张脸,为她添上了一丝异域风情。李嘉尚想上前拥抱她,又不愿破坏眼前的这幅美景。

"我寂寞壁龛的宝座、我的爱、我的月光。我最真诚的朋友、我的知己、我存在的理由……"

苏伊听到李嘉尚低沉的嗓音,猛地一震。她扭头望过去,看到李嘉尚在念宣传册上的诗句。风吹动他额前的碎发,他站在横跨时光的古迹上,声音模糊了时光。

"传说,这是苏莱曼写给许蕾姆的诗。"李嘉尚道。

记载中,许蕾姆是被掳的奴隶,被送进了苏莱曼的皇宫。彼时胆怯的少女,一定不知她将搅动苏莱曼心中的风云。

在同一片土地上,李嘉尚眼前的女孩亦不知自己已经惊艳了他的时光。每一次接近与分开,都让他更加确定他的真心。

郑和说得没错,在异国他乡与她独处,感觉很好。

只是不多时,苏翔太得到消息也赶了过来。

因为她,其他人一下午都没休息好。晚上,苏伊向大家道谢道歉。明天,他们的工作正式开始。

李嘉尚变得忙碌起来，两个拍摄团队也早出晚归，他和苏伊几乎没什么见面的机会。

上午，苏翔太跟着 LS 的团队去街拍，和当地的时尚品牌、杂志、模特进行交流合作。下午，苏伊和俞老师、林峰他们会合，去拜访和采访当地的一些文化名人，采录本地风情。有时，两个团队会一起出发。相比 LEE 团队的神龙见首不见尾，其他两个团队的人越来越熟悉。

在 S 市的最后两天，苏伊正和可儿确认拍摄细节，察觉现场突然变得安静。她怕出什么意外，从休息车中探出头来，只见已经好几天没见到的汪秘书领着一堆人搬来了好几箱冷饮。人群后面，是穿着十分正式的李嘉尚。

看来，他们的工作也差不多结束了。

苏伊从车上跳下来，李嘉尚走到了她的身旁。

几天不见，他们两个外拍团队，除了特别注意防晒的艺人，其他人多多少少都晒黑了，李嘉尚的肤色却和之前一样。

他们顶着太阳工作的时候，这人肯定在哪个豪华的办公室里吹着空调和人谈笑风生吧？苏伊不禁在心里吐槽。

"李总，忙完了？"

"嗯。你下午有安排？"李嘉尚问。

"拍完可儿这组就可以结束了。下午要和俞老师他们商量一下，要不要一起去拜访当地的一个手艺人，你有什么事吗？"苏伊别过头问他。

"嗯，一个合作方邀请我去做客。你和我一起去。"

"我？"苏伊疑惑道，"我去不合适吧？"

"一部分原因是为了感谢他们帮忙找你。"李嘉尚解释道。

苏伊了然地道："需要带什么礼物吗？"

"鲜花和糖果吧，其他的我有准备。对方家中有小孩子。"李嘉尚补充道。

苏伊点头，竟然还是家庭聚会。于是，他们凑在一起商量起来。

在远处休息的林峰摇着扇子问苏翔太："李总和你姐是不是在谈恋爱？"

苏翔太冷漠地道："不是。"

"可你看这气氛，分明像一对小夫妻在商量家务事。"林峰看热闹看得开心。

"商量家务事，也是该和我商量。"苏翔太越发不满，"他们是在商量工作。"

林峰在一旁连连摇头。相处这么久了，谁都知道苏翔太是一个"姐控"，他分明就是嫉妒李嘉尚。

很快,可儿的拍摄一结束,苏伊就跟着李嘉尚走了。临走前,苏伊把苏翔太交给俞老师和林峰,叮嘱苏翔太要好好工作。看到苏翔太郁闷的样子,林峰笑得超大声。

车停在一处靠山临海的小别墅前,苏伊捧着鲜花从车上下来,看着水面上的小游艇觉得新鲜,便向前看去。她看到了被蔷薇覆盖的整面白墙,看到了别墅花园内的各种花卉。

他们隐约能听到别墅里传出的歌声。

李嘉尚走上前按门铃,女主人从里面迎出来。女主人热情地和苏伊拥抱,一开口就是流利的中文:"你就是李夫人吧?快请进。"

苏伊猛地回头瞪向李嘉尚,这是什么情况?

李嘉尚心虚地摸摸鼻尖,趁没人注意,凑到苏伊的耳边解释。

原来是为了找她,苏伊也不好再怪李嘉尚。片刻,她犹豫道:"可骗人不太好吧?你要不借这个机会解释一下?"

"不用。"李嘉尚看她皱眉,又补充一句,"现在时机不对,越解释越乱。有机会,我会私下向他们解释。"

苏伊只好默认,暂时成为"李夫人"。

他们的座位被安排在一起,一起享受女主人准备的丰盛晚餐。

用餐时,李嘉尚时刻不忘他的"丈夫"形象,给"李夫人"切肉、切面包,表现得十分体贴。苏伊频频瞪向李嘉尚,李嘉尚却一副接不到她信号的模样。

苏伊索性破罐破摔,反正将来要和别人解释的不是她。于是,她高兴地接受女主人的邀请,和他们一起跳舞。

这是这家人的家庭聚餐,二十多个人的大家庭凑在一起载歌载舞,无论是苏伊还是李嘉尚,都少有参加这种聚会的机会。一直玩到天色变暗,宾主尽欢,他们才告辞离开。

苏伊和李嘉尚沿着街边散步,从刚刚的身份中脱离出来,两人现在反而觉得有些尴尬。

两人沉默地走在S市的大街上,眼前的一切都是陌生的,只有对方是彼此唯一熟悉的。

依赖感就这样不知不觉地在他们心中产生。

"稍等。"李嘉尚走到街对面,在街边的小摊上挑选饰品。

很快,他返回来,把一个挂着 T 国特色蓝眼睛的银镯子放到苏伊的手上,道:"送给你,T 国蓝眼睛,据说能冲破黑暗带来好运。"

这份礼物并不贵重,苏伊却很喜欢。她没有拒绝,当即把镯子戴在手腕上,问:"漂亮吗?"

"嗯,很漂亮。"

"我就当作出演李夫人的演出费了。"苏伊笑道。

李嘉尚莞尔一笑:"演出费可以另付。"

"我开玩笑的。"

"我没有开玩笑。"

"哦?"苏伊觉得好笑,这人一本正经的,开玩笑都比别人显得认真,"你打算付多少?"

"一生一世怎么样?"

李嘉尚说得太认真,苏伊不禁收起笑容,想岔开话题。此时,接他们的车到了,苏伊暗暗松了一口气,以后不能再和李嘉尚开玩笑了。

回到酒店后,苏伊接到了国内传来的消息——之前,Amanda 在公司突然晕倒,然后被送往医院。经过检查,病情并不严重,但是 Amanda 要住院修养一段时间。

苏伊不禁松了一口气,不知是不是李嘉尚送的镯子带来的好运。

打电话给她的陈瑾却半是嘲笑半是提醒地道:"可惜你还是副主编,无法替 Amanda 主持大局。公司找来了陶菲林暂代主编,她已经乘坐飞机去你们那了。来者不善,你自求多福吧。"

陶菲林的名字,苏伊听说过。陶菲林是 M 国时尚杂志圈中有名的 Z 国编辑,苏伊以前还看过她写的文章。

没想到,LS 会把陶菲林挖来。

阿甜在机场接到陶菲林后,陶菲林拒绝了去酒店休息的提议,直接来到了拍摄现场。

陶菲林长相明艳、肤色白皙,嘴上涂着大红色的口红,穿着一件撞色的一字肩连衣裙,踩着红色的尖头高跟鞋,整个造型如一个倒过来的"A"。她拉着行李箱闯入拍摄现场,步履间流露出的自信让整个现场的人都停了下来。

大伙议论纷纷，陶菲林却大大方方地和大家打招呼，随后瞄准了人群中的苏伊和李嘉尚。

苏伊想起陈瑾所说的"来者不善"，心中稍微戒备了一点。不料陶菲林只是友好地和她拥抱了一下，道："苏伊，久闻大名，Amanda 经常和我提起你。"

苏伊笑了笑，道："你好，Amanda 也常和我提起你。"

随后，陶菲林径直走向一旁的李嘉尚，道："嘉尚，好久不见。"

"你是……Fiona？"

"对，距离上次见面已经有一年多了。李爷爷身体还好吗？"

原来是这种"来者不善"，苏伊可没兴趣在这里碍人眼。

今天李嘉尚休息，便跑来拍摄组参观。既然现在他有人陪，苏伊就可以专心忙工作了。

和陶菲林叙完旧后，李嘉尚发现苏伊不见了。他四处张望，看到她已经站到了苏翔太的身边。

"再拍最后一组，我们就收工休息。今天晚上大家早点休息，明天我们出发去 YF 市。"苏伊说完行程，迎来大家一阵欢呼。

"拍完我们去购物吧？"有人建议。

"好呀，还没怎么玩呢。"

苏翔太看了看远处的陶菲林和李嘉尚，狡黠地道："姐姐，看来 LS 和李总的对接人要换了。我申请把你剩下的时间都分给我。"

苏伊笑着打他，道："别闹，快去拍。"

苏伊站在摄影师的身后看拍摄效果，没留意到陶菲林已经站到了她的身边。

陶菲林抱胸看着苏翔太和可儿，张口道："他们之间的暧昧气氛不够。"

闻言，摄影师停了下来，看了一眼陶菲林，又看了一眼苏伊。

"干脆让他们换成对抗的状态吧。"陶菲林道。

说罢，她从一旁的衣服中挑了一套彩色的西装，拿着西装走到苏翔太的身边，在他的身上比画，而后道："化妆师，给他一个硬一点的造型。"

苏翔太蹙眉，道："我们在拍摄。"

"我知道呀，"陶菲林不以为意，"现在我们要调整方案。配合我们，也是模特工作的一部分。"

苏翔太有些生气，却被可儿拉走，按到了化妆椅上。

苏伊走到苏翔太身边,道:"不同的编辑有不同的风格,和厉害的编辑合作是你的机会,不许乱发脾气!"

自己和可儿之间的状态如何,苏翔太比谁都清楚。拍摄其他部分时进展顺利,可一到亲近暧昧的部分时就进展缓慢,苏伊说过不止一次,可他还是调整不过来。苏翔太心里窝火,不是在气陶菲林让他换风格,而是气陶菲林在拿他当借口给苏伊下马威。

化妆师拎着化妆箱跑过来,忐忑地看着苏伊,道:"苏老大,我化啦?"

"来吧。"苏伊笑了笑,"给他化凶点,他现在的状态特别对。"

可儿扑哧一声笑了出来。可不是吗?苏翔太正在生气,本色出演。

调整方案后,苏翔太和可儿的对抗状态果然让人眼前一亮。大家不自觉地就认可了陶菲林的能力。

"简直脱胎换骨,Fiona 好棒。"

"我打探到了,她之前是 Fashion-M 的首席视觉策划!"

李嘉尚听到 LS 的员工们在交头接耳,走到苏伊的身旁问道:"不服气?"

"嗯?这有什么服不服气的?我们现在是同事,她厉害,我高兴呀。"苏伊耸肩,"李总好像和 Fiona 交情不浅。"

"她的爷爷和我的爷爷以前是同学。"李嘉尚淡然地道。

苏伊点头,果然交情不一般。

拍摄结束,陶菲林要请大伙一起吃饭,被大伙欢呼着围在中间。

苏伊刚要往人群中走,突然被苏翔太拉住了手。

苏翔太道:"姐,我带你去一个地方。"

苏伊一怔,看看人群中心的陶菲林和李嘉尚道:"突然走不太好。"

"没关系,现在的焦点又不是我们。当不了别人的风景,我们就去看风景吧。我可是做了好久的攻略呢!来!"苏翔太拉着苏伊向与人群相反的方向跑。

陶菲林问李嘉尚:"李总,LEE 的人也一起吧,孙导那边答应了。"

李嘉尚答应了,然后四处张望,可就是没看见苏伊。

"李总,车来了,走吧。"陶菲林在人群中喊。

李嘉尚却拦下可儿,问:"你看到苏伊了吗?"

"苏副主编和翔太说要给朋友买纪念品,不和我们一起聚餐了。"可儿道。她刚结束拍摄,苏翔太就换了衣服带着妆,拖着苏伊跑了。

- 267 -

李嘉尚蹙眉，不由自主地捏紧口袋中的小便笺本。要点之一，要把苏翔太和苏伊隔开，他记住了。

博斯普鲁斯海峡上，一艘游船正沿着岸边行驶。碧蓝的海面上，游轮驶过之处溅起一层层白色的浪花。觅食的海鸟低空盘旋，时不时俯冲下来叼走游客投喂的面包屑。

苏伊坐在游轮的栏杆前，惬意地享受着带着水汽的海风，心情变得愉悦。

"姐姐快看，那边有海鸟！"

"看到了，你怎么这么开心？"

"只要和姐姐在一起，我就很开心。"苏翔太露出大大的笑脸。

苏伊扑哧一声，道："小孩一样。"

说来，她的确好久没见苏翔太笑得这么灿烂了。

"工作累吗？"

"还好吧。"苏翔太背靠栏杆抱怨，"姐姐做我编辑的时候超恐怖的，我很紧张。"

苏伊哈哈大笑。

"姐姐，Amanda 还会回 LS 吗？"苏翔太问。

"怎么这么问？"苏伊问道。

苏翔太双手合十，道："听小薇说，Amanda 的病虽然不严重，但要住院一段时间。LS 长期无人坐镇，Amanda 应该会被 Fiona 取代吧？我们也知道，LS 不是慈善家，没了谁都能照样转。"

苏伊摇头，怅然地道："不知道。不过，Amanda 是不会轻易放弃的。怎么，你讨厌 Fiona 吗？"

"我不喜欢她。"

"Fiona 的阅历比我深，工作能力更强，审美前卫又大胆，大家都喜欢她呀。"

"谁说的？我就是更喜欢姐姐，可儿也是。那个 Fiona 比你阅历深是因为她参加工作比你早，经验自然就多了。在相同的时间和条件下，姐姐一定会比她有更好的成绩，不许妄自菲薄！而且，人和人没有什么可比性。在我的眼里，姐姐永远是最棒的！"

苏伊大笑，原来苏翔太发现了她的不安。

苏伊最大的支持者就是 Amanda，因为有 Amanda 这个伯乐，她才能不停地迎接新的挑战。可年龄与她相仿的Fiona，并不需要她这匹千里马。

好不容易赵茹这边消停了，为什么偏偏在这个时候来一个Fiona？

"真了不得了，小翔太都会安慰姐姐了。怎么办，姐姐好像不够勇敢。"苏伊拍了拍苏翔太的胸口，故作轻松地道。

苏翔太顺势抱住苏伊，把下巴放到苏伊的肩膀上，道："没关系，有我在，姐姐才不需要永远勇敢，尽管依靠我就好了。徐逸已经帮我联系了一部戏，等我火了，就聘姐姐当我一个人的时尚顾问。姐姐只要做你喜欢做的事，不用理睬那些不相关的人。"

苏伊大乐，伸手揉着他的脑袋道："这是谁家的小天使呀？"

"是属于苏伊一个人的小天使！"

游玩结束后，苏伊沉郁的心情彻底放松下来。兵来将挡，水来土掩，她不会因为一个空降的领导而变得胆怯，她的能力和信心也不会因为一两个人的认可或否定而改变。

调整好心情，苏伊和苏翔太去买纪念品。他们挑了一堆可爱又奇怪的东西，准备回去送给夏熙阳。

当苏伊返回酒店房间，在房门口看到陶菲林和她的行李箱时，好心情瞬间就没了。

"不好意思，酒店没空房了，明天一早又要出发去YF市。正好你一个人住，我来和你挤一挤。"陶菲林拖着行李箱笑道。

苏伊点头道："请进。"

晚上十一点多，苏伊依旧没有要休息的样子。陶菲林洗漱完，坐在她的身旁，好奇地道："有什么需要我帮忙的吗？"

"没什么。"

"那早点休息吧，明天早上六点就要出发。"

"你先睡。"苏伊客气地道。只有陶菲林睡下了，她才好去洗漱……

陶菲林别过头表示不解，不过也没客气，打着哈欠去睡觉了。

苏伊待陶菲林休息后，才关了电脑去洗漱。

洗漱时，苏伊在犹豫要不要卸妆。

最终，待确定外面没有一点声音了，苏伊才开始小心地卸妆。

卫生间里传来的水声把陶菲林弄醒了。她看了看时间，已经一点钟了，不禁有些好奇，喃喃自语道："为什么非要等我睡下才去洗漱，难道有什么秘密？"

陶菲林从床上起来，悄悄地走向卫生间，然后趴到卫生间的门上。她试着碰了碰门把手，发现门被锁了，心中的疑惑更深了，但她不想惊动苏伊，便暂时放弃。

苏伊洗漱完毕，发现陶菲林没醒。以防万一，她在睡觉前戴上了口罩。

早上五点，苏伊被闹钟吵醒。她迷迷糊糊地爬起来，发现隔壁床上的陶菲林不见了。

苏伊猛地一个激灵，随即发现洗手间内有声音传出。她披上外套，把脖子完全缩进领子里，确认口罩将半张脸遮挡严实了才去敲门。

陶菲林洗漱完毕，开门看到苏伊的样子，诧异地道："你是感冒了吗？"

"嗯，有一点不舒服。"苏伊闷声道。

"你休息太晚了，去洗漱吧。我去帮你找点药。"

"谢谢。"苏伊进去，锁上卫生间的门，靠着门长长地舒了一口气。看反应，陶菲林应该没有发现什么。没想到，陶菲林会这么早起床。

吃早餐时，陶菲林把从酒店要来的药品给了苏伊。这一举动把大家都惊动了，不管是苏翔太、李嘉尚，还是嘉宾和工作人员，都纷纷赶来关心苏伊。大家怕苏伊中暑，都劝她歇着。

陶菲林暂代了她的工作，带着两个拍摄组一起忙活。

苏伊坐在太阳伞下，俯瞰整个号称"T国的庞贝古城"的YF市遗址，一种"宫阙万间都做了土"的感慨涌上心头。而另外一个没人敢管的"闲人"李嘉尚，不知何时晃到了她的旁边。

听到苏伊叹气，李嘉尚倒了一杯解暑的凉茶给她，问："你在想什么？"

苏伊摇了摇头，道："这就是从希腊、罗马到现在，跨越几个世纪、经历过王权更迭的YF市，人类文明的奇迹。即使它现在只剩残垣断壁，也可以想象出它繁盛时的壮观景象。"

他们在YF市的行程基本围绕遗迹展开。LEE在这边没有商务业务，李嘉尚也不用去参加各种会议。此刻，LEE的一部分人员被派去其他城市和地区做商务洽谈和调研，一部分人员被安排到两个拍摄团队中帮忙。作为老板的李嘉尚反而没事可干，难得悠闲。

想到不是只有自己在闲着，苏伊稍微心安了。

"你被抢了工作，不高兴吗？"李嘉尚问。

苏伊诧异地问："什么？"

"为什么退让？我可以帮你。"李嘉尚道。

苏伊哭笑不得："李总，你是巴不得所有人都知道我和 Fiona 不和吗？"

"我只是不想看到你唉声叹气。"李嘉尚坦荡地道，"你以前可不是这么容易退让的。"

"不是我退不退让的问题，是如何保证工作效率的问题。Fiona 很有能力，她愿意参与项目，也没什么不好，而且……"苏伊道，"Fiona 不也是你的朋友吗？"

李嘉尚摇头，道："谁和你说的？她的爷爷和我的爷爷是同学，不代表我和她就是朋友。"李嘉尚指了指自己，又指了指苏伊，"我们才是朋友。"

苏伊目瞪口呆，这是什么逻辑？

李嘉尚靠近她一些，似乎想让她看清他的表情，道："我看好的人，不能闷不作声地让人欺负了。"

因为李嘉尚的突然靠近，苏伊的睫毛不禁颤动起来，像小刷子一样拂过李嘉尚的心尖。

他的靠近让苏伊全身拉起警戒线。苏伊红着脸后退，道："李总，这次 LEE 可是出资人。身为 LEE 的老板，你如此挑拨，不怕耽误工作进度，给 LEE 带来损失吗？"

"既然出钱的是我，那我偶尔也可以帮亲不帮理。谁规定了老板时时刻刻要公正严明的？"李嘉尚紧逼不让。

苏伊注意到已经有人频频望向他们，赶忙站起来。她本来没中暑，再挨着李嘉尚就真的要中暑了。苏伊拿着扇子一阵猛扇，四处张望想分散自己的注意力，忽然看到有人在遗址那边拍照，便道："李总，机会难得，不如我帮你拍照吧？"

不待李嘉尚开口，苏伊已经跑去借设备了。

只是，苏伊借来的相机却被李嘉尚拿走了。

李嘉尚道："既然机会难得，我先帮你拍吧。"

苏伊站在遗址的一角，李嘉尚在远处举起单反相机。他站在高处调整焦距，让苏伊和遗址都能进入镜头之中。

"苏伊，不要那么僵硬，放松。你平时是怎么指导模特摆姿势的？"

苏伊很纠结，指挥别人和被人指挥根本不一样，何况现在是李嘉尚在拍！

镜头里的世界是怎么样的，她比李嘉尚更懂。在安全的距离内，镜头可以捕捉到观察对象的每一个动作和表情。她擅长捕捉别人的神色，却不会调整自己的神色。

捣鼓了一会儿相机，李嘉尚在台阶上坐下。

苏伊看到李嘉尚放下相机，暗暗松了口气，道："我找找状态。"

"好。"李嘉尚不慌不忙地摸出手机，装作在处理信息的样子。突然，李嘉尚叫了苏伊的名字。苏伊下意识地向他望来，他便用早就准备好的手机按下连拍键。

"没事，准备好了吗？"

"你都拍完啦！"苏伊怒道。

离开 YF 市，三个团队分开。再次相聚时，他们已经到了 T 国一处有名的景点——棉花堡。

其间，李嘉尚乘坐飞机去了 I 国和 S 国。不过，他在他们前往棉花堡的前一天赶了回来。

在结束棉花堡的拍摄后，他们还剩下大半个下午的时间。陶菲林宣布自由活动时，早就准备好泳衣的员工们欢呼着直奔这里的天然温泉。

陶菲林和阿甜、紫紫一起泡在温泉中。温泉里面倒映出天空中的一切，她们仿佛置身于蓝天白云之中。

阿甜看到苏伊在不远处拍照，朝苏伊呼喊道："苏副主编，来和我们一起泡温泉吧！"

苏伊看到她们，摇头拒绝，示意她们玩得开心点。

阿甜纳闷道："苏副主编的病还没好吗？多好的机会，怎么不下水一起玩？"

陶菲林含笑不语，心想苏伊是怕脸上碰到水吧。

"咦，她是在等李总吗？"阿甜恍然大悟，随即露出一丝暧昧的笑意。

陶菲林向苏伊望去，只见已经换好泳衣的李嘉尚竟然坐到了苏伊的身边。

陶菲林心中泛起一丝不妙的感觉，问道："李总和苏伊有什么特别的关系吗？我觉得 LEE 的人对她格外客气。"

阿甜脱口而出："他们是情侣呀。"

陶菲林大惊，道："什么？"

紫紫斥责阿甜："别胡说八道！"随即向陶菲林解释，"苏副主编刚进公司就拿下了 LEE 的大秀，之后也一直和 LEE 保持着非常好的合作关系。苏副主编的弟弟是 LEE 的艺人，她现在还兼任 LEE 的时尚顾问。她和李总应该是互相欣赏的朋友吧。"

紫紫说得隐晦,陶菲林却听懂了。

苏伊和李嘉尚没有正式公布关系,但两个公司的人都认为他们是情侣。

难怪这次 LS 能和 LEE 合作,难怪 LEE 的员工对苏伊客气得过分,连汪助理对苏伊都很亲和。

陶菲林眯起眼睛,好奇地观察起苏伊和李嘉尚来。很快,她就发现李嘉尚在追求苏伊,而苏伊在躲避李嘉尚。

那个她从小就认得,无论何时见到都冷若冰霜的李嘉尚,一直在看着苏伊。

李嘉尚目中无人的传闻简直就是一个笑话。这么一个普通的,甚至不敢以真面目示人的女人,竟被李嘉尚视若珍宝。

凭什么?

既然如此,那几年前李嘉尚拒绝她的事又算什么?她以为李嘉尚会选一个与众不同的天仙,到头来竟然是这样的一个女孩。

Amanda 没有夸错,不可小看苏伊。

苏伊感觉到陶菲林探究的视线,不明白又哪里招惹到了陶菲林。苏伊唯一能想到的陶菲林可能会在意的点,就是穿了泳衣又不肯下水、在这显露身材的李嘉尚在和她聊天。

苏伊收了相机,建议道:"李总,我拍完了,你去泡温泉吧,大家都在等着你呢。"

李嘉尚一眼扫过去,原本在看热闹的 LEE 的一众员工,顿时噤若寒蝉。

李嘉尚回过头来,平静地道:"他们不想我过去的,我去了他们会不自在。"

苏伊不相信地看着他。

半晌,苏伊道:"我去拿点喝的。"说完,她去拿冷饮。当取完冷饮返回时,她看到李嘉尚和陶菲林有说有笑的,不禁停下脚步。

突然,苏伊一只手上的冷饮被人拿走了。她转过头,看着苏翔太在咕咚咕咚地喝冰果汁。

"翔太,你渴了吗?"苏伊被他喝果汁的气势惊到了。

在苏伊震惊的目光下,苏翔太喝完整杯果汁,抹了抹嘴道:"现在不渴了,我觉得某人应该也不渴。走吧,姐姐,不要打扰别人。这么漂亮的景色,我们一起去拍照吧。"

说罢,他百无聊赖地咬着吸管,把手搭在苏伊的腰上,把她带走。

这边，李嘉尚应付完陶菲林，站在原地等苏伊，只是左等右等都没等来。

晚上，李嘉尚在苏伊的朋友圈看到了她和苏翔太在棉花堡的合照。

随后，他收到了郑和发来的信息。

郑和问："进展如何，你表白了吗？"

李嘉尚不想说话。

"恋爱顾问"郑和哀号道："棉花堡之后你们的行程只剩下卡帕多西亚了吧？这是最后的机会了，阿尚，你要抓紧呀！"

李嘉尚点开手机相册，盯着苏伊的照片发呆。

卡帕多西亚……

棉花堡之行后，三个团队将一起前往最后一站——T国的卡帕多西亚，之后三个团队将分别。LEE的调研团队会留下来，继续在中东做工作；俞老师会脱离团队，去A国拜访朋友；而其他人则会踏上归国之路。

在最后一站，李嘉尚宣布工作结束后大家一起乘坐热气球，赢得了全员的高声喝彩。

卡帕多西亚，浪漫的热气球，每个人都希望能够乘坐热气球飞向蓝天。

前一天，拍摄完卡帕多西亚独特的石柱森林和凝灰岩开凿的地下城，他们就住在了岩洞中的酒店里，安静地感受这个被M国《国家地理》杂志评选为十大地球美景之一的地球上最近似月球的地方。

第二天一早，欣赏完石林日出，全员出发去乘坐热气球。

团队中，男女人数大概相等，林峰提议抽签分组。他抱来两个盒子，里面塞着写好了数字的字条。

"我们抽签吧！女士抽这边，男士抽这边，抽到同一个号码的为一组，乘同一个热气球！"

单身的男士们跃跃欲试。

女孩们也表示同意。

阿甜拉着几个女同事率先来抽签。

男士们在抽签时听到了女孩们的议论声——

"苏翔太是几号？我要和苏翔太一起乘热气球！"

于是，其他男士将带有怨气的目光纷纷投向苏翔太，长得帅就了不起吗？

苏翔太无视同类的敌意，淡漠地摸出一个号码，他只想和苏伊一起乘热气球。

"5号,苏翔太是5号!"

他刚拆开字条,他抽到的号码就被围观的人喊了出来。

女生们纷纷去找5号。

苏翔太郁闷地站到苏伊的身边,看着苏伊手上写着"9"的字条。

苏伊安慰他:"算啦,做游戏要守规则,大家都很期待和你一起呢。"

在他们身后不远处,李嘉尚低头看手机。屏幕上,赫然是苏伊和苏翔太打开字条时的图片。李嘉尚把图片放大,看清了苏伊手中的字条上写着"9"。

他收起手机,往抽签的人群中走去。

两个盒子被抽空了,最后几个男士只能互相搭档。林峰收起盒子,号召大家找好搭档:"集合啦!同一个组的人站到一起,来,1号组,2号组,往后排……"

苏翔太的搭档是阿甜,看到熟人,他的心情稍微好转了些。

李嘉尚站到苏伊的旁边:"9号?"

苏伊眼睛瞪圆:"9号,好巧。"

"嗯。"李嘉尚摊开手中的字条。

在他们后面,汪秘书拿着写着"19"的字条一脸讶异。

陶菲林站在汪秘书前面,一脸狐疑。她明明记得汪秘书说他的号码非常靠前的。

"来来来,同组的人牵好手,不要掉队哦!"林峰喊道。

大伙哄笑着,吐槽自己像幼儿园的小朋友。苏伊手上一暖,她惊愕地低头,发现李嘉尚竟然牵住了她的手。

"你……"

"嗯?"

苏伊轻轻地拽了一下,没有拽开。她往四处看了看,大多数人都没有牵手,只有几个能玩到一起的人牵了手。

"他们为什么都不遵守游戏规则?"李嘉尚也在打量四周。

苏伊无奈,小声解释道:"不要牵手,太丢人了。你看别人,他们都不牵。"

于是,李嘉尚目光严肃地扫了一眼身边的人。感受到他视线的人都觉得身上一冷。

见状,汪秘书率先拉起同伴的手,一本正经地道:"大家要遵守规则牵手呀!"

闻言,其他人十分配合地牵起同组之人的手。

见状,李嘉尚更是心安理得地握住了苏伊的手。

一眨眼,苏伊发现大家都成了手拉手的大朋友。她怀疑李嘉尚假公济私。

还不到七点,热气球开始逐一起飞。看到第一个飞起来的气球,大家不禁发出欢呼声。很快,不断冉冉升起的热气球,点缀了晨光之中的天空。

阿甜举着相机四处抓拍,觉得自己达到了今年幸运值的最巅峰——美人在侧,人已升天。

阿甜决定找个机会和苏翔太搭话。她看到苏翔太一直举着望远镜在热气球中四处寻找,一下就领悟了,他在找苏伊。

阿甜爽朗地道:"副主编和李总在一组,他们好有缘呀,真是天作之合。"

阿甜说完这句话,发现苏翔太突然就变得冷漠了,这是怎么回事?

苏翔太继续用望远镜在一众热气球中寻找苏伊,心里却在不断吐槽。不过一个游戏,堂堂 LEE 的老板竟然这么阴险。

李嘉尚此刻却不像苏翔太想象中的那么舒服,因为他有恐高症。

随着气球不断上升,李嘉尚的恐惧感越发明显。

热气球在石林顶端飘荡,苏伊兴奋地看向石林岩石上奇形怪状的纹路。半晌,苏伊才发现李嘉尚很安静。

李嘉尚看上去异常冷静,站在那里一动不动。

她仔细地观察李嘉尚,发现他绷紧了身体,那张淡然的脸上冒出了一层细汗。

苏伊担心道:"李嘉尚,你怎么了?哪里不舒服?"

"有点……头晕……"李嘉尚的声音像从牙缝里挤出来的。

苏伊连忙扶住他,道:"严重吗?我们现在返回!"

"不用,没那么严重。我只是有轻微的恐高症,闭上眼不看就可以了。"李嘉尚勉强笑了笑。

苏伊听他说有恐高症就想打他了,道:"有恐高症你还敢上来?你要蹲下去吗?"

"不用。"李嘉尚觉得那样太丢人了,"我拉着你,知道你在这里我就不怕了。"

闻言,苏伊紧紧地抓住李嘉尚的手。李嘉尚嘴角弯起,高兴地盯着苏伊。苏伊被他盯得不自在,道:"你不是要闭上眼睛吗?"

"闭上眼睛就看不到你了。"

苏伊叹气,道:"你又不是失明,落地后想怎么看就怎么看。"

李嘉尚不回应这话,反而直勾勾地盯着苏伊,道:"苏伊,你看着我,我有话要说。"

苏伊一个激灵,心里有了预感。她想避开李嘉尚,可在热气球上根本避不开。

李嘉尚缓缓开口道:"苏伊……"

"你别说!"

"我喜欢你。"

两人同时开口。

随后,周围一片安静,但他们依旧紧紧地牵着手。

苏伊转过头,李嘉尚凝视她。

"你也喜欢我,我感觉得到。"李嘉尚自信地道。他看到苏伊的脸在晨光中变得通红,因为恼羞成怒。

"你故意选择这个时候告白?"苏伊愤愤地问。

李嘉尚摇头,坚决不承认,道:"情之所至,天时、地利、人和。"

他明明恐高,还好意思说天时地利人和?

苏伊都不知道李嘉尚什么时候这么能胡扯了。

她不语,李嘉尚便继续说之前的话题。

"我的人生一直是一片灰暗,童年时唯一的一束光也不见了。我以为我此生不会爱别人,也不会有人爱我。可自从遇到你,我发现我的世界被重新点亮了。你是照进我灰暗人生中的光。

"我曾经忐忑过、怀疑过、犹豫过。可一接近你,我就高兴;一离开你,我就失落。我都不知道我竟会有这么多的情绪。

"每次你遇到危险,我就会很惶恐。这让我明白,我必须待在你的身边保护你,我想以后都在你的身边。"

李嘉尚的声音飘散在高空中,让苏伊的脸止不住地发烫。

此刻,他们远离大地,悬在天地之间,只有彼此。

苏伊看着李嘉尚盛有深情的眼神,不禁为之动容,可脑海中总有一个声音在警告她——不行!

不行!

如果她只是苏伊,在苏莱曼清真寺看到他的瞬间,就会向他道出自己的心意。

如果她只是苏伊,在他一脚踢开大门想从佟捷手中救走她时,在他不顾身份

— 277 —

冲到人群中把她救出来时,在他递给她衣服时……她就会直截了当地问:"李嘉尚,你是不是喜欢我?"

可是,苏伊只是她的一个身份,是一个美丽的身份。在这美丽的身份下,她还有一个丑陋的身份。总有一天,丑陋的一面会暴露的。

想到这里,她沸腾的心渐渐冷却。

她小时候看《白蛇传》,总是替白蛇担心。许仙会发现白素贞是蛇吗?他们能长长久久吗?法海怎么那么讨厌?长大后,她懂了。错的不是法海,而是白素贞的欺瞒。

许仙被吓死时,苏伊对着电视大哭起来。

苏父苏母以为她是被白素贞变蛇的情节吓到,哄她那是骗人的。

苏翔太骂许仙是废物,说如果是真爱有什么可怕的。

可苏伊想的却是白素贞。

篷船借伞、断桥相会、保安堂济世救人,不过是一场梦。

即使白素贞盗仙草、斗阴差救回了许仙,依旧改变不了他们一人一妖的事实。

"苏伊?"李嘉尚不知道她怎么了,为什么她的眼神突然变得这么悲哀?

"李嘉尚,你知道《白蛇传》吗?"苏伊问。

李嘉尚一怔,点点头。

"你觉得《白蛇传》是悲剧还是喜剧呢?"苏伊又问。

李嘉尚蹙眉。他没有看过相关的影视剧,只是上学时看过相关介绍,知道最后雷峰塔倒了,白蛇从塔下出来了。

"喜剧。"

"嗯,我也觉得是喜剧,每个人都重新找到了自己。"苏伊点头道。

白蛇报了恩,许仙成了仙,许仕林救了母亲。

法海遵从了正义,青蛇圆了情义。

每个人都回到了生活的正轨上。

李嘉尚却无法从她的脸上感觉到一点"喜"。

他突然觉得这是一个超出他认知领域的深刻话题,苏伊在他不知道的地方失控了。

"我记得《白蛇传》是表达古人对自由恋爱的赞美和向往。"李嘉尚道。

苏伊一怔,想到了和李嘉尚一起看电影的事。李嘉尚这种人,根本看不懂那么多弯弯绕绕。

苏伊不由得道:"李总,不得不说,你看影视剧的思维方式与众不同。"

李嘉尚蹙眉,怎么又从李嘉尚变成李总了?而且,她的语气怎么听都不是在夸他。

李嘉尚郁闷地道:"我以前很少看电影和电视剧。你喜欢,我可以和你一起看。"

"不必勉强。"

"不勉强,"李嘉尚想起那天和苏伊一起看电影的经历,诚恳地道,"挺有意思的。"

苏伊知道他是醉翁之意不在酒,但还是有一丝感动。

她叹气,望着眼前看不到尽头的天空,忽然觉得自己就像一个飘荡的热气球,不知道会飘向何处,在燃料燃尽之时,究竟会落到哪里。

感受到手上真实的热度和力气,苏伊忽然有了勇气。

她保护李嘉尚时,李嘉尚也在支持她。

"李嘉尚,我需要时间,我需要认真地想想。"苏伊道。

她真的可以吗?

这时的苏伊好像一只蜗牛,从壳中伸出一点触角,开始接触外面的世界。

"好,我等你。"这一刻,李嘉尚不再感到恐惧。

他走向苏伊,轻轻地拥抱她。

太阳从东方露出全貌,世界迎来新的一天。天地被阳光照亮,五彩缤纷的热气球在群山之间飘荡。苏伊向远处望去,眼前的景色犹如一幅宏大的画,让她毕生难忘。

《白蛇传》是喜剧还是悲剧？

雨再大也会停的！加油啊！

归国时，苏伊避开了李嘉尚。

她跑去和苏翔太坐在一起，默默地整理思绪。

李嘉尚没有逼她，在机场和他们道别时，顺便给苏翔太安排了两天的假期。

回到久违的家，苏伊卸妆洗澡，随后返回卧室，躺在换了床单被褥的床上睡觉。

她醒来时，外面天色已黑，房间里充满饭菜的香味。

苏伊用力地嗅了嗅，从恍惚中清醒过来。她把枕边的熊猫玩偶"小可爱"抱进怀里用力地摸了摸。

"还是家里好。有没有想我呀，小可爱？"

苏翔太在外面喊道："姐姐，睡醒了吗？醒了就起来吃饭。"

"好。"苏伊大声应道。

"年轻人精力真好。"苏伊感慨，亲了亲熊猫玩偶，犹豫道，"你说，我要不要告诉他，我是苏伊，也是苏沐晓？"

熊猫玩偶挂着可爱的笑容，沉默不语地看着她。

苏伊叹气，放下熊猫玩偶，穿上拖鞋走出来。

她不过睡了一觉，家里已经焕然一新。

他们拎回来的行李箱已经被收拾好了，要送的礼物已经被分门别类地放好，整整齐齐地放在沙发一角。桌椅柜子都被抹了一遍，沙发上换了新的罩子，地面拖过了，花瓶里也插上了鲜花。苏伊细看，苏翔太竟然把窗帘都换了。

注意到她的视线，苏翔太把手中盛着银耳甜汤的碗放下，解释道："我们走的时候拉上了窗帘，已经一个月了，该换了。喝这个，润肺。"

苏伊不禁对他竖起大拇指，道："你休息了吗？"

"睡了一会儿。我明天后天都是假期，有的是时间休息。姐姐，你明天就要上班，如果不舒服，记得不要拖，要马上去看医生。"苏翔太叮嘱道。

苏伊猛点头，觉得苏翔太越来越把她当小孩了。

"翔太，我觉得你不是我的弟弟，你是要当我的爸爸。以后你的女朋友一定会被你宠成小公主的。"

"我只想把姐姐宠成公主。"

苏伊笑他："那可不行，等你有女朋友了，就会不习惯姐姐在身边了。"

"我不会有女朋友。"苏翔太平静地盯着苏伊。

"那是因为你还没遇到，缘分不是能预见的。"苏伊道。

苏翔太笑了笑，眼神暗淡下去。他沉默了一会儿，道："我也不是对谁都这样。姐姐呢？你想找什么样的男朋友呢？"

苏伊一噎："我……"

"李嘉尚那样的吗？"苏翔太又道。

他语气平静得如夜幕下安静的湖面，可看不见的水下却是暗流涌动。

苏伊停了下来，不安地盯着对面的苏翔太。

四周突然安静下来。

苏伊没有否认。

苏翔太心中突然涌起一股烦躁感。

在卡帕多西亚，他用望远镜看到苏伊和李嘉尚一直在交谈，最后还有一个短暂的拥抱。

之后，苏伊和李嘉尚没有再接触过，两个人也似乎在故意拉开距离。可李嘉尚这样主动退让，却像在等待蓄力一击的机会。

苏伊明明知道李嘉尚的心思，却没有直接拒绝他。

苏伊想食言吗？她说过不会结婚的。

苏翔太欲言又止，终究还是没有开口。

洗衣机发出嘀的一声响，打破了两人之间的沉寂气氛。

— 281 —

"我吃完了。"苏翔太放下筷子,起身去挂衣服。

苏伊盯着苏翔太几乎没动过的饭菜,暗暗叹气,苏翔太果然不支持她和李嘉尚在一起。

时隔一个月回到公司,苏伊感到十分安定。

从前台到组内,每个人看到她都十分欣喜,这让苏伊感到开心。

她把带回来的小礼物发给大家,竟换回了一堆零食、礼品。小薇把堆积了一个月的快件、邀请函、文件全抱过来,堆到她的桌上。

苏伊看着堆满一桌子的快件,不禁发愁,道:"有没有吃的?先把吃的拆掉。"

"吃的我都拆了,你放心吧,我不会让任何食物过期的!"小薇骄傲地道。

C组的组员们正笑着,看到陶菲林从远处走过来,立即停止了玩闹。

陶菲林被挖来后,直接乘飞机去了T国,还不怎么熟悉国内的员工们。

对新来的领导,每个人都有自己的想法。

陶菲林看到苏伊满满当当的工位桌面,不禁考量起来,随即叫苏伊、陈瑾和赵茹及各部门管理层去开会。

苏伊把剪刀递给小薇,翻出笔记本去会议室。

"公司还有很多业务我不熟悉。这段时间,麻烦苏副主编多多协助我了。"陶菲林寒暄后,把话题转向苏伊。

"没问题。"

"'异域风情'这个项目,后续的统筹协调工作还要继续辛苦你。"陶菲林翻看Amanda给她的工作交接信息,再次抬起头,担忧道,"这样的话,你的工作是不是太多了?"

闻言,其他人纷纷看向苏伊。

"能者多劳。"苏伊淡然地道。

"听说,你还在LEE兼任时尚顾问?我觉得工作和私人事情最好能够分开,这样才不会影响你进行理性的判断。"陶菲林看向赵茹,"之后,LEE的业务由我和赵茹负责。苏伊,你专心做好公司内部的业务。"

她话音刚落,众人神色愈加微妙。

赵茹挑眉,笑着应下了。她都不是组长了,管理层开会还叫上她,看来是陶菲林的意思。她挑衅地看向苏伊。

苏伊无视赵茹，对陶菲林的提议没有意见。一来，这段时间她需要把精力集中在"异域风情"上；二来，她还没准备好如何面对李嘉尚。

何况，她不惧怕陶菲林去抢她在 LEE 的资源。

苏伊顺从的反应让陶菲林感到无趣。最大的客户被拿走，苏伊竟然一点也不生气。难道苏伊仗着李嘉尚的喜欢，这么有恃无恐？

结束一天的工作，苏伊在家中盯着熊猫馆的行程日志，开始纠结起来。

她去还是不去？

如果去熊猫馆，她就会遇到李嘉尚。现在的她，真的能当好苏沐晓和他坦然相见吗？

苏伊叹气，趴到桌上，捏着"小可爱"的小耳朵发呆。手机响了一下，来了信息。

苏伊爬起来一看，是李嘉尚发来的。

"听说你也请了一个月的假，怎么了，生病了吗？"

"没有，家里有点事，已经处理完了。"苏伊用苏沐晓的号码回复。

"那就好，这周来熊猫馆吗？我带了纪念品给你。"

苏伊哀叹，她该找个什么理由拒绝？

"另外，还有一件事想请你帮忙。"

"好。"苏伊回道。

如果有一天他发现了真相，会大吃一惊吧……那时候，他会怎么样呢？

李嘉尚已经有一个月没来熊猫馆了。

盛夏不知不觉已经过去，今天他竟然感受到了一丝初秋的凉意。

他昨天发信息给苏沐晓，确定她今天会来，特意带了从 T 国带回来的礼物给她。

苏沐晓收过礼物，虽然看似惊喜，但喜悦并不入心。

"不喜欢？"

"不是，很喜欢。"苏沐晓道谢后把礼物收起来，放回更衣室。

"你怎么看上去有心事？"李嘉尚问。

苏沐晓摇了摇头，道："在犹豫一些事情。你看上去好像很开心。"

李嘉尚点头。

"嗯。对了，这个给你。"李嘉尚从口袋中取出一份邀请函。

苏沐晓打开，竟然是慈善晚宴的邀请函。

LEE 集团每年都会举办慈善晚宴，出席的都是 LEE 的股东、合作方和各界名人。商圈的聚会活动，即使是时尚圈和娱乐圈的很多明星都没有资格参加。

苏沐晓感到惊诧，李嘉尚为什么会邀请她？李嘉尚说把她当妹妹，难道是认真的？

"我想向你介绍一个人。"李嘉尚笑着道，"她对我很重要，你对我也很重要。我想亲自介绍你们认识。不过，你们可能之前就认识。"

苏沐晓愣住，难道他要向她介绍苏伊吗？

"是……"苏沐晓差点就要说出那个名字了，缓了一会儿才道，"是谁？"

"到时候再告诉你。"李嘉尚故作神秘，"另外，今天还要请你帮个忙。"

李嘉尚郑重的模样，让苏沐晓有些好奇。

片刻后，李嘉尚拿出三款钻戒的照片问她："你觉得哪个比较漂亮？"

"你这是要？"苏沐晓惊愕地问。

李嘉尚脸上泛起一丝红晕，道："我想求婚。不过不知道哪一款比较好，我认识的女性不多，所以……只好拜托你帮忙。"

苏沐晓盯着那三款戒指，呆滞不语。

这三款戒指，她见过其中两款。

身为时尚杂志的副主编，了解时尚品牌的新品和经典款是必修课。她认得的两款，无论哪一个都价值不菲。

他要求婚，向苏伊求婚？

苏沐晓想告诉李嘉尚，她就是苏伊。可话到嘴边，看到李嘉尚的满心期待和对她的信任，她就开不了口。

"你想在晚会上向她求婚吗？"苏沐晓问。

"我觉得需要一个仪式。晚宴结束后，我会安排一个小聚会，到时候向她表白。"李嘉尚点头，随后又自嘲道，"不过，我的表白不知道会不会成功。如果成功，我就向她求婚，请你当我们的证婚人。如果我被拒绝……就当作介绍你们认识的聚会。你一定会喜欢她的，我保证。"

李嘉尚为什么不直接求婚呢？怕她不喜欢强硬的做法而觉得尴尬吗？

他为什么这么不自信？

苏沐晓捏着衣服的口袋，此刻无比羡慕另一个自己。

为什么她不能只是苏伊呢?

她很想告诉李嘉尚,她就是苏伊。

"李嘉尚,我可以问你一个问题吗?"

"什么问题?"

"如果……有一个很优秀,像你一样优秀的人向我告白,会是真的吗?"苏沐晓笑着问。

"为什么不是真的?"李嘉尚含笑问道。

"如果是你呢?你会喜欢我吗?"苏沐晓收起笑容快速地追问。

闻言,李嘉尚突然神色慌乱。

"逗你的啦。"苏沐晓把他的手机还给他,像好哥们一样拍了拍李嘉尚的肩膀,"第三个最好看,加油。"

说完,苏沐晓转过身。

李嘉尚在她转身的瞬间,看到了她眼中的黑暗,就像光芒熄灭后的漆黑世界。

李嘉尚是不会喜欢苏沐晓的,她早就应该知道。

脸上的伤疤突然痛了起来,她不禁跑了出去。

"沐晓,"李嘉尚紧追而来,然后抓住苏沐晓的袖子,认真地解释,"你是一个非常好的女孩。我不喜欢你,不是因为你不够好,而是因为我已经有了喜欢的人。你明白吗?"

"嗯,我知道,逗你的。"苏沐晓挽起袖子,大步迈向笼舍,"工作!再偷懒,管理员要生气了!"

自己和自己比,她大概是世上唯一会这么做的人吧?

她的命运就交给李嘉尚来决定吧。

在他表白之前,她会告诉他真相。如果他依旧喜欢她,她会为他冒险;如果他不喜欢她,那她就让某一个身份消失。

晚宴,就是审判她的时刻。

两天后,LS 收到了 LEE 的邀请函。

前台的 Amy 拿着三份邀请函,其中两份分别给了苏伊和陈瑾,面对最后一份邀请函时却犯起了难。

苏伊拆开邀请函,不同于苏沐晓那份内部嘉宾的邀请函,这份工作邀请函看上去更加华丽。这两份邀请函的唯一相同点是，邀请函上的内容是手写的。

陈瑾凑过来看了一眼，故意道："为什么我的邀请内容是打印的？区别对待！"

闻言，大伙凑上来围观。两份邀请函一对比，立见差别。

"苏老大，这份不会是李总亲自写的吧？"C组有人故意问。

"另一份是谁的？拆开看看！"大伙哄笑道。

Amy把邀请函往中间一放，道："要拆你们自己拆，我可不敢！"

大伙凑过去一看，外封上赫然写着"敬请LS主编Amanda亲启"。

瞬间，大家都不说话了，气氛变得诡异起来。

陶菲林上任已经有一个月了，她和赵茹接替苏伊在LEE的工作也将近一个星期了。这时候，LEE发来邀请函，有Amanda的，有苏伊的，甚至有编辑组长陈瑾的，却偏偏没有陶菲林的……

陈瑾顿时觉得这份邀请函有些烫手，便问Amy："你没拿漏吗？"

Amy猛摇头。邀请函是LEE派人送来的，她看到名字后还追问过，的确只有三份。

Amy的否定让大伙觉得事情更微妙了。不久之后，LS基层员工群内开始传起Amanda不日即将回归的消息。

小薇把消息拿给苏伊看，苏伊笑而不语。

然而，陶菲林不是那么容易被打倒的。

晚宴当天，Amanda把邀请函让给了赵茹。

于是，赵茹和苏伊、陈瑾一起来了，且在宴会上看到了陶菲林。

"她什么背景？"陈瑾问。

赵茹指了指上面，道："白总。"

苏伊恍然大悟。LS三大董事，赵总、吴总和白总。赵总中立，吴总支持Amanda，白总和吴总属于竞争关系。白总和吴总经营理念不和，每次在董事会上，白总总会挑Amanda的刺。但Amanda把LS经营得很好，他找不到借口换人。这次Amanda病了，白总才有了换人的机会。

"陶菲林得抓紧了。Amanda住院期间接受了手术，现在恢复得不错。如果Amanda出院了，陶菲林还没做出成绩，吴总大概就要动手了。"陈瑾不客气地吐槽道，有些幸灾乐祸。

苏伊摇头，道："她应该还有别的背景。"

闻言，陈瑾点头。

现在陶菲林身边的人，并不是她们熟悉的时尚圈人，更像LEE股东家属圈里的人。

赵茹趁陶菲林没注意到她们，便和苏伊、陈瑾分开，道："你们一起吧，我去玩了。"

见状，陈瑾觉得好笑，不知道苏伊是怎么驯服赵茹的。赵茹现在无论是在公司还是在外面，扮演苏伊的对手扮演得不亦乐乎，可偏偏有什么消息都会提前告诉苏伊。她和赵茹一起工作了这么多年，都不知道赵茹还有这样的一面。

"苏小姐。"李秘书看到她们，前来打招呼，打量了一眼苏伊后夸张地道，"哎呀，苏小姐今天真好看！"

苏伊今天穿了一件贴身的有白色镂空花纹的拖尾晚礼裙，婀娜的身姿显露无余。

苏伊笑了笑，道："你今天也很帅。"

"最帅的在那边！"李秘书指了指会场远处的一角。

苏伊顺着他的手望去，一眼就看到了站在花树旁的李嘉尚。

他正在和其他股东说话，手里举着一杯香槟。灯光从他的身后打过来，聚在酒杯上，散发出光芒。

苏伊注意到他今天配了一条酒红色的领带。

比起平日冰冷严肃的他，今晚的他多了一丝暖意。

他的确很帅。

苏伊不自觉地嘴角上扬。

李秘书看到苏伊眼中带着爱慕的笑意，暗暗替老板高兴。老板出差一个月，看来终于把苏小姐给打动了。

"快进去吧，老板等你很久了。"李秘书笑着，领着苏伊和陈瑾往会场内走。

李嘉尚在她们走近后马上结束与股东们的对话，迎面向苏伊走来。

对上李嘉尚的视线，苏伊瞬间变得紧张起来。

她今天要答复李嘉尚，但在这之前她需要得到李嘉尚的答复。

"你今天很漂亮。"李嘉尚含笑夸道。

"你也很帅。"苏伊回道。

跟来的陈瑾顿时觉得附近的甜味过浓，还混有无数的柠檬味。气味的浓度太高,快把她熏晕了。

李秘书忽然道:"陈组长,那边有几位太太想找人聊聊时尚圈的事,你们一定聊得来。我帮你引荐一下!"

陈瑾还没反应过来,就被李秘书拉走了。

穿过宴会厅,前面是一片草坪花园,晚宴的主场就在这里。

柔软的草坪对女士的高跟鞋并不友好,当李嘉尚过来扶苏伊走下台阶时,苏伊没有拒绝他。

"苏伊……"

"李嘉尚……"

两人同时开口,随即同时停顿。

"我今天有话要对你说。"苏伊道。

李嘉尚感到诧异,随即笑道:"我也是。"

不知为何,他从苏伊的脸上看到了一点忐忑之色,可今天要表白的是他呀!

李嘉尚看了看时间,宴会即将开始,嘉宾们已经陆续到场,可他依旧没有看到苏沐晓的身影。

"我出去接个人。"李嘉尚道。

"好。"苏伊深吸了一口气,捏捏手指,缓解自己的紧张情绪。

陶菲林和伙伴们一进来,就注意到了苏伊。

其实,苏伊坐的座位并不突出,甚至远离观赏的最佳位置,在离舞台较远的最右侧的第三排。苏伊以为这个座位足够低调,却不知道这是李嘉尚的固定座位。

"就是她吗?"陶菲林身旁的一个女孩问。

"对。"

"这么看上去倒是挺好看的……她真是靠化妆吗?"女孩又问。

"我亲自见过的,保证会让你大吃一惊。"陶菲林挑眉,"一会儿拜托你了。"

"好吧。"女孩耸肩,从陶菲林手上接过小包,然后和陶菲林分开。

女孩在人群中逛了一圈,最后在苏伊背后的座位上坐下。

晚宴即将开始,李嘉尚在入口处依旧没有等到苏沐晓。无论他怎么打电话,电话都无人接听。

"老板,要开始了。"李秘书过来提醒李嘉尚。

"她可能一会儿就到,你在这里等着。"李嘉尚不甘地挂掉电话,往晚宴方向疾步走去。

"好。"李秘书翻出苏沐晓的手机号码,接替李嘉尚继续拨号。

晚宴中,苏伊已被调成静音模式的手机屏幕不停地亮起。她背后的女孩从小包中掏出一条湿毛巾放到桌面上。

赵茹刚在陶菲林的身旁坐下,陶菲林突然道:"你讨厌苏伊吧?"

赵茹似笑非笑,道:"还行吧。"

陶菲林神秘一笑,道:"过会儿,好好欣赏我们的女主角吧。"

李嘉尚说完简短的开场词,晚宴正式开始。

他向坐在首席位的爷爷打完招呼,然后向自己的座位走去。

苏伊遥遥地看到一个白发苍苍、精神矍铄的一个老年人往她这边看来,心里有了推测。

李嘉尚在她身旁坐下,把今晚的拍卖名单推给她,道:"有没有感兴趣的东西?"

苏伊摇头,好奇地道:"你捐了什么东西?"

李嘉尚翻开册子,指着一把西洋剑,道:"这个。"

"你练过击剑?"苏伊看着那把银质的花剑感到无比诧异。

"上学的时候练过,爷爷送了我这把剑,现在用不着了。"

苏伊仔细地盯着宣传册上的花剑,想象着李嘉尚穿着白色击剑服站在比赛台上的样子。很快,那把剑出现在了中央大屏上。

舞台上的追光灯,随着剑的出现,向李嘉尚和苏伊所在的方向打来。

赵茹注意到一直平静的陶菲林突然勾起了嘴角。

没一会儿,苏伊背后的女孩惊叫一声"虫子",然后蹦了起来。

苏伊下意识地转过头看女孩,却被女孩泼了一脸水。

此时,镜头也跟着切换过来,苏伊湿淋淋的脸一下子出现在大屏幕上。

赵茹和陈瑾第一次看到苏伊脸上露出慌乱的表情。

大伙全向这边望来,李嘉尚赶紧站了起来。

那名女孩放下水杯,惊慌地道歉:"不好意思!我帮你擦擦!"

"不用了!"苏伊慌张地道。

那女孩却用力地按住苏伊的肩膀,拿起桌上的毛巾朝苏伊的脸上抹去。

瞬间,苏伊就闻到了一股微弱的酒精味道。这毛巾上有卸妆水,绝对不是宴

- 289

会上的毛巾!

苏伊不知道,她们已经出现在中央大屏上了。

苏伊拼命地阻止对方的动作,她的包从桌上掉落到地上,手机也从里面掉了出来。她拼命地向后退,试图远离那条毛巾。可沾有卸妆水的湿毛巾,还是从她有疤的脸上抹了过去。

苏伊慌张地用双臂遮挡脸部。

李嘉尚被周围看热闹的人围住,好不容易挤过来拉开那个女孩。

女孩不甘心地退后一步,低头看了看沾了很多粉底的湿毛巾,然后抬头向屏幕望去。

李嘉尚没注意屏幕,而是抽出口袋中装饰用的丝巾递给苏伊。

苏伊慌乱地接过丝巾按到有疤痕的脸上。此刻,她的妆全花了,水流到了她的胸口上、礼服上。她一抬头,便看到狼狈不堪的自己在屏幕上露出惊愕的表情。

主持人和摄影师也呆了,没想到会出这种意外。

在主持人拼命示意切换镜头前,李嘉尚注意到了苏伊下巴处露出的伤疤。

苏伊看到屏幕上的自己,瞬间愣住了,用来遮挡脸部的手臂与脸之间露出了一丝缝隙。她按在脸上的那块丝巾又轻薄又透明,并没有遮挡的效果。

李嘉尚突然拉开苏伊的手臂,在看清苏伊的脸后瞬间僵住。

苏伊有疤痕的脸出现在他的眼前和屏幕上。

在一片哗然中,赵茹和陈瑾惊愕地站起来。

为什么苏伊的脸上会有那么大的疤痕?

陶菲林安然地坐在座位上,悠然地看戏。如果捧在心上的珍宝是假的,李嘉尚会怎样?

李嘉尚不禁把手伸向苏伊的脸,一脸的难以置信。在他的手指碰到她疤痕的瞬间,苏伊像被火灼伤一样,猛地打开李嘉尚的手臂。

"你……是谁?"李嘉尚再次伸出手,心中有太多的问题。

可他的行为却吓坏了处于惊恐中的苏伊。

苏伊猛地推开李嘉尚,在把李嘉尚推倒的同时自己也从座位上摔了下来。洁白的长裙落在地上,沾上了草叶。此时,摄影师终于把镜头切回了展品上。

可现在已经没有人再注意展品了,大家纷纷站起来向这边望过来。

苏伊狼狈地爬起来,抓起地上的包,拼命地跑向外面。

李嘉尚愣了片刻，脑子一片混乱。一旁的人捡起地上的手机递给李嘉尚，道："李总，那位小姐的手机。"

李嘉尚茫然地接过手机，手机上显示出无数的未接来电。

他盯着手机发呆时，手机屏幕亮了，显示有电话打进来。李嘉尚按下接听键，听到了李秘书焦急的声音。

"沐晓小姐，你到哪了？我是李嘉尚先生的助理，需要我去接你吗？"

苏沐晓？

这是苏沐晓的手机？

苏沐晓就是苏伊？

苏伊是苏沐晓，是他找了二十年的小雨点！

他早该察觉的！

李嘉尚握着手机猛然站起来，不顾众人诡异的目光大步往外追去。

"李总！"

"李总，你去哪？"

"老板！"

李嘉尚不顾身后人的喊叫，拼命地往外奔跑。此时此刻，他的脑海中只有一个身影。他到底该叫她什么？

"老板？"门口的李秘书蒙了。

里面到底怎么了？

先是苏伊不要命地狂奔出来，接着又是老板不管不顾地往外跑。

老板就算表白失败，两个人也不用跑成这样吧？

李秘书管不了那么多了，忙跟上李嘉尚，指了一个方向，道："苏小姐往那边跑了！"

李嘉尚朝他指的方向冲去，李秘书追了一会儿就跟不上了。

李秘书气喘吁吁地靠在墙边，两条腿在不断地哆嗦。

"我……我……这是……哪一出……啊？"

苏伊穿着高跟鞋在马路上狂奔。即使是少有人来的新区，晚上有人这么跑也吸引了不少人的注意。

她跑得身体脱离了疲惫的控制，不分方向地不停奔跑。

突然，她的鞋跟踩在了盲道上的凸起处。她一个趔趄，脚下一软，在即将摔倒的瞬间，被身后赶来的人拉住了胳膊，接着摔进了一个火热的怀抱中。
"苏伊……"李嘉尚大声喘着气，"我们……需要谈谈。"

夜间，空气变得潮湿。
咖啡馆的女老板看到手机上写有"大雨将至"的天气预报，起身到门口搬广告牌。
刚搬完广告牌，她就感到身后有人进来。
"对不起……"她回过身，在看清来的两个人的狼狈样子时，那句"我们打烊了"便说不出口了。
她放下牌子，请他们进来，道："两位吗？"
"嗯。"
老板进去洗手、煮咖啡。两个客人在靠窗的座位沉默地坐下。
热水在炉子上烧着，店中十分安静。
过了一会儿，女孩站起来，在男人的目光中，站到老板的面前，问："请问有卫生间吗？"
"有的。"老板指了指里面的卫生间，"往里直走，走到尽头右转，然后就会看见了。"
"谢谢，可以借我这个吗？"女孩指了指桌上的纸巾。
老板把一整包纸巾都给了她。
老板望着她远去的身影，心想这个女孩的身材真好，穿着那么贴身的白色礼服都看不到一丁点赘肉。只是她的脸上为什么是残妆呢？那么漂亮的礼服也被弄脏了。
她脸上露出的是被烧伤后留下的疤痕吗？
热水烧开了，女孩还没有出来。
老板怀疑她是不是一个人躲在卫生间里哭。
老板刚刚看到她时，被她的表情吓了一跳。她那副绝望的样子，感觉下一秒就会出意外。
过了一会儿，男士也走到了老板的面前。他一脸疲惫，还有一丝不安。他的头发有些凌乱，礼服也有些皱。不过，他一开口就让人觉得他风度翩翩。
"请问，你的花卖吗？"

"花?"老板一怔,随即明白了。他说的是每张桌子上的瓶中花。

每天早上,老板都会把隔夜的花换掉。

"那些明早就会换掉,你可以用的。"老板道。

李嘉尚道谢,把每张桌子上的花都收集起来重新摆放。他耐心地抽出每一朵红玫瑰,摘掉枯萎的花瓣,再搭配其他的花朵,用瓶子上的丝带把花绑起来。

老板看得目瞪口呆。然后,她看到他从口袋里掏出一个小小的盒子放到桌上。

老板张大嘴巴,在出声前连忙捂住嘴。

又过了一会儿,女孩出来了。她卸了妆,头发也重新整理过了,衣服也擦过了,比之前看上去整洁不少。

老板没在她的脸上看到泪痕。

她真是一个坚强的女孩,老板想。

苏伊在座位上坐下,看到桌上突然多出来的一小捧玫瑰和一个精巧的戒指盒,心中突然一片凄凉。

一切都完了,也晚了。

她今天想过摊牌,可真相突然到来时,她都无法接受,更何况是全然不知的李嘉尚?

《白蛇传》表达古人对自由恋爱的赞美和向往。

可向往终究是向往。

美梦结束了,他们都要回到现实里做自己。

"苏……"李嘉尚停顿了一下,不知道该怎么喊她。

苏伊觉得可笑,便笑了起来,坦然地道:"李嘉尚,都这时候了,你不会还想表白吧?"

闻言,李嘉尚脸上露出一丝狼狈之色。

他曾经向苏沐晓说过他的计划,连他准备的求婚钻戒都是她选的。

确实……可笑。

苏伊似乎看懂了他的想法,笑着问:"我们是不是很可笑?"

李嘉尚盯着她露出伤疤的脸,觉得自己傻。苏伊和苏沐晓明明这么像,他却从来没有想过她们是同一个人。

夏熙阳叫苏伊和苏沐晓都是叫"偶像",却从不那么叫其他的女性;她们都是朋友,却非说不熟;他和苏伊去T国,苏沐晓偏偏同时有事不再去熊猫馆……

"对不起，是我骗了你，我很抱歉。"苏伊收起笑容郑重地道。

"是我自己太笨了，你一开始没有瞒着我。"李嘉尚摇头。难怪苏沐晓第一次见到他就躲着他，后来也一直在躲着他。她其实藏得并不好，她们那么相似，同样的姓氏、有同样的朋友。他明明有所察觉，却没有怀疑过。

他们相识那么深，却像从来没有真正认识过。

苏伊怔住了，站起来向李嘉尚弯腰道歉："一直没有向你解释，对不起……"

"没关系，你不需要道歉。"李嘉尚神色疲倦，眼中分明有痛苦之色，却依旧温柔地安慰她，"不要紧的，我们之间不需要道歉。我也有很多事瞒着你……"

李嘉尚把那捧小小的玫瑰花举起来，道："苏伊小姐，不管怎样，我依旧喜欢你。我们之间可能有很多误会，但我能确定我对你的感情不是假的。"

苏伊摇头，把粉色的嘴唇咬得发白，而后道："不是的，没有爱能建立在欺骗上。李嘉尚，谢谢你喜欢我，我很感谢，以后也会很感谢，非常非常……感谢。"

"我们可以重新认识，我们共同的经历都是我们的感情基础，苏伊……"

"梦结束了，李总，我们该醒了。你说得对，《白蛇传》是喜剧。白素贞的美梦不过是报恩历劫，白素贞和许仙是彼此的劫，一切不过是一场美梦。从一开始我就知道，我们会有梦醒的一天。苏沐晓不是苏伊，苏伊也不是苏沐晓，我一开始就欺骗了你。你比我更清楚，在你的世界里，我根本就是两个人。你不可能喜欢两个不同的人。对不起，李总……"苏伊看了一眼桌上的玫瑰和没能打开的戒指盒，"我们不合适。"

她再次鞠躬，比之前更加决绝，拎起包就从咖啡馆里跑了出去。

这次，李嘉尚没有再追上去。

老板端来了一杯热咖啡。

李嘉尚坐在咖啡馆内久久未动。

老板从他的眼睛中看到了一丝湿气。

外面不知何时下起了大雨。

店外的绿植被雨水打湿，遮阳棚被雨水打得砰砰直响。

李嘉尚坐在咖啡馆里，一口一口地喝完了整杯咖啡。

没有加糖的手工咖啡，品质与他平日喝的那些咖啡不能相比，酸味重了，焦味过了，温度也不是最适宜的。

玻璃窗上满是雨滴，从外面看，桌上的玫瑰也像被雨水淋湿了似的。

喝完咖啡，李嘉尚从座位上站起来。他走到收银台，却发现他从晚宴出来时既没带钱也没带手机。

"没关系的，算我请你。"老板大方地笑了笑。

老板看他的打扮就知道他不是故意骗吃骗喝的，一定是发生了什么事。一杯咖啡而已，她不会落井下石。

李嘉尚借了老板的电话，打电话给李秘书，让李秘书来接他。

十多分钟后，李秘书驱车赶到，替李嘉尚付钱。

"不用的，真的不用！"老板看到多给的钱，坚决不收。

"打扰了，真是不好意思，收下钱快下班吧。"李秘书坚持道。

女老板推辞不掉只好收下，在礼品区选了一份巧克力糖果塞给李秘书。

她看着站在门口望雨的李嘉尚，心想那个女孩走的时候，他快哭了吧？

她叹气，向窗边的座位望去。那个人竟然连戒指都没拿！

女老板抓住戒指和花向门外冲去，他们的车已经启动出发。

女老板跑进雨里，追着车大喊。

李秘书从后视镜看见，又把车开了回来。

女老板把戒指和玫瑰从窗户塞进去，道："先生，那个小姐跑出去的时候哭了。我觉得她不是不喜欢你，误会都能慢慢解开的，雨再大也会停的！加油啊！"

雨越下越大，街上的路灯也在雨幕中变得模糊起来。

苏伊落寞地走在街上，雨水已经渗进鞋里。她的手机没在包里，包里只有一点零钱。她从公交车上下来，几秒钟就被滂沱大雨浇透。

头发、衣服，连鞋子中都有水。苏伊艰难地走着，忽然想起了几年前，那次也是一个阴雨天……

那时，苏伊才上大一。

下午突然下起雨，她抱着书包在教学楼的屋檐下躲雨。一个同样没带雨伞的男生头顶书包，狼狈地从雨中跑到屋檐下。

他用手在短短的头发上拨着雨水，看清在躲雨的苏伊后，他阳光帅气的脸突然变得通红。他手不动了，人也僵了，站在屋檐下像一棵枯树。

苏伊浑然不知，焦急地等着雨停。

忽然，男生问她："你是设计学院的苏伊吗？"

- 295

苏伊点头，确定不认识他，道："嗯，我是苏伊，你是？"

"我叫程柯，你没带伞？"

"嗯。"

"等着。"程柯示意她在原地等着，再次举起书包冲回雨中。

苏伊不解。程柯跑过的积水中荡起一圈圈涟漪。

雨未停，苏伊依旧被困在教学楼的屋檐下。不久后，她再次听到了向这边跑来的脚步声。程柯再次出现，这次他手里多了一把很大的雨伞。

"你要去三号教学楼吧？我送你！"

苏伊问："你怎么知道？"

"我在三号教学楼见过你。走吧。"程柯撑开伞站到苏伊的旁边。

上课时间快到了，三号教学楼并不算远，苏伊没犹豫，站到了伞下。

男孩把大部分雨伞移到了她的头上，他的书包却在雨里。

"你的书包被淋湿了！"苏伊道。

"没事，是防水的。"程柯不在意地笑。

送完苏伊，程柯跑到要上课的教室，第一件事就是把湿透的书和笔记本掏出来摆成一排。同寝室的室友见他拿着伞还让书包湿成这样，不禁感慨道："你这是把书包泡水里了？"

"你猜我刚刚遇到谁了？设计学院的苏伊！"程柯顾不上书，拍着室友兴奋地道。

"那个美女？"室友惊讶地道，随即反应过来，"不对，你都去买伞了，为什么不买两把？你是故意的！你肯定是故意的！"

程柯露出得意的笑容。

之后，苏伊天天都能遇到程柯。他有时出现在食堂里，有时来旁听他们的课，有时出现在她的宿舍楼下。情人节那天，他捧着一束玫瑰花追到教室里向她当众表白。

苏伊惊慌不已，在同学们的起哄声和口哨声中拿起花，拉着程柯跑到教学楼外拒绝了他。

"我没有你想象中那么好。"

"你怎么知道我是怎么想的？"

"我现在是化过妆的，其实我长得很丑。"

"我又不是因为看上你的长相才追你的。"程柯把花硬塞给她，任性地道，"收了花，我就默认你答应和我交往啦。苏伊，我喜欢你！"随后，他骑着自行车跑远了。

再之后，程柯出现的次数更多了。每天，她的座位上、餐桌上、书包里总会出现一支红玫瑰。慢慢地，连苏伊的同学都默认他们是一对情侣了。

"我们什么时候才能开始正式交往？"

"我已经重复说过一千次、一万次了，我们不合适。"

"我也重复说过一千次、一万次了，我喜欢你。"

在男孩的软磨硬泡中，她坚硬的心慢慢变软。

在校园音乐节上，苏伊被女同学硬拉到了前排，看到了熟悉的人在唱水木年华的《一生有你》——

多少人曾爱慕你年轻时的容颜
可知谁愿承受岁月无情的变迁
多少人曾在你生命中来了又还
可知一生有你我都陪在你身边
....

苏伊不知道程柯什么时候参加了音乐比赛。音乐结束，他单膝跪在舞台上，当众再次向她递出一支红玫瑰。

"这次比赛，一路走来谢谢大家的支持和喜爱，能不能夺冠对我来说并不重要，但我必须要登上这个舞台。因为……我要在这里向我喜欢的女孩表白。苏伊，我爱你！不管你是美是丑，年轻还是苍老，我都爱。我爱你，苏伊！"

也许是曲子太好听，也许是歌词太美，也许是同学们"在一起"的呼喊声太有感染力，年轻的苏伊被打动了。她仰望着舞台上帅气的男孩，在台下伸手接过了玫瑰。

那时候，她以为程柯透过皮囊看到了她的灵魂，以为自己遇到了真爱、获得了幸福……

只是幸福短暂得不可思议。当她把真实面目展现在程柯的面前时，换来的却是暴怒和谩骂。

"骗子！苏伊，你就是一个感情骗子！一个丑八怪！我怎么会喜欢你这种人？

你根本就是故意耍我,要我当众出丑!你就戴着你的假面具伪装下去吧!你真实的样子,永远不配得到别人的爱!"

从那天起,她决定这一辈子都不恋爱。

爱情于她,是比梦还短暂的幻影。

世界上不是所有的事都会随着时间而有所改变……

程柯的声音似乎在雨中响起。

恍惚中,苏伊看到脚下的水洼中出现了程柯充满怨恨之色的脸,他的脸似乎和李嘉尚的脸重叠了。

她还是和当年一样,只会蜷缩在黑暗中哭泣。

她还是当年的自己,没有什么改变。

苏伊一脚踩进水洼里,踩碎那些幻影。她仰起头望着黑沉沉的天空,雨水落到眼睛里,浇凉了滚烫的泪水。

"我讨厌雨!"苏伊仰头向天空大喊,把郁积的怨气发泄出来。

可发泄之后她又能怎么样呢?她颓废地垂下头,一切都已经搞砸了。

忽然,她的头顶上方出现一个影子。

她抬头,看到了一把黑色的大伞和苏翔太带着怒意的脸。

"翔太……"

"你是笨蛋吗?生病了怎么办?"苏翔太把伞举到她的头顶。

看着不顾形象发怒的明星弟弟,苏伊不禁弯起嘴角,温柔地笑了笑:"嗯,我是笨蛋。"

"你才不是笨蛋!"苏翔太更加愤怒了,"我是笨蛋!我是有多笨才会让你一个人去参加什么破晚宴?李嘉尚就是这么照顾你的吗?"

苏伊摇摇头,道:"我搞砸了,我们已经没有关系了……"

苏翔太一震,难道李嘉尚无法接受姐姐是苏伊也是苏沐晓?亏他以为李嘉尚会和其他人不一样,原来也不过如此。

"有我在,没事了。"

苏伊靠到他的身上,道:"嗯。可是,翔太,怎么办?我现在好想哭……"

"想哭就哭吧,没关系。"苏翔太拍了拍苏伊的背。

苏伊把头埋到苏翔太的胸口,开始低声抽泣,随即变成号啕大哭。

雨声盖过了她的哭声,只有和她紧靠着的苏翔太才知道她有多伤心。

苏翔太扔掉了雨伞,把她紧紧地拥在怀里。

"没事了,都会过去的。"

雨势逐渐变小,苏伊哭累了,注意到街边行人在看他们,便收了哭声,捡起伞,和苏翔太一起回家。

只是她身心俱疲又脚下打滑,走得十分艰难。

她干脆脱了高跟鞋,打算赤脚走回去。她刚弯下腰,一阵天旋地转,苏翔太已经把她横抱在怀里了。

"我每天锻炼臂力,这么一点距离,没有问题的。"苏翔太笑着把苏伊小幅度地向上抛起,把苏伊吓了一跳。

这里虽然离小区已经很近了,但苏翔太若以"公主抱"的姿势抱着她这个体重过百的人冒雨回家,还是有些困难的。

"你是不是被电视剧骗了?一段'公主抱'的场景要拍很多遍,然后再剪辑到一起。"苏伊不放心地道。

"电视剧里的感情是演出来的,他们不是真爱。"苏翔太抱着苏伊稳稳地往前走,"抱住我的脖子,我们回家。"

郑和在李嘉尚布置的玫瑰城堡里等了一天。晚上九点,他躲在那间布满各色玫瑰花的浪漫房间的一角,举着摄影机对着门口,准备记录李嘉尚告白、求婚的浪漫一刻。

只是他左等右等,李嘉尚还没来。他一个人蹲到十点多,腿又酸又麻,还是没等到他们。

最终,郑和主动联系了李秘书。听到发生的事后,郑和哪还顾得上生气?他赶忙开车赶往李嘉尚的家里。

郑和到达李嘉尚的家里时,李秘书还没走。

"到底什么情况?"郑和问。

李秘书没在现场,只知道大概的情况,便把知道的情况对郑和说了一遍。结果,两个人都有些蒙。

"阿尚呢?"郑和又问。

李秘书指了指书房。

于是,郑和趴到门上偷听。

"别听了,什么都听不到。唯一的办法就是去敲门。"李秘书抱胸站在一旁。老板的书房是做过隔音处理的,除非拿听诊器来,不然什么都听不到。

郑和想拉着李秘书一起进去,李秘书不愿意。要是碰到老板伤心流泪的场景,他可怎么办?郑和可以溜走躲一段时间,他可能就得失业了。

郑和做了一下心理准备,调整好表情,开始敲门。

当郑和开门进去后,里面的情况却出人意料。

书房里,窗帘紧闭,李嘉尚坐在黑暗中,墙上的屏幕上正播放着《白蛇传》。屏幕上的荧光照到李嘉尚的脸上,李嘉尚面色平静,看上去很正常。

只是他之前告白失败,这时候为何看起了电视剧?

"阿尚,你没事吧?"郑和担心道。

李秘书在门外偷看,被郑和一把抓了进来。

郑和凑到李秘书的耳边小声道:"什么情况?"

李秘书比郑和还蒙,他也不知道这是什么情况。

老板什么时候喜欢看电视剧了?还是这种类型的电视剧,而且老板还一副专心研究的样子。

"《白蛇传》是悲剧吗?"李嘉尚问。

闻言,郑和都要怀疑李嘉尚被外星生物侵占身体了。

"悲剧?最后不是大团圆了吗?"郑和不确定地看向李秘书。

李秘书也是一脸茫然的样子。

屏幕上,白蛇与许仙终于在断桥相会。看到他们的结局,李嘉尚终于明白在卡帕多西亚时,苏伊为什么会突然问他《白蛇传》了。

苏伊和白蛇都有难以启齿的苦衷。苏伊在白蛇的身上看到了自己,她向往爱情,可她的两个身份暴露时,就是她梦醒的时候。

看李嘉尚一副不认可结局的样子,郑和改口道:"也算悲剧吧,那一家子最后也没能在一起。不过阿尚,你先别关心白蛇了,你和苏伊到底怎么了?晚宴上出了什么事?"

李嘉尚盯着电视剧,缓缓地道:"苏伊就是苏沐晓。"

"苏伊就是苏沐晓,苏伊就是苏沐晓?"郑和惊了,"那她不就是小雨点吗?"

郑和冲到李嘉尚的面前,把李嘉尚转了过来,道:"你找了二十年的小雨点,和你喜欢的苏伊是同一个人!这……这也太巧了……"

而且，这信息量也太大了！

李嘉尚在确定苏沐晓就是小雨点后，精神状况有了明显的好转。李嘉尚喜欢上苏伊后，情绪逐渐外露，情感表达越发正常了。

郑和原本希望苏伊可以把李嘉尚从对小雨点的愧疚中救出来，不过，苏沐晓和苏伊是同一个人的话……李嘉尚需要一定的时间来缓冲一下。

"你接下来打算怎么办？"郑在李嘉尚身旁坐下，不明白苏伊为什么要隐瞒身份，为什么要弄两个身份。

"弄清真相。"李嘉尚郑重地道，"苏沐晓说过她有弟弟，我没往苏翔太身上想。因为小雨点没有和她年龄那么相近的弟弟，这点我非常肯定，因此，我从没想过苏伊会是苏沐晓。为什么苏伊会是小雨点？这中间一定发生了什么，我要弄清楚。"

苏沐晓说过她的妈妈姓木，可小雨点的妈妈姓张，苏翔太的家庭信息上母亲也姓木。这到底是怎么回事？

如果苏沐晓忘记了童年的部分记忆，那么谜题的关键也许在苏翔太的身上。

第二天，李嘉尚去演艺部找苏翔太时，发现苏翔太请假了。

此刻，徐逸一个头两个大。他才准了苏翔太的假，老板就来找苏翔太了。

昨晚晚宴上的事，他也有所耳闻。现在关于老板和苏伊的八卦新闻，少说也有七八个版本了。

身为苏翔太的经纪人，他不能像其他人一样去揣摩老板的心思。不管老板会不会迁怒于苏翔太，身为经纪人的他，都不能把冉冉升起的新星轻易地抛掉。如果公司决定抛弃苏翔太，他会选择带着苏翔太一起跳槽。

"理由呢？"李嘉尚淡然地询问。

"理由？苏翔太说他的姐姐生病了，他需要请假照顾她。"徐逸道。

其实，苏翔太是说自己生病了要请假，可电话里，他说话正常，感觉健康得不像话，倒是隐约传来了女孩咳嗽的声音。

到底是谁病了，不言而喻。徐逸一想到苏翔太的"姐控"属性，也懒得拆穿他。

不过，现在是老板在问……

因此，徐逸提到了苏伊，想知道李嘉尚的态度。

果然，李嘉尚瞬间变了脸色，匆匆离开了演艺部。

现在看来，比起被欺骗一事，老板还是更加关心苏伊。现在，他可以安心地在 LEE 规划苏翔太的未来了。

— 301

李嘉尚按苏翔太在档案上写的地址找到了苏翔太的家。

说来，无论是苏伊还是苏沐晓，都不肯向他透露住址。这一点，他竟然没有怀疑过，真是笨得可以。

此时，苏伊输完液，刚从医院回来。

昨晚到家后，她虽然马上洗了澡、换了衣服、喝了姜汤，但半夜还是发高烧了。

苏翔太不放心，夜里来送水时发现苏伊出了一身冷汗，不仅发烧还开始说胡话。

他连夜把苏伊送到医院。在医院折腾到后半夜，苏伊才退烧。

李嘉尚过来时，苏伊正躺在卧室的床上背乘法口诀表。

"七九六十三，八九七十二，九九八十一！"

"嗯，对，姐姐没有烧傻。"苏翔太一边削苹果一边笑道。

昨晚，苏翔太背苏伊下楼时，苏伊迷迷糊糊地醒过来。她知道自己在发烧，为了判断自己有没有被烧傻，开始背起乘法口诀表和化学元素周期表。

今天闲来无事，苏伊又开始背乘法口诀表了。

叮咚，门铃声响起。

"谁呀？"苏伊纳闷。

"可能是送快件的。"苏翔太把苹果递给她，起身去开门。

在门口看到李嘉尚时，苏翔太丝毫不觉得意外。他向门内大声喊道："不是快递，是搞推销的。"

李嘉尚听到苏伊用沙哑的声音含糊不清地回了一个"哦"。

随后，苏翔太走出门，把大门轻轻地关上，然后毫不客气地道："李总屈尊前来，有什么事吗？如果你来看我的姐姐，谢谢你的好意，我认为你不见她，她的情况会更好。"

李嘉尚并不生气，把水果和慰问品递给苏翔太，道："我来是找你的。"

苏翔太挑眉。

"苏伊，或者苏沐晓，她真的是你的姐姐吗？"李嘉尚开诚布公地道，"她五六岁的时候，我就认识她。那时候，她没有一个小她两三岁的弟弟。"

苏翔太大惊道："你说什么？"

"她有一个熊猫玩偶，玩偶尾部有一个'03366'的编号，你可以去看看。"

李嘉尚盯着苏翔太道。

苏翔太狐疑地看向李嘉尚,随即转身进屋,在客厅里找到了那只熊猫玩偶,在尾部果然看到了编号。

姐姐小时候就认识李嘉尚?怎么可能?

"翔太,怎么了?"苏伊咬着苹果从卧室里出来,看到苏翔太拿着她的"小可爱"在客厅里发愣。

"没什么,突然想到家里的米要吃完了。我要去一趟超市,很快回来,让'小可爱'陪你一会儿。"苏翔太把熊猫玩偶递给苏伊。

苏伊接过来,把熊猫玩偶抱在怀里。

在苏伊刚来他们家的时候,她什么都不记得,随身只带着这只熊猫玩偶。

在陌生的环境中,能带给她安全感的只有这只熊猫玩偶。最初那段日子,她每天都抱着它,连吃饭睡觉都不松手。

这只熊猫玩偶,是她成为苏伊以前就有的。

苏翔太安顿好苏伊,叮嘱她不要去厨房,有事给他打电话,然后换了鞋从家中出来。

现在,他同样有很多问题要问李嘉尚。

在她成为苏伊前,她经历了什么?

她失忆,仅仅是因为他所知道的那些伤痛和刺激吗?

是武器，也是铠甲　14

她从来没想过要骗人，只是想让自己更加自信和漂亮

苏翔太和李嘉尚从小区出来，一路沉默地走到了离苏伊家不远的一家咖啡馆里。

苏翔太出道后，这家咖啡馆的老板就成了他的粉丝，每次都会把店内最隐蔽的位置留给他，以备不时之需。

不过，今天和苏翔太一起来的这个气场强大的男人是谁？老板这是第一次见到。

上午，住宅区的咖啡馆没什么生意，店里也没多少人，但苏翔太还是带李嘉尚去了隐蔽的角落。

老板想，他们大概是有事要谈。她端来两杯拿铁和两份点心，识趣地走远了。

然而，无论是苏翔太还是李嘉尚，此刻都没有心情品尝美食。

"那个熊猫玩偶不能代表什么。那样的熊猫玩偶，满大街都有。"苏翔太率先开口，不想直接把秘密透露出来。

无论是谁来问，他都不会透露苏伊的来历。

李嘉尚勉强笑了笑，道："那是二十年前市里七宝游乐园的限量版熊猫玩偶，只有一万只，每一只都有编号。"

"你又没有证据，你想怎么编就怎么编。"苏翔太嗤笑道。

"如果是假的，我编这些骗你有什么用呢？"李嘉尚愈加怀疑起苏翔太来，"这样的熊猫玩偶,我恰好也有一只,编号是'03365',和那只是一对。这一对熊猫玩偶,是我二十年前亲手买的。"

闻言,苏翔太大吃一惊。

"你是不是应该有什么要告诉我的?"李嘉尚道。

苏翔太眯起眼睛,依旧沉默不语。

"她那时候叫小雨点,不叫苏伊,也不叫苏沐晓。如果我没记错,她的妈妈姓张,可现在她告诉我,她的妈妈姓木。小雨点变成了苏伊,中间到底发生了什么,你能告诉我吗?"李嘉尚的语气渐渐变得犀利,气势也逐渐释放出来。

苏翔太用力地捏着咖啡杯,骨节愈加明显。他讥讽道:"李总的记忆不会出错,记忆出了问题的只有她一个人。那么请问李总,为什么我姐姐不记得你?"

果然,李嘉尚闻言瞬间脸色发白。

苏翔太深吸了一口气,忍下心中生出的一丝妒意。为什么李嘉尚比他更早认识她呢?

看到李嘉尚的脸色,他心中又多出一丝畅快之意,可随之而来的是从童年起就一直有的疑问。

"你认识她时,你买熊猫玩偶时,她的脸就已经被烧伤了吗?你知道她脸上的疤是怎么来的吗?"

他曾经无意中听到苏母和一个阿姨聊起过,姐姐是因为小时候和另外一个小朋友一起被绑架了才遭遇的火灾。

可她只是一个家境普通的小女孩,为什么会被绑架呢?

原因是不是出在另一个人的身上?一个身份高贵、出身不凡的朋友……

顿时,苏翔人眼神凌厉地盯着李嘉尚,道:"我听说她被绑架过,李总知道吗?"

"知道,和她一起被绑架的人,是我。"李嘉尚怆然地道。

闻言,苏翔太骤然捏碎了咖啡杯的把手。

清脆的碎裂声,让李嘉尚突然想起了梦中烟囱倒塌的声音。

二十年前,李嘉尚和小雨点约在游乐园相见。

那时,每周五的下午,李嘉尚从幼儿园放学后都会去游乐园和她见面。两个人一起在游乐园里游玩两三个小时,再分别回家。

只是那次,常常接送他的管家被公司的事绊住,不能去接他。替管家去接他的,是家里新雇的司机。

年幼的李嘉尚已经学习了好几种语言,也开始学习世界上的各种法则,可是依旧不懂人心险恶。

他从来没有怀疑过那个对他百依百顺的司机,更没有想过游乐园里会发生危险的事。

他和小雨点熟门熟路地坐上旋转木马,在相邻的两只木马上舔着自己手中的冰激凌,说着幼儿园里发生的趣事,谈论着哪种口味的水果硬糖更好吃。

张阿姨和司机在旋转木马的一侧拿着相机给他们拍照。

然而,危险的事情正在悄悄降临。

当时,司机要去一趟厕所,把相机和背包交给了张阿姨。张阿姨没有多想,便答应了。

木马停下,游乐园的员工叔叔把他们挨个抱下来,放在等候区等着家长来接。

张阿姨收起相机走向等候区,突然被一群失控的人群拦住了去路。他们当中有人带头,和游乐园的执勤人员大声争执。张阿姨被卷入人群中,被撞得东倒西歪,待她挣扎出来去接孩子时,两个孩子都不见了。

两个孩子被司机接走了。

司机对他们说,张阿姨去买饮料了,一会儿就来跟他们会合。于是,他们就毫无顾虑地跟着司机叔叔去买糖。

小雨点抱着她的熊猫玩偶要找妈妈,李嘉尚什么都不知道,还安慰她张阿姨马上就会来。

司机假装接了张阿姨的电话,说张阿姨让他把孩子送回家。

他们跟着司机出了游乐园、上了车,没注意到他们的车后跟了一辆面包车。

等李嘉尚意识到不对劲,询问小雨点她家的住处时,小雨点才发现回家的路不对。

"叔叔,我家不是这个方向。"

"没错,这是另一条路。"

小雨点趴在车窗上仔细辨认,摇头道:"不对,从游乐园回家的几条路我都认得。叔叔,你是不是走错了?"

"没错,就是这条路。"司机一边回答一边通过后视镜观察他们。

李嘉尚通过后视镜看到了司机变凶狠的眼神,瞬间觉得遍体生寒。

为什么熟悉和信任的人会突然变成另外一个人?

小雨点似乎意识到了什么。她害怕得发抖,抓住了李嘉尚的手臂,怯生生地对司机道:"叔叔,我想下车,我想找我妈妈。"

这次,司机不再说话。

李嘉尚小声地安抚小雨点,从书包里掏出糖果喂给她吃,随后做了一个让他一生都在后悔的自救举动。

他故意拽坏装糖果的袋子,从座椅上滑下去,假装捡糖果,然后启动了随身的定位报警器。

他的报警器直接连在他爷爷身上。只要他按了报警器,他的爷爷就会收到信息,然后就能来救他。

他握着小雨点的手,安静地等待援救,根本没有想过司机会不会有同伙。

几分钟后,李嘉尚和小雨点被拽了出来,被扔进了后面的面包车内。

李嘉尚身上的报警器、带有定位装置的鞋子和书包全被扔了,连小雨点的书包也被扔了。

随着时间的流逝,司机变得焦躁起来。

和司机通电话的同伙,在电话的另一端暴躁地道:"警察已经出动了!你们到底在搞什么?连两个幼儿园的孩子都看不住吗?"

"我怎么知道他会报警?"

"你知不知道绑架LEE董事长的孙子意味着什么?我只是想带着这小子和姓李的老头谈谈,现在那只老狗发疯了!他会咬死我们的!"

"怎么办?我们现在怎么办?"司机揪着头发着急地道。

电话那边的人沉默了片刻,而后道:"你逃,然后把两个孩子找个地方扔了。这样,老头子就不知道是谁干的了!他不会怀疑我的!你逃,逃得越远越好!"

司机挂掉电话,双目赤红地瞪着两个小孩。

李嘉尚紧紧地抓住小雨点的手,道:"别怕,我会保护你,爷爷会来救我们的。"

开面包车的人紧张地道:"把……把他们扔到哪?"

"他们认得我,如果警察找到他们,他们会把我说出来的。还有他,这个小鬼,过目不忘。"司机的眼神中尽是疯狂之色。

"我不会说!我保证什么都不会说!请你把我们放到安全的地方,我保证爷爷不会追查你的!"李嘉尚大声道。

"我相信你。"司机露出了笑容,可一转眼,又凶狠地道,"但是我不相信你的爷爷,那个男人是不会放过我的。小少爷,对不住了。"

开面包车的同伙焦躁地问道:"现在怎么办?到底怎么办?这两个孩子该怎么处理?"

"他们……不能活着。"

闻言,李嘉尚顿时脸色惨白。

李嘉尚和小雨点被扔进郊区一个荒废的小仓库里。仓库逼仄,宽度不足两米,向内也不过七八米深。向上只有一个旧烟囱,唯一的出口已被紧紧锁住。

无论他们怎么拍门推门,铁门都纹丝不动。

外面的人把半桶汽油浇到仓库的门上。汽油顺着地面流向李嘉尚和小雨点的脚下,他们拉着手惊慌地躲开。

李嘉尚的袜子上沾了汽油,小雨点蹲下去脱掉了他的袜子。

"小哥哥,妈妈和警察叔叔会来救我们吗?"小雨点拉着李嘉尚的手认真地问。

"嗯。"

司机大概还有一丝良心,把小雨点的熊猫玩偶扔进了仓库,随后从外面点燃了火。

李嘉尚捡起熊猫玩偶塞给小雨点,在火顺着汽油燃烧进来时,拉着她一起往里面躲避。

可他们身后只有一些干草,火若烧过来,火势只会更旺盛。

他们步步后退,大门已经被烈火烧得变形了。

求生欲促使他们拼命地把散落的稻草向身后归拢,可火的蔓延速度比他们的动作更快。

没一会儿,大火就烧到了他们的跟前。

他们两个吓得尖叫起来,倒退着向后爬。

旧烟囱早就腐坏了,在烈火的燃烧中轰然倒塌。

李嘉尚赶紧向小雨点伸出手,但是烟囱已经砸了下来。

他的耳边瞬间响起了小雨点痛苦的尖叫声。

他的眼中只剩下熊熊燃烧的大火……

昏迷前,他仿佛看到有人把小雨点从火中抱了出去。

当时,小雨点紧紧地抱着她的熊猫玩偶,那个熊猫玩偶竟然没有被烧坏。

之后，李嘉尚在医院里住了一段时间。

再之后，小雨点从他的世界里消失了。无论他怎么找，就是找不到小雨点了。

那段时间，他过得昏昏沉沉。他消化不了手臂上的疼痛感，消化不了被背叛的感受，消化不了因为他的一次自救行为而导致的严重后果。

他开始被噩梦困扰，那场火在他的梦中燃烧了二十年。

长大后他才知道，绑架事件的幕后主使人是被LEE强硬收购的一家公司的创始人。

他们被绑架的那天，那个人正在LEE和爷爷就最终收购价进行谈判。

那个人让人绑架李嘉尚，是想逼爷爷就范。

最终，爷爷把那一串人送进了监狱。

可李嘉尚失去的再也找不回来了，留下的是一生抹不掉的伤疤。

李嘉尚把袖子挽了起来，苏翔太看到了他小臂内侧比苏伊脸上更触目惊心的伤疤。

"我一直在想，导致这一切的是谁？是LEE，是爷爷，是那些人，还是我？但无论怎么想，给小雨点带来一生伤害的都是我。"

然而，事情已经过去这么多年了，追究过错已经没有意义。

至此，苏翔太终于知道了他不知道的部分。苏伊就是在被绑架之后才来到他们家的。

"姐姐的亲生父亲和我的父母是同事也是朋友，他和张阿姨在带着姐姐去医院的路上出了车祸，张阿姨他们……当场死亡。姐姐一直被张阿姨护着因此没事，但是撞到了头部。接连两次事故，让她大受刺激，她就什么都不记得了。之后，我的父母希望她能在一个新环境下重新开始生活，便收养了她。我们的童年是在老家度过的，你找不到她也正常。"苏翔太低声道。

如今，李嘉尚和苏翔太都知道了对方所不知道的一段过往，也知道了苏伊完整的遭遇。

原来，她还有过这样的悲惨遭遇。

两个男人沉默下来，默默地消化这一切。

"这些，你要告诉姐姐吗？"良久后，苏翔太问道。

李嘉尚摇头，道："我只想弄清楚小雨点为什么会成为苏伊。她现在的生活很幸福，我不想破坏。"

李嘉尚站起来向苏翔太鞠躬，道："谢谢你告诉我，苏翔太，也谢谢你的父母照顾她。"

"她现在是我的姐姐，我们当然会照顾她。"苏翔太哼了一声，"她现在很幸福，只要李总高抬贵手，离她远些。"

闻言，李嘉尚的态度又变得强硬起来。他摇头道："我喜欢她，我是不会放弃她的。倒是你苏翔太，你是她的弟弟，请不要妨碍她恋爱。"

苏翔太发出一声冷笑，看着李嘉尚道："我是不是她的弟弟，你不是已经很清楚了吗？"

李嘉尚抿唇，从椅子上站起来，脸色一沉，道："你敢告诉她真相吗？如果你没有十足的把握，请不要伤害她。"

"这句话，应该是我对你说。"苏翔太也站了起来。

两人眯起眼睛，互相审视。

最终，李嘉尚收回目光，转过头低声道："我们都别伤害她。"说完，他便离开了咖啡馆。

现在，李嘉尚也终于弄清楚苏翔太为什么看他不爽了，因为苏翔太根本就没有把自己当成苏伊的弟弟。

苏翔太回到家时，苏伊正在家里修剪绿植。

"你回来了，怎么买个米这么久？米呢？"苏伊看着他空着的手道。

苏翔太一僵，忘了还要买米。

他走到冰箱旁，在还没收拾的袋子中拿出一瓶酸奶递给苏伊。

苏伊拿着酸奶一看，这不是他们常买的牌子。苏翔太什么时候去买的？

"之前敲门的人是来推销酸奶的吗？"苏伊问。

苏翔太正收拾东西的双手猛然一顿。

他不禁佩服起苏伊来，她迷糊起来怎么这么天真？

苏翔太合上冰箱的门，坐到苏伊的旁边，从苏伊的怀里抽出她的熊猫玩偶。

这只他一直觉得挺可爱的熊猫玩偶，现在看上去十分讨厌。

"你别拽它，毛都要被你拽掉了！"苏伊心疼地道。

"姐姐，把这个扔了吧，我给你买个新的。"苏翔太建议道。

苏伊蹙眉，把"小可爱"拽回去，道："不要，它好好的，你不要胡闹。"

苏翔太泄气地往沙发上一躺,呢喃道:"凭什么他比我先认识你呢?"

"什么?"苏伊不解。

"没什么。"苏翔太笑了笑,从口袋中掏出苏伊的手机递给她,"李嘉尚来过了。"

苏伊一怔,放下"小可爱",拿走了她的手机。

"你不问他是来干什么的吗?"苏翔太别过头看她。

苏伊摇头,低声道:"我和他已经结束了。正好我和LEE的对接工作也交给了Fiona和赵茹。以后不用见面,正好避开尴尬的场面。"

"你真是这么想的吗?"

"嗯。"

苏翔太才不相信。她明明昨晚发烧说胡话时,还叫了他的名字。

他靠在沙发背上,别过头,盯着苏伊的侧脸发呆。

"姐姐,如果我不是你的弟弟,你会喜欢我还是喜欢他?"苏翔太问道。

"嗯……"苏伊苦恼地笑道,"喜欢你呀,我的弟弟最可爱了。"

闻言,苏翔太苦笑。

苏伊从来没有把他当过弟弟以外的人。

她有界限明确的安全圈,夏熙阳和他在圈子里面,其他人在圈子外面。作为弟弟,他享受到了她全心全意的信任和依赖,可同样丧失了和她交往的权利。

"姐姐,你喜欢他哦。"苏翔太笑道,笑容中却有一丝苦涩。

苏伊摇头道:"已经结束了。"

从暴露真相的那刻起,他们就已经结束了。

欺骗的基石上是生长不出坚固的爱的。

苏伊病了四天,加上周末的时间,她休息了将近一周。不过最终,她还是回公司上班了。

那晚的事,赵茹和陈瑾都没有多说,公司里的其他人还不知道。

C组的同事把能处理的工作都做了,只剩下必须由苏伊去做的工作没做。

陶菲林看到苏伊,不禁笑道:"我还挺佩服你的自信和勇气,自己都这样了,竟然还当时尚编辑。"

她故意将视线停留在苏伊的脸上,随即飘然而去。

小薇皱眉,不解道:"她是什么意思呀?"

苏伊从座位上站起，站到陶菲林的面前，道："晚宴上的事，我知道是你安排的。"

陶菲林一怔，笑容僵住了。

"我安排的？我怎么会知道你的事？"说完她想离开，却被苏伊拦住了。

苏伊道："你是在 S 市发现的吧？和我同住的那天。"

陶菲林冷着脸看向苏伊，道："是又怎么样呢？"

"为什么？"

"为什么？不为什么呀。"陶菲林道，"如果不是你自己有问题，那也不过是个玩笑而已。而且，我只看到了你下巴上的一点疤痕，没想到会那么严重。关于这点，我可以向你道歉。"

苏伊蹙眉道："我们似乎无冤无仇。"

陶菲林耸肩，道："无冤无仇？也对，我们无冤无仇。谁让我好奇呢？李嘉尚是真的喜欢你吗？还是他也只是被假象骗了呢？结果嘛……"她露出失望和无趣的表情，"真让人伤心。现实世界里果然没有童话。不过你放心，李嘉尚不会因为私人感情影响工作。LS 和 LEE 不会因为你就解约的。"

陶菲林说完，不再理苏伊，准备拉开主编办公室的门进去。

苏伊道："真正的原因是 Amanda 要回来了吧？"

陶菲林顿住。

"如果 LEE 成了你的资源，白总至少能让你成为副主编？"苏伊道，"是把我逼走，还是把我留下来，你是不是还没想清楚？"

陶菲林回过头，眯眼瞪向苏伊。

苏伊无所谓地笑道："看来，你好像还挺认可我的能力。可惜，我不觉得荣幸。"

一个人知道了她的真面目还是全公司的人知道了她的真面目，对她而言没有区别。

苏伊不打算被陶菲林威胁。陶菲林想说就说吧，如果公司介意她的隐瞒，如果读者不能接受一个脸上有疤痕的时尚主编，那她可以不要这份工作，大不了去应聘熊猫饲养员。

苏伊丢下陶菲林，返回工位处理堆积如山的工作。

再过几天，"异域风情"日韩部分就要启动了，这次不像去中东那次兴师动众，但他们仍有不少的工作需要和 LEE 对接洽谈。

大话说得轻松，可想到要去 LEE 见李嘉尚，苏伊就觉得脸上的疤阵阵发痛。

"赵茹，和 LEE 落实'异域风情'的后续工作可以拜托给你吗？"苏伊拿着资料站到赵茹的身旁。

赵茹一顿，想到了晚宴上的事。她也不知该怎么问苏伊和李嘉尚的事。

"给我吧。"她下意识地观察苏伊的脸。在妆容的遮盖下，苏伊的脸上看不出一点疤痕的痕迹。

"你……还好吗？"

"还好呀。"

赵茹道："你的事，我是不会说的，陈瑾也不会说。"她往主编的办公室斜了一眼，"不过别人我们就管不了了，你自己小心点。"

"嗯，谢谢。"苏伊真诚地道谢。

"谢就不用了。"赵茹收下文件挥挥手。

只是不待 LS 联系 LEE，LEE 却先找上了 LS。Amy 向编辑部的众人汇报时，编辑部的人全傻了。

LEE 的人没预约，直接来了？

苏伊心道不好，想躲开却已经来不及了。

和 LEE 商务组一起来的李嘉尚没去会议室，而是径直走向编辑办公区。

C 组的人看到李嘉尚都在心里欢呼，到底是谁在造谣老大和李嘉尚分手了？李嘉尚不是直接找来了吗？

"苏伊，你跟我来。"李嘉尚站到苏伊的面前道。

"对不起，李总，现在是工作时间。"苏伊无视他，打开笔记本电脑开始工作。

"我已经和你约好了。"李嘉尚道。从早上到现在，他已经给苏伊打过多次电话、发过多条信息。

可她全都没回应。

"我没有看见。"

"所以我亲自来了。"李嘉尚继续道。

"我有工作需要处理，现在不方便。"苏伊道。

"我批准了。"

突然，一道清亮的女声从门口传来。

编辑们哗啦一下全站了起来。

"Amanda 主编！"

苏伊震惊地起身，却被 Amanda 不由分说地拽住，然后塞给了李嘉尚。

Amanda 道："这是工作，你去好好观察吧。"

李嘉尚没有带苏伊去 LEE。

苏伊坐在车后座上望着车窗外的街景，不知道李嘉尚要载她去哪里。

Amanda 提前出院，他们没有收到一点消息。

小薇已经在微信里告诉苏伊公司现在的情况了，所有高管全被叫去开会了，没资格去开会的人全在猜测。

而苏伊成了公司里唯一一个未能参会的高管。

Amanda 在这时候把她这个嫡系放出来，到底是什么紧要的工作？

"我们要去哪？"苏伊问。

"马上就到。"李嘉尚看向后视镜，可她躲在他的正后方，他根本看不到她。

一路无话，车子最终驶进一家很普通的酒店停车场。他们从车上下来，路过酒店宴会厅时，苏伊看到门口放着婚礼的指引牌。

难不成李嘉尚的朋友今天在这里办婚礼吗？

她疑惑地跟着李嘉尚上楼，停在了一间客房门前。

楼道中和客房门口站着好多穿着西服和礼服的人。他们看上去又喜悦又紧张，纷纷好奇地望着苏伊和李嘉尚。

从他们的穿着打扮来判断，这些人和李嘉尚不是一个圈子里的。可他们显然认识李嘉尚，却又和李嘉尚不甚亲近，像刚认识不久的陌生人。

"到了。"李嘉尚在楼道里停下。

苏伊满腹狐疑。

李嘉尚向她露出一个充满鼓励意味的笑容，道："拜托了。"

苏伊一下子想到了他在熊猫馆照顾苏沐晓时和在清真寺找到迷路的她时眼中的安心和宠爱之色。

苏伊叹了口气，点点头，推开门进去。

苏伊进去的瞬间，就被人抱住了。

夏熙阳把苏伊抱起来转了好几圈才放下。

"阳阳？你怎么在这里？"苏伊看清抱她的人后大为惊讶。

"你有事都不告诉我！甩人不告诉我！生病也不告诉我！竟然还是郑和告诉我我才知道。"夏熙阳不高兴地嘟嘴，又抱着苏伊的腰撒娇。

苏伊被她的头发蹭得脖子发痒，无奈道："这两天事情太多了，可这到底是怎么回事？"

从她进门起，房间内的几个女孩就一直在看她。对此，她感到一头雾水。

"哦！偶像，需要你帮忙！"夏熙阳拉着她往里面走。

接着，苏伊看到了坐在床边的新娘。

新娘穿着洁白的婚纱，露着腼腆的笑容，可脸上却有一道伤疤。

苏伊一怔，如果没看错，那是一道长长的刀疤。这个刀疤，让这个英气的女孩的脸有些失调。

"这是我的……客户。"夏熙阳把"病人"临时改成了"客户"，把苏伊拉到新娘的身边坐下，"是一个警察小姐姐哦，她制服歹徒的时候受伤了，留了疤……"

新娘大大咧咧地道："本来就不漂亮，留了疤也不算什么。不过今天结婚，我觉得……这个样子有点对不起我的男朋友，他的胆子太小啦。我们说好了，结婚时我要温柔一点的……"说着，她的眼眶突然就红了，"哎呀，我就是结婚想漂漂亮亮的，不想全靠修图。夏医生说您能帮我……"

苏伊重重地点头，道："我能，没问题的。"

苏伊在新娘的面前坐下，夏熙阳把从家里取来的化妆包递过来。苏伊没有问夏熙阳为什么会和李嘉尚凑到一起，现在她的眼里只有这名新娘。

苏伊打开化妆包，用卸妆棉先把新娘脸上的妆卸掉。新娘脸上的疤痕比刚刚更明显了。

新娘的皮肤并不好，大概是忙着工作没怎么保养，但她的脸部线条很美，五官也很周正。

苏伊为新娘的脸部做好基础护理后，开始正式为新娘上妆。

其间，苏伊不禁想到了过去的事。

因为脸上的疤，她上初中时就天天戴口罩，可即便如此，还是会被欺负、被嘲笑。

有一次，她钻牛角尖了，想轻生，被当时正红的女明星李夏天救下。李夏天还教她化妆。

之后，她深入地学化妆、了解时尚，让自己变漂亮的同时，开始向往能成为

— 315 —

让更多女孩变漂亮的时尚杂志编辑。

她从来没想过要骗人,只是想让自己更加自信和漂亮。化妆是她学到的一种魔法,现在她把她的魔法用在另一个需要的人身上。

从发出惊诧声到发出欢呼声到渐渐没了声音,新娘的朋友们对眼前发生的一切感到震撼。

此时,新娘脸上的疤痕已全然不见,脸蛋看上去光滑细腻。

新娘盯着镜子中的自己,震惊得挪不开眼,道:"这是我吗?我这么漂亮?"

"嗯,你本来就很漂亮。"苏伊看着漂亮的新娘,露出真挚的笑容。

新娘给了苏伊一个又有力又温暖的拥抱。

走廊上,新娘的亲友们听到里面接连不断地响起欢笑声,纷纷好奇地往里面张望。

李嘉尚靠在墙边不禁露出笑容,听到了苏伊久违的笑声。

苏翔太从楼梯上下来恰好看到了这一幕,默默地转身,下楼去婚礼现场。

很快,夏熙阳挽着苏伊来到了婚礼现场,李嘉尚和郑和跟在后面。他们一起旁观了婚礼。

"其实她最早来咨询室的时候非常悲观。她出事后,一直想和男朋友分手,可那个男孩死活不同意,两个人闹了好久。她情绪失控打了她的男朋友,之后发觉心理状态很差才来做咨询的。"夏熙阳跟苏伊咬耳朵,"现在都过去了,她的男朋友真的好爱她,我都要被感动了。现在他们终成眷属了。"

夏熙阳笑容明媚地看着苏伊道:"你也会的。"

苏伊被她眼中的笑意感染,望着婚礼舞台中央幸福的新郎新娘,在心中默念:"要幸福呀。"

"要扔捧花啦!"夏熙阳忽然喊道,一把拉住发怔的苏伊,往伴娘群那边跑去。

苏伊被夏熙阳拉着挤在跃跃欲试的男孩女孩们当中,只能无奈地笑了笑,然后默默地往后退。

没承想,新娘手劲那么大,被抛出的捧花越过众人的头顶,朝苏伊飞来。

苏伊下意识地接住捧花,看着手中的花发愣。

众人起哄,把苏伊推上了台。司仪也不肯放过她,道:"恭喜这位漂亮的小姐。小姐有结婚计划吗,有男朋友吗?"

"我……"苏伊隔着人群,一眼就看到了温柔凝望她的李嘉尚,随后她移开视线，摇摇头，"我还是单身。"

司仪随即道："不要紧，接到了花，很快就能'脱单'。现场有没有单身的帅哥？抓紧呀。"

苏翔太站在角落安静地看着一切。

婚礼结束后，苏伊才发现苏翔太也在。

"玩得开心吗？"苏翔太笑着道，"我们走吧。"

"嗯。"

"苏伊……沐晓……"

突然，他们身后传来一个声音。

苏伊一怔，转过头，看到向他们走来的李嘉尚。

她叹了口气，道："你还是叫我苏伊吧。"

李嘉尚点头，道："LEE 会资助聆海心理工作室夏医生做一项'不完美恋人'的公益活动。这次结婚的新人，是活动中的第一对，媒体方面我们想和 LS 合作。"

原来 Amanda 说的工作是这个。

苏伊点头，道："现在是赵茹和陶菲林跟 LEE 对接，合作内容我会转达。"

"如果不是你来负责，LEE 就不做这个活动了。"李嘉尚淡然地道。

闻言，夏熙阳的兴奋劲瞬间就没了，直接愣住。

苏伊觉得又好气又好笑，道："李总，你不是公私分明的人。"

"我是。"李嘉尚答。

苏伊握拳道："你……李嘉尚，你知不知道你在做什么？"

"我知道，不过你可能不知道。"李嘉尚顿了一下，深吸了一口气，无比郑重地道，"苏小姐，我在追求你。"

苏伊被吓跑了。

婚礼上带回的花，被苏伊插在了家中的花瓶里。

苏翔太从未见过苏伊那么细心地去侍弄花草。

在那瓶花枯萎时，苏翔太接到了徐逸的工作安排——去敦煌拍戏。

苏伊知道后高兴无比，等剧播出来，苏翔太就能正式"破圈"了。到时候，他就不再是模特，而是一个能全面发展的明星了。

"你去敦煌，离爸妈就很近了，有空去看看他们。"

苏翔太却并不怎么高兴,盯着那瓶枯萎的花看了许久。

"姐姐想结婚吗?"

苏伊也望向那瓶枯萎的花,笑道:"我不会结婚的。"

"不会不等于不想啊。"苏翔太叹气,蹲到苏伊的面前,伸手摸了摸苏伊脸上的疤,"姐姐,我好嫉妒李嘉尚。"

苏伊弄不懂苏翔太怎么了。最近,苏翔太不是一个人发呆就是半夜站在窗台旁吹风,要么突然坐在她的床边盯着她。好几次半夜醒来,她都发现他靠在她的床边,一副有苦难言的样子。

"你最近怎么了?"苏伊打开他的手,她的粉底都要被蹭没了。

"我有预感,如果我现在离开,再回来时,姐姐就被李嘉尚抢走了。"苏翔太坐到地板上,靠着苏伊的腿,"姐姐的心,已经不是我一个人的了。"

"胡说什么呢?"

"我好嫉妒,姐姐喜欢他。"

"我更喜欢你呀。"

"不一样的,姐姐对我的喜欢和对他的喜欢是不一样的。"苏翔太盯着桌上的花瓶喃喃道。

苏伊觉得好笑,道:"你是我的弟弟呀。"

"如果我不是呢?如果我们不是亲姐弟呢?"苏翔太抬起头,黝黑的眼睛一眨不眨地望着她。

苏伊被他盯得一阵不安,道:"你胡说什么呢?"

"即使我们不是姐弟,姐姐也不会喜欢我。"苏翔太道。

他移开目光,从沙发上拿起熊猫玩偶,点着它总是笑眯眯的小嘴巴,道:"李嘉尚家里有个和'小可爱'一样的熊猫玩偶,姐姐知道吗?"

苏伊猛然睁大眼睛。

她该知道吗?

苏翔太不知道打开装着真相的魔盒对苏伊意味着什么,但他知道苏伊晚上说梦话会说到李嘉尚。

他知道自己已经输了,只是不甘心。他和李嘉尚都还没有公平竞争过。

"李嘉尚不会介意姐姐脸上的伤疤的,因为他手臂上也有烧伤的疤痕。这个熊猫玩偶,是李嘉尚送给你的。"

李嘉尚是不会放弃的。那天参加完婚礼后，他每天接送苏伊，准时出现在苏翔太和苏伊的家门口以及 LS 和 LEE。

苏翔太只能看着苏伊在李嘉尚的攻势下一点点沦陷。他不甘心一辈子做苏伊的弟弟，可他别无选择。在去拍戏前，他至少要把真相告诉苏伊。

在苏翔太走后的第二天，苏伊主动坐上了李嘉尚的车。

准备打持久战的李嘉尚惊呆了。

苏伊坐在副驾驶座上，系上安全带，道："我要去你家。"

李嘉尚一头雾水，但仍旧把车开往家中。

这是苏伊第一次来李嘉尚的家里。她在他的房子里四处乱看，找来找去。

李嘉尚疑惑道："你要找什么？"

苏伊不回他。

很快，苏伊的视线锁定在沙发上的"不高兴"身上。

她走过去，把和"小可爱"几乎一模一样的熊猫玩偶拿在手里，翻开尾巴。

李嘉尚忽然紧张起来。

她知道了。

苏翔太告诉她了。

苏伊没有在李嘉尚的家里逗留太久。离开李嘉尚的家后，她找了一间咖啡馆坐了一上午。

原来，她真的是李嘉尚寻找的小雨点；原来，李嘉尚早就认出了她；原来，她的父母已经不在了。

她遗忘的童年，就像一个惨烈的故事。

虽然她的脸上有伤疤，但是她一直觉得自己是幸福的。她有疼爱她的家人，有把她当珍宝的弟弟……

可她把自己的亲生父母遗忘了。

她到底是谁？

小雨点是谁？

她的父母是谁？

她还遗忘了什么？

她到底有几个名字？

- 319

我爱你 15

苏伊戴着订婚戒指出入 LS 和 LEE，轰动了两个公司的人

李嘉尚到了公司，一个上午都心神不宁。
苏伊坚持要一个人安静一会儿，他便在路边放下了她。
可现在，他又忍不住想去找她。
他急得像热锅上的蚂蚁，在办公室内走来走去。
突然，郑和打来电话，他赶紧接通。
郑和道："苏伊来找夏熙阳了，她要夏熙阳帮她催眠。"
"什么？"李嘉尚大惊，推开办公室的门，急匆匆地跑出公司。

"偶像，你真要尝试催眠吗？可催眠不一定能帮你恢复记忆。"夏熙阳纠结地道。
"总要试试嘛。如果真的想不起来，我就放弃。"苏伊坐在聆海心理咨询室内，好奇地左看右看。虽然她现在在负责"不完美恋人"的项目，但一直是夏熙阳在迁就她，一有事夏熙阳就往 LS 跑。她还是第一次来聆海心理咨询室。
工作中的夏熙阳比平时要正经很多。能做催眠的心理医生并不多，夏熙阳的师父正在一旁的诊室做准备工作。
过了一会儿，李嘉尚慌慌张张地跑了进来。现在已经是深秋了，他却慌张得冒了一头的汗。

"苏伊！"

"放心，我现在很清醒，没有想不开。"苏伊看到李嘉尚，有些感动，冲他笑了笑，"我浑浑噩噩地生活了这么久，总要弄清楚自己是谁。"

"忘掉的那些真的重要吗？你是因为觉得痛苦才忘记……"只要想起那片大火，李嘉尚就会有烧灼感，感觉呼吸困难。他宁愿她什么都不记得，就做苏伊和苏沐晓。

苏伊摇头，道："我都不记得了，怎么知道重不重要？而且，我已经长大了，需要知道我的亲生父母是谁。"

她不能去问现在的父母，如果问了，很多东西就会不一样了。

苏父苏母对她的爱是真的，她不想破坏他们为她编织的梦。

无论李嘉尚怎么劝，她都坚持要做催眠。

最后，李嘉尚只得坐在房间的角落里，安静地看着她被催眠。

尘封的记忆不容易打开。

苏伊起初看到的是熊猫玩偶和游乐园。

接着，她看到了厨艺很好的妈妈、经常出差的爸爸。爸爸每次回家，都会给她买很多的玩具，都会答应她带她去大熊猫基地看熊猫。

接着，她又回到了游乐园，在那里看到了孤独的李嘉尚。

热热闹闹的游乐园中，李嘉尚孤孤单单的。

她不忍心看到他一个人，便走到了他的面前……

记忆中，她嘴巴里还含着好吃的水果糖，甜甜的……

每周五下午，是她和李嘉尚去游乐园游玩的欢乐时光……

那场大火山现时，她开始不安。即使她现在已经是大人了，却被困在小小的孩子身上，怎么都挣脱不出去……

催眠师注意到苏伊不适的神态，开始试图唤醒她。李嘉尚急得握住了她的手。

苏伊陷在梦中，怎么都逃不出来。

混乱的记忆中，大火和车祸是接连发生的。近距离感受死亡，她觉得自己要窒息了。她不禁泪流满面，为什么她不能随他们一起去？

她在痛苦的深渊里挣扎，却怎么也出不去。她隐约听到有人在叫她的名字——

"苏伊……苏伊……"

终于，她醒过来了，满眼泪水。梦中，她感到有人紧紧地握住了她的手。此刻，

- 321 -

她的手依旧被紧紧地握住。

"我叫……林晓雨……乳名叫小雨点,因为我出生的时候,一直在下的大雨变小了。"苏伊向李嘉尚笑了笑,用力地抓住李嘉尚的手,"李嘉尚,我记起你了!"

李嘉尚刚弯下身,就被苏伊紧紧地抱住了。

苏伊道:"我以为,你死了……"

在她的印象中,烟囱砸下来后,李嘉尚为了保护她而被砸晕过去,她却痛得大吼大叫。

最早来救他们的,是在附近放羊的一个老爷爷。老爷爷把水泼到衣服上,踹开门冲了进去,看到了在哭的她和不知死活的李嘉尚。那个爷爷没有犹豫,抱起她冲了出去。

随后,警察赶到,把李嘉尚抱了出来。可是她没有看到,以为李嘉尚死了。

第一次面对死亡,她濒临崩溃。

之后,她的妈妈和爸爸赶来了。妈妈担心她的伤势和心理状态,便和她的爸爸送她去医院。然后,她的爸爸妈妈出意外了。

身边的人接连死亡,让她彻底崩溃。车祸后,她忘记了过去。

之后,是幸福的二十年时光。

"我以为你死了,太好了,你还在。"幼年的李嘉尚和现在的李嘉尚重合在一起,苏伊抱着李嘉尚痛哭起来。

李嘉尚紧紧地抱住她,安抚道:"我在,一直都在,以后也会在。我会一直陪着你,再也不和你分开。"

之后几天,苏伊的精神状态很糟糕。李嘉尚不放心她,便天天接送她。

LS的内部争执也有了结果,董事们决定成立一个网络新刊,陶菲林被派去做主编,带走了LS部分团队。

又过了几天,苏伊终于调整过来了,主动联系了苏翔太。

她道:"我决定了,不告诉爸妈我已经恢复记忆了。"

"嗯,我也是这么想的。这是我们姐弟俩的秘密,凭什么告诉他们两个甩手掌柜?"苏翔太气哼哼的声音从电话那端传来。

闻言,苏伊笑了。苏翔太肯定去见过父母了,可能还被训了一通。

小的时候,苏父苏母就更疼爱她一些,因为她乖巧,还因为她脸上的疤痕。一家人出去玩,苏父苏母会轮流抱她,比她小两三岁的苏翔太只能迈着小短腿跟着他们。家人买了零食,也是先给她尝。分零花钱的时候,如果不能平分,多的零花钱总是她的。

回想起来,苏伊总觉得对不起苏翔太,不禁感慨道:"翔太,这么多年来,对不起……我抢走了你太多……"

"嗯……姐姐抢走了我二十年的爱,要加倍奉还,姐姐要再还我四十年。"苏翔太煞有介事地道。

"四十年怎么够呢?我要当你一辈子的姐姐。"苏伊大笑道。

"嗯。"

苏伊听到电话那边有人在喊苏翔太。

"你先忙,等我休年假,我去看你。"

"好。"

挂电话前,苏伊隐约听到他说了句"姐姐,我爱你"。

苏伊不知道他说的爱是哪种爱,只好装作没听到。

厨房里,李嘉尚端着晚餐出来了。

这段时间,李嘉尚天天过来照顾她。

最初,李嘉尚接送她上下班;随后,李嘉尚给她在五星级酒店订一日三餐;现在,李嘉尚打着健康饮食的幌子,跑到她家当起厨师来了。

等苏伊吃完了,李嘉尚把盘子碗筷洗了才离开她家。

苏伊觉得奇怪,同样的经历让她变得怕火,可李嘉尚不怕。

李嘉尚却回答:"我习惯了,毕竟这场火在梦里烧了二十年。我怕的不是火,我怕的是来不及救你。"他认真地看着苏伊,释然地笑了笑,"好在都过去了,我又遇到你了。"

苏伊一时心软,便留他一起吃晚餐。

于是,李嘉尚从为苏伊做晚餐的那个人,变成了和苏伊一起吃晚餐的那个人。

苏伊觉得自己快要习惯他的存在了。

李嘉尚察觉到她的变化,便攻得不遗余力。在查到苏伊亲生父母的墓地在哪后,他周末和苏伊一起做完熊猫馆的活动,便开车载着苏伊去墓地看看。

这样的甜蜜生活持续了两个多月,直到苏翔太回家,把李嘉尚赶了出来。

后来,李嘉尚去找苏伊,都被苏翔太以各种理由堵在了门口。

李嘉尚十分生气,即使苏翔太不再和他争了,却仍旧是一个障碍。

于是,他回公司向徐逸施压,给苏翔太安排工作,把苏翔太"流放"到国外。

苏翔太没想到自己就噎了李嘉尚几次,就被"流放"到南极喂企鹅了!坐在船上,他忍受着晕船的不适感,瑟瑟发抖地给苏伊发信息,控诉李嘉尚小肚鸡肠!

就这样过了两年,李嘉尚都见过苏父苏母好几回了。

今年,李嘉尚和苏伊一起过七夕。

在亲自设计、搭建的花朵城堡中,李嘉尚向苏伊求婚,苏伊终于松口了。

李嘉尚求婚时用的戒指,是那次差点被他遗忘在咖啡馆的那枚戒指。

苏伊戴着订婚戒指出入 LS 和 LEE,轰动了两个公司的人。

他们的婚礼定在第二年的春天,地点是一座翻新的游乐园。

百花盛开的时候,李嘉尚包了一整天的游乐园。LEE 和 LS 两个公司的员工全体放假一天,来参加李嘉尚和苏伊的婚礼。

鲜花撒满了游乐园的各个角落,气球和彩虹色的泡泡布满天空。

李嘉尚站在游乐园中间的城堡前手持鲜花,如同王子在等待他的公主。

马蹄声渐近,苏伊穿着 Amethyst 为她定制的婚纱,乘坐白马拉着的金色南瓜车到达婚礼现场。

苏父将苏伊从马车上接下来,挽着苏伊的手陪她走向她的王子。

在铺满鲜花的路上,在人们的祝福声中,苏伊离李嘉尚越来越近。此刻,他们的眼中只有彼此,耳中只有自己的心跳声。

苏翔太和苏母坐在嘉宾席上,看着苏父亲自把苏伊的手交给李嘉尚。

礼乐响起,可爱的花童跟在他们的身后。

城堡前,司仪站在他们身旁,问李嘉尚:"你是否愿意成为苏伊女士的丈夫?"

"我愿意。"李嘉尚深情地望着苏伊,托起她柔软的手,把刻有他名字的戒指戴到苏伊的无名指上。

"今后,无论是顺境还是逆境,贫穷还是富有,患病或是健康,我都会爱你、尊敬你、保护你,对你的忠心永不变!"

司仪又看向苏伊,问道:"苏伊女士,你是否愿意成为李嘉尚先生的妻子?"

"我愿意。"苏伊甜甜地笑着,把刻有她名字的婚戒戴到李嘉尚的无名指上,"今后,无论患病或健康,贫穷或富裕,顺境或逆境,我都爱你、敬你、守护你,我们再无欺瞒,我愿一生相伴。"

在众人的掌声中,他们双手握在一起,慢慢地靠近彼此,然后轻轻地拥吻。

台下,苏翔太看着苏伊腼腆的笑脸,默默地离开。

李嘉尚才是她梦寐以求的幸福。

矜持的商界嘉宾被时尚圈和演艺圈的年轻人带入这场童话派对,在游乐园的广场上起舞,坐着花车在游乐园里开心地巡游,仿佛一下子回到了童年,进入了童话世界。

他们不懂,为什么一个国际集团的老板和一个时尚杂志的编辑会对游乐园和童话情有独钟,但这并不妨碍他们享受欢乐。

这天,Y城的所有媒体都来了,见证了他们这场规模盛大的、犹如梦幻的婚礼。婚礼的相关话题和新闻占据了热搜榜好几天。

欢闹一直持续到傍晚,游乐园里的灯光全被点亮,最高处的建筑上投影出"百年好合"这四个大字,住在附近的居民们也纷纷举起手机拍照。

婚礼的尾声,苏伊和父母、夏熙阳一一道别,却找不到苏翔太。

她在嘉宾已散去的游乐园中寻找,在旋转木马上找到了发呆的苏翔太。

苏伊爬上旋转木马,坐到他的旁边。

"姐姐,新婚快乐。"苏翔太扶着她,让她坐稳,"不过你现在跑来找我,李嘉尚不会生气吗?"

"让他去气吧!这会儿,我可爱的弟弟比较重要。"

苏翔太哈哈大笑,把一个小盒子交给她。苏伊打开小盒子,里面是她喜欢的木槿花项链,花的中间镶着一颗漂亮的钻石。

"很漂亮,我很喜欢。"苏伊开心地道。

"喜欢就好。"苏翔太柔和地笑道。

他想过一辈子保守秘密,这样就可以仗着弟弟的身份陪伴她一辈子;他也想过告诉她真相,因为他不甘心只做她的弟弟。

但是看着她眉眼间流露出的幸福之色,苏翔太觉得释然了。

这样就好,只要她幸福就足够了。

"姐姐喜欢了一个和我一样爱你的人,我很开心。"苏翔太从旋转木马上跳下来,然后把苏伊抱下来,紧紧地抱了她许久。

他直起身,温柔地道:"姐姐,以后要幸福哦。如果李嘉尚敢欺负你,我就回来揍他!"

"你不会有这个机会的。"朝着他们走来的李嘉尚不客气地道。

— 325 —

苏翔太挑眉,道:"我可随时都在钉着你。"
片刻,苏翔太依依不舍地松开苏伊,一个人向出口的方向走去。
苏伊望着他的背影,低头看着那串项链发怔。
苏伊不知道的是,这颗钻石是从钻戒上取下来的。
那是一枚苏翔太花了两年时间亲自设计、亲手制作的钻戒。
"翔太刚刚夸你了,夸你和他一样爱我。弟弟是世界上最温柔的人。"苏伊笑道,"给我戴上吧。"
苏伊把项链交给李嘉尚。
李嘉尚看了看,把项链给她戴上。
她转过身,在他眼里看到的全是怨气。
苏伊憋笑,道:"李先生,你今天结婚,怎么看上去垂头丧气的?"
"因为我的太太现在脑子里还想着别人。"李嘉尚吐槽道。
苏伊弯起嘴角,钩住他的脖子,用柔软的嘴唇吻他的唇,弯弯的笑眼中只有他。
"我爱你。"

番外一

后来

老板结婚已经有好几年了。

身价暴涨的老板娘也在 LS 坐稳了副主编的位置。除了哺乳期放松了一阵，老板娘这几年的重心都放在了事业上，经常乘坐飞机到处飞，比老板还忙，弄得老板这几年每天都想收购 LS 好几遍。

而更让老板糟心的是……

从小由老板带大的小少爷，最喜欢的不是爸爸而是舅舅。

谁让老板总是对孩子那么严厉呢？活该……

今天又是李秘书表面笑嘻嘻，内心狂吐槽的一天。

不同于李嘉尚对儿子的严格要求，苏翔太对五官像苏伊的小外甥宠爱有加。

自从苏伊和李嘉尚结婚，苏翔太就沉迷于事业，长年累月不回家。无论苏伊怎么说，苏翔太总说忙。直到他的小外甥出生，他在 Y 城的时间才多了起来。

调皮可爱的小天天和他冷冰冰的爸爸一点都不一样，小天天深受全公司大人的喜欢。

这天，又是 LEE 演艺部开会的日子。小天天一早就收拾好了小书包，乖乖地吃完早饭要跟爸爸去上班。

李嘉尚还不知道他？他嘴上说要陪爸爸上班，可其实是想去找舅舅玩。

李嘉尚叮嘱小天天不许乱跑，便去工作了。

小天天熟门熟路地往演艺部大楼跑去。

此时，演艺部正在招聘。

徐逸反复地翻看林果果的资料，再看看坐在对面怯生生的女孩。女孩大眼睛、长睫毛，脸小小的，身材也小小的，十分乖巧地坐着，还挺可爱的。

他放下资料认真地道："你做不了经纪人。"

林果果露出一副"果然如此"的表情。

徐逸又问她："你愿意做艺人的生活助理吗？"

"啊？"林果果一脸茫然，坦诚地道，"可我什么都不会呀。"

"没关系，很简单的。"徐逸笑道，"你会开车吗？"

林果果点了点头，老实地道："我考了驾照，但是开车的次数不多，开得很慢。"

"会做家务吗？"

林果果摇头。

"会做饭吗？"

林果果又摇头。吃饭这事，她是在家靠妈妈，出门靠外卖，在学校就靠食堂。

"会照顾人吗？"

林果果自暴自弃地道："我是独生女，娇生惯养的那种。"

闻言，徐逸露出了满意的笑容。LEE 的筛选太苛刻，这些天他看到的全是成熟能干的孩子，像这样脾气好，并且该会的会、该不会的全不会的孩子上哪里找？

他把早就准备好的一直派不上用场的合同推出去，道："你被录用了，把这份合同签了吧。"

"啊？"林果果瞪圆眼睛，十分不解。连生活都弄不明白的人为什么能当生活助理？

她后知后觉地感到不对劲，道："我想问一下，我要给哪位艺人当助理？"

"苏翔太。"徐逸把笔递过去，"签吧，签吧。"

林果果却惶恐起来，苏翔太？

这几年大红大紫的 LEE 的头号艺人苏翔太？

她连忙拒绝，道："不不不，我不行的，我什么都不会！"

"不，你行的，相信我！你有优势！"徐逸道。

林果果最大的优势就是什么都不会。

徐逸刚认识苏翔太时，苏翔太沉迷于投喂姐姐苏伊，经常做糕点和甜点。徐逸最不满的就是苏翔太的事业心被生活琐事消磨了。

可现在，苏翔太除了工作什么都不做，一个人的时候天天吃外卖。徐逸担心他工作强度高，给他安排了几个能干的助理，可助理给什么苏翔太就吃什么，现在连外卖都不自己点了……徐逸担心他变成披着明星外壳的机器人，开始怀念起他做小饼干的日子来。

经过几年的磨合，徐逸终于顿悟了。苏翔太需要的是一个他可以照顾的人，不是一个可以照顾他的人。一个生活技能满分的助理，只会让苏翔太活得越来越没有人情味；一个可以让苏翔太照顾的人，才能让他从完美艺人的壳子里出来，接一接生活的地气。

苏翔太出道时，给人一种邻家大男孩的感觉。他一出道，LEE就捧他，因此，总有人针对他。直播的综艺节目上，几个嘉宾揪着他的学历不放，出题难为他，想证明他是一个伪学霸。没承想，他的解题速度比节目组请来的两个名牌大学的学生还快。

随后，他当场把题目一改，难为起出题的嘉宾来。嘉宾们说他出的题目有问题，不能解出来。他当场写了两个白板的算式解出答案，然后哼一声，扔下笔走了。他的举动把有意纵容嘉宾黑他的导演组弄得下不来台，他们也一时无法判断苏翔太的答案到底是对是错。

两天后，有人把题目发到了各个大学的论坛里。一个大学教授用更复杂的方式解了这个题，确认苏翔太的答案是正确的，并表达了对苏翔太放弃继续求学的惋惜之情。

一个不留神，苏翔太就从邻家"奶狗弟弟"变成了不可招惹的"狼狗哥哥"。这让一些粉丝在LEE的官方微博下留言，要徐逸别给苏翔太树立其他的形象。

徐逸觉得自己很冤，这哪是什么树立形象？苏翔太的处事作风在知道他的姐姐和李嘉尚订婚时就变了，谁让那个直播节目赶巧撞在枪口上？

林果果围观过当时的情景，对苏翔太当时不屑的表情印象很深。前不久，苏翔太还演了一部仙侠剧中的大反派。剧中，苏翔太虐待主角时，她隔着屏幕都受惊了。现在想起来，她还有点怕。

林果果纠结了，想要这份工作又不敢要。

正在她犹豫时，面试室的门被突然推开。林果果转过头，看到她脑海中神挡杀神、佛挡杀佛的"大反派"抱着一个可爱的小孩进来了。

他一脸宠溺的笑容,如初春和煦的阳光。

苏翔太往她这边看了一眼,让林果果瞬间红了脸。

林果果在心中感慨,这是真的苏翔太!

"给我车钥匙,我带小天天去买冰激凌。"苏翔太向徐逸伸出手道。

他的生活助理被徐逸辞了,现在车钥匙在徐逸的手上。

徐逸一张脸拉得比驴脸还要长,语气比李嘉尚还要严肃,道:"好孩子不吃冰激凌!会拉肚子!"

"徐叔叔,你骗人!"小天天奶声奶气地戳穿他。

徐逸皱着眉头,把钥匙塞给林果果,道:"这是你的新生活助理,林果果。小林,你带他们去,只许买最小号的!"

小天天眨着眼睛,天真无邪地问:"阿姨,你为什么叫蝈蝈?老师说蝈蝈是会唱歌的昆虫。"

林果果突然觉得膝盖好痛。

"要叫姐姐。姐姐的名字是果果,你说的是蝈蝈。"苏翔太看了一眼她的资料,抓着小天天的小手在玻璃上写"果果"和"蝈蝈"。

听到自己的名字被苏翔太念出来,看到自己的名字被苏翔太写出来,林果果只觉得心脏一颤。

于是,她快速地在合同上签下名字,拿着车钥匙,带人去买冰激凌。

徐逸追出来大喊道:"不要让他们蹲在马路上吃!"

闻言,林果果想起来了。去年,"苏翔太有私生子"的话题上了热搜榜,那是因为苏翔太带着小天天坐在马路上吃冰激凌,然后被娱乐记者拍到了。

朋友们都说是徐逸安排的,林果果却不信。

林果果结完账,看到苏翔太和小天天一大一小坐在超市外面的椅子上,惬意地吃冰激凌。此刻,林果果想大声告诉她的小姐妹,你们的哥哥是真的可爱!

苏翔太看林果果盯着他们的冰激凌,怀疑她刚刚说的"不要冰激凌"只是客套话。

"你要吃吗?"苏翔太问。

林果果把头摇得像拨浪鼓。

"帮我拿着。"苏翔太把冰激凌塞给她,转身去超市。

林果果紧张得手心发热,万一他的冰激凌融化了怎么办?

小天天从椅子上跳了下来,站到林果果的旁边,把自己的冰激凌和她手中的冰激凌对比了一下,发现他的冰激凌比较小,仰头问:"姐姐,我们换换好不好?"

想到徐逸的叮嘱,林果果坚决地拒绝。

苏翔太从超市回来,手上拿着一个大冰激凌。他把这个冰激凌递给林果果,看她表情呆呆的,问道:"你也要控制体重吗?"

林果果接过冰激凌,摇了摇头。她是吃不胖的体质。

苏翔太对他的新助理印象一般,这个小丫头怎么呆头呆脑的?徐逸选人的标准怎么说变就变?

苏翔太带了三天的孩子,林果果当了三天的司机。从战战兢兢到习以为常,林果果只用了三天。一方面是因为苏翔太脾气很好,另一方面是因为她心大。于是,林果果喊苏翔太为"老板"。

之后,林果果跟着苏翔太去了剧组。这次,苏翔太演的是警察。可林果果觉得苏翔太还不如演反派。一般来说,在这种剧里,正派角色在前期总有一段很惨的经历。

今天有一场雨戏要拍,正好天气预报提示今天有中雨。导演早上观察了一下天气,觉得能下起雨来,便决定开拍。

可一阵风吹过,天晴了。

导演骂骂咧咧地吐槽天气预报不靠谱,说好的中雨,一阵风就给吹没了。

他们没准备洒雨车,只好临时改戏。

工作人员苦着脸赶紧清场换背景,副导演冷着脸出去找群演。

可他现在上哪去找那么多群演?于是,没事做的工作人员全被副导演抓过去当群演了,林果果也在其中。

群演聚在一起后,导演便告诉他们应该怎么跑。

其间,林果果觉得肚子痛,在试跑了两次后,觉得自己的腿开始发软,感觉情况不妙。

可这时候她要是突然不演了,是不是有点突兀?无奈,林果果只好忍着痛跟着人群瞎跑。

此时,不断重拍的女二号让导演耐心尽失。导演指着人群中脸色惨白的林果果对女二号道:"你现在要表现出紧张和害怕的情绪!你看看你演的,还不如那个群演!"

可林果果不是演的,她是疼的。

当众人看向林果果时,林果果一紧张,腿更软了。她捂着肚子,啪的一下倒在地上。

大家全愣住了,导演也没想到好好的人怎么说倒就倒。

林果果意识清醒时,看到苏翔太在一众手足无措的人中向她跑过来。

她被苏翔太抱起来送去了剧组的随行医生那里。

她痛得意识不清,只记得自己咬了抱着她的苏翔太。

林果果醒来时,发现自己躺在房车的床上。一个护士正拿着手机打游戏,见她醒了,道:"醒啦,喂你吃止痛药了,喝热水吗?"

林果果直愣愣地坐起来,捂住脸,觉得自己太丢人了,呢喃道:"我为什么要醒过来?"

"你就是生理痛而已,又不是绝症,为什么醒不过来?"护士憨笑,"勇士要敢于直面惨淡的人生。"

她再出现在片场时,身为男性的导演、副导演和制片人,面对她时都小心翼翼的。

林果果垂头丧气地去找苏翔太道歉。

"没事,我不该让你吃冰激凌的。"苏翔太反省道。

苏翔太第一次请林果果吃冰激凌时,林果果感动得拍照发了朋友圈,苏翔太以为林果果很爱吃冰激凌。最近天气燥热,苏翔太便天天都给她买冰激凌。

没承想,林果果生理期都敢吃冰激凌。他关心道:"你还疼吗?"

林果果摇头,看到苏翔太胳膊上的牙印,才知道自己有这么好的一口牙。她愧疚地道:"老板,你要去医院打狂犬疫苗吗?"

苏翔太安慰她:"没破皮,不用的。"

但是林果果不放心,为此特意去网上搜索了"被人咬会不会得狂犬病"。

晚上,林果果送苏翔太回酒店,觉得自己一定会被辞退,于是,她在房间内认认真真地写辞职申请。后来,苏翔太拎着红枣奶茶来敲门,收走了她写到一半的辞职申请书。

林果果等啊等,等到电视剧拍完,也没等到公司批准她辞职的通知。不过,公司给苏翔太准备的急救包里多了布洛芬和姜汁红糖包。

电视剧拍完,导演请大伙吃火锅。她眼巴巴地看着苏翔太把她的冰可乐换成了常温的可乐,连人人有份的奶油冰激凌也被他拿走了。

林果果既感动又委屈,她挺喜欢那个口味的冰激凌的。

林果果确定苏翔太是一个讲理的大好人,于是,她的胆子也逐渐变大了。她像个小尾巴似的每天提醒老板,该吃饭了、该锻炼了、该参加节目了、不许熬夜……

结果,她发现她生活中的坏习惯比苏翔太还多。

苏翔太这也不吃那也不喝,结果那些吃的喝的,都成了她的。

林果果见苏翔默认了自己的行为,觉得他太好了,认为自己应该表示一下,打算做些好吃的犒劳苏翔太,却差点把厨房点着。幸亏苏翔太及时发现,才没酿成大祸。

经过此次事件,苏翔太发现林果果是比夏熙阳更厉害的"厨房杀手"。

不仅如此,苏翔太发现他的生活助理在生活自理方面一塌糊涂,还特别嘴馋。

林果果加班要吃零食、熬夜要吃零食、刷微博时要吃零食……最终,她把自己吃进了医院。

为了不让自己的生活助理因为乱吃东西而死于非命,苏翔太重新做起了糕点。

"老板,你简直是神仙!你做的糕点肯定很好吃!"知道苏翔太要给自己做糕点,林果果欢呼道。

苏翔太在厨房里给林果果做奶油蛋糕,看到林果果在门口想进来又不敢进来的样子,脑海中不禁浮现出一个熟悉的身影。

某天,林果果来给苏翔太送东西,发现他站在窗边发呆。阳光从他的背后照进来,她看不清他的脸,只是感觉老板此刻很伤心。

不待她开口,苏翔太突然接到了一个电话。脸上的悲伤神态立马消失,他开始眉飞色舞地向电话那端的人讲剧组里发生的趣事。

林果果看他一时半会儿不会挂电话,干脆坐下来编辑稿子。

忽然,她的老板说:"嗯,我不去了,助理生病了。她老家不在这边,我得帮忙照看。"

林果果一脸茫然,她家明明就是Y城的。

不过老板既然说了……

她假装咳嗽,"喀喀"了两声,道:"没关系的,老板,我一个人可以的。"

闻言,苏翔太明显愣了一会儿,随后钦佩地向她竖起拇指。

苏翔太挂掉电话,看到她手边的《庄子》,忍不住道:"你喜欢传统文化?"

"不是呀,我在写一篇关于你的稿子,觉得里面有句话特别适合你,'且举世而誉之而不加劝,举世而非之而不加沮,定乎内外之分,辩乎荣辱之境,斯已矣。'"

苏翔太自嘲道:"我可没这个境界。不过,我觉得庄子有一句话说得很对……"

"什么?"

"相濡以沫,不如相忘于江湖。"

林果果不知他为何有此感慨,再问他时他只说没什么。就算她平时大大咧咧的,当时也能感受到苏翔太的伤感情绪。

很久之后她才知道,那天是公司大老板的结婚纪念日。

林果果不知道老板为什么会在这天变得不高兴,但她下定决心,不管老板要去多远的江湖,她都会背上小行囊相伴相随。

再见了,她的冰激凌。

番外二

冤家

郑和发现了夏熙阳的秘密,原来夏熙阳曾经是他的"迷妹"!

他是在半个月前,母校邀请他们一起去参加九十周年校庆时发现的。

那天,夏熙阳心爱的小摩托被送去维修了。

郑和要开车载她,夏熙阳宁愿坐地铁都不肯坐他的车。

于是,郑和就厚着脸皮跟着夏熙阳去坐地铁了。

夏熙阳就是再蛮横,也不能妨碍一个公民坐地铁。

她扶着扶手站定,闭着眼睛暗示自己心静自然凉,公众场合不能揍他。可郑和一路上都在她的耳边唠叨,说着说着,他就说到了学校里的种种趣事。

夏熙阳发现,他们对不同的老师的看法竟然十分相似。有了共同的话题,夏熙阳心情变好了,觉得郑和也不是那么讨人厌了。

渐渐地,地铁上的人变多了。夏熙阳突然感到一只手在她的臀部摸了一下,下意识地以为是郑和。她猛地睁开眼睛,露出凶狠的目光,可郑和的两只手都抓着扶手。

夏熙阳脸色微变,一个反身,毫不客气地抓住那只手。

咔嚓一声,车厢内响起一声哀号:"放开我!"

"让你乱摸,下去我就把你的手给剁了!"夏熙阳怒吼道。

"我摸什么了?"那个人觉得小女孩不好意思在大庭广众之下实话实说,便

— 335

有恃无恐起来。

夏熙阳还真没见过脸皮这么厚的，正要争执时，郑和却出声了。

郑和道："你摸我的屁股还有理了？跟我下去找警察！"

他话音刚落，地铁上昏昏欲睡的上班族们全醒了。

他们差点错过了一场"美女救英雄"，不是，是"女侠救帅哥"的好戏！

因为夏熙阳用力过猛，把那人的手腕弄脱臼了，他们被乘警带去了附近的派出所。

在派出所里，那人死不认账，说夏熙阳耍无赖，弄伤了他的手还不道歉。

"你不摸我的屁股，我干吗冤枉你？我怎么不冤枉别人？"郑和不理那个人，开始胡说，"警察同志，我一个大好青年，他竟当着我女朋友的面羞辱我！"

"谁摸你了？"那人气蒙了，"我有病吗，摸你的屁股？"

"对啊，你有毛病啊！"

"谁摸你了？"

"你！"

"谁摸你了？"

"你！"

夏熙阳感觉耳边像有蜜蜂一样，一直嗡嗡地叫个不停。

郑和深谙什么叫"三人成虎"，于是开始演了起来。

那人发现别人看他的眼神越来越不对劲，也急了，愤愤地道："谁摸你了？我有病啊？"

"你就是有病啊！不是摸我，那你摸谁了？"郑和演得起劲。

"我明明是摸她！"

"警察叔叔，他认了。是他先动的手，我女朋友才会代表正义惩罚他！不过，他的手太脆了，我女朋友都没用劲呢，就脱臼了！一看就是习惯性脱臼，还想赖我们！"郑和马上收起矫揉造作的姿态，做出一副正气凛然的样子。

当郑和和夏熙阳赶到学校时，已经错过了开幕演讲。

他们直接去找导师请罪。

导师看到他俩一起来的大为高兴，一高兴话就多，一不小心就把夏熙阳上学时崇拜郑和的事说了出来。

夏熙阳来不及阻拦，只好拖着郑和跑了。

她要是不拖着郑和跑，郑和指不定还要打听什么呢。

"夏熙阳，我觉得不公平。你不能因为我和你想象中的不一样，就迁怒到我的身上。我才是真正的郑和！"

"呵呵，你想怎么样？"

"我要求公正对待。学妹，我们抛开成见，重新认识一下。你好，我叫郑和！"

夏熙阳看他那一副得意样子，愤愤地道："神经病！"

郑和却高兴了一整个星期。

周五一早来上班，夏熙阳在门口收到了厚厚的一份快递，上面写着"聆海心理咨询室收"，却没写具体的收件人。

她在前台工作人员那里借了一把剪刀，拆开快件，发现里面是一沓厚厚的贺卡，贺卡上面的字写得歪歪扭扭的。

贺卡上有画得非常好的画，也有画得十分糟糕的画，像儿童的绘图作业。

"这是什么？"夏熙阳好奇地问。

前台工作人员却见怪不怪地道："哦，这个呀。这是自闭症儿童学校的小朋友们送给郑医生的。"

"郑和？"夏熙阳觉得不可思议。

来上班的同事们看到了，向夏熙阳解释起来。他们咨询室和几个自闭症儿童学校都有合作，学校有公益活动的时候，他们也会去帮忙。

"别看郑医生嘴巴上不正经，其实他人很好的。周末他经常去看孩子们，那里的小孩都很喜欢他。"同事笑道，"也不知道你俩到底是什么冤家，他见到你就抽风，你也看不到他一点优点。"

夏熙阳嘟嘴，其实她不是看不到他的优点，就是讨厌……

她要了相关资料，也想周末去自闭症儿童学校看看。

没想到，她随便去了一家自闭症儿童学校，就遇到了郑和。

郑和正带着几个孩子玩足球。他们不光踢足球，还抱着球跑，完全就是瞎闹。

夏熙阳干脆坐在一边的凳子上看着他们玩。

当一个小朋友因为球被抢了，突然暴躁地打郑和时，她下意识地就生气了。

等夏熙阳意识过来时，她已经揪住那个小男孩的衣服，把他提了起来。

小孩在她的手上挣扎着，用来打人的饮料瓶也掉了。

— 337 —

"你干吗打人?"夏熙阳吼他。

八九岁的小孩被她一吼,哇哇大哭起来。旁边的几个孩子也跟着闹,要么哭要么笑,老师们纷纷跑来。

郑和把那个小朋友抱起来,然后捡起饮料瓶,把饮料瓶擦干净后又还给他,道:"别怕,姐姐跟你玩呢。嗷,姐姐是老虎!"

闻言,窝在郑和怀里的小孩笑了,揪着郑和的衣服玩了一会儿,然后拉着郑和去踢球了。

夏熙阳被排斥了。

"孩子王"夏小姐不禁郁闷起来。

"你多来几次,和他们熟了就好了。"郑和安慰她。

夏熙阳却发现郑和的衬衣已经看不出原本的颜色了。

现在的郑和和平时的郑和完全不一样,倒是和她上学时听到过的形象有些契合——温柔、大度、包容、绅士……谦谦君子。

夏熙阳猛摇头,她是疯了吗?郑和和"谦谦君子"这四个字根本没关系。

之后,夏熙阳偶尔会在自闭症儿童学校遇到郑和,也觉得他不那么讨厌了。

咨询室大扫除时,行政人员把夏熙阳和郑和安排在一组,夏熙阳没有拒绝。

因为刮风下雨,墙边的广告牌歪了,挨着广告牌的大树上的松鼠笼子也坏了。

郑和决定去修一下松鼠笼子。于是,他找来一架梯子,爬了上去,站在梯子上清理松鼠笼。

没承想,这梯子久无人用,他站到梯子上没多久,就和松鼠笼一起从高处摔了下来。

在给树刷漆的周医生吓得扔了油漆桶,大叫道:"郑医生!"

远处的其他人看见了,也吓得跟着大叫起来。

"郑医生摔下来了!快叫救护车!"

虽然郑和摔到了地上,但是他反应灵活,只是崴了脚。

"这是谁买的破梯子?也不检查检查质量。"

周医生把油漆桶扶正放到一边,然后小心翼翼地扶起郑和,道:"没事吧?"

"没事,你刚刚叫得也太夸张了。"郑和毫不在意地道。

话音刚落,他就听见远处的夏熙阳在大喊"郑和"。

郑和和周医生对视一眼。

郑和当机立断，往地上一倒，用脑袋蹭了点地上的红油漆，又在手上也抹了点红油漆，眼睛一闭。

周医生："……"

夏熙阳看到郑和倒在"血泊"里，吓得腿都软了。

她跌跌撞撞地扑过来，跪在郑和的边上，用力地拍着郑和，喊道："郑和，你醒醒！"

"熙……阳……"郑和虚弱地道，声音很小，"我……我……没……事……的……"

"救护车马上就来！你别睡！睁开眼！"夏熙阳慌张地喊着，继续用力地拍郑和。

"我……快……快……死了……"

一旁的周医生脸皱成一团，不知道该不该说话。他觉得郑和快被夏医生拍死了。

"不会的！没事的！这树不高！"夏熙阳看看头上的树，慌乱中自我暗示"这么高，绝对摔不死人"。

"熙阳……能不能……吻……吻……我……"郑和有气进没气出，眼看着越来越虚弱了。

周医生默默地往后退了几步，把有可能成为凶器的东西都踢往远处，在心里为郑和加油。

夏熙阳没有纠结，悲痛地"嗯"了一声，道："你不死，我就吻你！"

郑和淡淡一笑，笑得让人心痛。

夏熙阳的眼眶顿时就红了，她低下头吻郑和的脸。

郑和却感到遗憾，都这时候了，她怎么不吻嘴呢？

他默默地挪了挪脑袋，让自己的嘴角蹭到了夏熙阳的嘴角。

之前，夏熙阳是被郑和的样子吓到了，现在后知后觉地感觉到他的手在摸她的腰和背，紧接着，她闻到了浓重的油漆味。

她霍然抬头，看清郑和头上的"血迹"后，怒气一下就上来了。

郑和一看露馅了，尴尬地笑道："阳阳，我不死，你答应吻我了。"

此刻，夏熙阳怒从心头起，恶向胆边生，抓住郑和，把他的头按进了油漆桶里，

— 339 —

怒吼道:"你去死吧!"

周医生把一直在录像的手机默默地收了起来。

恶作剧的结果是,郑医生头发上的红油漆洗不掉了。悲痛之下,他去理发店剪了一个寸头。

咨询室的人纷纷和他合影祝贺他拥有了新形象。

郑医生自信起来没脸没皮的,觉得现在的自己很帅,于是去骚扰夏熙阳。

"阳阳,阿尚和你偶像的儿子都会叫叔叔阿姨了,咱们什么时候结婚?"

"滚,等你能打得过我再说。"

"那不行,咱俩打架,必须是我单方面挨揍!你觉得下个月八号怎么样?黄道吉日!"

End